ＳＳＫノベルズ

碧《あお》き旋律《しらべ》の流れし夜に

羽純　未雪

扉を開いてくださった　島田荘司先生へ
そして
扉へ導いてくださった　Tさんへ

目次

プロローグ

暗い水の上を、静かな音が流れていた。

天からそうっと振り落とされてきた月の光が、細かな粒子となって、その湖の上にやわらかなヴェールを幾重にも巡らせている。そしてその音は、さざ波を越え、もっとも奥まったヴェールのさらに内側へと潜り込んでいく。

月色の闇の中で交わされている甘やかな囁きに、その音はゆっくりと紛れ、溶け込んでいった。

密やかな声が、月の静寂《しじま》を縫って渦を巻く。

「ねえ……何を考えてるの」

ねとりとした暗い水が、ひたひたと寄せては返す。

繰り返し、繰り返し、寄せては返す。

くぐもった笑い声が喉の奥で転がった後、その水面をなぶるように渡っていく。

「私たち……もう逢えないのかしら」

「……なぜ」

少し驚いたような響きが混ざり、本来の嘲《あざけ》るような調子を和ませた。

「なぜって……だって、もういけないの……こんなこと……」

「……結婚するから？　明後日《あさって》に」

その言葉が終わらないうちに、細いけれども筋肉質の腕がすっと伸ばされ、その先にあった白くすんなりとした肢体をしっかりと包み込んだ。

長い黒髪が、相手の肩からはらりと落とされる気配。

答えは、ため息。

「……あなたと、出逢わなければよかった……」

再び、くぐもった笑いが漏れる。回された両腕に力が込められる。

「思ってもいないことを。彼と結婚すれば、遅かれ早かれ僕と出逢うことになった……早いか遅いか、それだけの違いでしょう」

「でも……こんなことにはならなかったかもしれない……」

腕を振り払って起き上がろうとする気配。しかし、回された腕はびくともしなかった。

「本当にそう思っているんですか」

やわらかい吐息がほうっと、なだらかな肩から黒髪を滑り落ち、白い肌を伝い降りていく。

「初めて逢った瞬間から、こうなることは分かっていた……いつ出逢ったとしても同じ、そうでしょう」

障子越しに射し込む月の光が、あわあわと二人を包んでいる。白く透き通ったその光は優美なレース編みのように優しく、そして容赦がなかった。

「たとえば、今ここに彼が来たら、どういうことになると思いますか」

白い肢体がびくりと震える。はっとして振り仰いだ顔に、淡く月の光を塗った唇がわななく。

「……どうにもならない。彼はきっと、僕たちをどうすることもできない。だから……」

やっと腕を振りほどくと、何も身に着けずに立ち上がり、扉を押し開けるとそのまま部屋を出て、廊下から闇色の湖面を見下ろした。月明かりに、引き締まった身体が陰影を持って浮かび上がる。

「やめて……誰かに見られたら……」

部屋の中の脅えた声を聞き流すようにゆっくりと廊下の端へ歩み寄り、手摺りに腰をかける。片腕をつと伸ばし、その長い指を指揮者のように優雅に揺らすと、それに合わせるかのように、湖面を覆っていた月色の霧が、うっすらと晴れていく。

その幾重にもなっていた霧に隠されていた、左右に連なる黒っぽい生け垣が見えてくる。今まで外部からの人の目を遮ってきたヴェールが、ようやく薄れてきている気配。

「霧が、晴れてきましたよ」

　わざとらしい快活さを秘めてそう言うと、手摺り越しに上体を大きく屈めて片手を伸ばす。湖面まではかなり高さがあるのに全く気にする風もない。まるで水に触れているかのように長い指をゆっくりと動かし、手を引き上げる際には僅かに水を切るような仕草さえみせた。

「やめて、お願い……もし誰かが、あなたがいないことに気付いたら……」

　中からの声は、はっきりと震えていた。

　すぐには答えず、手摺りに腰掛けたまま傍らへと腕を伸ばす。その先の空中に踊っているのは……闇に溶けかかった、青銅の龍。

「心配ないよ。保険をかけてあるから」

　そっと呟くと、優雅に身を起こして大股に部屋へ戻りかけ、一瞬湖面へと視線をやった。

　その時の表情を見たなら、中の人物は慌てて衣服を身に着け、そそくさとその部屋を後にしただろう。大きく切れ長の瞳は嘲りの色を浮かべて半ば伏せられ、薄い桜色の唇にははっきりと冷笑が浮かんでいる。

「さて、と」

　音もなく扉を閉めながら傍らに跪《ひざまず》くと、ゆっくりと身を屈めながら顔を相手の黒髪に埋めた。

「もうひと泳ぎしましょうか、人魚姫」

　ちゃぽん、と湖水が虹色に光った。


　ちゃぽん、ちゃぷん、とぷん。

　ねえ、ばあちゃ、あれはなあに?

「しーっ、静かに。大きな声を立ててはいかんよ」

　ほら、水の下におうちが見える。あ、そっちにも。どうして水の中におうちがあるの?

「ほらほら、そんなに身を乗り出したら危ないよ。

それに、もうちぃっと声を小さくせんと。

あれはなぁ、神様に沈められた村、祟《たた》られた村なんじゃよ」

碧《あお》い碧い水の底、重たい重たい水の底。ぐるりとまわり一面、碧く広がる水ばかり。

たたられた村？　どうして？　それにどうして小さな声でしゃべらなければいけないの？

「ウミ神様のお怒りに、触れてしまうからの。この湖の上にいる間は、あんまり大きな声を出してはいかんよ」

海神様？　どうしてこんな山の中に海の神様がいるの？

「その海とは違うんじゃよ。こういう字を書く、女の神様なんじゃ」

ふうん、宇美神様……。でもどうして？

「ここは昔、湖じゃなく小さな村があったんじゃよ。でもなあ、村のある男がとても悪いことをしてなぁ、それを悔いることなくいつも通りに暮らしておった。それでそんな男の様子を見た宇美神様がお怒りになってな、大雨を降らせて村を沈めてしまわれたんじゃ」

碧い水の底、碧い神様の怒り、どこもかしこも碧くて碧くて……。

クイルって？　それに悪いことしたのはその人だけなんでしょ？　それなのにみんなが怒られたの？村が丸ごと水の下になっちゃったの？

「悔いるっていうのはなぁ、自分はとても悪いことをしてしまったな、と深く心の中で思って、これからは悪いことしないようにしよう、って考えることだねぇ」

ちゃぽん、ちゃぷん、とぷん。

「ずいぶん昔のことだからねぇ。ほら、落ちんように気ぃつけんと」

もう誰も住んでないの？

「大雨が降ってきた時、みんな逃げたからの。その時からずうっと、だあれもいない。水の中では人は生きられんよ、息ができないからねぇ」

　誰もいない。

　水の中では、人は生きられない。碧の中の碧では、息ができない。

　じゃあ、どうして……。

　ばあちゃ、ばあちゃ。どうしたの？

　何を見てるの？


「……を見てるの、沙季《さき》ちゃん。……沙季ちゃゃん？」

　はっと気がつくと、笙子《しょうこ》おばさまがすぐ目の前に心配そうな顔を近づけていた。

　同時に、肩に掛けられていた着物の重みがずしりと感じられる。

　そろりと視線を落とす先に広がるのは、深みのある碧い地色の着物。つと指を伸ばすとそのまま沈み込んでしまいそうな、底知れない独特な碧だ。呉服屋さんも言っていたけれど、本当に、着物の色としては珍しいものかもしれない。

　お店に行った時、笙子おばさま、いや間もなくお義母《かあ》さまとなる人が一目惚れしてしまった生地がこれだった。私も、ちょっと変わっていていいなと思えたし、一緒にいた瑛《えい》ちゃんも気に入っていたようだったので、これに決めた。披露宴まであと二週間となった今日、仕立屋さんが仕上げに来て、さっきからあちこちを待ち針で留めたり、寸法を測り直したりしている。

　そう、この深みのある碧。

　触れた指がするりと、艶やかな生地の上を滑る。

　この碧さのせいで、何だか遠い昔、子供の頃のことを思い出して、ついぼんやりしてしまった。

「何か、気になるの？　沙季ちゃんはやっぱり、もっと明るい色の方がよかったのかしら。それとも、白無垢に色打ち掛けだったら、お色直しの披露宴はお洋服の方がよかったのかしら？」

笙子おばさまが遠慮がちに尋ねてきたので、私は首を振った。

「ごめんなさい、そうじゃないの。とっても綺麗よ、この着物。本番が楽しみ」

「とてもお似合いですよ。本当に素敵な花嫁さんにおなりになるでしょうね」

最後の待ち針を口から外した仕立ての女性が、まんざらお世辞でもなさそうな口調で言うのを聞くと、やはり嬉しくなった。

「いや、でも、まさか沙季ちゃんが瑛一さんと結婚なさるなんてねえ」

手伝いのために隅に控えていた近所のおばさんが言いかけて、はっと口を噤《つぐ》んだ。

「そういう運命なのよ。不思議なものねぇ」

笙子おばさま、十歳でこの家に引き取られた私の母親代わりを務めてくれたこの人は、あと二週間すると、義理の母親になる。

そして、ずっと実の兄のように慕っていた瑛ちゃんは、本当に、不思議な運命だった。

すべて、この碧の中の碧に操られているような。

ふと視線を窓から外へやると、きらきらと輝く湖面が木立の向こうに見えた。どこまでも深い碧さを秘めた小さな湖が、ちらちらと笑いかけているようだ。

硝子《ガラス》戸の間を通ってきた湖の風が一筋、その碧い指先で私の頬をそうっと撫でるように、吹き抜けていった。

第一章　碧き運命《さだめ》の夜

音が、聞こえる。ひとつひとつはささやかな、仄《ほの》かな、そして微かな音。

深い深い湖の底をゆっくりとたゆたっている碧い音が奏でる、碧い旋律《しらべ》。

その音に導かれるように、手足が自然に動いていく。意図しない方向へ、予期しない方向へと動いていく。

あの底知れない碧の着物から抜け出ると、何だか心も身体もすっかり身軽になったような気がした。その反面、他の誰のものでもない自分の結婚式のことも、ぼんやりと夢うつつのうちに終わってしまったような思いさえする。

絶え間なく賑やかな人の声や音楽が織りなしていた、色鮮やかで厳《おごそ》かな儀式。

東京の結婚式なら、ホテルや結婚式場のきらびやかな大広間に、花を生けた丸テーブルが幾つも置かれて、親族同士、友人同士でざっくばらんに盛り上がる、そんな雰囲気があるんだろう。

でも、ここではそんなスタイルでの結婚式の習慣はないもの。教会式での結婚ならわざわざ東京まで行って、向こうのホテルや式場で行うという。この地元で結婚式を挙げる人たちはまず仏式で執《と》り行うものだし、場所も、お寺か、自宅にお坊様を招いて式を挙げていただく、そのどちらかの形式を取ることが多いと聞いている。

私たちは、当たり前のようにその後者の選択をした。というより、それ以外に選択肢がなかったように思う。最初から瑛ちゃんも笙子おばさまたちも、この家で式を挙げることを前提として話を進めていた。

多分、それにはお祖父様の体調への配慮があったに違いない。

式の間、私たちのすぐ近くに紋付袴姿でゆったりと正座していらしたお祖父様。昔は実業家としてかなり名の通った人だったらしく、よく響く声に背も高く颯爽《さっそう》とした身のこなし、若い頃から蓄えた顎髭を特徴とした美男子だったという。今はもう八十歳という年齢に加えて痴呆症の気配が見え始め、背中もすっかり丸くなり、若い頃の面影はなくなってしまっている。

私を有塔《ありとう》の家に引き取るということも、お祖父様が独断で決めてくださったという。本来なら遠い縁続きになるはずだった小さな女の子が突然両親を失い、施設に送られるのを不憫に思ってくださったのか、この家に引き取っただけでなく、忙しいお仕事の合間を縫って、私に何かと気を配ってくれた。出張に行けば必ず女の子の喜びそうなお土産を買ってきてくれたし、お誕生日はもちろん、お正月もクリスマスも贈り物を欠かさない人だった。

骨張った、指の長い、色白の大きな手をしていて、私が小さかった頃はよく笑いながら抱き上げてくれたものだった。

それが、今はもう……。

本人は前々から、孫の瑛一の結婚式には自分が一差し舞う、と豪語して憚《はばか》らなかった。でも今日はそんなことはきれいさっぱり忘れたようで、そもそも自分の孫の結婚式だということも分かっているのかいないのか、上座の方でにこにこしながら時々誰もいない空間へ大きく頷《うなず》いてみせたり、唐突に従兄弟《いとこ》の誰それさんの子供時代の話を始めたり、多少調子外れなところを見せていたけれど、上機嫌なことは確かだった。良枝《よしえ》さんも、いつものようにぴたりとお祖父様の背後に控えてはいたけれど、時折リラックスした様子で楽しそうに近くの人たちとお喋りしていた。

案外よく覚えているものだ、写真のように。

笙子おばさまも統吾《とうご》おじさまも、お膳の間を縫ってあちらこちらへと飛び、お客様にお酒を注いで回っていた。笙子おばさまは特に、度々私の席まで来て、帯は苦しくないか、そろそろお色直しだから席を立った方がよくはないか、友人をここまで呼ぼうか、などと気を遣ってくれた。

ふと、不思議に思う。

隣にいたはずの瑛ちゃんの顔が、どうして浮かばないんだろう。

襖《ふすま》を取り払って四つの部屋をつなげた式場は、昨日見た時はだだっ広く寂しげに見えたけれど、いざ披露宴を行ってみると狭すぎるくらいだった。私の親族なんて誰もいないし、瑛ちゃんの方も普段この家で暮らしている人の他には、北海道と広島の遠い親戚たちが合わせて十人くらい。ただ、私がこの春から勤め始めた役場の人たちや、瑛ちゃんの会社関係の人、ご近所の方々、そしてお互いの友人も合わせると、思ったより大人数の賑やかな宴になった。

そう、友人といえば。

ため息が出た。

わざわざ福島の田舎まで呼びたい人なんて、そう多くはなかった。もともと私には地元にさえ友人が少ないうえに、結婚式に呼びたいほど親しい人、となると本当に片手で収まってしまうくらいだった。

それもみんな、大学のゼミ関係の人ばかり。

いつも穏やかな口調の五条院《ごじょういん》先生。

式の間中、先生は広間の隅にちんまりとかしこまって座っていた。笙子おばさまたちがご挨拶に伺うのをちらりと見たけれど、その時にちょっと中腰になってお辞儀をされていた以外は、ほとんどその場所から動くことはなかったようだった。

滅多に見られないダークスーツ姿がよくお似合いだったし、いつもはあちこちを向いている活発な髪も、今日はおとなしく一定の方向に撫で付けられていた。式の前にお目にかかったときは、慣れないネクタイと必死に格闘していたらしく、またその決着もついていなかったせいか落ち着きなくあちこち見回しながら、立派なお屋敷ですね、とか広いお庭ですね、とか誰にともなく呟き続けて、その最後に、高倉さんとても綺麗ですよ、と真っ赤になりながら一息に言われた後は、そのまま廊下の方へ逃げてしまわれていた。

その向こう側に背筋をぴんと伸ばした着物姿の馨子《きょうこ》と、ふわりとした感じのクリーム色のワンピース姿の和恵《かずえ》が、人の波間にちらちらと見え隠れしていた。二人とも時々私に手を振ったり笑顔を見せてくれて、それなりに楽しんでくれているようだった。でも実際には、馨子はともかく和恵にとっては、正座を続けるのは苦痛だったに違いない。

もともと背が高いうえに姿勢の良い馨子は、結い上げた黒髪も見事で、広間のなかでも際立った存在になっていた。すっきり通った鼻筋に大きなアーモンド型の瞳、長くて印象的な睫毛、シンプルに表現するなら典型的な美人だ。一緒に街を歩いていてモデルにスカウトされかかったことも何回かあった。それでも学生時代に浮いた噂がひとつもなかったのは、彼女の持つ凛とした雰囲気、さっぱりしすぎる話し方、どんな偽りも許さないという空気を持つ眼差しに気圧《けお》される男の人が、周囲に多かったからだろう。たいていのスポーツはこなし、空いた時間にはまず本か新聞を手にしている、おまけにお茶とお花を習ったこともあり着付けもできるとなれば、お見合い話ならまず断られることはなさそうな、条件の整いすぎたお嬢さん、というところか。

馨子に剛のイメージが強いとすると、柔のイメージなのが和恵になる。小柄で色が白くぽっちゃりとした体型、普段はおっとりした話し方だけれど、わりあい喜怒哀楽がはっきりしていて、感情が強くなると早口になる。そして、何に対しても反応が素直で分かりやすい。映画や小説のキャラクターにすんなり感情移入してしまうことが多くて、泣きはらした目で学校にやって来て何かあったのかと心配していると、前夜に読んだ小説のエンディングが哀しすぎたから、という理由だったりした。

今夜も感激してくれているのか、先程の三三九度の時、和恵が涙を拭いている姿がちらりと目に入って、相変わらずだなあと思わず微笑んでしまった。

学生時代はよく三人で行動していたな。

そして、馨子の浅葱《あさぎ》色の着物姿の向こう側に、もうひとり。

派手な紫色のラメ入りワンピースを着た美華《みか》は、周囲から妙に浮いて見えた。色合いも派手なうえに襟ぐりが思いっきり開いたタイプのドレスだったから、今日のような、友人が少数派で黒地の着物姿の人が多い宴では、馨子とは違った意味でとても目立っていた。少人数のゼミの中でもそれほど親しくなかったように思っていたから、わざわざ来てくれるとは思わなかった。もちろん招待したのは私なんだから、来てくれた方が嬉しいのはもちろんだけれど、てっきり断られると思っていた。いつも必ずブランド物を身に着けていて、良く通る明るい声で女の子同士の時は歯切れよく話す一方で、そこに男子学生が混じると、甘ったるい媚《こ》びるような響きを帯びる。

あの声が、正直いってあまり好きではなかった。

でも総勢七人のゼミで女子四人のうち一人だけ仲間はずれというのもなんだか落ち着かないし、瑛ちゃんも、全員まとめて呼んであげたら、というので気が進まないまま招待状を送ってしまった。

送っておいて、今さら私ったら何考えてるんだろう。

苦笑が浮かんでいるのを感じる。

その気配が伝わったのか、

「どうしたの？」

前を歩いていた瑛ちゃんが振り返り、訝しげな顔を向けた。

ううん、と頭を振って微笑んでみせる。

そう、私はもう、この人の奥さんなんだ。これからずっと、この人が傍にいて、私を守ってくれる。安心して、ついていけばいいんだ。

子供の頃と同じように。

昔から、いつも瑛ちゃんは一緒にいてくれた。子供心にいつも、頼りになるお兄さんだと思い、暇さえあれば瑛ちゃんの姿を捜していた。今思うと、邪魔な子だったろうな。

瑛ちゃんの背中。どんな人込みの中でも見分けることができた。いつか、お祭りの人出の中で握っていた手を離してしまい迷子になった時も、何人もの大人たちが声を張り上げて捜していたらしいのに、私が反応して駆け寄ったのは、瑛ちゃんの背中だった。

瑛ちゃんが仙台の大学へ行くためにここを離れた時はとても寂しかった。駅まで見送りに行く間、ずっと泣いていた記憶がある。下宿といっても新幹線を使えば二時間くらいで帰ってこられるから、思っていたよりは頻繁に逢えはしたけれど、でもやっぱり寂しかった。

この気持ちに気がついたのは、いつの頃だったろう。

瑛ちゃんが旅行のお土産にとくれた、寄木細工のペンダントを手にした時だろうか。

二十歳の誕生日にピンクのバラの花束をもらった時だろうか。

それとも遥か昔、十歳の私がこの家に引き取られて、あの広い玄関で初めて瑛ちゃんと顔を合わせた時から、すべては始まっていたのかもしれない。

気がつくと、離れのすぐ手前まで来ていた。振り返ると、長い板張りの渡り廊下の所々に灯された黄色っぽい明かりが、ぼんやりと乳白色の霧に紛れて浮かんでいる。

今夜、霧が出ていることに初めて気がついた。

慌てて見廻すと、手摺りの向こう側にある暗い湖面の左右どちらも、その上を刷毛《はけ》ではいたように白いリボンが濃淡を見せながら踊っている。もちろん湖面だけでなく、岸辺の方はほとんど見えなかったし、母屋の洋館部分もこちら側の角や明かりの灯っている窓は薄明るく見分けられるけれど、建物の輪郭自体ははっきりしないくらいになっている。その左に続いている奥まった母屋は、宴会の明かりもかなり落とされてほとんど見えない。

右手にひやりとしたものが触れて、びくりとする。

「どうかした？」

瑛ちゃんが、今度は覗き込むようにしながら聞いてきた。仄かな明かりのせいか、彼も少し顔色が悪く、表情が強張っているように見える。ううん、とまた首を横に振る。

彼は少し腰を屈めると、右手をさらりと優雅に奥へ振った。

「ようこそ、有塔家の離れへ」

ここが、離れ。

周囲を湖に囲まれた、小島の上に建つ小さな隠れ家。

家の跡継ぎが結婚した夜に初めて、一晩過ごすことを許される謎めいた建物。

普段は締め切られているということ以上に、この建物の形そのものが謎めいている。今いる渡り廊下の端は、建物の六つある角のうちの一つとちょうど対面している。この離れは六角柱に山型の屋根が載っていて、その周囲をぐるりと廊下が取り巻いて一周できるような構造になっている。

まだ小さい頃遠くから見掛けて、あそこで隠れんぼができたら面白そうだな、と思った記憶があるけれど、そんなことを実行するのはもちろん、考えるだけでも子供心に少し怖いくらい、重たげな暗いイメージを抱えていた建物。母屋から離れへと続く渡り廊下の扉は、いつも施錠されていたためか本来の色よりどす黒く、頑丈に、そして厳めしく見え、子供の頃はなるべく近寄らないようにさえしていた。

その扉を通り、今夜初めて足を踏み入れる。

正六角形という珍しい建物。確か、なぜこんな形なのか誰かに聞いたら、昔この辺りを治めていた豪族の家紋にちなんでいる、と教えてもらったように思う。

こちらの廊下の幅は、渡り廊下より少し狭いくらいだろうか、左右とも壁の切れ目の向こうまでは見通せないけれど、今廊下のあちこちに備え付けられているランプの灯が、ぼうっと霧の中に溶けていて、とても神秘的な雰囲気があった。奥の闇の中からも、霧に映る灯が仄かに見えている。この廊下にぐるりと等間隔で灯が置かれているらしい。

「すごい……すごく、綺麗だね」

思わず足が進み、すぐ右手の廊下の手摺りから提げられているランプに近寄った。

間近で見なければどういう仕組みになっているか分からなかったけれど、廊下の水際に取り付けられている手摺りの、横木そのものは私の腰より少し低いくらいの高さに渡されていて、その横木の支柱として立てられている棒が大きく天へと曲線を描き、まるで猫脚テーブルの脚だけを逆さまにして反りを湖側へ張り出したような形になっていた。

そしてその猫脚の先から、ランプのような照明器具が吊り下げられていて、私の頭くらいの高さから辺りを照らしている。素朴な風情の分厚そうなガラスを通して中の炎がちらちらと揺れているのが、とても温かい。廊下の端から手を伸ばすと届く空中に、ぽっかりと浮かんでいるように見えるそのランプは、さらに目を凝らしてみると何かを象《かたど》ったような形をしていた。

「これ……なんだろう」

手を伸ばしてランプを手に取ろうとすると、横から瑛ちゃんの長い手がすっと伸びて、ランプの下に長く下がっていた鎖状の物を掴むとぐいっと引き寄せてくれた。

瑛ちゃんの顔が、目の前のランプの明かりではっきりと浮かび上がる。少し緊張が解かれたような、でもまだ強張っている表情。

「これは、龍だね。かなり緑青《ろくしょう》が浮いてるから細かい細工が分かりにくいけど、なかなか凝ってる」

覗き込むと、確かに神話に出てくるような、鱗を纏《まと》った胴の長い龍がぐるりと身体を巻き付けているような意匠の、不思議なランプだった。この離れはかなり昔からここにあったと聞いたけれど、その頃からこれも一緒に据え付けられていたのだろうか。

「ずいぶん古そうだけど、まだ使えるのか……。きっとこの鎖で手元に引き寄せて、油とか蝋燭《ろうそく》を足したりしたんだろう」

ランプの下に伸びている長い鎖が、ちゃりん、と金属質の音を鳴らした。静かな夜の霧に、その硬い余韻がすうっと溶けていく。

「さ、入ろうか」

鎖を手放した反動で、まわりの空間の明暗が大きく揺れ動く。その揺らぎを気にする風もなく、瑛ちゃんは大股に戸口に近づくと、観音開きの扉の片側を大きく手前に引いた。

中は薄暗く、思ったより広いようだった。

今夜のために前もって手入れがされていたようで、普段は使われていないのに、内部の空気には埃や黴のような古臭さは少しもなく、むしろ周囲の湖の湿気をたっぷり含んでいるような、しっとりと落ち着いた清澄さを感じさせた。

おそるおそる、足を踏み入れる。

外観から想像していたのとほぼ同じ、お堂のような板張りの空間だった。子供の頃からずっと、中はどんな風になっているんだろうと思い続けてきたのに、いざとなるとどうして足が竦んでしまうんだろう。

何か違和感があると思ったら、中の温度のせいだった。この季節は夜になるとかなり冷え込むから覚悟していたけれど、意外にも中はぼんやりと温かい。電気は引かれていないはずなのに、と思いながら見廻すと、大きな瓶《かめ》のような陶器が幾つか目に入った。一見花瓶のようだけれど、何も生けられていない。そっと覗き込んでみると、灰色の砂のような物が入っているのが見えた。そして中央部には、紅い色を宿した、黒っぽい炭のようなものも。レトロにも、火鉢として今夜は活躍しているらしい。

入ってすぐ左の壁際には、くすんだ色の和紙のランプシェードを被ったスタンドが一つ置かれていて、部屋の空気が重たげにその光を通しているように見えた。その傍に小さなテーブルと座布団が二つ、しつらえられている。テーブルの上には汗をかいた銀色のバケツ型ワインクーラー、そこから首をのぞかせているコルク栓の嵌まった瓶、そして洒落たクリスタル・グラスが一対。

床の上に直に置かれているスタンドは、和紙のランプシェード越しにやわらかな灯をまわりに振りまいている。

まるで外の、霧のヴェールに包まれた月の光のように。

どうして、私はこんなに冷静なんだろう。

どうして、彼は緊張した重さを抱え込んでいるんだろう。

目の前の背中が突然見知らぬ人のもののように思えて、微かな眩暈《めまい》を感じた。

「……終わったね」

瑛ちゃんが少しかすれた声で言いながら、振り返った。

「疲れただろう？　座ろうか」

彼に続いて腰を下ろそうとして、ふと内部にぐるりと目を遣った。あちこちに備えられた照明が朧《おぼろ》に照らし出す内部は、妙に現実感がなかった。床は正六角形そのままの板張りでお堂のようだけれど、中の空間の大部分は、カーテンのような白っぽい布でぐるりと正方形に仕切られている。ちょうどこちら側に近い部分は捲り上げられていて、床の中央に太い柱が、天井まで垂直に立っているのが見えていた。その奥の方に、床から一段高くなった畳の部分もある。そこに布団が一組敷かれているのが分かった。

　思わず頬が熱くなるのを感じ、慌てて視線を巡らせる。

　中央の太い柱とは別に、それより少し細い柱が四本、間隔を空けて立てられているのにも気が付いた。その柱が区切られた正方形の空間の四隅になっていて、それぞれの間には半透明の紗のような布が張られてカーテン状に空間を仕切っている。布が透けて向こう側がぼんやりと見えるので、圧迫感は感じられない。

　時代劇に出てくる殿様の寝所のようだった。

　昔、この離れは特別な儀式に使われていたと聞いたことがあるけれど、その頃の名残なのだろうか。

「どうしたの？」

　瑛ちゃんが胡座《あぐら》を解いて立ち上がり、傍に来てくれたので、私は真ん中の太い柱を指さした。

「ね、あれ、何か彫ってあるよね」

　近くで見ると、それもまた龍の彫刻のようだった。薄暗い部屋でもそうと分かったのは、先程見た、外の廊下にぶら下がっているランプに施されていた細工とよく似ていたからだ。

　もちろん、こちらの方がスケールが大きい。私が両腕をぐるりと回してようやく抱えられるかどうかという太い柱に長々と巻き付いて、天を仰いでいるような格好のこの龍は、かっと見開かれた丸い眼といい、今にもがしりと掴まれそうな尖った爪を持つ前脚といい、ぴしりと鞭のようにしなりそうな尾といい、迫力があってとても生き生きしている。材質も異なっているけれど、きっとこちらの方が風雨にさらされていない分、原形を留めている部分が多いからだろう。今見てもとても精巧な作りだった。

　ただ……。

　どうしてこんなに、落ち着かない気分になるんだろう。

どうしてこんなに、この建物には龍があしらわれているんだろう。そこの宇美湖の主だったのだろうか。

「座らないの？」

瑛ちゃんの声に僅かに苛立ちがこもったように感じ、慌ててその場を離れるとテーブルへ向かった。

腰を下ろしても、何となく気まずい思いがして、しばらくは視線が上げられない。

折角の夜なのに、まわりに気を取られてばかりで情緒がないと思われたかもしれない……。不安を感じてそうっと瑛ちゃんを見てみると、まだ表情は強張って見えるけれど、ほんの少し、口元に微笑みが浮かんでいた。

ほっとする。

なんでも器用にこなしてしまう長い指先が、今夜は特別に優雅に見える。その指がつと伸ばされて、クーラーの中の瓶がその手の中に収まった。

静かな空気の中に、ワインの栓を開ける音、液体がグラスに注がれる音、差し出されたグラスがもう一つと触れ合って微かにたてた硬質な音が、滑らかに流れ出る。

ふと、幸福、という言葉が頭の中に浮かんできた。

私は、こんなに幸福でいいんだろうか。

初めて好きになった人と、自分の好きな故郷で結婚し、このまま一緒に暮らしていけるなんて、幸福でなくてなんだろう。

あらためて目の前の彼の顔を見ると、少し不思議そうな顔をして、

「どうかした？　もう面倒な儀式は終わったんだよ、のんびりしようよ」

いつもの口調に戻って瑛ちゃんは白い歯を見せた。そして手にしたグラスを傾けようとする。なぜか、どきりとした。

「あ、何かに乾杯しない？」

尋ねると、はっとしたように手が止まり、ちょっとばつの悪そうな表情になった。

「ごめんごめん。うーん、そうだね、月並みだけど、二人の未来に、ってしようか」

照れ臭そうにそういうと、不意に顔を近づけてきて、ふわりとキスをした。

顔に血が上るのを感じて、慌ててグラスを傾ける。

「明日の朝は、目覚ましも関係なく、のんびりしてていいんだからね。今日は朝から大変だったろうし、ほら、今も目がとろんとしてるよ。着物なんて、慣れてないと着ているだけでも疲れるんじゃないの」

本当だった。

白無垢姿で式を挙げた後、重たい色打ち掛けを着せ掛けられた瞬間、肩にずしりときた。衣装合わせの時はそれほど重さを感じることはなかったのに、本番になるとすべてが誇張されて感じられた。

白足袋に足を入れたとき、指先が妙に遊んでしまうこと。

着付けをしてくれたご近所の方の視線が、時々変に鋭く私に注がれていたように思えたこと。

着替えの間に掛けられていた色打ち掛けの地の緋色が、いかにも重そうに見えたこと。

その打ち掛けに大きく縫い取られていた一羽の鶴、その羽が一本はらりと舞い落ちたように見えたこと。

そして、お色直しで身に着けた碧地の着物の碧さに吸い込まれるような気持ちになったこと。

大事な日だから神経過敏になってたんだろうな、と我ながらしみじみ感じていた。

そして今も、まだ緊張している。

座ったまま周囲を見廻すと、不意に新しい木の匂いや温もりを感じた。さっき見た柱の龍の彫刻や青銅製のランプなどはとても古そうだったけれど、もしかしたらこの床や扉などは、今日のために新しく張り替えたり作り替えられたのだろうか。

伝統と未来とが絡まって、不思議な空気を醸し出している。

古いもの、新しいもの。

昔の話、現在の話。

子供の頃に聞いた幾つもの伝説を思い出す。

「ねえ、ここの神様の話、聞いたことある?」

「え、神様?」

グラスを持つ手を危なっかしく傾げながら、瑛ちゃんが不思議そうな声を出した。

「昔、この湖の主が宇美神様っていって、神社に祀られていたって。ほら、向こうの方の岸辺に古い神社があるでしょ? 伝説の元になった大きな弓が掛けてあって」

「ああ、あの矢が外れている、ばかでかい古い弓か。矢が長すぎてつがえられないとかいう。あれは昔、鬼退治に使われたんじゃなかったっけ」

思わず笑ってしまった。

「元々、あの弓に合う矢はないのよ。最初に一本だけ作られてた矢は……」

不意に脳裏に浮かぶ、子供心にとても怖かった情景。

大人が両手を広げても足りないくらいの巨大な黄金の矢、それが湖のほとりに突き刺さっている。

その先端には男女の折り重なった身体が……。

「こんな話、聞いたことなかった?」

と尋ねると、瑛ちゃんは眠そうに目をぱちぱちさせながら、首を振った。

「沙季ちゃんは、誰かに聞いたの、本で読んだの?」

「私? 私は……」

どこで聞いたんだろう。誰から……そう、きっとお祖母ちゃんから聞いたに違いなかった。そう言うと、彼は不思議そうな顔をした。

「その話を、沙季ちゃんのお祖母さんから聞いたって? 直接に? でもお祖母さんはとっくに亡くなっているじゃないか。あの時、沙季ちゃんは生まれてすぐくらいじゃなかった？」

くらりとした、違和感。

そう、そういえば私には父方母方とも、祖父母の思い出なんてなかった。母方の祖父母は埼玉の人で私が生まれる数年前に亡くなり、父方の祖父母も私が生まれる前後に相次いで亡くなったはずだった。

なら、どうして直接人から聞いたような記憶があるんだろう。

「沙季ちゃんは小さい頃から本を読むのが好きだったよね。どこかで読んだ民話が幾つか混ざっちゃってるんじゃないのかな。

それに、実際その話と似たような事件が身近にあったわけだし」

瑛ちゃんは固い表情で、ワインをまたグラスになみなみと注ぎ、一息に飲み干した。

空気が、凍る気配。

私は、パンドラの匣を開けてしまったんだろうか。

「あれはもう十五、六年前になるね、ここで叔父さんたちが亡くなったのは」

瑛ちゃんは何か覚えていることがあるんだろうか。目を伏せて、手の中で空のグラスをゆらゆらと左右に振りながら、低い声で続ける。

「でも、建て替えこそしなかったけど、外廊下なんかは全部の板張り部分を新しくしたわけだし、何の名残もないはずだ。あるとしたら、人の記憶だけだよ。

でも、今頃誰が気にしてるだろう。僕なんかまだ十歳くらいでほとんど記憶にないし、うちの両親だって話題にしたことはない。あの頃の当事者としてはあとはお祖父さんだけだけど、あの調子じゃまるで覚えてないだろうね。

それにあの事件では、犯人は分かっていたんだかから」

この家に引き取られてから、今までどうしても聞けなかったことを、今聞くべきだろうか。

記念すべき、結婚式の夜に？

「ごめんなさい、私、ちょっと興奮してたみたい。今夜するような話題じゃないよね」

ワインのぴりりとした感触が、喉に染みわたる。

「今まで、ずっと気になってたのか」

心なしか、瑛ちゃんの声はやわらかく聞こえた。

「ごめんなさい……」

グラスを置くと、両手で頬を覆った。火照っているのか蒼ざめているのか、自分では分からなかった。

右手の甲に、何かが触れた。

「いいよ、もう。あの事件は終わってる。犯人はまだ捕まってないけど、もう殺人の時効も過ぎてる。後はすべてを忘れるだけなんだ。叔父さん達が生きていたことは忘れちゃいけないけど、どんな死に方をしたかってことは、忘れなくちゃいけないんだ」

「その犯人が、血が繋がっている人でも忘れられるの？　血が繋がっているから忘れるの？」

誰がそんな残酷な言葉を口にしているんだろう。

私？

「沙季ちゃん……」

息を呑む気配がした。私のと、彼のと。

ふるるる、ふるるる。虫の音が聞こえてくる。

「あのとき、幾つだったっけね……」

怒り出すかと思ったのに、静かな声が続いた。

「何か覚えていることある？　僕はあの事件の後しばらく熱を出して寝込んでいたらしくて、何も覚えてないんだ。叔父さんたちのお葬式にさえ出てないらしい。沙季ちゃんはどうだった？」

あの事件で亡くなったのは、瑛ちゃんの叔父さんと私の叔母さん。でも私も、あの頃の記憶はほとんどない。人から断片的に聞いた話しかないし、それらの話は細部が微妙に違っていたから、単なる噂話にすぎないと思っていた。それに、その話をする度に相手は同情的な色を目に浮かべて、沙季ちゃんも可哀想にねえ、と付け加えるのが常だったから、亡くなった叔母さんには悪いけれど事件の話を聞くのは最近ではむしろ憂うつだったし、もちろん自分で何か調べてみようという気になるわけもなかった。

俯《うつむ》いたまままそんな風に告白すると、彼は両手で私の手をそっとくるんでくれた。温かい手。おそるおそる顔を上げると、いつもは立ち上げている前髪の下から、大きくて優しい目が私を見つめていた。

「大丈夫だよ、これからは僕がずっと守ってあげる。嫌なことなんて何も思い出すことないんだ。あの事件なんてもうずいぶん過去のことだ、忘れようよ。犯人だってずっと逃げられるわけはないし、もう死んでるかもしれない。それで終わりにしなくちゃ」

守ってくれる、これからはずっと瑛ちゃんが私を守ってくれる。

その言葉がやんわりと染みてきて、すごくほっとした気持ちになる。ワインのせいなのか、瑛ちゃんの言葉のせいなのか、頬が上気しているのが分かる。身体がふわふわと浮き、頭がぐらぐらと不安定になっているように感じる。

そっと彼の手を振りほどいて溢れそうになる涙を拭きながら、微笑んで頷くことしかできなかった。


夢を見ていた。

ほどけた髪がゆらゆらと身体のまわりに漂っている。驚いて伸ばした指先の動きに添って髪が揺らぎ、視界が歪んだ。

いつの間にか、私は湖の水の中に浮かび、分厚い水を通して湖底のいろいろな物を見ていた。

木造のほとんど朽ち果てたような小屋、釣瓶《つるべ》がその口のところから上に向けて逆さまに上がっている古びた井戸、ゆらゆらと流れに身をゆだねている深緑色の藻の塊。

水の中なのに、呼吸がちっとも苦しくない。ちょっとした身のこなしで自在に動け、次の瞬間には湖面から顔を出していた。

暗い森が鬱蒼《うっそう》と周囲を包み込んでいる。ここはどこだろうと考える間もなく、宇美湖だと分かった。

漆黒の空をバックに黒々と左右に伸びている家が見え、その反対側の岸辺に小さな神社が見えたから。

宇美神様が祀られている古びた小さな社の中には、やはり古びた大きな弓が飾られているはずだ。大人が二人がかりでも引くことのかなわないような巨大な弓は、二年に一度の祭りの前に埃を払われる以外はずっと動かされることなく、御簾《みす》の奥に鎮座して、時の流れをそこだけ留めてしまっているように見える。昔々、神様だけが引くことのできたという巨大なその弓には、初めは長い長い黄金の矢がつがえられていたという。

神社が先だったのか、この地方の技が先だったのか。

かなり昔からこの地方で作られる弓矢は丈夫で飛距離が長いと有名で、有力な豪族や武士などが遠方からわざわざ求めにやってきたといわれている。有名なところでは、奥州への逃避行の途中で源義経が弁慶にここの弓矢を求めに走らせたとか、伊達政宗が愛用していたとかいう話が、役場に置いてある八矢町案内のパンフレットには書かれている。いつの頃からかこのあたりで力を持ち始めた豪族の蜂谷一族が職人たちを手厚く保護したため、腕の立つ職人が更に集まったらしい。《蜂谷の里の弓矢》は里の呼び名が変わった後も《八矢の弓矢》として名を馳せたという。

今はその名残を留めるのは、二年に一度の祭りの間だけだ。

江戸時代のいつか、神社から黄金の矢がなくなってしまうという事件が起こった。それは、ある豪族が御利益を狙って家来に盗ませたとも、近隣の村で諍《いさか》いがあり、興奮した村人がそれを持ち出して相手方に襲いかかったともいわれているけれど、定かではないらしい。伝説の一つとして私が知っているのは、瑛ちゃんに話した、女神と村の若者の話だ。

美しく哀しい話が織りなす余韻をいまだに秘めている、古い神社。

その社が月の光を浴びて向こうの方に白々と見えた。

そしてその横に、小さな黒い人影。

顔なんてとても見えない小さなその影を、間違いなく瑛ちゃんだと思った瞬間、私はそちらへ向かって泳ぎ出していた。

不思議と身が軽い、どんどん速度が出る。

ふと足元に視線を落としてみると、二本の足があるべきところには、鱗に被われた魚の胴体がくっついていた。

なのに、全然不思議には感じない。

そうか、私、人魚だったんだ、と思うと面白いように早く泳げて、岸辺もどんどん近づいてきた。

なのに、その人の顔はどうしても見えない。

水をかき分ける音も聞こえない。何の音も聞こえない。

静謐《せいひつ》な闇を縫って私はどんどん近づいていくけれど、いつまで経っても岸にたどり着けない。

妙な感覚を覚え、一瞬動きを留めてみた。

するとそのまま、私は湖面から上半身を出した中途半端な位置で止まることができた。

そして、何かが聞こえた。

微かな、静かな、碧い碧い旋律が。


ふと目が覚めると、私は布団の中に横たわっていた。

薄闇の中に、見慣れない天井の木目がゆらゆらと浮かび上がっている。

ここは、どこだろう。

一瞬遅れてしっとりと落ち着いた木の匂いが感覚に流れ込み、それと同時に思い出す。

かあっと頬が熱くなる。自分で布団に入った記憶がない、ということは、瑛ちゃんが……。

はっとして隣を見ると、もう一組敷いてある布団の中に、彼の姿はない。掛け布団が上半分、少し乱れている。見廻すと、周囲を取り囲んでいる半透明のカーテン越しに目に入る部屋の中は、まだ薄暗い。

薄暗い？

違う、薄明かりが入ってきている、もう夜が明けている。ということは、遅くとも六時は過ぎている。

飛び起きようとすると、頭がくらっとした。まだワインが残っているんだろうか。最初の一杯しか覚えていないけど、その後二人で一本空けてしまったのかもしれない。

南側の観音開きの扉は格子が下ろされ、上半分が障子になっていて、そこから朝の光が和紙を通ってやわらかく部屋へ入り込んできている。

もしかしたら早く目が覚めて、外の廊下のところで朝の空気に浸っているのかもしれない。朝晩はかなり冷え込むようになっているけど、朝の空気はまだ、清々しい感じがする。

「瑛ちゃ……瑛一《えいいち》さん、そこにいるの？」

返事はない。母屋のトイレにでも行っているのかもしれない。

布団から出て立ち上がり、この日のためにあつらえてもらった白い着物の乱れを直すと、髪を大ざっぱに撫で付け、そうっと扉を押し開けた。

ぎい、という耳障りな音。

途端にひんやりとした空気が湖面を渡って流れ込んできた。顔や眼がすっと引き締まるのを感じる。首筋にぶるっと震えがきて襟を掻きあわせた。

その時。

それが目に入った。

足下から続いている艶やかな焦げ茶色の廊下が左右に延び、ぐるりと離れを取り囲んでいる。朝のやわらかな光を反射するその廊下のすぐ向こう、湖の中心に向かった右の方に、何かがある。なにか歪《いびつ》な形をした、白っぽい塊。

凹凸のある、艶のない不規則な形をした物体。その一部は暗い赤で彩色されている。

人間だと、考える間もなく分かるはずなのに。

その塊は、ねじくれて、とても不自然な格好で横たわっていた。顔のあるはずの位置には黒っぽい髪が乱れている。

俯《うつぶ》せになっているんだ、と感じる前に、眼がその塊を拒否していた。

拒否しているのになお、どうして眼に入ってくるんだろう。

どうして、手や足がやたら多いの。

どうして、頭が二つあるの。

どうして、重なっているの。

どうして、真ん中に何か刺さっているの。

左手から射し込んでくる朝の光が、その細長い棒のような金属にぶつかり、ちりちりと私の両眼を射る。

どう見ても、二つの身体が真ん中で釘付けにされているようだった。上から被さっているのが、手足の長くほっそりした身体付きの、男。下に仰向けに横たわっているのが、豊かな身体付きをした茶色い髪の、女。

頭が拒否しているのに、足がそろりそろりと勝手に動きだす。二体で構成されたオブジェの脚のすぐ横を通り、それらの頭の近くに身を屈め、覗き込む。

喉の奥から何かがこみ上げる。

どうして？

くっきりとアイラインを引かれた瞳が見開かれ、彼の肩越しに私を凝視している。フューシャピンクのルージュに彩られた唇は、嘲るように歪み、だらしなく開かれたまま。

どうして？

いつもしていたダイヤのピアスがきらきらと、彼の指の隙間から光を反射する。

どうして、彼女がここにいるの。
どうして、瑛ちゃんが彼女とここにいるの。
どうして、二人ともこんなに冷たいの。
どうして、私はここにいるの。

無伴奏　第一楽章

それは、湖の主の女神と村の若者との哀しい恋物語。

昔、この湖には上半身が美しい人間の女で下半身が魚の神が宿っていた。その神は時折湖のほとりで長く美しい黒髪を洗っているけれど、それを人間に見られると、すぐに湖の底へ潜っていってしまう。そして、その人間が住む村はほどなく、必ず大雨とか地震といった天変地異に見舞われてしまうのだった。

だから、もし神の姿を見かけたら、絶対にこちらの姿を見られないようにしなければならない。

近くの村人達は、山に入る時はそう言ってお互いに戒《いまし》めあっていた。でもある日、村の若者が道に迷い、月の美しい夜に湖のほとりに出ると、すぐ近くで女神が髪を洗っているところに出遭ってしまった。若者は、女神のあまりの美しさに雷に打たれたように立ち竦んでしまい、逃げたり姿を隠すことができなかった。気がつくと女神の姿はなく、湖面にゆらゆらと幾重もの水の輪が広がっているだけだった。

しかし、それから幾日経っても、村は天変地異に襲われることはなかった。若者は女神の眩しさにすっかり心を奪われてしまい、どうしてももう一度逢いたくなって、次の満月の晩に再び湖へと出掛けていった。

女神は湖のほとりの岩場に腰掛けており、若者を見ても逃げようとしなかった。

そして、二人はお互いに恋い慕うようになった。

若者は女神と逢っていることを誰にも話さなかったが、日々ぼんやりしていることが多くなった。

そんなところへ、村の長者の娘との縁談が持ち上がった。近ごろの若者の様子を心配していた両親は、恋病《こいわずら》いのせいだったのかと合点し、その話は若者の知らないうちにとんとん拍子にまとまった。そもそもは長者の一人娘が若者を見初めて父親にせがんだ縁組みだったけれども、若者の家は貧しく、とても断ることなどできなかったし、若者の両親にとっては、次男坊の彼にとてつもない幸運が舞い込んだとしか考えようがなかった。

そして、婚礼の前の晩。

若者は女神に別れを告げるため、湖へ向かった。

そしてそのまま、村には戻ってこなかった。

定められた時刻になっても姿の見えない若者を心配した両親や村人達が、総出で山を捜索した。

長者の娘は独り、部屋で祈りを捧げていた。


日が沈み、西の空に明るい星がひとつ、瞬《またた》く頃。

村人の一人が、湖のほとりで倒れている若者を発見した。

彼は、独りではなかった。

女神としっかりと抱きあい、その二人の身体を巨大な金色の矢が深々と貫いていた。すっかり血の気を失った若者の青白い顔は、それでも幸せそうな微笑みを浮かべていたという。

この黄金の矢はどこから放たれたものか、誰にも分からなかった。この女神には実は約束した男神がいて、その男神が嫉妬のあまり二人を射貫き殺したとも、二人が心中を図り、女神が何かの術を用いてそのような姿になったともいわれている。

そして村人達が二人を取り囲み、引き離そうとした時。

突然どこからともなく濃い乳白色の霧が湧き上がり、あたりに立ちこめた。すぐ傍にいる仲間の顔を見分けることすら難しいほどの、ゆらゆらと重たい霧が村人達の間を縫い、広がり、その場を夢幻のひとところに変えた。

その、今までに見たこともない濃い霧を縫って、淡い銀色がかった清《さや》かな月の光が射し込み、若者と女神の上に降り注いだ。

次の瞬間、霧の奥に広がる湖の水面から、真珠色の微光を放つ巨大な龍が躍り出たかと思うと、その爛々とした眼を二人に据えると同時に巨大な口を開いた。

村人達が悲鳴をあげる間もなく、龍は二人をくわえると、長く優美な身体をくねらせながら悠々と天へ昇っていった。

残されたのは口をぽかんと開けた村人達、腰を抜かした長者、そして岸辺に落ちていた、真珠色の巨大な鱗がひとつ。

長者の娘は気がふれてしまい、その後、生涯座敷牢から出ることはなかった、という。

第二章　優しい手

揺れている。

ゆらゆら、ゆらゆら。

ここはどこだろう。私は何をしているんだろう。

誰かの声がする。

「可哀想にねぇ……」

誰のことだろう……。

まわりはひどく明るくて、眩《まぶ》しくて、すぐ近くに大勢人のいる気配がするのに、誰なのか分からない。

「ほんにねぇ……またこんなことって……」

誰かの手が、頭を撫でてくれている。

優しい、温かい手。誰の手だろう。

しばらく頭の上に置かれていたその手にぐっと力がこもり、私を抱き上げている。すぐ近くに顔があるのに、誰なのか分からない。いったい誰？

「なんにも怖いことないからな。これからはずっと、一緒にいような」

懐かしい、優しい声。これは誰？

「お前はなんにも知らないんじゃ。それでいいんじゃ」

その人の腕の中に揺られていると、とても心地よかった。

誰だろう……。


ゆったりと揺られている振動に、気を取り戻した。

誰かに背負われている。その背中の温かさがじんわりと伝わってくる。ほっとする温かさ。

誰だろう……瑛ちゃん？

そう思った瞬間、脳裏に不気味なオブジェが蘇り、息を呑んだ。

白い、ねじくれた、血塗《ちまみ》れの二体の人間。

目の前が、ぱあん、と弾けた。

次に気がついた時、私は布団に寝かされるところだった。

ちょうど誰かの背中から降ろされようとしていて、幾人もの人たちが何かと手を添えてくれている。肩を支える手、着物の裾を整える手、乱れた髪を直す手。

見廻すまでもなく、一階の中庭脇の和室だと分かった。

空気が、緊張している。

誰かが布団をそうっと掛けてくれて、別の手が私を横たえようとしていたけれど、知らない顔に囲まれたまま横になるのは嫌だった。だから、誰にともなく小さく首を振ると、半身を起こした姿勢のまま、ぼんやりと縁側越しに庭を眺めた。

すると、布団の横で、こほんとわざとらしい咳がひとつ。

顔を向けると、そこには皺《しわ》だらけのグレイの背広を着てよれよれの黒っぽいネクタイを締めた中年男が、髪をくしゃくしゃに乱したまま正座してこちらを見ていた。顔と肩の形がごつごつといかつい。

膝の上には、黒っぽい小さな手帳が置かれている。

まるで、夜勤明けの疲れ切った刑事のようだ。

口元に笑みが浮かぶのが分かり、それを相手も気付いたらしく、眉を少しひそめて訝《いぶか》しげな表情になった。

「ええと、あなたが有塔《ありとう》、いや、まだ高倉《たかくら》沙季子《さきこ》さん、ですな」

意外にも、深い響きのある澄んだテノールだった。はい、と答えようとして喉がからからで声が出ないのに気付き、代わりに頷いた。

「ご気分はいかがですかね。そのう、こんなことになってたいへんお気の毒とは思いますが、なにぶんあなたは第一発見者ということになりますんで、こちらとしてもお話を伺わにゃならんのです」

男は本物の刑事だった。州崎《すざき》と名乗った。浅黒くくすんだ肌に、充血した眼をしている。その向こう側には、こちらはいかにも刑事ドラマに憧れて刑事になったという風情の、痩せた若い男が座っていた。彼はそのままの体勢で深々と頭だけ下げたけれど、その後はちらちらと視線を向けてくるだけで、名乗らなかった。

布団のまわりには他にも何人かの人々がいるけれど、なぜかそちらの方に視線を向けることができない。座っている姿形はぼんやりと視界の中に入ってくるけれど、その顔一つ一つに焦点を合わせることは、どうしてもできない。

州崎という刑事は、またこほんと乾いた咳をしてから言葉を続ける。

「今朝は何時ごろ起きられたか、分かりますか」

今朝。今朝って……いつのことだろう。

「あなたが離れの南側の廊下で倒れているのを、今朝の七時四十五分頃、ササヤマさんとアサミさんが発見したということですが」

ササヤマさん？　笹山さん……ああ、笙子おばさまのお友達の方だ。それに、アサミさん？　浅海さん……あ、良枝さんのことだ。発見したって、私を？　どこで？　いつ？

考えがどうしてもまとまらない、まとめようとする端から次々に思考が指の間をすり抜けて散らばっていくような、心細い感覚。

「ご気分がすぐれないようなら、また出直しますが」

「刑事さん、今日は取りあえずお引き取りください」

反対側から笙子おばさまの声がした。いつもと全然違う、張りのない声。

涙色の声。

「あんな……あの子があんなことになって……もうたくさんです」

「奥さん、お察ししますが……これは大事件だ。このお嬢さんが現場に一番近いところにいたんですから、何か見ているかもしれんし」

「何を見てるっていうんですか、この子が。こんな……こんなことって……いったい何を……」

「わたし、見たの」

突然、女の子の甲高い声がした。

はっとして視線を向けると、半分ほど開いている縁側の右の障子に半ば隠れるようにして、小さな女の子が立っているのが目に入った。五、六歳くらいだろうか、白いブラウスに赤いスカートをはいて、おかっぱ頭を傾《かし》げ、口元から上だけ覗かせている。ぱっちりした目は真っすぐに私に向けられている。

どこの子だろう。

「わたし、見たの。

朝、寒かったんだけど、シロがどうしてもお散歩に行きたいっていうから、わたし、おうちをぬけ出して湖の方へ走って連れてったの。

シロはわんわんほえて、とってもよろこんでたわ。森の向こうまでぐるっとして戻ってきたら、おっきなおうちのところでシロが止まっちゃって、どうしても動いてくれないの。

わたし、寒くてしようがなかったから早くおうちに帰りたかった、でもシロはわんわんほえて、ひもを引っ張ってもぜんぜん動いてくれないの」

「いったいこりゃ、どうしたこった」

「水の上におうちがあるのよ。そこに向かってわんわんずうっとほえてるの。わたし、そこの人におこられると思って、泣きながらひもを引っ張ったのに、シロったらちっとも動いてくれなかった。

そうして、よく見たらそのおうちのところに、だれかいたの」

おかっぱ頭の女の子は、障子に半分隠れながら、真っすぐに私を見て喋り続けている。

いったい誰？

「大人の人が二人いて、服を着てなかったの。わたし、こんなに寒いのに何にも着ないであんなところにいたらかぜを引いちゃうと思って、でもわたしが見てるって気が付いたらおこられると思って、なんにも言えなかった。その人たち、ろうかで横になってねてたわ」

「沙季ちゃん？」

「お日さまがのぼってきて、ぼうみたいなぴかぴかした長いものがまぶしかったの。その人たち、ねたままでそのぼうをおなかのところに持ってたみたいだった。赤いのが水の中にずうっと落ちてたわ。屋根からぶら下がってるくさりも右の方できらきらしてまぶしくって」

「高倉さん？」

「それでね、わたし、シロのひもを放しちゃったの。そしたらシロが、いきなり向こうへ走り出して、道の方からそこの大きなおうちに入ろうとして、わんわんうるさくしたからお庭のおじさんが出てきちゃって。

それでね、分かったの。その人たちもう生きてなかったんだって。

わたしの大好きな朋《とも》おばさんだったのに」

「高倉さん！」

肩を強く揺さぶられて、はっとした。

目の前に、知っている顔がある。

「え……波府《はぶ》先輩……？」

ひどく真剣な表情で私の肩を揺さぶっていたのは、波府武琉《たける》先輩だった。いつ、ここに来てくれたんだろう。

ここは、どこ？

先輩の肩越しに縁側が見える。障子の向こう側には誰もいなかった。視線を感じて見廻すと、部屋にいる全員が私を見つめていた。

「なんてこと……」

両手を頬に当てて目を見開いた笙子おばさまが呟いたのが聞こえた。馨子《きょうこ》は難しい顔をして、和恵《かずえ》は口をぽかんと開けて、やっぱり私を見ている。五条院先生は私と目が合うと慌てた様子であちこち見廻し始めた。

　そして波府先輩は、眼鏡の奥の瞳を少し和ませた、ような気がした。私の肩から両手を外すと、少し下がって、

「大丈夫ですか」

　と、いつもの穏やかなトーンの声で尋ねた。訳が分からないまま、なんとか首を縦に振る。と、そこへ、

「なんちゅうこっちゃ」

　という大声と共に、廊下から加地《かじ》先生がどかどかと入って来て、刑事さん達を睨《にら》み付けた。

「こんなショックを受けてる娘に無理矢理事情聴取とは、いくら何でもやりすぎじゃないかね」

　先生の声がわんわんと頭の中に響いてきて、不意に現実感が湧いてきた。

　今さっきの女の子は、私？

　あの事件の時、私は死体を見ていたの？

　彼に初めて出逢ったのは、式のひと月ほど前のことだった。

　あの時は、確か有塔の庭に出て、花を摘んでいた。

　残暑も終わり陽射しの心地よい、穏やかな秋の日。色付き始めた紅葉のわずかな紅が目に鮮やかだったのが、印象に残っている。広い庭の一角、湖に近い側に都忘れがたくさん咲いていたので幾つか摘んでいると、

「おねえちゃん」

　元気な明るい声で子供が駆け寄ってきた。青いシャツに半ズボンがいかにもやんちゃそうに見える、昔からよく私になついてくれている男の子。もうす

ぐ私の甥っ子になる。

　ご機嫌なのか頰を紅潮させて、目はきらきらしている。

「ね、母さんから聞いたんだけど、おねえちゃん、もうすぐここの人になるの？　ここに一緒に住むの？」

　浮かべた笑みが自然に消えるのを感じた。

　今、有塔の家に暮らしている彼の姉夫婦家族は、私たちが結婚したらここから出ていくことになっている、という。

　私たちは、いずれ家を継ぐことに異議こそなかったけれど、しばらくの間は町の方に部屋を借りて二人っきりの生活を送ろうと考えていた。でも、彼の父親は反対していて、結婚したらすぐにこの家に入れ、という。私たちがしばらく別に部屋を借りる、と聞いた時、どうやらそれは今同居している彼の姉夫婦に遠慮しているのだと推察したらしい。

　彼は、何とか父親を説得する、姉さんたちを追い出すようなことはしたくない、と言っていたけれど、少なくとも今の時点では、説得できていないようだ。

　ため息が出る。

　もうすぐお式なのに、大丈夫なのかしら。

「ね、おねえちゃん、僕たちとおんなじおうちに住むの？」

　無邪気に聞かれて、なんと答えたらいいのか迷う。

「そうね、おねえちゃん、もうすぐあなたの叔父さんと結婚するの。でも、おんなじおうちに住むかどうかは、まだ分からないのよ。それは、あなたのお祖父様が決めることなの」

「ふうん、じいちゃんが。じゃ、僕がじいちゃんに頼んであげる。おねえちゃんたちがここに一緒に住めるようにって、お願いしてあげるよ」

　子供とは、なんて真っすぐにものが言えるんだろう。

「そうね、ありがとう。でも、あなたの叔父さんがお祖父様にお願いしてくれているから、あなたは心配することないのよ」

本当は別に暮らすことを許していただけるように、とのお願いなのだけれど、この純真で綺麗な瞳を目にしたら、とてもそんなことは言えない。彼は小さいながらも指の長い綺麗な手で私の右手を握ってくれた。

温かい、子供らしい丸みを帯びた手。

彼は、にっこり笑った。つられて私も笑みを浮かべる。

「大丈夫だよ、もし叔父ちゃんが駄目でも、僕のお願いなら、じいちゃんもきっと聞いてくれるから。じゃあね」

彼はくるりと向きを変えると、軽やかな足音を立てながらあっという間に建物の向こうへと消えてしまった。

またひとつ、ため息が出る。と、その時。

「かなり好かれていらっしゃるみたいですね」

どこからか、とても穏やかで上品な男の声がした。慌てて見廻すと、植え込みに縁取られた小高い芝山のところから、むくりと起き上がる男の姿が目に入り、はっとした。

ここは有塔の庭なのに。いったい誰だろう。

すらりとした長身の若い男だった。真っすぐで艶やかな髪が緩やかな風に乱され、肩の上でさらさらと揺れている。身に着けている無地の黒いシャツと黒いズボンとが、洗練された印象を与える。色白でくっきりした顔立ちに、大きな黒目がちの瞳が濡れたように輝いている。芸術家風の雰囲気を持っていて、何気ない身のこなしが優雅だった。

そんなことを観察しているうちに、その人は植え込みから出てくると視線をすっと私に向けて近づいてきた。思わず一歩下がる。

見つかって困った風ではないから、有塔のどなたかの知り合いか、あるいは親戚の方なんだろうか。

「あなたが、彼の結婚相手、というわけですか」

やわらかなトーンの落ち着いた声で、ゆっくりと話す。近くで見ると思ったよりは若くないようだった、三十歳を幾つか過ぎているだろう。長い前髪を透かして覗く大きな黒曜石色の瞳が、優しく、それでもストレートに私を見つめる。手も足も長く、ひょろりとした印象が強いけれど、どこか一本芯の通った強さのようなものも感じられる。言葉遣いだけでなく、声の響きや話し方自体もとても品があり、知的な感じがした。

相手の方がずっと背が高いので、私は自然と見上げる形になる。

仄《ほの》かに、花のような香りがした。

「僕のこと、彼から何か聞いてませんか」

思わず眉をひそめた。

誰なのか名前も分からないのに、返事のしようもない。

そんなことを考えた私の心を読み取ったかのように、その人は不意に口元を可笑《おか》しそうに歪めた。

「失礼、僕の名前も分からないのに、答えようがないですね。

遠山ルネといいます。留まるの留に音と書きます。彼の……そうですね、従兄《いとこ》にあたります。ここ何年か外国にいましたから日本は久しぶりで、ここの家にしばらくの間厄介になろうと思って来てみたら、結婚するって聞きましてね。

おめでとうございます」

遠山さんが長身を優雅に折って深々とお辞儀をしたので、こちらが戸惑ってしまった。今まで話題に上がったことはなかったけれど……遠山留音さん。何となく日本人離れした空気を持っているのは、しばらく外国にいたせいだろうか。

「あ、あの、どうもありがとうございます。外国にいらしたということは、お仕事でしょうか。芸術家でいらっしゃるとか」

私の言葉を聞いて、遠山さんは一瞬驚いたような表情になり、すぐに破顔一笑した。笑うと辺りがぱあっと明るくなったような気がする。

「はは、簡単に言ってしまえば芸術家崩れ、というところでしょう。有塔の伯父にしてみれば厄介者の甥ってところでしょうね」

音楽が専門なのかもしれない。とても長く、今にも空気の中から何かしらをつと、つまみ出しそうな指が、垂れてきた前髪をはらりと払う。

それ自体が語りかける術を持っているような、長い指。その指に見とれてそのまま肩に視線を移すと、何か小さくて白っぽい物が付いていた。

「あ、肩になにか」

伸ばそうとした私の手より遠山さんの方が素早く、それをそっと摘みあげた。

「ああ、これ。あそこで付いたんだな」

独り言のように呟くと、視線を私にふっと向けて、

「桜、見たいですか」

と唐突に尋ねた。

この時期に桜なんて、と思った私の戸惑いに気付かない風で遠山さんは続ける。

「裏山の方に山桜の樹がありましてね、一本だけ秋に花を付けるんですよ。信じられないですか」

つい頷いてしまった。すると相手はやんわりと微笑んだ。

吸い込まれてしまいそうな、黒曜石色の大きな瞳。

「僕も自分の目で見るまでは信じられませんでしたよ。秘密の場所なんです。彼にも教えたことはないけれど、そうですね、結婚祝いということであなたにだけ教えてあげましょう。それほど遠くはありませんから、行きましょうか」

え、と言いかける私の手からするりと、摘んだばかりの花々を取り上げると、遠山さんはそれを近くの植え込みの上にそっと置いた。

それからしばらくの間、遠山さんの後ろについて

歩いていた。外国のどのあたりに何年くらいいたのか、彼の従兄ということは子供時代の共通の思い出話があるかどうかとか、聞きたいことはいろいろあったけれど、初対面であまり突っ込んだ話を聞くのも失礼かと思われて、自然と無口になる。

　遠山さんは時々振り返ってくれて、私がちゃんと付いてきているか確かめながら、足元の危ない場所や棘のある樹木などを注意してくれる。とても感じの良い、親切な人だ。どうして今まで彼は遠山さんのことを話題にしたことがなかったんだろう。

「あの、遠山さんは」

「留音でいいですよ」

　思い切って話しかけた途端に言葉を返されてしまい、ちょっと勇気がくじけてしまう。それでも沈黙したまま歩き続けるのにも飽きてきたので、

「留音さんは、どのくらい外国にいらしたんですか」

　と聞いてみた。遠山さんは急に立ち止まると腰に左手を当てて、右手の人さし指を額に当て、考え込むポーズになる。何だかちょっと可笑しかった。

「ええと、そうだな、八年以上になるでしょうね。大学を中退してすぐにイタリアへ渡って、南米とそれから東欧の方にもちょっと」

　別に、何かあてがあったわけではないんですけれど、ま、沈みゆくヴェネツィアと芸術家の憧れの地フィレンツェを見てみたかった、というところでしょうか」

「ヴェネツィアとフィレンツェ……」

　まったくの別世界だった。テレビや本でしか見たことがなく、自分がそこへ行くなんて、まるで考えたこともなかった。そもそもパスポートさえ持っていない。

「いかがでした？　イタリアは」

　重ねて聞くと、遠山さんはふっと頭を振ってまた歩き出す。

「その二ヶ所以外にもあちこち放浪しましたけれ

ど、ローマはあまり好きになれませんでしたね。やはりフィレンツェが精神的に落ち着きました。気障《きざ》な言い方かもしれませんが、僕の心の見えないところで繋がった記憶がある、というか、前世で縁があったように感じたといいますか。

町中がひとつの芸術作品のようなところですからね、そのうち彼に連れて行ってもらうといい」

まるで隣町に行くような感じでさらりと言う。

「あ、このあたりは勾配《こうばい》がきついですけれど、もうすぐ着きますから、頑張って付いてきてください。あ」

言われた途端に私は足を滑らせてしまい、一瞬のけ反るような姿勢になってしまった。

空中に踊った私の両手を、さっと遠山さんが支えてくれて、ほっとする。しっとりと、とても温かい手だった。

「気を付けて」

ほとんど耳元でやわらかい声がして、一瞬びくりとなってしまった。

「あ、す、すみません」

慌てて服の裾から泥や枯れ葉を払う。落とした視線をおそるおそる上げてみると、遠山さんは今まで私を見守っていたふうだった。すぐに視線を逸《そ》らせるとまた大股で歩き出す。

もうかれこれ三十分くらいは歩いている。ちゃんとした道ではなく、でこぼこした山道だし、さすがに息が切れてきた。まだでしょうか、と口を開こうとして顔を上げた時。

「着きましたよ」

言われる前に気が付いた。

この辺りは常緑樹が多く、ほとんどが深緑の葉で覆われている。その中に一本、ぱあっと華やかな薄紅色の花をいっぱいに咲かせた樹が、ごつごつした幹をどっしりと構えていた。

まるで大勢の家来にかしずかれた女王様のように、気品ある風情。まわりが遠慮しているように、その樹の周辺だけがぽっかりと空いていて、いかにも特別な存在のように見える。四方へ大きく張った枝ぶりからして周囲を圧倒しているうえ、他の樹が緑の葉だけを付けているのに対し、どの枝にもこんもりと、淡い色の花々を付けている。まわりの空気をやんわりと、桜色に染め上げているように思えた。

「綺麗……」

それしか言えない。息が整うまでしばらくかかったけれど、来てよかったと心の底から思えた。

とぷん、と桜色の時間にひたっていた。

しばらく見とれてしまい、ふと気が付いて慌てて見廻すと、遠山さんは離れたところでこちらに横顔を見せていた。背筋をぴんと伸ばして片手をポケットに入れ、桜の樹の中心部分を見上げて立ち尽くしている。すっと伸ばされた右腕は、指揮者が桜ならぬ聴衆に向かって差し出すような、気品と自信に満ちた空気を伴っている。一瞬、風にちらちらと漂っている花びらが彼の指先に操られるように集まり、散らばり、踊っているように見えた。

桜の花が似合う人。なんて優雅な雰囲気を持っているんだろう。

ややあって、密やかな囁き声が風に乗って流れてきた。

「僕はここの家に来たら、まずこの桜の樹に挨拶に来るんですよ。家の者より何より先にね。花を咲かせる時期ではなくても、とにかくこいつに挨拶するのが何よりも優先なんです。

でもいつも独りでした。誰かを連れてきたのは、あなたが初めてです。こいつもちょっと驚いているみたいですよ」

顔をこちらに向け、少し照れたような微笑みを浮かべた。

頬に血が上るのを感じ、視線をそらそうとしたけれどできなかった。

黒ずくめの服装を背景に、桜色の花びらが幾ひらも幾ひらも、風に乗って舞っている。あたりには、風が梢を揺らす音、葉と葉が囁き交わす音、そして薮から聞こえる虫の声だけ。

　時の流れさえも止まってしまったように感じられる、神秘的な空間だった。


　波府先輩が、目の前でお茶を飲んでいる。その横には五条院先生、それに馨子と和恵。まるで、この間までのゼミ室の風景のようだ。違うのは、ここが実家の和室であり、床の間には小さい頃から見慣れた水墨画が掛かっていて、雲と鶴の踊る欄間《らんま》があり、私が布団の上に座っているということ。

　それでも、ほっとした。

　よかった、皆に町のホテルではなく家に泊まっていただいていて。

　横になっても楽になれない。目を閉じるのが怖い。瞼《まぶた》の裏にあの二人の姿が焼き付いているようで、怖くて目が閉じられない。

「これは美味しい。緑茶は久しぶりに飲みましたが、香りもいいし落ち着きますね」

　いつもと同じ、波府先輩の穏やかなトーンの声を聞いていると、まるですべてが夢だったような気がしてくる。

「武琉先輩、いつこっちに来たんですか。披露宴は昨日だったんですよ」

　馨子が視線を合わさずにぴしりと言う。彼女は誰に対しても口調がほとんど変わらない。言葉の音だけ聞くときちんとしているのだけれど、語調というか表情というか、それにまったく遠慮がない。会社でも、配属されて間もないうちに上司にいろいろと遠慮会釈なく意見をぶつけ、新人ながら早くも気の強さが評判を呼んでいるらしい。

　そして波府先輩は、私たちよりかなり年上らしいけれど、実際の年齢は誰も知らない。先輩も私たちに対してさえ丁寧語で話してくれるから、さらに年齢不詳に見える。

「ぱふぱ……たけ先輩、またどこか放浪してたんでしょ？」

　和恵が笑いをこらえながら言葉を挟んだ。彼女はいつも、先輩がいないところでは『ぱふぱふ先輩』と呼んでいる。

「日にちを間違えたのかな。君は卒論の提出日もそうだったらしいね。危うく受理されないところだったでしょう」

　五条院先生が澄ました顔でさらに突っ込む。

　この三月まではよく見られたシーンだった。まるであの頃に戻ったみたいで、思わず口元が緩んだ。

　そんな私とちらっと目が合うと、波府先輩はにっこりと笑い、茶碗を茶托《ちゃたく》に戻すと正座したまま深々と頭を下げた。

「いや、本当に申し訳ない。昨日の深夜バスで大阪を出たんです。どうしても手の離せない用事がありまして。一昨日まで四国にいたんですが帰ってすぐこちらに向かおうとして、大阪の友人からの頼まれごとを思い出しましてね。それがまた、すぐ片づくかと思ったらなかなか……。途中でいったん止める、ということもできない作業で」

「あ、もしかして、またバラバラ事件？」

　和恵がくすくす笑いながら反応する。

「今度は何を分解したんですか。自転車、それとも洗濯機ですか」

　馨子の容赦ない突っ込みは、まったく学生時代のままだった。意識的にそうしてくれているのか、それが彼女の地なのか、どちらにしてもそんな会話を聞いていると、だんだん自分が落ち着いてくるように思える。

　そんな突っ込みをされて浮かべる先輩の苦笑も、昔と同じ。

「いえいえ、今回はビデオデッキです。これはもう、分解しかけて放ってくるわけにはいかないでしょう？　でもおかしいんですよね、すぐに直せると思ったんですけれど、最初に想定していた部分に問題がなくて、あれ、こっちかな、あっちかな、といじっているうちに元の状態に戻せなくなってしまって」

　馨子以外の三人で思わずふき出した。

「とにかく、たけ先輩が来たタイミングがよかったよね。皆で離れから沙季ちゃんをこっちに運ぼうとしてた時、玄関に立ってたんだから。最初はホント、誰かと思ったけど。いつもの白衣じゃなかったから」

「いくらなんでも学内じゃないんだから、そんなの着てないでしょう。だいたい失礼よ、ひとの家を訪ねる時に」

　馨子がそっけない口調で言い切る。

　そういえば、波府先輩はいつも学内で顔を合わせる時に着ていた白衣姿ではなかった、だから何となくしっくりこない感じがあったんだろう。今日はグレイのセーターに黒っぽいズボンという、とても一般的な格好だった。

　でも、学内でいつも白衣を着ているといっても、先輩は医学部ではない、それどころか理系ですらないという噂もある。どうやら転部に転部を重ねて八年間大学に在籍し、かなりいろいろな単位を取得しているらしかった。話の折々に「経済にいた時に」とか「仏文専攻の頃」とか出てくるので、真相は誰にも分からない。

「あ、それじゃ……」

「何、沙季子、どうかした？」

　慌てて首を振ったけれど、顔が赤くなるのが分かった。それじゃ、さっき私を背負ってくれていたのは、波府先輩だったんだ。

「あ、あの、どうもありがとうございました」

　あらためて先輩に向き直り、頭を下げる。それ以上、なんて言ったらいいのか分からない。

　先輩は、ふっとやわらかい眼差しになった。

「落ち着きましたか。何でしたら僕たち、席を外しましょうか」

「いえ、あの、いいんです、いてください。何か話をしていた方が気が紛れて、かえって助かります」

「本当に、大変なことでしたね」

「これから、もっと大変なことになるんですよ」

馨子がそう言って、妙に探るような視線を私に向けた。

「沙季子、あなた自分の置かれてる立場、分かってる？」

立場って……結婚したばかりで、でも瑛ちゃんはもうどこにもいない……これからは独りなんだ……。

「可哀想だとは思うけれど、はっきり言って、哀しむより先にやらなきゃならないことがあるわよ。疑われてるんだから」

「疑われているって、高倉さんがですか？」

五条院先生が驚いた顔で聞き返すと、何が何やら分かっていないような和恵を通り越して、波府先輩も神妙な顔つきで頷いた。

「詳しい状況は分かりませんが、まあ普通はそうなっても仕方ないでしょうね。もっと情報をもらえれば、いろいろと考えることはできますけれど」

馨子が近くに来て、私の手をぐっと力を込めて握ると言った。

「いい、気を確かに持って聞いてよ。あなたは昨日の夜、披露宴の後、瑛一さんと離れへ行ったわよね。その後どうなったか覚えている？きっと警察にも聞かれるわよ」

「え、どうって……」

夜、霧の漂う中を長い廊下を渡って、離れへ着いて、二人でワインを飲んで、いろいろ話をして……気が付いたら朝で……。

つやつやした焦げ茶色の廊下。

目の前に転がっていた奇妙なオブジェ。

突然身体が震えてきた。怖くて目が閉じられない。

　どうして、瑛ちゃんがあんな風に死ななきゃならないの？

「沙季子、しっかりして」

「執行《しぎょう》さん、まだそんな話をするのは早いでしょう。しばらくはそっとしてあげた方が」

　五条院先生が遠慮がちに口を挟む。馨子は黙ったまま私の手を握ってくれていた。でも、真っすぐに向けられた視線は痛いほど力強い。そう、これが馨子なりの励まし方なのだ、現実から眼を逸らせてはいけない、という彼女らしい励まし。

　頭がはっきりしてきた気がした。

　そうだ、私は疑われても仕方のない立場にいる。あの離れが現場だとしたら当然、私が一番の容疑者なんだ。

　決意が表情に出たんだろうか、波府先輩があらたまった顔つきで、

「いろいろ伺いたいことがありますけれど、大丈夫ですか」

　と尋ねてきたので、きっぱりと頷いた。それを見て馨子も安心したように手を離す。和恵はまだよく状況が飲み込めてないようだ。

「どうして沙季ちゃんが疑われるの？　被害者じゃない。結婚したばかりで旦那さんを殺されたのよ」

「美華と一緒にね」

　凍り付きそうな声音だった。はっとして見ると、馨子はいつにもまして厳しい顔をしている。

「まず警察はそのあたりを突っ込んでくるわよ。瑛一さんと美華は知り合いだったのか、単なる知り合い以上の関係だったのか。もしそうだとしたら、ありきたりだけれど嫉妬のあまりの犯行、ってことにされるわよ。どうやって美華をあの離れへ呼び寄せたのか、どうして二人を殺したうえでそのまま離れに居続けたのか、そういう当たり前の疑問はまず棚上げしてね」

　瑛ちゃんと美華が知り合いだった？

「そうですね……たとえば、昨夜この家に泊まられた方は何人くらいいらっしゃったか、分かりますか」

　波府先輩がペン先で手帳をぽんぽんと叩きながら、考え深げな視線を向けてくる。

「というのはですね、このくらい広い敷地のお屋敷なら庭に入り込むのは難しくないかもしれませんが、あの離れにまでというのはちょっと、ね。庭から渡り廊下へ直接は行けないんでしょう?」

「はい。渡り廊下の下をくぐることはできますけど、それも結構狭い空間ですから子供ならともかく大人はきついと思います」

　小さい頃、鬼ごっこをしていて西庭から渡り廊下の下をくぐって南庭へ出たりしたことはあったけれど、服がかなり汚れてしまい、後で怒られた記憶がある。先輩は納得顔で頷いた。

「そうでしょう。いったん家の中に入らなければ渡り廊下へは行けない構造ですから、家の中にいた人がまず怪しまれても仕方ないですし、もしくは家の中に共犯者がいた、という状況になると思うんですよ。そうすると、昨夜どなたがいらしたか、ということが問題になりますから」

　確か、事前に聞いた話では、五条院先生たちの他に、この家に宿泊する予定のお客様はいなかった。北海道と広島の遠い親戚の方が、合わせて十人くらい出席して下さったはずだけれど、郡山のホテルを予約したから、という連絡が来て笙子おばさまが眉をひそめていたのを覚えている。統吾おじさまは、気を使わなくてすむからかえっていいじゃないか、とおっしゃっていたけれど、何となく昔の事件のことを気にして避けられたのではないか、という気がしていた。

　それでも当日は無礼講になるから、きっと泊まりになるお客様がいるだろうという予測どおり、北海道のおじさま夫婦、それにご近所の茂田《しげた》のお爺さんと笹山さんのお舅さんが、広間を区切った部屋や予備の和室に泊まられていたらしい。笹山のおばさんはもともと手伝いのために泊まってもらうことになっていたけれど、飲みすぎたお舅さんが歩けなくなり、急きょ泊まらせてもらうことになった、と恐縮しながら話していた。それにご近所の方も多かったため、泊まらなかったとはいえここを出たのが夜中過ぎ、という人もいたと思う。

そういったことを説明すると、先輩はだんだん気難しい表情になっていった。

「そうすると、朝までずっとこの家にいたのは、高倉さんのご家族の他に、北海道の親戚の二人、茂田さん、笹山さんのお舅さんとお嫁さん、それに五条院先生と執行さん、牧沢《まきざわ》さん、木原《きはら》さん、の合わせて十五人、ということですか」

「でも、犯人が外から来たという可能性は捨てられないんですから、この場合家の中に誰がいたかということは、考えてもあまり意味がないと思いますけれど」

「どうして？」

滞在者の確認に対して関心の薄いらしい馨子に、和恵が間髪を入れず聞き返すと、

「さっき武琉先輩も言ってたでしょう？　実行犯ではなくて、屋敷内に入れるよう手引きしただけの共犯者がいるかもしれないし、それなら裏口とかどこかの窓の鍵を開けたまま、夜中過ぎに帰ったというパターンかもしれない。別に、家に留まる必要はないんだから、その場合、泊まらなかった人も全部可能性はあるわけだし、とても容疑者なんて絞り切れないわよ」

ふうん、と和恵は納得顔で頷く。先輩も困り顔で、

「そうなんですよね……せめて、昨日の招待客のなかに木原さんの知り合いがいたりしたら、また状況は変わってくると思いますけれど。高倉さん……はそんなにまわりを見られなかったでしょうけれど、どうですか？　先生や執行さん、牧沢さんは木原さ

んの近くにいたわけですから、何か気が付かれたことがあったのでは？　彼女に変わった様子はありませんでしたか」

　先輩が順繰りに三人を見廻す。五条院先生は全く覚えがないようで首を横に振るだけ、馨子と和恵は顔を見合わせて、やはり首を振った。

「実際、彼女とはあまり話さなかったしね。ここへも別々の新幹線で来たから、一緒にいた時間はそんなに長くなかったんです。もちろん社会人になってから逢ったのはこれが初めてだし。はっきりと目に見えて変わった様子はなかったと思うけれど……。とにかく香水がきつくて、折角のお料理が台無しだったんです」

　馨子が仏頂面になり、和恵も勢いよく賛同した。

　美華の知り合いがいたかどうか、つまり動機の面から絞る、ということだろうか。

「そうですか。まあ、賑やかな披露宴で何か変わったことと言われても、披露宴自体が特殊な場ですから、何か気付くのは難しいかもしれませんね」

　波府先輩の口調は残念そうだった。

「誰かを見てはっとしたとか、廊下の隅の方で誰かとこっそり話してたとか、そんなことはなかったと思いますけど……美華のドレス、すごく派手だったからどこにいても目立ってたし」

　ちょっと頬を膨らませて和恵が補足する。

　そう、彼女の服装は元々派手だった。ただ、昨日に関しては披露宴ということもあるだろうけれど、もしかしたら……あれは、遠くに座っているだろう瑛ちゃんの目を引きたかった、という意味もあったのだろうか。はっきり言って、このような田舎の披露宴で美華が狙いたがるような男性がいるとも思えないし、彼女もそういったことは期待していなかっただろう。

　ただ……その意味で周囲から浮かび上がって見える人物、美華の好みのタイプと言ったら、瑛ちゃんしかいない。

私たちがいるところにはいろんな人が入れ替わり立ち替わり、言葉をかけたりお酒を勧めたりしにきてくれて、五条院先生たちも一度席を立って来てくれた。その時……確か美華はいなかった。三人の肩越しに何気なく席の方へ目をやった時、彼女の紫色のドレスは広間のどこにもなかったような気がする。

瑛ちゃんと私の並んでいる姿を見たくなかったから？

でも、どこで……。

「少なくとも、瑛一さんと木原さんが知り合いということは、まずないんじゃないですか」

五条院先生の落ち着いたトーンの声で、我に返った。視線を向けると、先生は少し迷っている様子ながら言葉を続ける。

「高倉さんは木原さんとは大学で知り合ったんでしょう？　それに高倉さんは在学中ずっと東京に下宿していましたね。もちろん学期ごとのお休みには帰省したでしょうけれど……夏休みなどに木原さんがこちらに遊びに来たことはあったんですか」

「そんなこと、ありませんでした。美華とは先生のゼミで初めて顔を合わせたくらいで、個人的にあまり付き合いもありませんでしたし、共通の友人もいないし……あ、でも」

そういえば、瑛ちゃんが東京出張のとき寄り道してくれて、時々私のところに泊まったり、講義が終わる時間に待ち合わせたりしたことはある。そうだ、一度だけ校門のところで美華にばったり会って、そのとき名前くらいは紹介した、はずだ。

「その一回だけですか？」

「……そう思いますけれど。少なくとも瑛ちゃんから、美華の話を聞いたことはありません」

「瑛一さんと木原さんの共通の知り合いでもいれば、その人がまず一番の容疑者になってしかるべきなんですけれどね」

という先輩の言葉を受けて、

「だって、それって今のところ沙季ちゃんしかいないじゃないですか」

　との和恵の遠慮のない言い方に、かえってくすりと笑ってしまった。あ、ごめん、と首を竦める彼女に、怒るどころか愛敬さえ感じてしまう。

　案外、このあたりが和恵のすごいところだ。

「あの離れが現場じゃなかったということになればまた話は変わってくるけれどね。二人は別の場所でそれぞれ襲われて、その後あそこに運ばれた、ってことになれば、沙季子の疑いも晴れると思うけれど。

　あの離れ、普段は締め切られていて、渡り廊下のこっち側から鍵が掛かっているんでしょう？　今朝は鍵はどうなっていたのか……」

「今朝は、掛けられていたそうですよ」

　先輩が、五条院先生の渋い顔つきを見て見ぬふりをしながら、涼しい表情でさらりと言った。

「先程どなたかが話されていましたが、どうやら鍵が掛かっていないはずの扉を、たまたま高倉さんのお祖父様が開けようとして開かなくて、それで、これはおかしいということになって中へ入られた、というお話でしたね」

「どなたかが話されていた、ではなく、警察の話を盗み聞きしたんじゃないですか」

　馨子の厳しい声音に、波府先輩は参った、というような苦笑を浮かべた。そんな先輩を見る五条院先生の表情はますます苦々しくなってくる。

「とにかく、離れ側からは鍵が掛けられない、そして鍵を掛けたのは犯人以外には考えられない、ということは、イコール高倉さんは犯人ではないということですね。それなら疑いはすぐに晴れるでしょう。

　それに、お二人の死因が特定されれば、何か分かるんじゃないかと思いますね。私たちはそういった専門知識の必要なことに対しては打つ手もありませんし、警察に知っている限りのことを話したら、後は向こうに任せるべきです。素人が下手に手を出さない方がいいんですよ。特に波府君はね」

先生が珍しく強い口調で言い切ると、波府先輩を見やった。当人は頭を掻きながら、また苦笑いをしている。そういえば、学内で盗難事件などがあったとき、よく波府先輩は張り切って関係者に事情を聞いたり現場を調べたりしていたけれど、犯人が分かってみると、たいてい先輩の推理とは見当違いの事件だったりした。

でも、波府先輩は多方面に趣味があっていろいろと詳しいし、好奇心の塊でもあるから、こんなとき頼りがいがありそうな気がする。

「失礼します。五条院先生はいらっしゃいますか」

障子が開けられ、さっき部屋にいた若い刑事が顔を出した。

「向こうでちょっとお話を伺いたいのですが、御足労願えますか」

「はい、分かりました」

先生は、よっこらしょ、と立ち上がると、分かりましたね、と波府先輩に念を押してから刑事さんと部屋を出て行った。

「あーあ、言われちゃいましたね」

和恵が明るい声で茶々を入れると、先輩は、参ったなあ、と呟いてペンを手帳に挟んだ。

「確かに、小説じゃないんですから、好奇心だけで首を突っ込むわけにはいきませんね。もし真相を明らかにするとなると、きれい事ではすまなくなる場合もある。知りたくないことを知らされてしまう場合もあります。プライヴァシーの侵害もあるかもしれないし、いいことばかりとは限りません。証拠品とか現場の状況とかを正確に知るのも難しいし、だからといって、そうそう都合よく警察内部に知り合いがいて情報を流してくれるわけでもありません。ただ、僕らは警察より決定的に強く真相究明を願う理由があります」

波府先輩は言葉を切ると、私たちをぐるりと見廻した。馨子は腕を組んで瞑想しているように見えるし、和恵はそんな先輩をうっとりと見つめているだけだ。

「高倉さんの疑いを晴らしたい、ということ」

先輩はまた、にっこりと笑った。屈託のない笑顔、こんな状況にはまるでそぐわない。

「それこそ警察に言わせれば、偏見によって捜査を混乱させるってことになりますよ」

ぱっと目を開けた馨子が、アーモンド型の目を煌《きら》めかせて冷静に指摘する。

「つまり、あちらの邪魔をしなければいいんでしょう？」

波府先輩はあくまでも真実を突き止めようとしてくれている。たとえそれが単なる好奇心から生まれた行動であっても、私にはとてもありがたかった。

「そもそも、僕が気になるのは、ですね」

先輩はちょっと心配そうな顔をしながら私を見た。

「先程の、高倉さんの様子です。執行さんも牧沢さんもご覧になりましたね」

「あっ、そうそうびっくりしました。なんか声も全然違うし、子供みたいな話し方で、ずっとお庭の方を見て私たちのことなんか全然分かってなかった感じで」

和恵の言葉に、あらためて驚いた。加地先生は、警察の人たちを追い払ってくれた後にいろいろと診察はしてくれたけれど、私が聞いた子供の声、そしてその内容については何も説明しようとしてくれなかった。

やはり、さっき話していたのは私自身だったんだ。でもどうして、縁側に子供が見えたんだろう。どうしてその子供が喋っているように見えたんだろう。どうして、自分が話しているという自覚がなかったんだろう。

「先程いらしたお医者さんは、ここの家のかかりつけの方ですか?」

「あ、はい、加地先生です。すぐ近くに病院があって、私も子供の頃からずっとその先生にかかってます。有塔の家に来る前から」

「そうか、高倉さんは子供の頃こちらに引き取られたんでしたね。それ以前からこのあたりに住んでいた、と。この家に来たのは何歳くらいの時でした?」

「ちょうど十歳でした。両親が交通事故で亡くなったんです。他に頼れる親戚がなかったので、本当なら施設に行くはずだったらしいんですけど、有塔のお祖父様が引き取ってくれて」

「そこなんですけれどね」

先輩は眉をひそめ、ペンを宙でぐるぐると廻し始めた。

「詳しい事情を何かご存知ですか？　というのはね、気を悪くしないで聞いてほしいんですけれど、一般的には、ただご近所のよしみで子供一人を引き取るということはなさそうに思えるんですよ。何か特別な事情があったのではないかと」

そう、私も昔から気になっていた。でも笙子おばさまたちは何も知らないと答えるばかりで、お祖父様に聞こうにも数年前から痴呆が出てしまい、当時の正確な状況を聞ける人はいなくなってしまった。昔からの知り合いのご近所さんはいるけれど、まず噂話の脚色になってしまっているようで、どうもあてにならないように思える。

それでも、確かな事実がひとつある。

それは、笙子おばさまの弟の侑太《ゆうた》さんが、私の母の妹である朋絵《ともえ》さんと結婚した、ということだ。

二人はこの家で式を挙げ、有塔家のしきたりどおり、離れで新婚第一夜を迎えた。

その翌朝、二人は死体で発見されたのだ。

また、身体がだんだんと震えてきた。

見える。

湖のほとりで、犬の紐を持ったまま立ち尽くしている私が見える。

湖上の離れの廊下に、人が重なって倒れているのが見える。

一人は、朋おばさん。一人は、侑太おじさん。

二人を重ねて貫いている一本の金色っぽい棒が見える。

屋根から下がっている雨樋代わりの鎖が朝日を反射していて、眩しくてたまらない。

思わず目をつぶる。

「高倉さん？」

さっきと同じ、波府先輩の声で現実に引き戻された。

目を開けると、いつの間にか握りしめていた拳を、先輩の片手が、ぽん、と軽く叩いた。

「やめましょうか。何か、辛いことを思い出してしまうようですから」

「いいえ、大丈夫です。本当に……自分でも何か、納得いかないところがあって、このままじゃ余計不安で……」

そう、昨夜瑛ちゃんと話していた時、あの事件のことを聞かれて、何も覚えていないと答えていた。実際、思い出せることはなかったのだ、あの時点では。なのに、どうして今、まざまざとあの現場が思い出せてしまうんだろう。

それに、さっきの私、というよりあの子供の幻影が話していた内容だと、私が第一発見者のようだったけれど、そんな話は一度も聞いたことがなかった。子供だから、という配慮がされていたのだろうか。

どうしてもしっくりこない。どこかが間違っているような、何かちょっとした歯車の食い違いがあるような。

「ちょっとごめんなさいよ」

また襖が開かれて、今度は加地先生が鞄を持って入ってきた。

「ええと、沙季ちゃんのお友達、どちらでも構わないらしいが、警察の人が話を聞きたいと言ってなさるが。一人ずつ順番に広間の方へ来てくださいと」

「私、行きます」

馨子がすっと立ち上がると、襖を閉めかけてこちらを見る。

「和恵、今から足をよくほぐしといた方がいいんじゃない」

と、ちょっと表情を緩めながら言い捨て、出て行った。

波府先輩が可笑しそうに和恵を見ている。当の彼女は顔を真っ赤にしながら正座を崩し、足をもみほぐしていた。

「さてさて。どうかね、気分は」

聞き慣れた深いバリトン。子供の頃白髪混じりだった豊かな髪は、量こそあまり変わらないものの、今ではすっかり真っ白になっている。使い古された黒鞄を開けると聴診器を取り出し、先輩達に目をやった。

「あんたがた、この子をあんまり苛《いじ》めないでほしいね。そうっとしておいてやんなさい」

「あの、加地先生、先輩達は私を励ましてくれてたんです。

こちら、波府武琉先輩です。大学の先輩で、わざわざ深夜バスで駆け付けてくださったんです。こちらは牧沢和恵さん、あと、今出て行ったのが執行馨子さん、二人とも大学時代からの友人です。皆がいてくれて本当によかったと思っているんです」

「大学の先輩って、あんた、ずいぶん年上に見えるが、幾つかね」

「あ、はあ、よく言われるんですよ。白髪も多いですしね」

先輩はにこにこしながら、やはりいつも通りさらりと受け流してしまった。和恵が残念そうな顔で私を見る。男子学生の間では、波府先輩の実際の年齢は賭の対象にまでなっていたのだ。

「警察にはきつく言っておいたから、わしが許可を出さない限りは事情聴取もないだろう。まあ、いずれは避けられんだろうが。今はもう大人だしな」

「とおっしゃると、先程の高倉さんが子供の声で話したことは、昔あった事件の目撃証言、ということなんでしょうか」

波府先輩の疑問に、はっとした。もしかして、あの頃私は加地先生に守られていたんだろうか。

先生はぎろりと先輩を睨んだ。

「あんたには関係ないことじゃ。くだらん好奇心であちこち詮索するのはやめた方がいいな。瑛一君があんなことになって、沙季ちゃんがどれだけショックを受けとるのか分からんのかね。友達なら、傍にいて励ましてやってくれればいいんじゃよ」

「いえ先生、私、本当のことが知りたいんです」

自分でも驚いた。こんなにきっぱりと言い切ることができるなんて。

でも先生は、なぜか哀しそうな顔で私を見て、こう言った。

「沙季ちゃん、あんたまだ混乱しとるんじゃろ。無理もない。まるであの時とそっくり同じじゃからの、何かの祟りとしか思えん。これでまた、有塔の家は呪われとるじゃの、離れに魔物が住んどるじゃの言われるかもしれんが、人の噂も七十五日と思って気にせんことだ。いいかな」

「あの時とそっくり同じ？　それは本当ですか？　そのことは警察には話されましたか？　よろしければ僕たちにもお話し願えませんか」

加地先生の言葉をすかさず捉えた先輩が、矢継ぎ早に質問すると、先生は露骨に嫌そうな顔になり、口を真一文字に結んだ。

頑固で気難しくて、でもいったん打ち解けると優しくて頼りになる加地先生。

先生は昔から、とても親身に面倒を見てくれた。先生の言いつけならどんな苦い薬でも飲めるようになったし、家から何か届けものをすると、いつも大げさに褒めてくれて、熱を出せばお正月でもすぐに駆け付けてくれた。私はいつも、先生に守ってもらっている存在だった。

でもこれからは、きっとそれだけではいけないんだ、と強く思えた。

「先生、私、子供の頃からずっと先生にお世話になってきました。それはとても感謝しています。

でも、それとこれとは別だと思います。瑛一さんの……この事件がきちんと解決されなければ、私、きっとずっと宙ぶらりんになってしまう。もし先生が何かご存知なら教えていただきたいんです。昔のあの事件のことも、ちゃんと教えていただきたいんです。今まで誰も私にあの事件のこと、正確に話してくれる人はいませんでした。噂話はもうたくさんです。

私、あの時何を見ていたんですか」

思ったよりきつい言い方になってしまい、少し後悔する。先生は子供だった私をある意味で守ってくれていたのかもしれない、恩人なのだ。

先生は聴診器を外すと、大きなため息をつきながら私を見た。

「そか、もう成人式も済んで立派な大人だからなあ。沙季ちゃんがそこまで言うなら話しても構わんが……。本当にいいのかね」

私は布団の上できちんと正座すると、先生に頭を下げた。

今まで守ってもらっていた感謝と、真実を教えてくれることへの感謝をこめて。


先生が去り、馨子が戻ってきたので入れ替わりに和恵が席を立った。雰囲気が変わったのを敏感に察した馨子が咎《とが》めるような視線を向けるのを、まったく意に介さない様子で、波府先輩が先生のお話を要約して伝える。

十六年前の一九七四年十月十四日、結婚式の翌日。

あの朝、六歳だった私は犬の散歩をしに宇美湖の向こう岸まで行ったらしい。そして行きとは違う、有塔の家の南側の道を通って帰ろうとして、すぐ近くの岸辺からあの離れを見たという。

時刻は朝の六時半くらい。

その時、六角形の離れをぐるりと囲む廊下の南側、私に一番近いところに二人の人間が裸で死んでいた。二人は上下に重なる形で、それを貫くようにボウガンの矢が深々と腰の辺りに刺さっていた。

もちろん私がいた位置からは距離があったから、そんな細かいところまで見えたわけではないけれど、なにか金色っぽい棒のような物が刺さっていた、というのは分かったらしい。

矢の先端が僅かに廊下の板材を傷つけていたこと、そして流れ出した血の量や形状から、そこが犯行現場と断定された。検死の結果は、二人とも失血死。ボウガンが刺さっていた部分以外に目立った外傷はなかった。二人は抱き合うような格好で死んでいた。

私は走り出した犬を追って有塔の表門から中へ入り、庭師のおじさんに見つかって怒られたが、泣きながら離れの異常事態を訴え、おじさんが様子を見に行って犯行が確認された。私はおじさんの後に付いて離れまで行き、死体をひとめ見るなり気を失った、という。

すぐに加地先生の病院へ運ばれたけれど、数時間後意識を取り戻した私は、言葉を失っていた。警察や加地先生はもちろん、両親からの問い掛けに対してさえ何も反応しなかったらしい。

ワタシハ、ダレ？

翌日には郡山の総合病院へ転院し、言葉を取り戻せたのは約二ヶ月後、暮れも押し迫った頃のことだった。

そしてようやく話せるようになった私は、しかし、あの朝見たことがすっぽりと記憶から抜け落ちていた。

「さっき話していたのは、あの頃の沙季ちゃんに違いない。沙季ちゃんが見た女の子というのは、抜けとった記憶が昔の沙季ちゃんの姿を取って出てきた、ということかもしれんな」

と、加地先生はゆっくりゆっくり、考え込むように言っていた。

「今だから話せるがなぁ、沙季ちゃんの面倒を見たいと有塔の大旦那さんが言い出した時、わしは内心、反対だったんじゃよ。何しろ、離れとは言ってもこの家があんな悲惨な現場だったんじゃからなぁ。

結局、住む土地もまわりの人間もすっかり変わってしまうような大きな環境の変化は、かえって子供にとっては不安じゃろう、ということで大旦那さんの希望に添う形になったんじゃ。まあ、沙季ちゃんもこの家の人にはずいぶんなついておったし、有塔さんは経済的には文句の付けようもないし、あの離れには行けないように鍵も掛かっていたから、そのうち忘れられるじゃろうと思っていたんだが……」

加地先生の白髪が、痙攣《けいれん》するように震えていた。

「沙季子が入れないように、という配慮もあってあの渡り廊下には普段鍵が掛けられていた、ということなんですか？　それに、失語症……逃避、ということかしら。妙ね、どうして記憶がなくなるほどのショックを受けたのか……」

馨子が呟くように言うと、真っすぐに私を見た。

「それは、その死……失礼、御遺体が自分のよく知っている人だったからでしょう。それにさっきおっしゃっていたでしょう？　朋絵さんでしたか、大好きな叔母さんだったと」

波府先輩が手帳を見やりながら補ってくれる。

「でも、岸辺から見た時はもちろん、庭師の人について離れへ入った時にも、その……顔は見えなかったんじゃないですか。後から聞いた話で、あれが自分の叔母さんだったと知ったわけでしょう？　そんなに強くイメージが直結するとは思えませんけれど」

馨子は納得がいかないらしく、頭をざっと振ると長いストレートの黒髪を無造作に一つに束ねた。考え事に集中したいときによくやる仕草だ。

　朋おばさんと呼んでいた。小さい頃の記憶にはよく出てくるけれど、ある時点からきれいさっぱり存在が消されてしまっていた、母方の叔母さん。学校の先生をしていて、綺麗でいつも明るくて元気で、子供たちにも大人気だった。結婚が決まってとても嬉しそうだったのを、微かに覚えている。

　その笑顔を見たのは、いつ、どこでだったんだろう。

「凶器に手掛かりはあったんですか」

「手掛かりどころか、犯人の目星も付いていたらしいです。指名手配されていたけれど、もう時効が成立してしまいましたからね。

　一応お話すると、凶器のボウガンはこの有塔家に元々保管されていたものでした。家の方が弓に関した古い武具の収集を趣味にされていて、二階の一部屋がコレクションルームになっていたんです。ただ鍵は普段から掛けることはなかったとか。そして犯行の朝、調べてみるとボウガンが一丁紛失していたんです。古いものといっても手入れはきちんとされていて、実用に耐えるものだったとか。

　そして、犯行後姿を消した人間が一人いたんです。被害者の男の方、侑太さんの従兄で、あの朝早く、車で出て行くところを奥さんとお手伝いさんの二人に目撃されていますけれど、その後の消息はまったく掴めていないそうです。

　今に至るまでね」

　先輩は言葉を切ると手帳をぱたんと閉じ、ペンを宙でぐるぐると廻し始めた。その目の動きから、頭の中を再整理しているのだ、と分かる。

「さて、と。他にご質問は？」

「まず、武琉先輩の今の物言いにひとこと」

　馨子がきっちり背筋を伸ばした姿勢で、無表情に先輩を一瞥《いちべつ》した。

「少しでも茶化すような言い方はやめてください。これは現実の事件なんですよ。おまけに沙季子が絡んでる。ちゃんと事実が明らかになればともかく、中途半端に終わるようなことになったらどうするんですか。もしそうでなくても、事実が沙季子にとって不愉快なものだったら……知らない方がよかったということもありえるじゃないですか。そういったリスクを覚悟のうえで動こうというつもりなら、それなりにきちんとやってください」

ぴしり、と音がしそうな声音だった。しかし先輩には柳に風、ぐるぐる廻していたペンをぴたりと止めると、こちらを見てまたにっこりと笑った。

「いいですね、執行さんも本気になりましたか。さっき牧沢さんと僕もいろいろと加地先生に質問してみましたが……執行さんはどんなところが気になりました？」

馨子は私を見て少し目を細めた。

「はっきり言って、その昔の事件と昨日のことが関係あるかどうか、ということが最初に気になるんですけど。

確かに、聞いた限りでは共通点が多いですね。離れの南側の廊下という現場位置に、重なった遺体という状況、結婚式の夜というシチュエーション、ボウガンの矢という凶器、現場とリンクするかもしれませんけれど被害者が有塔家の跡継ぎということ。ただ、これらの事実は、知っている人は知っているんですよね。ということは、全く関係のない事件を、十六年前と関連づけて見せかけようとする犯人の作為があるのかもしれないと思いますけれど」

「ほう。なるほどね」

私の不審そうな顔を、馨子はまともに見据えた。

「つまり状況だけを似せて、でも実は動機も犯人も、昔の事件とは全く関係がない、ということ。ただ、これも昔の方が解決していない以上、あまり意味がないようにも思えるけどね」

確かに、これだけ似ているとどうしても昔の事件と連動させたくなるけれど、だいたいその事件も解決しておらず、指名手配された犯人も捕まっていないわけだから、あまり意味のある行動には思えない。

　まさか同じ犯人が実行したとも考えにくいし、昔の犯人を知っている人が挑発するために模倣した、というのも、あまりに現実味がない。

　それとも、そんなことはどうでもよくて、ただ自分から疑いを逸らしたくてやったことなのだろうか。有塔の家とは全く関係のない人が、たとえば美華を恨んでいる人が瑛ちゃんを巻き添えにして、こんなことを計画した……。

　瑛ちゃんが、美華の巻き添えになった？

　もしそうなると、犯人を絞ることができそうな反面、そうでもない気がする。美華と知り合いで、なおかつ昔の事件の詳細を知っている人、というと限られそうだけれど、ある事柄を知っているかどうか確認するのは難しい。それこそ、昔このあたりに住んでいて、その後東京で美華と知り合った、というくらい分かりやすい関係の人物になってしまう。事件の詳細をこのあたりに住んでいた友人から聞いた人物がたまたま美華の知り合いだった、ともなると、それこそ容疑者を絞るのはかなり難しいのではないだろうか。

　美華の交友関係をしらみ潰しに調べるしかない、ということになり、そういった機動力はやはり警察が勝っているから、私たちには取れそうな手段がない。

　いったいどうすればいいの。

　ふと、馨子が強い眼差しでこちらを見ているのに気が付いた。

「それに、あの子供の声……つまり、沙季子の欠けていた記憶が再現されたのは、たまたま同じような現場を見てしまったからか、それ以外になにか理由があったのか、ということも気になります。でもこれは、それこそ精神分析の領域じゃないですか？」

　同じような現場。

　男女の死体が折り重なって……。

瑛ちゃん。

くらり、と視界が一瞬歪んだ、気がした。

これからは、僕が守ってあげる。

熱い液体が頬を伝うのを感じた。慌てて瞬きしてみたけれど、すでに二人は私の顔を覗き込んで心配そうな顔をしている。

「……やはり、やめましょうか」

波府先輩は視線を落とした。馨子は対照的に、真っ直ぐ私を見ている。その強い光の漲《みなぎ》る瞳を見て、ふと思い出したことがあった。

「……これからは、僕が守ってあげる……」

「どうしました?」

その呟きに素早く先輩が反応する。私は大きく息を吸い込んだ。

「昨日の夜、瑛ちゃんがそう言ったんです。『これからは、僕が守ってあげる』って。その言葉が何だかすごく気になって……」

「これからは……?」

先輩は馨子を見て、眉をひそめた。

「気になりますね。これからは、ということはやっぱり、今まで沙季子は誰か、またはこの有塔家全体に守られていた、ってことでしょうか」

彼女も引っ掛かるものを感じるらしい、考えこみながらそう口にした。

「ふむ、一般的なプロポーズの台詞《せりふ》にもありそうな言葉ですけれど、ちょっと意味深ですね。瑛一さんも、以前の事件については何も覚えていない、とおっしゃっていたんですよね……。しかし高倉さんのように、実は何かを知っていたとか見ていたということはありえます。あの頃、瑛一さんは幾つくらいでした?」

「五つ違いなので、瑛ちゃんは十一歳のはずです」

「十一歳か……そんなに大きいんだったら何か覚えていてもいいはずだけれどな。思い出すのがよほど嫌だったのかもしれない。お二人ともよく知っている人だったでしょうから、ショックも大きかったでしょうし。あ、あの事件のあと熱を出して寝込んだとおっしゃっていたんですね。お二人のお葬式にも出られなかったくらいだと。

ただ……そうですね、瑛一さんのご両親、つまり高倉さんの育ての親御さんに、当時のお話をうかがえればいいんですけれど」

「そこまでは無理でしょう。今は実の息子さんが亡くなったばかりですよ、とてもそんなこと話せる気持ちにはなれないと思います。警察関係者ならともかく、私たちは赤の他人ですし」

馨子が言って、障子の向こうを眺めやった。つられて私も庭に視線をやる。

右の方に見える紅葉は色付き始めた頃だ。正面に見えるのは躑躅《つつじ》の植え込みで、春になれば紫系統の華やかな花をたくさん付ける。その奥には緑の濃い生け垣が続き、そのさらに向こうに、僅かに碧い湖面が覗いている。

昔は西庭からボートを漕ぎ出せた。小さな桟橋があって、木造の小さなボートが数隻繋がれていた。でもある時期、古くなったボートが水漏れを起こしたとかですべて処分され、それ以来、湖に漕ぎ出すこともなくなった。

今は、すっかり古びた桟橋が残っているだけだ。

ふと気が付くと、鹿威《ししおど》しの余韻が聞こえてくる。

こぃ……ん……こぃ……ん……。

こんなに静かなところだったなんて。

半年前にここに帰ってきて以来、いつも人に囲まれていてとても賑やかだったような気がする。家を離れていた瑛ちゃんもちょくちょく戻ってきてくれた。現代っ子の彼は有塔の家自体の古めかしさが嫌になっていたのか、役場に就職が決まったからしばらくは家から職場に通う、と話したら途端に口数が減り、少し機嫌が悪そうだった。結婚することは決まっていたから、年度初めから郡山あたりに部屋を借りて、すぐにでも一緒に暮らしたいと考えてくれていたのかもしれなかった。

笙子おばさまも統吾おじさまも、結婚の準備について何かと気遣ってくれた。住人の数の割に広い、もっといえば空間のあり余った簡素なこの有塔の家にいながら、その広さをあまり実感できなかったのは、皆が何かしら私に、常に気を配ってくれていたからなんだろうか。

特別な意味で。

「あ、今何時?」

馨子が華奢《きやしや》な手首に嵌《は》められた銀色の時計をちらりと見た。

「一時五十分」

「もう? 結構眠ってたのね」

「何か食べる? 向こうで何か作ってもらってこようか。台所は確か、出て左の突き当たりだったよね」

すっと立ち上がると馨子はさっさと出て行った。

波府先輩は手帳をあちこち引っ繰り返しながら、何やら確認している。

音が、ない。

先輩の手帳を繰る音が微かに、はらはら、はらり、と聞こえるだけ。

五条院先生も和恵も、どこへ行ってしまったんだろう。

「あ、そういえば……ちょっといいですか? 高倉さんには嫌な思いをさせてしまうかもしれませんが」

先輩がひどく心配そうな顔で私をちらりと見た。

「木原さんの昨夜の行動を確認しないといけませんね。式の間は問題ないとして、その後部屋に戻ってからは執行さんたちと一緒だったわけでしょう? いつ部屋を抜け出したのか……離れへは自分の意思で行ったのではなく、誰かに連れ出されたのかもしれません」

「誰かって……瑛ちゃん、ってことですか」

声が震える。二人はどういう関係だったのか。あんな格好で死んでいたのだから、もうどんな噂が広まっているか分からない。

「または第三者、ですね」

「第三者って……先輩、誰かが瑛ちゃんと美華をわざわざあんな風に殺したってことですか」

「そう考えると辻褄が合うのではないでしょうか」

先輩の口調はとても自然だった。

「だって今朝は、扉に鍵が掛かっていたんでしょう？　そこの扉はこちら側、母屋側からしか鍵は掛けられないいんですよね。開いているはずの扉が開かなかったから、変に思ってわざわざ鍵を開けて離れへ立ち入ったと聞きましたけれど」

昨夜に限っては鍵は開けておく。それは有塔の家に繋がる者なら、遠い親戚でも誰でも知っている慣習だ。

「あの……でも、矛盾するような気がするんです」

「何がですか？」

先輩が鋭い視線を投げてきた。

「離れの鍵は、普段はお祖父様の部屋の金庫に保管してあるんです。金庫と言っても鍵は掛けていないので、あまり意味はないんですが……今朝もその場所に鍵があったとすると、やっぱり有塔の家に近い人が怪しいってなりますけど、それって」

ううむ、と唸ると先輩はまたぐるぐるとペン先を廻しはじめた。

「本当だ、完璧に矛盾してますね。そうなると複数の人間が絡んでいるのかな。共犯者の方は有塔の慣習について知らない人物で、ただ打ち合わせどおりに鍵を掛けただけなのか。当初は裏口かどこかを開けておいて、犯行後また戸締まりをしておくだけの役割だったのに、余計なことまでしてしまったということか。

昨夜の戸締まりは……ああ、でも夜遅くまで帰らなかったお客さんがいたなら、出入り口すべてが施錠されていたという状況はちょっと考え難いですね。

単独犯か複数犯かはともかく、犯人が木原さんを呼び出した可能性は高いと思いますよ。だって死体……失礼、ご遺体は背中から傷つけられていたとのことですから。二人とも抵抗できない状態にされていたでしょうし、気絶なり何なりさせるためには、木原さんを人気のない所に誘い出す必要があったでしょう」

そうだった。瑛ちゃんの腰の辺りから突き出ていた一本の金色の矢。あれは、蔵にしまってあったものに違いない。

「蔵にはそういった物がたくさんあるんですか？」

「広間の鴨居のところに古い矢が飾られているの、気が付かれました？　あれは、このあたりに伝わる神の矢の複製と言われていて、オリジナルは湖の向こうの方にある神社に奉納されてるんです。オリジナルといっても、その神社にある矢も最初の物は盗まれてしまって、その後作り直されたらしいんですけれど。昔からこのあたりで作られる弓矢は丈夫で質がいいって有名だったとかで、お祖父様も若い頃、そういう物に興味があったらしいです。

今はお祖父様もあんな感じですから、蔵にただ放り込んであるだけだと思いますけれど、日本の古い弓矢が何組か、あと子供の頃には西洋式のアーチェリーみたいな武器も幾つか見せてもらったような気がします」

「ボウガンみたいなのだったら、あれは女性でも充分使えるからなぁ……高倉さんには不利な状況ですね。しまってある場所も知っていたし。

あ、それ最近触ったりしました？」

「いいえ、蔵にはこっちに戻ってきてから入ったことはありません」

「それなら大丈夫かな……。凶器が発見されれば、きっと高倉さんに有利になりますね。死因が特定されればもっと」

瑛ちゃんは死ぬ時苦しかっただろうか。痛かっただろうか。だんだんと意識がなくなっていくような穏やかな死に方がいいと、いつか言っていた。

瑛ちゃんが死ぬ時……美華も一緒だったのか。私と扉一枚隔てた廊下で、一緒に死んでいったんだろうか。そしてそれを演出した誰かがいた？

許せない。

誰が、いったい何のために。

「そういえば、先程加地先生がおっしゃっていた昔の事件のことですけれど。その朝消えたのは、侑太さんの従兄の方でしたよね」

「はい、お祖父様の妹さんの子供です。小さい頃しばらくこの近所に住んでいたこともあるって、先生言ってましたね。私、あまり覚えてないんですけれど……」

「何といいますか、加地先生のお話を伺った限りでは、その人が犯人に間違いないと断言されても仕方ないような情報ばかりでしたね。ふむ……。

あの事件の朝早くに玄関先で車のエンジン音がしたので、お手伝いさんが見てみたら、その人が車で出て行こうとしているところだった。そこへ有塔のお祖母さんが通りかかって不審に思い、止めようとしたけれど振り切って逃走、後でその車は近くの駅の駐車場の隅で見つかった。

その侑太さんの従兄の方は、その後車を乗り捨てて電車で逃亡したと思われる。ただし、その時間は無人駅で利用客もほとんどいなかったため目撃者が見つからず、ちょうど待ち合わせをしていた電車の、上りと下り、どちらに乗りこんだかは不明、ですか……。電車の本数も少ないでしょうに、運がよいというか、その方はずいぶんついてらしたんですね。それとも計画的だったのか……。

確かに行動だけでも充分怪しいですね。おまけに凶器の矢からその人の指紋も検出された、と。

でも、いったいどこへ逃げてしまったんでしょうね」

先輩が首を傾げながらまた手帳をめくり出したと

ころへ、良枝さんがお盆を持って入ってきた。

「沙季子さん、いかがですか。お粥ならお口に入るかと思いまして」

　波府先輩に軽く頭を下げると、まず先輩のお茶を新しいものと取り換えてから、私の近くにお盆を置いた。小さな土鍋から湯気がたっている。

「あ、先輩、こちらは浅海良枝さん。住み込みでお祖父様の介護をお願いしている方です。家族の皆、良枝さんには頭が上がらないんですよ。お祖父様って結構頑固だし、今までも何人もの人が辞めてしまってたんですけど、良枝さんになってからぴたっとお祖父様もおとなしくなったみたいで、お薬もちゃんと飲むし、散歩もきちんと行くようになったし。皆、すごく助かってるんです」

「あら、そんな」

　片手を振って打ち消そうとしてはいるけれど、嬉しそうだ。もう六十を越えているらしいけれど髪は豊かで黒々として、とても若く見える。肌の艶もよくて、体力勝負の介護もなんなくこなしているようだし、話し方もてきぱきしていて、食事や入浴の手配もさっさとこなしてしまう。人当たりもいいし、朗らかな性格らしい。

　ただ、以前ちらっと聞いたところでは、ご主人に先立たれ、独りきりのお子さんをも既に亡くしていて、他に身寄りもないということだった。時折ふっと見せる暗い表情は、そんな寂しさに起因しているのかもしれない。それを紛らわせるためか、同じように身寄りのない私に親近感を覚えるのか、実の娘のように可愛がってくれるし、まめに神社へお参りに行ったりして信心深いところも見せていた。

　今も、雇い主の家族という以上に、いろいろと気を配ってくれている。

「こちら、沙季子さんの大学の先輩でいらっしゃるとか。在学中はいろいろとお世話になったんでしょうね」

「いやいや、とんでもない。僕の方が何かと助けられたくらいです。ね」

　先輩が私を見てにっこりすると、手帳に眼を落とした。きっと良枝さんにもいろいろ聞きたいことがあるに違いない。

「あの、お祖父様は？」

　と尋ねると、良枝さんは土鍋からご飯茶碗にお粥をよそってくれながら、

「今は奥様が付き添われてます。まだよく分かってらっしゃらないようで、時々『瑛一はどうした』とおっしゃって」

　一瞬目つきが暗くなったけれど、またすぐいつもの様子に戻った。

「……そんな、笙子おばさまも辛いでしょうに……」

「あ、すみません、私もすぐ戻りますから。他にお台所に立てる人がいなかったので」

「あの、ごめんなさい。そんなつもりじゃないんです」

　慌ててしまった。そうだ、良枝さんだってたまたま勤めている家でこんな事件があって、お祖父様の扱いに困っているに違いない。目線で促すと、

「ちょっとよろしいでしょうか」

　と、先輩は控えめな物腰で切り出した。

「はい、なんですか」

　小粒の瞳が不思議そうに先輩を見る。

「高倉さんの義理のお父様、つまり統吾さんもお祖父様と一緒にいらっしゃるんですか」

「あら、いえ、旦那様は今朝早くにお発ちになりましたよ。勿論こんな事になっているとご存知でしたら、ご出張を取りやめられたと思いますけれど……確か、七時前にはこちらを出られたようですから、まだ誰も、その……気が付いていない頃で。

　先程奥様がお電話してらしたようですけれど」

「え、おじさま、もう出掛けていたの？」

　お式と出張の日取りがぶつかりそうだとは聞いていたけれど、出張は先に延ばしてもらったんだと思

っていたのに。

「軽いご朝食を用意していたんですけれど、何ですか、お時間がないとかで召し上がらずに、お荷物だけ持ってお出かけになりましたね。奥様が車で駅まで送られたようですよ」

意外だった。確かにおじさまは出張が多いけれど、こんな、結婚式の翌日、それも朝早くに行くなんて……お酒が残っていたりしないんだろうか。

先輩は眉をひそめている。そうだ、これは昔の事件の朝と同じような展開になっている。ただ、もちろん統吾おじさまが瑛ちゃんにあんなことするわけがないけれど。

「それから、今朝のことなんですが。最初に高倉さんを見つけられたのはあなただったと聞きましたけれど」

ちょっと驚いた顔で、良枝さんは私を見た。この人はまた、いったい何を言い出すんだろうと言わんばかりの表情だ。

「いいのよ、良枝さん。先輩はいろいろ調べてくださってるの。このままだと私が一番怪しいってことになるでしょう？　皆、心配してくれて」

「まあ、どうして沙季子さんが？　瑛一さんと結婚なさったばかりなのに、そんな……」

良枝さんにとってはまったく考えもしなかったことらしい。目を見開いてかなり驚いた様子だった。

「どなたがそんなことおっしゃってるか知りませんけれど、離れへの扉は鍵が掛かっていたんですよ。最初に大旦那様が気が付いて、それで変だなと思って私が鍵を取りに戻ったんです。持ってきた時にはご近所の、ほら、笹山の奥さんもいて」

「あの、失礼ですが」

丁重ながら断固とした表情で、先輩が口を挟んだ。

「浅海さんが鍵を取りに行かれたんですね。その時、鍵はいつもの場所にちゃんとありましたか？」

「え？　はい、そうですよ。ですからすぐに取って戻ったんです。その頃には大旦那様が拳でどんどんと扉を叩いてらして、笹山の奥さんがそれを止めようとしてましたよ。

　ずいぶん煩《うるさ》くしていたのにお二人とも起きてらっしゃらないので、ひどく心配になりまして」

　良枝さんは杓文字《しゃもじ》をお盆の上に置くと、俯いてため息をついた。

「まさか、あんなことになっているなんて……。

　でも、本当のことをいえば私は何も見てないんです。最初に沙季子さんを見つけたのは笹山さんで、あとは大旦那様が向こうに駆け寄ろうとするのを、二人で一生懸命止めてただけで。

　大旦那様はいつもよりずっと機嫌が悪かったので、私たちの言うことをなかなか聞いてくださらなくて……。いつもなら、ご存知でしょうけれど六時には起きてらっしゃるでしょう？　それが今朝は七時、いえ、七時半頃でしたでしょうか。若旦那様の出張のお支度もありましたし、お客様の分も含めた朝食の準備にも追われておりましたから、今朝はもう、てんてこまいだったんです」

　くまの目立つ表情で、俯き加減の良枝さんは言葉を繋いだ。

「本当に、お気の毒なことですね……。もし大旦那様があの渡り廊下の扉を開けようとなさらなかったら、もっと発見は遅れていたかもしれませんし、そうしたら犯人もどこか遠くへさっさと逃げてしまっていたかもしれませんよ。でも、今なら近くを警察がしらみ潰しにあたってるんでしょう？　きっと犯人は見つかりますよ。

　ともかく、大旦那様があの様子をご覧にならなかったようで、本当によかったです」

　お祖父様があれを見てしまったら、いったいどうなってしまっただろう。

「そうそう、先程お台所に来られた方、背の高いお嬢さん」

　気を取り直したように、良枝さんは口調をがらりと変えた。

「あ、馨子ね。彼女は執行馨子さん。大学一年の時からの友人なの」

「まあ、そうでしたか。昨日はずっとばたばたしてましたから、ろくにご挨拶もしていなくて……お綺麗な方ですねえ。何だかテレビで観るモデルさんみたいで、姿勢もよろしいし。警察の方たちにもずいぶん突っ込んだことを聞かれていたようですけれど、きちんと順序立ててお話されていたようで、頭のよろしい、とてもしっかりした方ですね。

　私がお台所を出てくる時、もう一人のご友人の方とご一緒でしたけれど、こちらへお呼びしましょうか」

「そうですね、お願いします。それから、五条院先生はどちらにいらっしゃるか分かります？」

「あの先生は、確かお煙草を買いに出られたと思いますよ。近くのお店の場所を聞かれましたから。もう戻られるでしょう」

「あ、なんだ。僕も欲しかったのになぁ。先生、一言いってくれれば僕が代わりに行ったのに」

　先輩が胸ポケットに片手をやりながら、残念そうに大きくため息をついた。

「夕方頃になってもよろしければ、私が行って参りますよ。お客様は今日お帰りのご予定だったでしょう？　でも警察の方で今日一日は引き留められるようですから、お夕飯の材料を買ってこないと、と思いまして」

「え、僕もかな？　そうか、そうですよね、帰らせてはもらえないでしょうね」

　先輩は今夜のうちに東京に帰る予定だったんだろうか。もしそうなら、着替えや宿の用意もしてないに違いない。

「先輩、今夜の宿って取ってないんでしょう？　それなら家に泊まってください。ね、良枝さん、もう一人くらい大丈夫よね。もともとお部屋は五条院先生と一緒にしていただく予定だったんですし。

あ、ただ、いつかみたいに変な理屈をこねまわして、お二人で一晩中議論なんかしないでくださいね」

　良枝さんはまた驚いたように私を見たけれど、すぐにいつもの明るい笑顔を浮かべた。

「皆さんがいてくださってよかったですね。沙季子さんもずいぶん……いえ、分かりました。奥様には私からお話しておきますね」

「お世話になります」

　先輩がいかにも殊勝そうに頭を下げた。

「私、笙子おばさまに会いたいけれど……」

「高倉さん、その前にお粥を食べておいた方がいいですよ。せっかく作ってもらったんですから、冷めないうちにね」

「そうですよ。奥様には私からお伝えしておきます。では、また」

　襖が閉まるのを待ってから、お粥を口に入れてみた。良枝さんの作る料理はだいたいがとても薄味で、いわゆる老人向けの味付けになっていることが多く、いつもなら少し物足りない気がするのだけれど、このお粥は温かくて美味しかった。

「……そういえば先輩、前に私が風邪で寝込んだ時、馨子と家に来て無理矢理お粥を作っていったことがありましたね」

　先輩の眼が硝子の奥で真ん丸になった。

「無理矢理とはなんですか。あれ、美味しかったでしょう？」

「あ、もちろん美味しかったです。確かあの時ちゃんとお礼を言っていなかった気がしたので……その節はどうもありがとうございました」

　去年の末だったか、熱を出して下宿で寝込んでいた時期があり、そのとき救援を求めた馨子になぜか先輩がくっついてきて、豪華にも鯛の切り身を使ったお粥を作ってくれたのだった。

「後から聞いたんですけど、あれ、テレビの料理番組で観たばかりで、とりあえず作ってみたかったそうですね」

悪戯《いたずら》っ子のような眼が、先輩の笑顔の中できらきらしている。

「そうなんですよ、どうしたって健康な時の味覚より、病気の時の味覚の方が大事でしょう？　ですから、病人がいないかな、と思って大学をぶらついていたら執行さんにばったり会いまして、高倉さんが寝込んでいるって聞いて、これはタイミングいいな、と」

思わず、ため息。

「先輩、もう少しものの言い方というものがあると思うんですけど。だいたい、鯛なんて普通の家に常備してあるものじゃないでしょう。あの時は、わざわざ買ってきてくださったんですか？」

「あれはね、たまたま下宿しているのが魚屋さんの二階だったから、少し分けてもらえたんですよ」

先輩はまた、屈託ない笑みを浮かべた。

部屋をよく変える人だったんだろうか。以前聞いたときは、果物屋さんの二階に下宿しているという話だったような気がする。

と、そこへ、

「えー、沙季ちゃん、ぱふ……たけ先輩にお粥作ってもらったの？　いいないいな」

和恵の羨ましげな声が響き、続いて馨子も帰ってきた。

「あたしも今度風邪引いたら、先輩に電話しよっと」

「和恵……あなたね、もう社会人なんだから、いいかげんにしたら」

馨子にぴしりと言われても、和恵はまずめげない。

「そのうちレシピを書いてあげますよ」

先輩はにこやかに言うと、急に真面目な顔になった。

「お二人に聞いておきたいんですけれど、昨日の夜、部屋へ戻った後はどうしましたか」

「どうって……」

和恵は視線を宙に浮かせ、眼をぐるぐると廻す。

「ええと、確か着替えて、ぱぱっとお風呂もらって、それでもう一時近かったっけ？　疲れてたし、すぐに寝たような気がするけど」

「美華がうるさかったわね。お肌のためには十二時前に寝ないといけなかったのにって言いながら、そのわりには悠長にパックをしていたけれど」

「三人で一緒の部屋だったんですか？　そこは離れからは近かったんですか？」

「あ、皆には向こうの洋館の二階に泊まってもらったんです。玄関を入ってすぐ左側に階段がありましたよね。あの上です。ちょっと狭いかと思ったんですけれど三人で一つのお部屋にさせてもらって、五条院先生がその隣の角のお部屋でした。二階は、あとは私がいつも使っている部屋と納戸、それに空き部屋です。でも、もしかしたら昨日はどなたかが泊まっていたかもしれません。


階段を降りたところの廊下を左に行くと、すぐ離れへの扉に突き当たりますから……近い、ですね」

「木原さんが部屋を抜け出した時間なんて、分からないですよね」

先輩が馨子と和恵の顔を交互に見る。

「さっき警察の人にも聞かれたけど、あたし、朝まで全然目が覚めなかったから……」

和恵が残念そうに言う。馨子は少し考え込む仕草をした。

「確か、二回くらい目が覚めたんです。最初は二時頃だったと思いますけれど、その時は確かにいました。ただ次が……時計を見なかったので分からないんですけれど、その次目が覚めた時、まだ外は暗かったんですが美華はいなかったですね。その時はお手洗いだと思って気にせず、そのまますぐ寝てしまったんです」

「外はまだ暗かった、ですか……」

先輩がペンで額をぽんぽんと突きながら繰り返

し、

「そういったことは、警察には話したんですよね」

と念を押す。馨子は頷いた。

「それなら、向こうが調べてくれるでしょう。自分の意思で離れへ行ったか、トイレにでも行こうとしたところを襲われたのか」

「その後者だったら、もしかして犯人にとっては、誰でもよかったってことになるんじゃないですか」

馨子がストレートの黒髪をさらりと揺らしながら、きっぱりと言う。

「どういうことですか」

「つまり、犯人の狙いは瑛一さんだけだった……ごめんね沙季子、きつい言い方かもしれないけど……あと何らかの理由でもう一人、女の犠牲者が必要だった、そしてたまたま部屋を出てきた美華が襲われた、という可能性もありますね。

この場合の何らかの理由といったら、まず昔の事件の再現、ということが浮かびますけれど」

「え、じゃあもしかして、美華じゃなくてあたしとか馨子だったかもしれないってこと?」

和恵が悲鳴に近い声を上げ、先輩の服の袖を掴む。

「それなら、まず昔の事件について知っている人が容疑者になりますね。そうとなると、やはりそちらについても情報を集めないと……」

「でもそれは……」

思わず口を挟んでしまい、はっとする。

もし昔の事件を知っている人が、あの再現を狙ったとしたら……その目的は分からないけれど、もしそうなら「女性がたまたま独りで部屋を出てくる」という偶然性を頼みにするだろうか。誰も部屋から出てこなかったら、もし出てきても複数が一緒にいたりして襲いかかるような機会がなかったら、どうするつもりだったのか。

でもそうでなければ、美華はわざとおびき出されたことになる。犯人から言伝なりメモなりで離れか、またはもっと目立たない庭の隅にでも誘い出されて……。

いったい何といって誘い出されたんだろう。

やっぱり美華は、瑛ちゃんと特別な関係があったんだろうか。

そんなこと、考えたくないのに。

やっぱり真実を知るのは……怖い。

「大丈夫よ、沙季子の疑いなんてすぐに晴れるから」

馨子が自信あり気に言うのを聞いて、なぜか和恵は視線を逸らし、もじもじしている。

「牧沢さん、何か気になることとでも」

先輩も気が付いて尋ねる。彼女ははっとしたように顔を上げると口を開きかけたけれど、その前に馨子がきっとした表情でぴしゃりと言葉を投げた。

「その話はなし、って言ったはずよ」

「でも、やっぱり私……」

思わず先輩と目を見合わせてしまう。

「ちょっと、二人だけで話をまとめないでください。高倉さんに関係のある話なんでしょう？　もしかして高倉さんに不利なことなんですか？　それならよけいに聞いておかないといけないですよ」

馨子は鋭い一瞥を先輩に投げると、ふいと横を向いた。ストレートの黒髪がさらりと肩から流れる。

そして、

「聞いて気分のいい話ではないですよ、それにこのことだけで断言できるような種類の話でもないと思います。でも、さっき聞いたら警察に話してしまったって言うから……警察の偏見を煽《あお》るようなことにならなければいいと思うんですけど」

言い切るとそのまま視線を戻さず、口をきっぱりと噤《つぐ》む。和恵はすっかり落ち着きをなくして真っ赤になっている。

私に不利なこと……何だろう。

先輩も少し不安げな表情になって私を見て、いいですか、と尋ねるように小首を傾げた。

怖いけれど、知らないよりは知っておいた方がいいに決まっている。

「和恵、気にしないで、どんなことでも先輩に話していいよ。私の気持ちは決まってるから。警察がもう知っているなら私が知っておいた方がいいかもしれないし。ね、どんなことなの？」

「あの……あたし、前に瑛一さんと美華が一緒に歩いてるところ、見掛けたの」

思わず息を呑んだ。

「え、え、ちょっと待ってください。それ、いつ頃の話ですか？　誰かと見間違えたんじゃないでしょうね？」

先輩が大慌てで手帳をめくる。和恵はようやく視線を私と合わせ、泣き出しそうな困ったような、複雑な笑みを見せた。

「沙季ちゃんごめんね、こんなこと言いたくなかったんだけど……さっきも警察の人にしつこく聞かれて、つい話しちゃって。だって警察の人って、もうあの二人はできてたんじゃないかって完全に疑ってたから、つい頭に来ちゃって『そんなことないです、一緒にいるところ見たことあるけど、そんな雰囲気じゃありませんでした』って言っちゃって……」

「まったく」

馨子が相変わらず視線を外したまま、呆れたように呟く。

「……完全な誘導尋問じゃない、そんなのに引っ掛かるなんて」

和恵の目がどんどん潤《うる》んでくる。先輩が慌てて、

「そ、それはそう言う方が自然ですよ、警察の言い方はまったく人が悪いですからね。気にしないで、ね、牧沢さん」

口ではフォローしながらも、目は話の続きを促したがっている。

「で、それはいつ頃の話ですか？　牧沢さんがその……お二人を見掛けたのは。どこで？」

「今年の五月、だったと思うんですけど……ディズ

ニーランドで」

「ディズニーランド?」

先輩の声とハモってしまった。

五月といえば……そうだ、出張で瑛ちゃんは二度東京に行っている。部屋を探している頃で日にちを合わせているとき、手帳を見ながら、こことこの週末は出張が入ってるから動けない、と瑛ちゃんが言っていた記憶がある。

あの日だろうか。でも、まさか。

「あのね牧沢さん、落ち着いてよく考えてください。牧沢さんは、瑛一さんとは何回くらい会ったことがあるんですか」

「え、ええと……四回、ううん五回くらい」

「直接話したことも?」

「ちょっとだけ。学生時代に沙季子と待ち合わせしてるところにばったり会ったとか、あ、一度、馨子と四人で映画に行ったこともあったっけ。でもあの時もそんなに話はしなかったように思うんですけど」

先輩はペンを額に当てて、考え込んだ。

「失礼ですけど、瑛一さんってそんなに特徴のある方でしたか? 遠くから見て、そんなに親しくない人でもぱっと分かるような方なんですか」

私なら分かる。

どんな人込みの中でも、瑛ちゃんの背中は分かる。

絶対に。

「そんなことはないと思いますけど……あ、ごめんね沙季ちゃん、でもあたしはそんな風に思ったことはなくって。ただ……声が聞こえたから……」

「瑛ちゃんの?」

思わず強い口調になってしまった。和恵がひるむのが分かる。

「高倉さん、ここは落ち着いて牧沢さんの話を聞きましょう。ね」

先輩の声に、なぜかほっとする。馨子もいつのまにかこちらに向き直り、冷静に話を分析しているようだった。

そうだ、私は真実を知りたいだけ。もし二人が密かに付き合っていたとしても、それがこの事件に関係しているとしたら、その事実を受け入れなければならないんだ。

他の誰でもない、この私だけは。

「あたしが聞いたのは美華の声だけ。人は多かったんだけど、ほら美華の声ってよく通るでしょ？　歩いてて、向こう側から美香によく似てる人が来るなあって思って何となく見てたら、向こうはあたしたちに気がつかなかった感じで、それも男の人はポケットに手を突っ込んで俯いちゃって、なんだかつまらなさそうに見えてて、美華の方がべったりしたがってる感じだったの。それで……」

和恵はいったん言葉を切った。どぎまぎした表情で上目遣いに私と先輩を交互に見つめる。

「どうしました？　木原さんはなんて言ったんですか」

「……確か『沙季子とはこういうところ、来ないの？』って」

頭を殴られたような気がした。一瞬目の前が真っ白になる。

「なるほど。それなら多分、そのお二人に間違いないでしょうね」

先輩の、いつもと変わらない穏やかな声が脳にゆっくりと染み込んできて、視界がだんだん元の色に戻ってくる。

今年の五月……今からおよそ五ヶ月前。

プロポーズされたのは去年の十月だった。この家で、この有塔の家の庭で。

たった一年前のことなのに。

目の前に瑛ちゃんが立っているのが見える。いつになく緊張した表情で、私の肩に両手を置いている。

口が動いているけれど、声が聞こえない。

あの時、瑛ちゃんはなんて言ってくれたんだろう。

プロポーズの言葉って……。

どこかから、あの時と同じ鳥の啼き声が聞こえる。

「ここ、静かなところだね」

しばらくして馨子が沈黙を破った。

「ご、ごめんね沙季ちゃん、あたし……なんか言えなくって……昨日のお式の時も、沙季ちゃんたちとっても幸せそうだったから、あたしの見間違いだったんだろう、って思ったんだけど……」

和恵はほとんど泣き出しそうだ。思わずその手を握った。

「いいの、気にしないで。それが本当のことなら、私もちゃんと受け止めなきゃ。そういうことが、もしかしたら犯人を捕まえる手がかりになるかもしれないし」

「その話が事実なら、沙季子が容疑者筆頭になるのよ」

馨子が難しい顔で腕組みをした。

「話は飛びますけどね。高倉さん、昨日離れに行ったのは何時頃でしたか」

先輩がまた手帳を開いた。

昨夜、久しぶりに大勢の人で賑わっていた広間。いつもはほとんど足を踏み入れることもない、ひんやりとして湿っぽく、ただ広いだけの空間を抱えたあの和室があんなにも趣を変えるなんて、想像以上だった。

「広間を出たのはだいたい十一時だったと思います。お客様がずいぶん盛り上がっていて、なかなか席が外せなくて。久し振りに、遠くから来てくださった親戚の方もいらしたので、あまり早々に失礼するというのもまた悪いと思って。その後私はお化粧を落として白の着物に着替えて、瑛ちゃんと合流して離れに行ったのは……多分十二時頃じゃないでしょうか」

「その頃、執行さんたちも部屋で寝る支度をしていた、と」

「そうですね。お風呂に入る前後あたりだと思います」

頷く動作とともに、さらりとした黒髪が揺れる。

「離れで確か、ワインを飲んだんですね。それは前もってそこに置いてあったものなんですね。あそこには冷蔵庫なんてないんでしょう？　ワインは瓶が丸ごと一本あったんですか？　それ以外に何か食べたりしました？」

「いえ、ワインは……瓶が一本だけワインクーラーに入ってて、儀式の続きでした。本当は日本酒で《かための杯》というしきたりがあったらしいんですけれど、それじゃあまりに堅苦しいからって、ワインにしてもらったんです。他には何も食べてません」

「そのワインはコルク栓でしたか？　その場で開けました？」

先輩の声がこころなしか強張っている。

どうだったろう……コルク抜きは見当たらなかったように思うし、瑛ちゃんは瓶を持ってすぐ栓を手で抜いていたような記憶がある。そう言うと、先輩の表情はだんだん険しくなった。

「というのはですね、もしあの離れの廊下が現場だとしたら、扉一枚隔てたすぐ横の部屋にいる高倉さんに全く気付かれないで、ああいうことが行われたというのは、不自然だと思うんですよ。警察もそこを考慮していると思いますよ。

今朝目覚めた時、いつになく頭が重い感じがしたとか、身体全体が妙にだるかったとか、そういったことはありませんでしたか」

先輩のやわらかな声が、朝の記憶を誘導する。

そうだ、確かに頭がぐらぐらしたし、起きて歩き出そうとした時足元が覚束なかった気がしたけれど、それはただの疲れだと思っていた。でも、あれは薬のせいだったのかもしれない……。

「ワインに睡眠薬か何かが入っていた、ということですか。そうなると、やはり計画的ですね」

馨子が指摘する。

計画的というだけではない、そうなると犯人は離れにワインが用意されることを知っていた、ということになる。

つまり、家族の中に。

「失礼しますよ」

言葉遣いとは裏腹な開け方の襖の向こうに、州崎という刑事の仏頂面が見えた。

「おや、皆さんお揃いで。いや、あの先生がいないか。

ちょっとあんた、話を聞きたいんで向こうまで来てもらえないかな」

手に持ったプラスティックのボールペンは、乱暴に波府先輩へ向けられている。先輩はちょっと驚いた表情になり、右手のペンを取り落としそうになった。

「僕の番ですか？　ええ、もちろん結構です」

「どーしてですか？　ぱふ……たけ先輩は一番アリバイがばっちりあるじゃないですか。昨日の夜、バスで大阪からこっちに向かって、今朝早くに東京で乗り継いで、よれよれになってやっと沙季ちゃんちに辿り着いたんだから」

和恵が刑事さんを睨み付けるようにして声を荒げた。

「よれよれになって、というのは余計ですよ」

先輩が苦笑しながら立ち上がる。

「招待された結婚式をすっぽかすような大事な用事が何か、ぜひ伺いたいもんでね。それに、どうせ間に合わないなら今朝一番の新幹線を使うという手もあったと思うが、どうだろう」

「あ、なるほど。そういう方法もありましたか」

刑事さんの意地悪な視線を、先輩の穏やかな応対が軽く受け流している。さらに、

「僕、夜行バスって結構好きなんですよ。まあ、ずっと座りっぱなしというのはきついですけれど、何より安いですし、お隣さんが気の合う人だったら楽しいものですからね」

まったく裏のなさそうな無邪気な笑みを浮かべ、留《とど》めを刺す。

「というと、お隣はナイスバディの妙齢の女性だったってわけか」

「発想が完全におじさんよね」

刑事さんのにやにや笑いを見ながら馨子がつまらなさそうに呟くので、ちょっと笑ってしまう。波府先輩も、私たちにさり気なく片目を瞑《つぶ》ってみせた。

「いえいえ、男性です。僕の持っていた本から話が弾んだんですが、もう、読書の傾向も似ていて話が盛り上がりましてね」

「夜行バスでそんな盛り上がっていたら、まわりの迷惑でしょう」

馨子が素っ気なく言い切ると、先輩は目尻を下げながら頭を掻いた。

「ええ、それは……運転手さんにもちょっと睨まれました。ただ、ですから僕のことを覚えていてくれたかもしれません」

「まさか、その相手の名前や住所まで分かってるっていうんじゃないでしょうな」

疑わしそうな目の刑事さんは、いかにも先輩の話を信じていないように見えた。おまけに、

「それが、その方から名刺をいただいてしまったもので」

と、なぜかすまなさそうに続ける先輩の様子を見て、今度は顔を真っ赤にして怒り出しそうになった。

「あんたなぁ……まったく、いいかげんな作り話すると怒るぞ。とにかく、さ、向こうへ来て」

最後は乱暴に言うと襖の向こうへ姿を消した。

「せんぱーい」

和恵の情けない声に答えて、波府先輩は私たちを

順繰りに見やり、にっこりした。

「すぐすみますよ。大丈夫です」

襖が閉められ、三人で取り残されると、急に部屋が広くなったように感じた。見慣れているはずの部屋が、異次元にすっぽりと陥ったような感覚。床の間の水墨画の人物が、足元の亀を連れて、釣りざおを片手に今にもひょいと絵から抜け出てきそうな気さえする。

「夜行バスでそんなに都合よく証人が見つかるなんて、まるでつまらない二時間物のミステリドラマみたいね」

馨子が眉をひそめて言うと、和恵が顔を真っ赤にして、

「いいじゃない、アリバイを証明してくれる人がいるなんて。それなら、馨子はぱふぱふ先輩がピンチになってもいいって言うの？」

と反論した。また涙目になっている。

「一般論を言ってみただけ。まあ、関西のお友達も昨日のアリバイは証言してくれるだろうし、心配することはないわよ。

武琉先輩の心配するくらいなら、自分のことを心配する方が先じゃない？　あたしたち、アリバイないんだから」

ちらりと私を見た馨子の目には、言葉とは裏腹に明るい煌めきが見えた。えー、とまた息を呑む和恵を横目に、馨子は、

「そういえば、ずっと同じ物着てるじゃない。着替え、取ってこようか」

と言ってくれた。そういえば……胸元を見下ろしてぞっとした。

昨夜と同じ着物。

瑛ちゃんと離れへ向かった時と同じ、白無地の着物。

今朝、瑛ちゃんを見つけた時と同じ、白無地の着物。

おろしたての白に見えるけれど、もしかしたらこ

の白い生地のどこかに、瑛ちゃんの赤い血がついているかもしれない。

もしかしたら、美華の血さえも、一緒に。

着替えたかった。急に、この先一秒でもこれを着続けるのが怖くなった。これを着ているとまた、嫌なことが起こるような。

「ありがとう。でも、自分で部屋まで行って着替えてくる」

布団から出ると二人の手を借りて立ち上がってみた。少しふらふらするけれど歩けそうなので、そのまま一人で部屋を出る。

廊下を歩いて広間の横を抜けると、中にはまだ数人の気配がした。もう襖は元通りにされているから四つの部屋に仕切られているけれど、きっとそのどこかで波府先輩が警察に話を聞かれている。いつもは閑散としていた屋敷のあちこちから、人の話し声がする。

先輩はどこにいるんだろう、と庭に面した廊下の途中で立ち止まると、ふと背後に人の気配がした。ぎくりとして振り返ると、若い警察官が一人、慌てて足元を気にする様子をしている。

私を護衛してくれているんだろうか。

私を見張っているんだろうか。

気になって足早に部屋へ向かうと、やはりその警察官は少し後ろからぴったりくっついてきた。嫌な気分になり、自分の部屋へ入ってドアを背にした途端、思わずため息が出る。とても廊下へ顔を出す勇気はなかったけれど、何となく、すぐ近くから見張られているような気がした。

箪笥の引き出しに手を掛け、その意外な軽さに驚く。

そういえば、ここにあった服は夏物以外ほとんど新居の方へ運んでしまっていて、もう数枚しか残っていなかった。たいして選ぶ余地はない、でも明るい色のトレーナーなんてとても身に着ける気にはならない。笙子おばさまだって、なんと思うだろうか。

　文字通り箪笥の隅から隅まで探して、ようやくチョコレート色の薄手のセーターを見つけ出した。着物を脱ぎ、セーターとジーンズ地のロングスカートを手早く身に着ける。

　床に正座して浴衣の要領で白の着物を畳みながら、また目頭が熱くなってくるのを感じた。昨日の夜この着物を手にした時には、信じられないくらい幸せな気持ちだったのに。

　終わっても、しばらく立ち上がる気になれなかった。

　チチ、チチ、と庭の方から聞こえてくる鳥の声にぼんやりと耳を傾けていると、それでも少しずつ気持ちが落ち着いてくるようだった。

　瑛ちゃんも、この家にいた時は庭木の枝に林檎を差して、鳥の餌にしてあげていたっけ。

　窓際へ行って見下ろすと、いつもの枝にやはり赤い林檎が一つ差し込まれていて、ちょうどそれを突いている鳥がいた。

　庭にいたのは、鳥だけではない。

　植え込みの陰からこちらに無遠慮な視線を投げつけてくる、表情を殺したような警察官がいた。私をじっと見据えながら手元を少し動かし、トランシーバーのような物へ何か話し始める。

　ぞっとして窓から離れた。

　どう見ても監視されているとしか思えない。どんどん気分が重くなってくる。

　畳んだ着物を持って部屋を出ると、想像していたとおり廊下の端にさっきの警察官が立っていた。今度は慌てた様子もなく、軽く頭を下げてくる。それを無視して階段を降りていくと、ちょうど良枝さんに出くわした。

「あ、お部屋で着替えられたんですね。今、向こうに着替えをお持ちしようと思ってたんです」

　庭の水撒きをしてくれていたのか、濡れていたらしい手をエプロンでざっと拭くとこちらに手を伸ばし、お洗濯しますから、と着物を預かってくれた。

馨子たちのいる部屋へ戻ろうと廊下を進み、ふと気になって振り返ると、先程の警察官が良枝さんからその着物を渡してもらっているところだった。


夜になり、簡単な夕食が用意された。お祖父様のお相手で笙子おばさまも良枝さんもかなり疲れているらしい、二人ともすっかりやつれた表情になっているし、おばさまは私を視野に入れるのを避けながら五条院先生たちに挨拶だけすませ、またすぐ広間を出ていってしまった。

無理もない、特に笙子おばさまにとっては一人息子が亡くなったのだ。おまけに、まだ統吾おじさまとは連絡が取れないらしい。警察は夕方、いったん引き揚げたけれど、犯人がもしかしたらまだ周辺にいるかもしれないとして、夜間は数人の警察官が警備に残ってくれることになった。少し安心する。

瑛ちゃんは、いつ戻ってくるんだろう。おじさまは、どこへ行ってしまったんだろう。

食欲はまるでなかった。広間で五条院先生たちと並んで座りはしたけれどとても食べられず、お茶だけもらってすぐに失礼してしまった。馨子たちが心配そうに私を見ていたけれど、かえって私が席を外していたほうが場の雰囲気が和らぐような気がしたので、何とか笑みを浮かべて、部屋へ戻るね、と明るい声を出して広間を後にした。

廊下へ出たところでふと、お祖父様たちの部屋がガラス越しに目に入り、様子が気になった。笙子おばさまたちだけにお世話を任せてしまって、私だけそっとしておいてもらうのも、ありがたい反面、ちょっと気が咎《とが》める。

お話できるような体調ならいいんだけれど。

広間から奥へ延びる廊下を右に折れて、屋敷の東側に突き出した棟へと歩みを進める。手前がおじさまたちの部屋、奥がお祖父様の部屋だ。障子越しにやわらかな光がぼんやりと染み出して、縁側から硝子戸を通り、庭の地面までを照らし出している。夕方まで警察の車が何台もあったせいで、いつもならきれいに掃き清められている地面にタイヤの跡が幾つも残っていて、でこぼこの陰影が見える。

「……瑛一は……」

お祖父様の声が聞こえる。

「だから言ったじゃないですか。お父様が反対なさればよかったんです」

この声は、笙子おばさまだろうか。いつもよりかなり語気が強い。どうしたんだろう。

「あの時お父様があんなことしなければ……あの子を引き取らなければよかったんです」

足が、止まる。

「だから私はあの時反対したんです。それを……お陰で瑛一まであんな目に……」

反対って。瑛ちゃんまであんな目にって。

「あの子は呪われてるんです。なのにどうして……お父様、聞いてらっしゃるんですか？」

どこをどうやって戻ってきたんだろう。

気がついたら、二階の自分の部屋にいた。

窓際のベッドに腰を下ろしてぼんやりしている私がいた。

『あの子は呪われてるんです』

おばさまの声が、頭の中にわんわんと響いている。

『あの子を引き取らなければよかった』

どうみても私のことだ。

私のまわりで人殺しが起きる、ということなんだろうか。昔の事件を目撃し、また今度同じような事件をすぐ近くで体験している。

でも、どこかおかしい。それは、私を引き取るかどうかという時点、私が十歳だった時点で既に幾つかの事件があった、ということになる。

他にも何かがあったんだろうか。それに私がまた何らかの形で関わっていたということ……？　もしかしたら両親の死は、単なる交通事故ではなかったのだろうか。

　階段を昇ってくる何人かの足音がする。慌てて布団に潜った。

　ノックの音、そしてドアが遠慮がちに開かれる音。

「なんだ、やっぱりこっちに戻ってきてたんだ」

「しっ、寝てるみたい」

「疲れたんでしょう。そうっとしておいてあげましょう」

「家の方に、ご自分の部屋に戻ってらっしゃることを伝えたほうがいいでしょうね。僕、下へ行ってきます」

「……じゃね、沙季ちゃん、おやすみ……」

　ドアがそうっと閉められる気配。

　布団を被ったまま仰向けになる。顔を何かが伝い落ちている。

　皆がいてくれてよかった。

　こんな私を信じてくれて、真実をつきとめようと力を貸してくれる皆がいてくれてよかった。

　暗い中にも見慣れた天井がぼやけ、カーテンがぼやけ、本棚が、ポスターがぼやける。

　何にも見ることができない私。

　すぐ隣で瑛ちゃんが殺されていたのに、何にも気付くことのできなかった私。

　これからどうすればいいの。


　眠れるわけもなかった。

　あわあわとした薄い月の光がカーテンの僅かな隙間から入り込み、壁に白い柱を描いている。その柱がだんだんと移動していっている。

　ほう、ほう、と梟《ふくろう》が啼いている。

　慣れないベッド、慣れない部屋、慣れない空気。

　今夜泊まったのは間違いだったかもしれない。こんな近くに、一つ屋根の下にあの人が眠っている。

そう思っただけで、心臓が踊る。

どうしても気持ちが落ち着かず、思い切ってベッドから出るとカーテンを開けてみた。透明感のある月の光が私をやんわりと包み、同じ光を浴びた夜の森が、昼間と違う荘厳な雰囲気を醸し出している。

ふと視線を庭へやって、はっとした。

まさか。でも。

あの人がいる。

長身を黒っぽい洋服で包み、夜の闇に今にも溶けてしまいそうな姿が、大股で植え込みの間を滑るように抜けていく。

こんな時間にどこへ行くんだろう。

また、あの桜の樹のところだろうか。

身体が勝手に動き、私は彼の後を追いかけていた。

パジャマの上からコートを羽織り、足音を忍ばせて階段を下りると、裏口からそうっと抜け出した。南庭へ廻り込むと、記憶を頼りにあの桜の樹へと向かう。

自分では向かっているつもりだった。でも、ただでさえ昼と夜では森の様子は全く異なるうえ、一度しか通ったことのない、しかもただ誰かの後をついて歩いていただけの道筋を辿るというのは、考えたらとても無理な話だった。いくらも歩かないうちに私は迷った。

どちらへ進んでよいか分からない。

それどころか、屋敷へ戻る道順すら怪しいことに気がつき、私は愕然とした。

なんと無謀なことをしてしまったんだろう。

こんな格好で、こんな時間に、こんな場所で何をしていたのかと彼や彼の家族に聞かれたら、いったいどう答えればいいんだろう。

こんなところで立ち往生しているわけにはいかなかった。振り仰ぐと、雲一つない夜の空に歪《いびつ》な円となった月が、私を哀れむように、あるいは嘲るように見下ろしている。

満月を過ぎたあの月は、これからどんどん細くなるばかり。

私の気持ちと同じように、どんどん細くなるばかり。

あの月が糸のように見える頃に、私は花嫁になるはずだ。その頃、私の気持ちはどうなっているんだろう。

確かさっきまでは、この月を右斜めに見上げながら来ていたから……。考えながらしばらく歩いたときだった。

「あっ」

足元が滑り、私は派手に転んでしまった。

今度は、支えてくれる優しい手はない。頭を薮の中に突っ込んでしまい、目には刺さらなかったけれど髪の中に小枝があちらこちらから突っ込んだようで、頭がなかなか抜け出せない。思わず涙が浮かんできた。

私ったら、いったい何をやってるんだろう。


その時。

がさ、と近くで物音がして、心臓がきゅっと縮んだ。恐ろしくて声もあげられない。野犬か、それとももっと怖い動物だろうか。

「どうしました」

自分の目が信じられなかった。

手足のあちこちを擦りむき、頭を薮の中に突っ込んだ状態の私の前に、あの人が屈み込んでいた。仄かな月明かりの下でも彼がかなり驚いているのが分かった。

「いったいどうして……いや、まずどうぞ」

優しい手が私を引き起こそうとして、いったん躊躇した。

しなやかな指が、私の髪から小枝を一本ずつ抜いている気配。暗いところでは闇を統《す》べる王の中の王、そして今、月の光の下では月に宿る精のような、妖しく優雅な人。こんな時間に森の中にいてもまったく違和感がない。

私はしばらく、息を整えるだけで精いっぱいだった。その間、彼は無言で小枝を抜き、両手を引っ張り上げて私を立たせてくれ、コートの汚れを払ってくれた。

「あ、あの……月が綺麗だったので外を見ていたら、あなたが見えたので……」

それだけ言うと、もう何もできなくなった。

彼が一瞬目を細めて頭を下げてくると、私を肩からふわりとその長い両腕で抱え込んだからだ。

「……え、あの……」

「本当は、あの時、こうしていたかったんです」

やわらかな囁き。

「あの離れで、あなたが倒れた時……でも、どうしてもできなかった……彼の婚約者だし、僕にそんな権利はないと……」

胸が、苦しい。息が、できない。

きつく抱き締められているわけでもないのに。

「もっと早く、日本に戻ってくればよかった」

長い長いため息が、私をがんじがらめにする。

闇色の彼の服から、桜色の香りがする。

そのまま、どのくらい立ち尽くしていただろう。

私は、何も言えなかった。いつの間にか彼の背中にしていた腕に力を込めることしか、できなかった。ただずっとこうしていたいと思っていた。

「さ、もう戻らないと。気付かれたらたいへんです」

彼がそっと身体を離すと、私の眼を覗き込みながら言った。

「これからは、あの離れで逢うことができますから」

「え、どういうこと……」

この間はおじさまにお願いして、特別に鍵をお借りしたから入れたのに。

彼はふんわりと微笑んだ。月の光を浴びたその瞳には星が煌めいている。

「ちょっと細工しましてね。大丈夫ですよ、僕に任せてください」

　彼の手が伸びてきて、私の頬をさらりとなでると、髪からひとひらの葉を摘みあげてくれた。

「庭で転んだ、ということにしておいた方がいいでしょうね。一緒に戻るのはまずいですから、あなたが先に屋敷へ戻った方がいい。道はこちらの方をずっと下っていけば、有塔の庭の南側に出ます。僕はもうしばらく、このあたりをぶらぶらしています」

「でも、留音さん……」

　彼はいったん向けた背中をくるりと返し、私を見た。月を背景に逆光になっているので表情は分からないけれど、何となくまた、ふんわりと微笑んでくれたような気がした。

「気をつけて」

　闇の中に白い手が一瞬踊る。

　私はその光景を目に焼き付けてから、ゆっくりと山を下り始めた。しばらく歩いてから振り返ってみると、その優しい手はまだ闇の中で私を見送ってくれていた。


　どうしても眠れない。

　頭の中をさまざまなことがして行ったり来たりしている。今日一日でいったいどのくらいのことが起こったのか、そして分かったのか。

　加地先生から聞いた昔の事件についても驚くことばかりだったし、自分がしばらく言葉を失っていたなんて、聞いたこともなかった。それに、私を引き取るという話にどうやら複雑な事情があったらしいということも。今まではお祖父様の独断だったという話だったけれど、それ以上に何か理由がありそうな雰囲気だった。

　ショックだった。

　いつも優しくて親身になってくれて、実の子供のように可愛がってくれていた笙子おばさまが、本当は私をあんな風に考えていたなんて。

おばさまの声が耳から離れない。

我慢できなくなって、起き上がると窓のところへ行って外を見た。

雲がまったくないビロードの宝石箱に、大粒のダイヤが一つ、ぽつんと鎮座している。月明かりで庭もずいぶん明るく見える。

「あ」

すぐそこで、何かが動いた。心臓が止まりそうになる。

もしかしたら得体のしれない殺人鬼が瑛ちゃんをあんな目に遭わせ、今また次の犠牲者を狙っているとしたら。

息を潜めて見ていると、その影は植え込みの間をぐるりとまわり、私のいる窓のすぐ下に出てくると伸びをした。

思わず止めていた息をほっと緩める。影は、昼間の刑事だった。若い方の、名前は何といったか、その人が今夜は張り込んでくれているらしい。声を掛けたくなって窓を開けると、彼はぎょっとしたようにこちらを見上げた。

「こんばんは」

とりあえず挨拶すると、彼はぴしっと敬礼をした。

「お疲れさまです」

と言うと、彼はまた敬礼をし、無言のままこちらに背を向けて足を開き、背筋を正したようだった。

「あの、お話ししててもいいですか」

首が横に振られる。

「あ、そうですよね、お仕事中ですね。ありがとうございます」

「……眠れないのですか」

ようやく囁き声の言葉が返ってきた。

「はい。どうしてもいろいろと考えてしまって
……」

「それが普通です。無理に眠ろうとしなくても、横

になっているだけでも身体は休まるものです」

「そうかもしれませんけれど……そちらへ行ってもいいですか」

ぱっと驚いた顔がこちらに向けられたけれど、声はやはり抑えられていた。

「駄目です。建物の中にいてくださらないと、僕ら何のために警邏《けいら》しているか分かりません」

それだけ言ってまた庭の方に顔を向け、姿勢を固めた。

誰かと話をしたい気分になっていた。でも馨子たちを起こすのも気が引けるし、かといって家族は……あんなことを聞いた後でおばさまと普通に接するなんてとてもできそうにないし、お祖父様は論外、良枝さんだって今日はくたくたになったはずだ。

考えれば考えるほど目が冴えてきてどうしようもなくなった。洋服箪笥を開け、パジャマの上にロングコートを羽織ると、そうっと部屋を出る。足音を忍ばせて階段を下りると、広間の明かりは消えていたけれど台所とお風呂場、そして廊下はすべて、照明が点いているのが見えた。

玄関を避けて母屋の裏口から庭へ出ると、さっきの人がいたあたりに行ってみた。建物の角からそうっと顔だけ出すと、その人はさっとこちらに向き直り何かの構えを取ったけれど、私と分かるとすぐに姿勢を戻した。そしてちらっと横目でこちらを見て、

「危険ですから、部屋へ戻って下さい」

と、さっきよりいくぶんきつい口調になった。

危険というのは、私にとって？　それともあなたにとって？　私は警察に監視されてるんでしょう？　と、皮肉っぽく尋ねてみたくなったけれど、そんな気分も一瞬で消えた。その人の目が、月明かりにも、とても真面目で誠実そうに見えたから。

「ごめんなさい、すぐ戻りますから……でも、おじさまとは連絡が取れたんでしょうか」

「自分の知る限りでは、まだです」

「瑛ちゃ……瑛一さんを殺した犯人、ぜったい捕まえてくださいね。よろしくお願いします」

　頭を下げると、その人はちょっと驚いたようだった。

「こちらは全力を尽くしますから。頭を上げてください。それに早く部屋へ戻られた方がいいですよ」

　語調がとてもやわらかくなったのでほっとして、

「でも、あなたと一緒にいれば安全なんでしょう？」

　と言ってみると、その人は苦笑したようだった。短い髪がつんつんと立っていて、笑うととても若く見える。

「あなたも複雑な立場になりましたね」

　不意に真面目な口調で言うと、その人は妙な目つきで私を見た。

「……やっぱり私、疑われているんですね」

「いえ、そうではなくて……覚えてらっしゃらないですか、十六年前の事件。昼間に、子供の口調で何かおっしゃってましたね」

　一瞬、息が止まった。

子供。

六歳の子供。

あの時六歳の私は、いったい何を見たんだろう。

「自分が刑事になりたいと思ったきっかけは、あの事件だったんです」

　空気が、ぴりりと凍る。

　その人はこちらに向きを変え、私をまっすぐに見つめた。

「自分は大木先生の、つまりあなたの叔母さん、朋絵先生の教え子です。あの当時、六年生でした。先生を殺した犯人を捕まえたくて、刑事になったんです」

　息を呑んだ。こんなところにもあの事件の遠巻きながらの関係者がいる。

「先生はいつも朗らかで太陽のような人でした。生徒皆から人気があって、クラス替えの時なんか、先生のクラスになれるかどうかってことがもう、皆の一番の関心事でした。授業が分からない生徒にも優しくて、放課後にひとりひとり指導してくれたりして……それがあんな殺され方をして、しかも犯人が見つからないなんて、僕にはとても許せなかった。警察が見つけてくれないなら僕がやる、と思ったんですが、やはり一般人が事件に関わるのは難しいので、一番の近道として警察官になることを決意したんです」

「それじゃ、いろいろと調べてくださったんですか、時効が成立するまで」

　ついそう言ってしまい、慌てて口を噤んだけれどもう遅く、彼は顔を歪めてとても悔しそうになった。

「……現金なものですよね、自分が刑事になれるまでは、捕まらないでくれ、と思っていたんです。警察学校を出て、交番勤務になって、刑事課へ配属されるまでずっとそう思ってました。この手で犯人を捕まえてやるんだ、と。

　でもようやく刑事になれたのは二年前です。時効まで残り一年しかなかった……当時の資料をいろいろ調べ直しましたけれど、僕の力では犯人を見つけ出すことができませんでした。すみません」

　今度は私が頭を下げられてしまい、恐縮してしまう。

「いろいろとやってくださったんですね、ありがとうございます。

　あの、お名前伺ってもよいでしょうか」

「梶井《かじい》といいます」

「梶井さん、ですね」

「はい、梶井ゲン、弦楽器の弦です」

「もしかしたらご両親は、音楽関係の仕事に就いてほしかったのかもしれませんね」

　そう言うと、梶井さんはくしゃっと笑顔を浮かべた。

「よく言われました。小さい頃にはバイオリンも習わされたんです、でも僕はどうしても刑事になりたかった。時効が成立しても、それで犯人の罪が消えるわけではありませんから、これからもできる限り考えていくつもりです。

その意味で、今回の事件は新しい展開に繋がるかもしれません」

急に表情を引き締めると、話し声がしているとまずいですから、と再び部屋へ戻るように促され、今度は私も素直な気持ちで従った。

ベッドに入る前、そうっと硝子越しに覗いてみると、梶井さんは窓の下ですっくと背筋を伸ばして立っている。

つんつんと立った髪に、月の光が微かに煌めいていた。

無伴奏　第二楽章

それは、藤の家に住む娘の哀しい物語。

ある夫婦の間に生まれた娘は、色白で器量よしであったが、生まれつき足が曲がっていて上手く歩けなかった。小さい時はまだ人目も気にすることはなかったが、成長するにつれて「あそこの娘は祟られている」「本当は鬼の子らしい」などと心ない噂が耳に入るようになった。

考えあぐねた末に両親は、村から少し離れた森の奥に粗末な小屋を造り、そこへ娘をこっそり移した。村人には、娘は神隠しに遭ったと説明し、それを聞いて不審に思う者はなく、陰では、村の厄介者が減ってありがたい、と言う者までもいた。

時によっては這ってでも動くのに苦労する娘のために、父親は小さな車輪の付いた粗末な台車を作り、近くの湖やそこへ流れ込む小さな川のすぐ傍まで綱を張って、それを伝って水浴みや水汲みに行けるように工夫してやった。薬師の娘であった母親は、持っている限りの薬草の知識を自分の娘に教えてやり、なるべく不自由の少ない暮らしができるように心がけた。

また、独りでいることの多い娘の慰めにと、小屋の脇に小さな藤の苗を植えてやった。その藤は年月とともにすくすくと伸び、節くれ立った幹は丈夫になり、いつか小屋の壁伝いに屋根を半ば被うまでに生長し、季節には見事な淡い紫色の花房を数多く付けるようになった。

娘も、その美しい藤と共に、美しく成長した。

月の美しいある晩のこと。

娘は小川へ水を汲みに出掛けた。苦労して屈み込み、小さな手桶に清水を満たして、綱を頼りに戻ろうと向きを変えた時、少し離れたところに一人の若者が立っているのに気が付いた。

若者は月明かりにも分かるほどはっきりと驚いた表情を浮かべ、まっすぐに娘の方を見ていた。

久しく両親以外の村人を見たことがなかった娘は、声も上げられず、手桶を取り落としたまま綱を伝って何とか小屋まで逃げ帰り、そのままじっと息を潜めていた。壁の隙間からこっそり覗いていると、しばらくして若者がこちらへ近づいてくるのが見えた。娘は慌てたが他にどうしようもなく、ただただ息を潜めて戸口の傍でじっとしていた。

戸口のすぐ近くまで来た若者は、手にした何かをことりと地面に置くと、少し後ずさりして目線を上げ、感嘆の表情を浮かべた。

藤を見ているのだ、と娘は思った。

確かに藤の花の咲く頃であり、屋根から壁伝いに数えきれないほどの花房が重たげにずらりと下がり、月の朧《おぼろ》な光を夢のように纏って小屋を美しく彩っていたが、それを愛でる男衆がいるというのは、娘には意外だった。

村に住んでいた頃の微かな記憶では、男の子というのはやんちゃだったり乱暴者だったりして、娘には子供らしい容赦ない悪口を浴びせ、娘が泣いても知らん顔したり、はやしたてているのが常だった。

しかしその若者は、あわあわとした月の光のもとで色白に見え、とても上品な顔立ちをしていた。大きな瞳を見開いてあちらこちらの藤の花を眺めている姿には、ただただ無邪気な好奇心と感嘆のさましか見えなかった。

しばらくして、若者はそのまま背を向けて、去って行った。

おそるおそる戸を開けてみた娘は、そこに水をいっぱいに張った手桶が置かれているのを見た。

それから幾日か経ったある夜。

娘が水浴みをしようと小屋を出ると、またその若者が立っていた。素早く中へ戻ろうとする娘に、若者は、自分は怪しい者ではない、ただ少しこの藤の弦を分けていただきたいのだ、と穏やかな調子で頼んだ。

娘は驚いた。

若者は続けて、母親が籠編みで生活を支えていて、材料にする藤が必要なのだ、と懇願した。

娘に異存はなかったが、久しく他人と言葉を交わしていなかったため何と言ってよいのか分からず、ただ頷くことしかできなかった。だが若者はそんな娘の様子を見ると満面に笑みを浮かべて、幾度も幾度もお礼を言い、藤を少し切り取るとまた幾度も頭を下げ、そのまま去っていった。

そんなことが何回か続いた。

若者は昼間来ることもあったが、だんだん夜に訪れることが多くなった。山道を苦労して登ってくるのか、あちこちに小さな傷を作っていることもあり、そんな時、娘は白湯《さゆ》を出したり薬草で手当てしてやったりするようになった。

二人はやがて恋仲になった。

娘にとって、夢のような時が過ぎていった。

若者は娘のことをあまり深く知りたがることもなく、娘はまた若者の名前しか知らなかった。それでも、お互いがいつも繋がっているような気がして、若者の存在は娘の心の支えになっていた。

若者の腕の中で、娘は天女のように優雅だった。

こんな幸せがいつまでも続くはずがない、と心のどこかで感じながら。


ある夜、久し振りに訪れた若者の様子がいつもと異なっていることに、娘はすぐに気がついた。足音から違っていた。

それまで三日に一度は逢っていたのに、この十日というものの若者の訪れはなく、娘は病に倒れているのではないかと心配していたので、若者の姿を見て初めは心が踊った。

しかし、間近で見た若者の表情に、娘の動きは凍りついた。

しばらくの沈黙の後、若者はあらぬ方向を見ながら、共に逃げてくれないか、と苦い口調で言った。

それが何を意味するものなのか、娘には分からなかった。

さもなくばもう二度と逢えなくなるかもしれぬ、と若者は目を伏せた。

娘は、そのわけを尋ねたいとは思わなかった。そのかわり初めて、自らの身体を疎ましく思った。この足でどこへ逃げられよう、誰も追ってこないような遠くまで逃げられるはずもなかった。

共に逃げられぬ、ということはすなわち、別れだった。

この人のいない生活に耐えられるだろうか、と若者のやつれた横顔を眺めながら、娘は思った。そして視線がそのまま、台所の片隅へと移った。

若者はふと娘の顔つきを見、目の遣り場を追い、蒼ざめた。そして娘に近寄ると、その腕の中に抱え込んだ。二人はしばらくの間、そのまま相手の心のうちを探っているように、一つの影になっていた。

ややあってそっと身体を離すと、娘は何も言わず、苦労して台所の隅へ行き、あるものを手にした。

母親は持てる限りの薬草の知恵を授けてくれたが、その中には、決して食してはならぬ種類の草のことも含まれていた。娘はあやまって摘んでしまっていたその毒草を手に取り、若者に一瞬、はらりと微笑みを見せた。

これで、ずっと共にいられる。

若者は娘の傍に屈み込み、おそるおそるそれを手にすると、蒼ざめた顔で、それでも力強く頷いた。娘は、今度は清々《すがすが》しく眩しいほどの微笑みを返した。

生まれ変わっても必ず巡り会える、そう娘は信じていた。

戸口の近くから物音が聞こえるまでは。

第三章　透きとおる記憶

一歩、二歩、三歩。

この廊下は、こんなに長かっただろうか。

一歩、二歩、三歩。

それとも、こんなに短かっただろうか。

つい一昨日のことなのに、どうしても思い出せない。

あの時と違うのは、今は昼間だということ、そして前後左右に大勢人がいる、ということ。

あの時と違うのは、目の前の背中が瑛ちゃんのものではなく、梶井刑事のものだ、ということ。

そしてすぐ横に加地先生がいて、馨子がいて、波府先輩が後ろにいてくれる、ということ。

そうでなければ、とてもこの渡り廊下に足を踏み入れることなどできそうになかった。本当は、加地先生に頼めばもう何日かは警察の事情聴取を延ばしてもらえそうだったけれど、ここで哀しんでばかりいても瑛ちゃんの敵は討てそうにないと心を決めて、思い切って布団から出ることにした。

笙子おばさまの姿はない。

今朝も、まだ一度も顔を見ていない。正確にはさっき、ここへ来る前に母屋の奥にいる姿をちらりと見掛けたけれど、おばさまは私を見るなりはっとして視線を逸らせ、そそくさと奥へ消えてしまった。

「……んですね」

気がつくと、梶井刑事が振り返って何事か尋ねていた。

「あ、すみません、今なんて……」

「一昨日の夜はかなり霧が出ていたことを、確認したかったんです」

「霧……あ、はい、出てました」

「そうです、濃かったと思います。広間から失礼するときに離れの方を見たんですけれど、離れどころかすぐそこのお庭の植木も霞んでいたくらいで、全然見通しが利きませんでした」

馨子が横から言い、加地先生も頷いた。そして、

「無理せんで、気分が悪くなったらすぐに言うんじゃぞ」

こっそりと囁いてくれた。

「この廊下の長さはどれくらいあるでしょうか?」

波府先輩はしきりにメモを取っている。屋敷や離れの見取り図を描いているらしい。

「そうですね、二十メートル弱といったところですか。へえ、さすが有塔の家だけあって、いい材料を使っているようですね。僕が生まれる前からこの渡り廊下はありましたけど、雨風に晒されっぱなしでもまだしっかりしてる」

梶井刑事が、横の手摺りを掴んで揺らしながら感嘆している。母屋と離れを結ぶこの廊下は幅一間くらいあって、上の部分は屋根が大きく被さり、横の部分は床面から私の胸の高さまで、隙間なく板が張られている。板の上からなんとか顔を突き出して覗いてみると、きらきら光る湖面が下の方に見えた。ここはだいたい二メートルくらいの高さがあるようだ。

湖の上を渡る廊下とはいえ造られたのはかなり昔のことだから、湿気が多い土地柄とはいっても木材を使うしかなかっただろう。よく見ると変色している部分もあるけれど、板張りの床は艶やかで少し軋む音がするくらい、特に傷んで見えるところはない。

そうだ、このあたりで瑛ちゃんが振り返って……。

「沙季子、大丈夫?」

馨子の声で我に返ると、私の足は渡り廊下が離れと繋がる境目のところで止まっていた。

目の前に、今まで歩いていた木目に斜めに接している離れの廊下がある。顔を上げると、六角形の建物の一つの角とちょうど対面する形になる。

あの時は、霧に紛れて輪郭がぼんやりして見えて……。

「では、もう一度あの朝の行動をやってみてもらえませんかね」

州崎刑事が離れの左側へ回り込みながら振り返る。

大丈夫……しっかりしなくちゃ。

深呼吸して梶井刑事の後に続いたけれど、それを目にした途端、一瞬息が止まった。

艶のある焦げ茶色の廊下、その先の角を曲がって少し奥のあたりに見える、白いテープで印された人の輪郭。

思わず握りしめた拳に爪が食い込んで、痛い。

「あの位置ですか。いったいどこから狙われたんでしょう。そもそも凶器は見つかったんですか」

波府先輩が穏やかな声で丁寧に尋ねる。梶井刑事は上司をちらりと盗み見て困ったような表情になった。

「あまり細かいことはお話できませんが……。凶器はボウガンとみて間違いなさそうです。蔵にしまわれていた昔のコレクションのうち、一つ見当たらない物があるとか。ただ、正確にどんな型でどの程度の威力のある品だったかは、奥さんには分からないようでした。目録みたいなものもなさそうですし。あなたも、その蔵の中を見たことはありますよね」

私に視線が飛んできたので、頷く。

母屋の裏手にある蔵は、白い漆喰の壁に灰色の瓦屋根を載せた直方体、よく見かけられる形だ。中はおよそ二十畳の広さがあるだろうか。入って右の奥に梯子が掛けられていて、ロフトのように一部分だけ二階のある構造になっている。六畳分くらいしかないその二階には、お茶箱や行李《こうり》が幾つも並べられていて、覗いたことはないけれど有塔の先祖の遺品など、ずいぶん古いものも保管されているらしかった。

入って左側の壁際にはずらりと棚があり、古めかしい武具、お祖父様のコレクションのボウガンや弓矢などがひしめくように置かれている。それらの品そのものが古びているうえに、小さな灯取りの窓しかない蔵の中では、いっそう重苦しい雰囲気が醸し出される。

埃っぽい空気、黴っぽい臭い。

いつの時代かに、誰かの血を吸ったかもしれない刀。

誰かの身体に向けて引かれたかもしれない弓矢。

あそこに入るといつもすぐ頭が痛くなり、落ち着かない気分になるので、大学を卒業してこっちに戻ってからも、滅多に覗くことはなかった。

「お祖父様が若かった頃には、母屋の二階の部屋に並べていたそうです。私は覚えていないんですけれど、子供が勝手に入ってボウガンを持ち出して遊んでいたことがあるらしいし、瑛ちゃんも……」

焦げ茶色の廊下。白いテープ。

歪な輪郭がゆるゆると動いたように見えた。

はっと息を呑んだ一瞬のうちにその幻影は消え、湖の冷気が足元から立ち昇ってくるのを感じる。少し眉をひそめた梶井刑事に気取られないよう、そっと息を吐いた。

「それで……瑛ちゃんも遊んでいて叱られたことがあると言っていました。庭に持っていって友達に自慢していたらお祖父様に見つかって、かなり怒られたとか。そんなことがありましたし、昔の事件の凶器として使われたということも分かったので、その後は蔵に全部移して、そこに鍵を掛けて保管しているはずです」

「ただね……その肝心の鍵を、裏口近くの台所の壁に、無造作に掛けていたっていうじゃないですか。不用心すぎますね」

梶井刑事の口調が苦々しい。

「だいたいあんな大事件の後、よくもまあそのまま取っておいたもんだよ。普通なら見るのも嫌になるんじゃないのかね。何しろ有塔の大事な跡取り、自分の一人息子の命を奪った凶器なんだから。

あれだけ集めるのにどれだけ金がかかったか知らんが、まったく金持ちのすることは分からんな」

まるで、あの時すべて処分していたら今回の事件は起こらなかったと言わんばかりの州崎刑事だった。

「そんなにたくさんあるんですか？　それはぜひ見てみたいなあ。後で蔵の中を見せてもらってもよろしいでしょうか？」

波府先輩は興味津々といった感じだ。そんな様子は州崎刑事の反感を買うだけなのに、まるで頓着していない。無邪気そのものに見える。

「あんたね、見てどうするんだ？　ボウガンに詳しいとでも言うんか？　ぱっと見て、この型は飛距離はこれくらいでこの距離だったら威力はこのくらい、とか判断できるってのか」

「そんなこと分かったら、それこそ容疑者ナンバーワンってところじゃない」

隣で馨子がそっけなく呟くのが聞こえ、ちょっと笑ってしまう。幸いなことに、馨子の台詞は州崎刑事には聞こえなかったようだった。先輩がこっちに、可笑しそうな視線をちらっと投げてくる。

「いえ、これから詳しくなりたいんですよ。それに蔵なんてそうそう入る機会もありませんし、ここのってかなり立派なものでしょう？　蔵そのものにも憧れがあるんですよ、昔の大作家が土蔵にこもって執筆していたなんて話もありますから」

「そいつ、おかしいんじゃないのか」

州崎刑事が呆れた様子で言い捨てる。

「あ、あの、とにかく、それはまた後の話としましょう」

梶井刑事がひやひやした感じで口を挟んだ。上司のご機嫌を損ねると、後がたいへんなのかもしれない。

「つまり、誰にでも凶器は持ち出せたんですね。その湖にでも放り込まれたら、さらい出すのは一苦労でしょう。たとえ指紋が付いていたとしても検出は難しいでしょうし」

そう言って、波府先輩は今にも虫眼鏡を取り出してホームズばりに現場を観察し始めそうだった。ただ刑事さんたちの前ではさすがにそこまでするのは控えている。確かに、梶井刑事はまだ親近感を持っていろいろ話をしてくれるけれど、年配の州崎刑事は完全に反感を持って私たちに接しているから、気をつけないと追い払われて終わりということになりかねない。

「さ、ではお願いしますよ」

州崎刑事が身体を横にしてくれたので、私はその脇を抜け、なるべく白いテープを視界に入れないようにして、室内へと足を運んだ。

「昨日一日、鑑識が徹底的に調べましたけれど、ほとんど何も動かしてはいないはずです。何か、記憶と違う部分はありますか」

梶井刑事が廊下から問い掛けてくる。

昼でも薄暗い室内に、亡霊のようにふわりとした質感の仕切り布が白っぽく、御簾のように四角く内部の空間を囲い込んでいる。今見ると、思ったよりその区切られた面積は広かった。六角形の床のほとんどがその布で仕切られている。

薄く向こうが透けて見える布をめくって覗くと、一段高くなった畳敷きのところに二組の布団が目に入る。私がいた方は上掛けが半分はがれてシーツにも皺が寄っているけれど、瑛ちゃんの方は布団にほとんど乱れはなかった。横になる間もなく連れ出されたんだろうか。

右の方には、ワインを飲んだ小さなテーブルと銀色のワインクーラー、テーブル越しに向かい合った一組の座布団。ワインの瓶とグラスがなくなっている他は、変わったことはなさそうだった。

　こんなことをして、いったい何の役に立つんだろう……。

　急に虚しくなった。今ごろ私がここで何か発見できるはずもないのに、なんのために私はここにいるんだろう。

「ずいぶん変わった構造になってるのね」

　慌てて涙をこらえると、振り返って馨子を見た。彼女は手を後ろに組んで、興味深そうにあちこちを眺め廻している。私の様子に気がついて、わざとさりげなく振る舞ってくれているようだった。

「昔は何かの儀式に使われていたんでしょう？　今でも電気が通ってないのよね。昼間でもランプは必需品なのか。この柱はまた、かなりしっかりしている感じじゃない」

　馨子はカーテンの間からそっと中を覗いている。太い柱が真っ直ぐに天井の中央を貫いていて、その周囲に正方形を形作る位置でもっと細い柱が四本立っていることを、改めて思い出した。床に置かれたものとは別に壁際に吊るされた三つのランプがぼんやりと室内を照らし出しているけれど、明るさは充分ではなく、かなり高い天井の上の方はうっすらと薄闇に覆われたままだ。

「あ、天井も、ほら、凝ってますねえ」

　波府先輩もいつの間にか仕切りの内部へ入ると興味深そうな声になって、上の方に顔を向けている。

「床と同じ、正六角形の天井なんですね。あの隅に彫られているのは何だろう……何かの葉か蔓みたいなものかな」

　天井の中央部には、全体のほぼ半分くらいの面積を占める円形の凹みがあるのが分かる。目を凝らして見ると、その部分はひとつひとつ微妙に異なる模様が刻まれた、幾つかの扇型の集合体になっているようだった。

「全体が六角形だからか、よくある正方形の板をはめ込んだものじゃないんだな……扇型を円形に組み込むしかないのか。それにしても凝ってますね、細工もずいぶん細かいみたいだし、まさに芸術品ですよ」

一人でふんふんと頷きながら、先輩もあちこち注意深く観察しているようだった。

馨子がふと指先を伸ばし、中央の柱に触れている。

「龍、かな。外の廊下に吊り下がってたランプも龍みたいな飾りがついてたね。この湖の主って龍だったのかしら」

私が昔聞いた話では、湖の主は女神だった。

そういうと、馨子は口をわずかに尖らせて、無言のまま掌を柱に沿ってぐるりと巡らせた。何となく彼女について、私も柱を一巡りしてみる。両腕をぐるりと回してしてようやく抱えられるかどうかという太い柱に長々と巻き付いて、天を仰いでいるような格好のこの龍は、力強い丸い眼といい、鋭く曲がった爪を持つ前脚といい、躍動感溢れるしなやかな尾といい、迫力があってとても生き生きしている。

ただ……。

どうしてこんなに、落ち着かない気分になるんだろう。

どうしてこんなに、この建物には龍があしらわれているんだろう。宇美湖の主とは一人ではなく、時代によって女神だったときと龍だったときとがあったのだろうか。

「あ」

ふと龍の開かれた口の先に眼が行った。私の頭よりちょっと上に位置するそこには、さらに別の彫り物がある。

人、だろうか。龍に比べてずいぶん小さい、ということはこの龍がかなり巨大だという意味だろう。そして、その人のような彫り物は、龍の口から吐き出されたように見える雲らしい部分に半ば埋もれるようにして、二つあった。

もう一度近寄って、柱に両手を突きながら背伸びしてみる。

男性と女性の姿に見えた。お互いの身体に手を回してしっかりと抱き合っているような姿勢で、それもどこかしら妙な歪みを持った像。気が付くと、龍の頭も、柱に巻き付いた姿勢の胴体も、変に歪んでいるように見える。元々こんな状態だったのだろうか、それとも年月とともにこの柱自体が湿気か圧力などで歪んでしまったのだろうか。

「ここ、最近はあまり使われてないんでしょう？　だから、こんなに細かい彫りもちゃんと残ってたのね。何だか、仏像のようなものとはちょっと違った、俗っぽいというか民話っぽい題材の彫刻みたい」

馨子の意見に思わず頷く。と、

「あっ、君ちょっと、やめなさい」

州崎刑事の慌てた声と、続いて、

「あ、大丈夫ですよ。はい、気をつけてますから。ふうん、ここからね……」

先輩の落ち着き払った声が聞こえてきた。廊下へ戻ると、先輩は白いテープのすぐ傍にしゃがみ込んで首を捻りながら周囲を見廻している。

「ここが現場というのは間違いないんですね。そしてこのへんに矢が刺さっていたと……あ、高倉さんごめんなさい、でもどうしても確認しておかないと。

遺体が動かされていないとすると、矢が飛んできた方向はどちらになるんですか」

州崎刑事は口を歪めると、ふん、という声を出して顔を背けただけ。馨子も半ば呆れたような表情で腕組みしながら、対岸を眺めている。

「凶器の角度から考えると、今のところ、方向としては向こうなんですけどね」

母屋の方を真っすぐ指してくれたのは梶井刑事だ。

「あちらですか。あれ？　でも、変ですね」

波府先輩は顔を横にすると、床に近い目線から母屋の方を見上げた。つられて私もそちらを眺めてみる。

考えたら、こちら側から家を見てみるなんて、ほとんど経験がなかった。敷地の西側は湖に沿った形で細長く西庭があるけれど、不思議とそのあたりから家を見上げたことはない。今、この離れという、家から数十メートルも離れた湖上から目を遣ると、元々あった和風の母屋の重厚さに、ちょこんと増築された洋館部分の洒落た雰囲気が、ひどくそぐわないように思えた。

和風の平屋部分は堂々とした寄棟造りの瓦屋根が大きく東西に傾斜していて、一面に濃い灰色の瓦がびっしりと並んでいる。建てられてから相当な年数が経っているはずだけれど、台所やお風呂場、洗面所などの水回りは数年前に新しく改装しているので、今でも使い勝手が悪いということはない。

そして洋館部分は南北に長い和館と比べてかなり狭い、五分の一より短いだろうか、その程度の幅しかない。クリーム色の直方体が取ってつけたように和館の南に張り付いている感じだ。装飾としての青い瓦が一階の庇《ひさし》部分に少し突き出しているくらいで、他に出っ張りはない。この洋館部分だけは二階建てになっていて、同じ床面積の屋上がある。瑛ちゃんたちがこの洋館にいた頃は、お洗濯物を屋上に干すことも多かったらしい。

離れに繋がる渡り廊下は、その洋館に接する母屋の南端あたりからほとんど直角に、湖上へと延びている。

ここから見上げるとほぼ正面に見えるのは洋館の壁で、二階に一つだけある窓は、今、五条院先生に泊まっていただいているお部屋のものだ。でもそれも、手前に茂っている樹のせいでほとんど見通しが利かず、窓の輪郭くらいしか分からない。

波府先輩は不思議そうにあちこち角度を変えながら、母屋全体を見廻している。

「おかしいなあ……あのあたりの庭からでは生け垣が邪魔で見えないし、二階となるとこちら側のあの窓しかありませんけど、あそこからだと枝が邪魔で無理でしょう。見通せる位置といったら、強いていえば屋上から、ですか。でも……あれ？」

首を左右に捻りながら見上げているので、すごく辛そうな体勢に見える。

「うーん、あの屋上、こっちの離れの屋根が突き出ているから、直接は見えないですね。

あ、今、誰かあそこにいらっしゃるんですか？　もしそうなら、ちょっとこっちが見えるかどうか、聞いてもらえませんか？」

仏頂面の州崎刑事は、先輩の言葉を完全に無視している。そんな上司の様子をおそるおそる横目で窺いながら、梶井刑事はポケットから何か取り出して、何か話し出した。雑音が聞こえ、その後、人の声らしきものも流れてくる。

そして、スイッチを切りながら、梶井刑事は私たちに向かって頭を横に振った。

「あそこの屋上からは、こちらがこの廊下にいること自体も分からないようです。離れの屋根で、この廊下は向こうからは完全に隠されているみたいですよ」

「なるほど、ありがとうございました。

すると、母屋の屋根にでも出て……ああ、そっちは角度がほとんどないんですね、渡り廊下の屋根も邪魔になるし、無理か。

でも、そうですね、木原さんをここまで運ばなければならないんだから……。

いや、それとも、セッティングしてから実際に打ち込むまでに時間があったのかな。何かの事情でその時にはまだ凶器を手に入れることができていなかった……。

そこまで凶器の種類にこだわる必要があったということなのかな」

だんだん独り言のようになってきている。

どこからボウガンが射られたのか、なぜ他の何物でもないボウガンが凶器に選ばれたのか、なぜ犯人は二人をあんな……姿勢にさせたのか。

犯人の計画とはいったいどういうものだったんだろう。

先輩の横顔が、頼もしさと頼りなさの狭間で揺れ動く。

「セッティングから凶器の使用まで時間があったとすると、アリバイ工作……はこの際問題になってないし。蔵の鍵を手に入れることができなかったのかな。それで先にセッティングを済ませて、ボウガンを取りに出た、しかしそれを手に入れたときにはこの離れにまた入ることはできなかった……人目があったのか。アリバイとは別に犯行時刻が決まっていたのか。いったんここから出て別の場所から狙うなんて、命中率も格段に落ちるわけだし。もしこの場所でボウガンが使われなかったとしたら……そうだな、母屋から離れて、下に降りて生け垣の手前のところ、岸辺のところまで来ればいいのかな。

でもそれなら、きっと足跡が残っているはずですね、このあたりはずっとぬかるみ状態のようですし」

波府先輩が次々に指摘したけれど、州崎刑事は太い眉をぐいと上げただけで何も答えてくれない。

「三日前の雨でそのあたり一帯はかなりぬかるんでいましたが、足跡は見つかりませんでした。それにあそこからだと現場の方が高い位置にあるので、凶器の進入角度を考えると難しいですね」

「矢というものは、放物線を描きますよね」

梶井刑事の説明を受けて、馨子が森の方を眺めながら呟くように言う。

「それはそうですが、ボウガンの場合は、まあその性能にもよりますが、このくらいの距離ならほとんど直線で飛ぶはずです。そこの岸のあたり、ここからいちばん近い場所ぎりぎりまで来られれば、そうですね、だいたい十五メートルくらいかな？　まあ直線で飛ぶでしょう。立っている人間を狙ったならともかく、あの姿勢の状態だと無理がありますよ。

仮に、立っている状態で矢を受けた後倒れた、とすると、身体には擦か傷、つまりすりむいたり打ち身になったりと、何らかの痕跡が残るはずですが、それもありませんでした。

単純に考えれば、やはりこの場所で至近距離から打ち込んで、ボウガンを湖へ放り投げ、渡り廊下を通って母屋へ戻り、鍵を掛ける、となりますよ」

「すみません、肝心なことを忘れていませんか」

馨子が片手を挙げた。

「先程もお話ししましたけれど、あの夜は霧がとても深かったんです。そんな条件で、ボウガンで誰かを狙うというのは、かなり難しいんじゃないでしょうか」

「この辺の霧はね、いくら深く出てもせいぜい数時間で消えちまう。一晩中ずっと視界が悪かったとも思えんのでね」

州崎刑事が渋い口調で説明した。

「渡り廊下の鍵が掛かっていたというのが、変ですね。

あ、船はどうでしょう？　湖の方から船で近づいてきて、帰りもそれを使って逃げれば……」

先輩がようやく体勢を起こして、今度は廊下の手摺り越しに湖面を見下ろした。

「それはもうとっくに調べてある。船でここに上がるのは無理だね」

ボウガン、放物線、至近距離、白い人の形……。目の前にちかちかと白い星が飛んでいる。貧血だ、と感じるまもなく加地先生が、いかん、と肘を後ろから掴んでくれたので、何とか倒れ込まずにすんだ。

「おい、お前さんたち、この子はもう限界じゃ。全くデリカシーの欠片もないやつばっかりで……今日のところはここまでにしてもらえんか」

「別に、無理にお願いしたわけではなかったんですがね。そもそも加地先生はともかく、こんな民間人まで現場に入れるつもりはなかったんですよ」

州崎刑事があからさまに敵意を含んだ目で先輩と馨子をじろりと見たけれど、二人ともどこ吹く風だ。先輩はにこにこしながら他人事のようにさらりと受け流しているし、馨子は表情をぴくりとも変えずに完全無視を決め込んでいる。

ぞろぞろと母屋へ戻ると、いったん広間の一角へ落ち着いた。待ち構えていたように、良枝さんがお茶を出してくれる。私の視線に気がついたのか、

「奥様は大旦那様についていてらっしゃいますよ」

と、教えてくれた。

おばさまのことを考えると、どうしても気が重くなる。

今日はもう襖が元通りにされているので、お式のときのようなだだっ広い部屋ではなくなっているけれど、四方の壁のうち障子を通して一面からしか明かりが入らないので昼間でも薄暗く、気持ちが滅入る。天上近くをぐるりと取り巻く欄間は、流れるような線で優雅に水流や躍る龍、漂う紅葉、鶴や亀、水際の水仙などをあしらってあるけれど、その意匠の見事さがかえって落ち着かない。今は精巧な彫り物がかえって不気味に見えてしまう。それに……。

視線がどうしても床の間の方へいってしまうのを止められない。

あの日、あそこには大きな金屏風があった。その前に二人で座っていて、大勢の人が入れ替わり立ち替わりお酒を注ぎに来てくれて……。

目が熱くなる。

どうして隣にいた瑛ちゃんの晴れ姿の、袖のところしか覚えてないんだろう。

お坊様の手で式が執り行われた後、交わしたはずの笑顔が浮かばないのはなぜ？

あのたった半日後に冷たくなってしまったのはなぜ？

あまりにも見慣れていたので、ほとんど注意を払っていなかった飾り物の矢が、今は昼の薄暗い闇から何かを訴えかけているように見える。

時代劇などで見るのは鴨居のところに長刀《なぎなた》を掛けてあるという図だけれど、有塔の家には代わりに、ほとんど同じくらいの長さのくすんだ金色の矢が掛けられている。その起源は《蜂谷の里の弓矢》を有名にした蜂谷一族の血が絶えたとき、分家だった有塔の家が受け継いだものだという。

長刀と違い、手に取ってすぐ武器になるものではないのに、なぜあのような場所に掛けてあるのか、由緒あるものなのになぜ蔵に大切にしまっておかないのか、ずっと不思議だった。

披露宴の間も、いつものようにあそこに掛けてあって……。

「あんたたち、捜査の邪魔はしないでくださいよ。まったく、あの引率の先生を見習ったらどうかね」

州崎刑事の無愛想な声に、ふっと我に返った。

「そういえば、五条院先生はどちらへ?」

まだ苦々しげな州崎刑事の言葉を受けて、梶井刑事がきょろきょろ見廻しながら尋ねる。

「引率って、修学旅行じゃあるまいし」

馨子が呆れた口調で言うと州崎刑事はぎろりと彼女を睨んだ。しかし、まったくひるまない様子で、

「先生は和恵……牧沢さんと一緒に駅の方へ行ってます。たぶん大学へ電話を掛けに行ったんじゃないかと思いますけれど」

淡々と説明を続けると、馨子は長い髪を優雅な仕草で後ろへ払った。

「今日は火曜日でしょう? 休講の連絡とかゼミの卒論指導とか、いろいろありますからね。長距離電話になりますし、気を使われたんでしょう」

波府先輩が補足する。

「あの、まだ帰らせてもらえないんですか? 私だって仕事がありますし、会社を休めるのは明日までなんですけれど」

同年代の男性ならまずたじろぎそうな鋭い視線を二人の刑事に投げながら、馨子はお茶に手を伸ばす。梶井刑事は顔を赤くしてどぎまぎしているけれど、

さすがに老練な州崎刑事は、

「申し訳ありませんね」

と、言葉とは裏腹な調子でそっぽを向くだけだ。

座って、温かいお茶を口にすると、だいぶ気分が楽になってきた。加地先生もそれを見て取ったのか、夕方また来るから、と病院へ戻られ、部屋には刑事さん二人と先輩、馨子との五人になった。

「本当に御立派なお屋敷ですな。こんなに広いと私なんかはかえって落ち着きませんがね」

州崎刑事がぎこちなく笑った。

「庭もちゃんと刈り込まれているし、まあ結婚式があったからかもしれないが……さっきの離れなんかもずいぶん昔に建てられたわけでしょう？　確か戦前の建築でしたな。あんな湿気の多そうなところに木造の家なんか建てて酔狂な、と評判でしたよ」

「おや、州崎さんはこちらのご出身ですか。あの離れが建った当時のこともご存知なんですか？」

波府先輩がさりげなく手帳を開く。

「あれはまあ、有塔の御当主さんの趣味というか、付き合いのあった大工さんが建てたとかいう話でしたな。その後しばらくして戦争が始まって、その大工さんも招集が来てそのまま戦死してしまったと聞きましたよ。

元々は、あの小島っちゅうか岩場には古い社みたいなものがあったんだよ。この辺は昔から弓矢作りの技で有名でな、そこにでっかい弓矢を奉納してあったんだが、台風か何かでその社がつぶれかけて、それで今ある場所、ええと向こうの方か、あっちに新しく大きな神社を建て直したんだ。同時に、空いた場所にあの離れを今の大旦那の元一郎さんの父親が建てさせたんだったか……いや、そのまた親父さんが跡取り息子の結婚祝いに建てさせたんじゃなかったかな。新しく建て替えたわけじゃなく、前々からあった社をちょっと改築した程度の物だったらしいが、材木やら銅葺きの屋根やらずいぶん凝っていたし、よっぽど景気が良かったんでしょう。

そういえばあの頃は、母屋の南側の二階建て、あの洋館みたいな部分はまだなかったなあ。そこの廊下から裏手の方の平屋だけでしたよ。あの洋館は、今の旦那さんたちが同居するっていうんで建て増ししたんじゃなかったかな。こっち側がこんな、純和風の堂々とした瓦屋根なのに、なんでまたあんなちぐはぐな洋館をくっつけたのかと、ずいぶん噂になったっけ。ま、若い人たちには洋風がいいんだろうということだったらしいがね」

捜査以外のことになると、だんだん口が滑らかになってきた。梶井刑事も初耳なのか、興味深そうな顔で聞いている。波府先輩もさらさらとペンを動かしているけど、馨子はまったく知らん顔で、

「疲れたんじゃない？　さっきは貧血を起こしかけたんだから、部屋で横になってたら？」

と、気を配ってくれる。刑事さんたちを見ると、梶井さんは、

「いったんお部屋へ戻られて結構ですよ。またお話を伺うことになるかもしれませんが」

と、いたわるような口調で言ってくれた。

「いえ、そんなに疲れてはいないんですけど……何か分かったことがあったら教えてください」

「というと？」

「たとえばですね、離れにあったワインに薬が盛られていたかどうか、とか」

横から波府先輩が口を挟み、州崎刑事の顔がまた渋くなった。

「あんたね……」

「確かに、あのワインには薬が入ってました。催眠成分が検出されています。まだ詳しい検査の結果は出てませんが、もしかしたら」

「高倉さんのご家族、おそらくお祖父様の常用なさってる薬が使われた可能性がある、ということではありませんか」

梶井刑事が鋭い視線を先輩に投げる。州崎刑事は口をあんぐりと開け、顔を真っ赤にした。

「あんた、何か知ってるのか。隠してることがあるならきちんと話してもらおう。なんだったら署まで来てもらって……」

「ちょ、ちょっと待ってください。そんな物騒な」

「だから、むやみに首を突っ込まない方がいいのに」

　馨子がため息をもらし、私は先輩の慌てた表情に思わず笑ってしまった。

「そんな、単純に考えれば事件の夜はお二人、少なくとも高倉さんは睡眠薬を飲まされた、となるでしょう？　あそこが現場なら、扉一枚隔てた場所で……その、行われたことになるんですよ？　全く気付かれずに実行するのはまず無理です。ことに瑛一さんを無理やり廊下へ連れ出したとすると、です。

　犯人は極力安全策を取ったはずですから、睡眠薬をこの辺の薬局で買うわけがありません、目立ちますからね。とすると、その人自身が普段から服用していることがなければ、遠くまで買いに出るより誰かの常備薬をくすねるのがいちばん手っ取り早いでしょう。ご老人ならたいてい数種類の薬を飲んでいるはずですし、ちょっとばかり量が減っていてもなかなか気付きにくいものでしょうからね」

　額に汗を浮かべながら、先輩は必死に説明する。州崎刑事はあまり納得がいかない顔をしているけれど、梶井刑事は目をきらきらさせながら、

「じゃ、やはり計画的な犯行だったということですね」

　俄然、勢い込んだ口調になった。

「あ、それは当然です」

　あっさりと断言する先輩に、もはや馨子は呆れて物も言えないという表情。

「ワインの瓶には、指紋もおそらく残っていなかったのではありませんか？　どんな状況でワインが準備され、どういった経路で離れへ運ばれたのか、教えていただくわけにはいかないでしょうか」

丁寧な物腰で先輩は二人の刑事を見比べる。州崎刑事は、そんなこと問題外だと言わんばかりに唇を歪めて視線をぷいと逸らしているけれど、梶井刑事は隣の上司をちらちら見ながらも、話したくて仕方ない様子だった。

「あの、その件をこの人たちにお話しても構わないのではないでしょうか。だいたい、高倉さんに確認しなければならない事項もあるじゃないですか」

おそるおそる、お伺いを立てると、州崎刑事はふんと鼻を鳴らした。勝手にしろ、という意味だったのか、梶井刑事はほっとした表情を浮かべながら、私に向き直る。

「一昨日の夜、離れでワインを飲んだのは確かですか？」

「はい。瑛ちゃ……瑛一さんが栓を抜いてグラスに注いでくれて、それで一緒に……」

二人の未来に、と飲んだワイン。淡い黄金《きん》色がかった透明な液体が、喉にひんやりと感じたのを覚えている。

二人で飲んだ、最後のお酒。

「最初は瑛一さんが瓶を持って注いだんですね。その後はどうでした？　一本ほとんど空でしたから、お代わりも当然したと思いますけど、それも瑛一さんが注いだんですか、それともあなたが？」

「……よく覚えていないんですけれど、でも私はあまり強くないので二杯で止めたように思います。その二杯目も注いでもらったと思います。私、瓶を手にした記憶がないので。

その後は……」

頬が赤くなるのを感じ、それを梶井刑事も目ざとく見て取ったようで、少し慌てた様子になった。

「え、と、でも、まあ、瓶を持ったのは瑛一さんだけだった、ということですね」

「あの、鑑識の結果はどうだったんでしょう？　誰かの指紋が残っていたのか、それとも、誰の物も残っていなかったのか」

先輩が、少しせかせかした調子で口を挟む。

「結論を先に言いますと、誰の指紋も検出できませんでした。瓶はワインクーラーで冷やされていたということですから、水滴のために指紋が残り難かったとも考えられますが、どうやら水滴も一緒に、布のようなもので拭われたようです。

事情聴取で明らかになったところでは、あのワインは当日の朝、近くの酒屋さんから届けられた後、台所の冷蔵庫に収納され、披露宴がお開きになる少し前、ええと大体十時頃に有塔笙子さんがいったん冷蔵庫から出したそうです。そして、コルク栓を抜いた後にワインクーラーが見当たらないことに気が付いて、その場にいた笹山さんと一緒にあちこち探したそうです。滅多に使わないので外の蔵にしまわれていたとかで、探し当ててようやく台所に戻ってくるまで、およそ二十分。

そして、ここが問題なんですが、コルク栓を軽く押し込んだだけという状態のワインが、この二十分間、無人の台所に置きっ放しになっていた、という事実が判明したんですよ」

梶井刑事はだんだん興奮した口調になってきた。

誰かがその間に台所へ忍び込み、ワインに薬を入れた、ということになるだろう。その場合、二人で一緒に行動していた笙子おばさまと笹山のおばさんにはアリバイがあることになる。

「その後いったん二人とも瓶を手に取り、それから、浅海良枝さんが離れへ運んだそうです。

不自然なのは誰の指紋も残っていなかったという点ですが、浅海さんの証言では、離れへ運んでテーブルに置こうとした時に水滴が床とテーブルに垂れたので、何気なくエプロンで拭いたそうで、その時瓶も一緒に拭いてしまったらしいんですね」

梶井刑事は悔しそうな顔で説明を続ける。

「ただ、今の高倉さんの証言で新たに浮かんだ疑問は、もしそういった状況なら、少なくとも瓶には瑛一さんの指紋が残っていなければならないのに、全く検出されなかった、ということです。

つまり、その後忍び込んだ犯人が、犯行の前か後か分かりませんが、また改めて瓶を拭いた、ということになります。二度手間のような気もしますが、浅海さんがその前に瓶を拭っていたということを知らなければ、まあ理解はできます。薬を入れた際にきちんと指紋を拭いたかどうか、心配になったんでしょう」

「そうすると、ワインの瓶に証拠となるものは何も残っていなかった、ということなんですね」

先輩が、はっきりと落胆の色を見せて確認すると、梶井刑事も同様の顔つきで重苦しく頷いた。

「まあ、今のお話ですと、たとえ浅海さんが離れへ運んだ際に瓶を拭いてしまうという事がなかったとしても、結局犯人は証拠隠滅を図ったわけですから、何も残らなかっただろうということは言えますね。確認できたのは、やはりワインに薬を入れた人物と実際の犯行に及んだ人物が同一であろうという点でしょうか」

ため息混じりの先輩の声が、しみじみと響く。

「指紋なんて、手袋してりゃ問題にならんだろうが」

じっと我慢して話を聞いていたらしい州崎刑事が吐き出すように言うと、先輩は頭を振った。

「離れにワインが用意される事を知っていたという時点で、有塔の家に近い人物ということは分かります。そのような人が、台所にいるだけならともかく、わざわざ手袋をして瓶を持っているところを誰かに見られたら、これはさすがに印象に残るでしょう。もし見られたとしても、咄嗟に言い逃れできる状態を保たなければならなかったのではないでしょうか。そう考えると、手袋をしたくてもできなかったのではないかと思います。

それとも、もしかしてお式の関係者の中で、怪我やアレルギーといった理由で手袋を常時着用していた人がいましたでしょうか?」

「う……ううむ、そりゃ、その、確認しとらんが……」

州崎刑事は悔しそうな表情で唇を噛んだ。それを見て見ぬふりをして、波府先輩はさらりと話の焦点を変えた。

「渡り廊下への扉は、あの夜は鍵が掛かっていなかったんですよね。離れには洗面施設がありませんから。

とすると、密室というわけではなく誰でも入り込めたわけです。ただ一昨日の夜は、かなり遅くまでこの広間にお客さんがいたようですし、お開きになった後も何人かの方が寝ていたんですから……ま、かなり危険な綱渡りですね。それでもあの場所を選ばなければならない理由があったということだと思います。

それに、あの鍵です。渡り廊下の」

先輩は言葉を切って、私たちを順繰りに見遣った。

「なぜ母屋の側からしか掛けられないか、ということですか」

馨子が関心の薄そうな口ぶりで続けると、先輩は嬉しそうに頷いた。

「気になりませんか？　それにもしかしたらあの夜、お二人が離れへ移動してから特定の間、一時的にロックされていたかもしれませんよ」

「どういうことだね」

州崎刑事が控えめながら関心を示す。

「誰だって、自分が殺……犯行に及んでいるところを見られたくはないでしょう？　幸いかなり濃い霧が出ていたといっても、庭から見られないというだけで、誰かが好奇心を起こしてあの廊下をてとてとと入り込んでこないとも限りません。酔っ払いならかなりありそうなことです。そしてそういった、かなり『きこしめした』方が、離れに通じる扉が開かない、と仮に騒いだとしても誰もまともには取り合わない。逆に、新婚の二人を気遣ってか有塔家の伝統に気遣ってかは分かりませんが、うまくなだめすかして事を荒立てないようにしたかもしれません。酔いが醒めれば、その方も自分がしたことを恥じて、扉を開けようとしたなんて、たとえ警察に対しても口に出せなくなるでしょう。

お二人が亡くなった時刻はだいたい分かってらっしゃるんでしょう？　できれば死……その、亡くなった原因も教えていただけませんか」

今度は梶井刑事をストレートに見る。

「お二人とも、午前三時から四時の間、と出ています」

州崎刑事が口を開く前に、梶井刑事が素早く答えてくれた。州崎刑事はどんどん苦虫をかみつぶしたような顔になっていく。

「死因も同じで失血死、ただし女性の方は後頭部に打撲傷があります。生前に受けた傷ですが致命的ではありません」

「やはり木原さんは意識を失った状態で、後から運ばれたんですね……。犯人にとってはかなりの危険を伴うとしても、どうしてもあそこでなければならなかったということです。それなら尚更、その前後しばらくは、あの扉は開かないようにされていたはずだと思いますよ」

「でも、鍵は母屋の側からしか掛からないと……え、つまり共犯者がいたということですか」

梶井刑事が頬を紅潮させる。

「いえ、僕は『一時的にロックされていた』と申し上げただけですよ」

先輩のにこにこ顔を見て、州崎刑事は狐につままれたような顔になっている。

「あんたね、探偵ごっこが好きなのかもしれんが、実際の事件はそんな、頭の中で考えたようなやつは少ないんだよ。ま、あの女の子が絡んだ三角関係っちゅうところかもしれんな。どうやらなかなか派手な暮らしぶりだったみたいだから。あ、ごめんなさいよ」

最後に形ばかり私に謝ったけれど、州崎刑事は完全に私に疑いの目を向けていた。

「誰かがわざわざここまで木原さんを追っ掛けてきた、と？」

先輩が眉をひそめ、天井を見上げる。

「人のものを欲しがる子だったから、そういう修羅場もありえないとは断言できないけど」

うんざりした表情で馨子がぽつりと言う。以前、面倒なことになった経験があるらしい。

「そういえば五条院先生方、お帰りが遅いですね。そろそろお昼でしょう。しばらくは所在を明らかにしていただかないと困るんですけど……あの先生、ご出身はどちらなんですか」

梶井刑事の質問は、何だか唐突だった。

「さあ、僕は知りませんが。昨日の事情聴取で確認されなかったんですか」

「ええ、まあ……」

歯切れが悪い。視線も落ちつかない風に彷徨っている。

「先生が、何か」

尋ねると、梶井刑事は困ったような、そわそわした様子で、

「いえ、ちょっと気になったので」

と答えるだけ。

「まあ、今はこのくらいにしておきましょう。またお邪魔しますよ」

州崎刑事がよっこらしょ、と立ち上がり、離れへ続く廊下を見張っている制服警官にちょっと声を掛けに行く間に、梶井刑事がついと私に顔を寄せて、

「あの先生、昔、どこかでお逢いしたような気がするんです」

と、囁いた。


遠山留音。不思議な人。

初めて逢った日の夜、有塔のお夕食に呼ばれてそ

の席で改めて顔を合わせたけれど、昼間とはまるで雰囲気が違っていた。

　おじさまも、変によそよそしい調子で、妹の子で遠山留音という、よろしく頼む、くらいしか言ってくださらなかったし、留音さんも周囲の誰とも視線を合わそうとしないまま、初めまして、としか口にしなかった。表情はまったく変わらない。そして、ほとんど言葉を交わさないままお夕飯をさっさと済ませると、では失礼、と立ち去ってしまい、それを誰も咎《とが》めようとしなかった。

　何だか、この有塔の家で、とても異質な存在のようだった。

　あの桜の樹の下で見せた屈託のない笑顔は、何だったんだろう。

　幾日かが過ぎ、私はどうしてももう一度留音さんに逢いたくなって、有塔の門をくぐった。おばさまが出てきて、彼の不在を告げ、残念がってくださったのが胸に痛い。

　本当は、彼がいないのは前もって分かっていた。私は、留音さんと二人っきりで逢いたかったのだ。理由ははっきりとは分からない、ただもっとゆっくり話がしたかった。

　彼を交えて三人で、ということは考えなかった。それはもしかすると、彼が最近留音さんのことばかり話題にするのが原因だったのかもしれない。今まで一度も会話に出なかったのが嘘のようだった。よほど仲のよい従兄《いとこ》だったのか、私と二人でいるときでも気がつくと話は留音さんのことに移っている。

　留音兄は昔こうだった、あのときこう言った、外国でこんなことを体験したらしい、そういったことばかり彼は口にしていた。

　だからきっと、嫉妬のようなものを感じていたのかもしれない。

　彼の留守を狙って来てみたものの、留音さんを部屋へ直接訪ねるわけにもいかず、そもそも今在宅かどうかも分からない。かといって誰かに尋ねてみるわけにもいかない。

　困り果てて、結局庭へ出てみた。あの時のように植え込みの芝生に寝ころんでいたら、と思ったけれどそのようなこともなく、有塔の広い南庭は、さわやかな秋風にただ花や梢が揺れているだけだった。

　ばかみたい。

　思わず口元がほころんだ。私ったらなにを考えてたんだろう。

　帰ろうとしてふと、ぱちゃん、という水音を耳にした。

　生け垣の向こう側を透かして見ると、少し離れた水際に人影が見え、とくん、と心臓が震えた。

　まさか。

　そうっと生け垣の近くまで行って枝の隙間から覗くと、留音さんがいつかと同じような黒ずくめの格好で、岸辺から湖面目がけて小石を投げているのが目に入った。

　ぱちゃん、ぱちゃん、ぱちゃん。

　水切遊びをしている。

　次の石を拾おうと屈んだ留音さんが私に気付き、はっとしたように背筋を伸ばした。

「おや」

　そして、ふっと笑顔になると、

「こんにちは。いらしてたんですか」

と、初めて逢った時と同じような明るく響く声で言った。あのお夕飯の時とはまるで別人だった。

「ええ。でも彼、出かけているようですね」

　自分の声が少し上擦っているのが分かった。

「そうですか。せっかくいらしたのに残念ですね。では、僕が少しお相手しましょうか。今そちらへ回りますから」

　そう言うと、留音さんは岸辺を南側へと辿って姿を消した。この生け垣には戸口がないから、岸辺から南庭へ来るにはいったん南側の小道へ出てぐるっと迂回しなければならない。

　しばらくして出てきた留音さんは、白いひな菊のような花を一輪手にして考え込んでいるような表情をしていた。

「その花が、どうかしました？」

尋ねてみると、留音さんは少し寂しそうな顔で、

「以前いた場所を思い出したんですよ」

と、話してくれた。外国でのことらしい。並んで芝生に腰を下ろすと、ちょうど目の前の植え込みで、洋館のどの部屋からも目隠しされたような状態になった。この前も留音さんはここにいた……有塔の家は、彼にとって居心地が悪いのだろうか。

「この前にもお話ししましたけれど……僕、かなり外国をぶらぶらしていたんですよ。大学三年の時に中退しまして、それだけでも有塔の伯父上の機嫌を大いに損ねたようですが、そのうえ定職にも就かず日本を飛び出したような奴を、自分の甥だとは認めたくないようですね。

彼も何か言ってるんじゃないですか、伯父のこと」

つい微笑んでしまった。いつも父親のことを、口うるさくて頭の固い頑固親父だとこぼしているのを思い出したからだ。

「やはりね。まあ、それで僕もずいぶん遣り合った仲ですから」

不思議そうな顔をしたからだろう、留音さんはちらりと私を見やって続けた。

「僕は父親を早くに亡くしまして、伯父が何かと面倒を見てくれていたんです。まあ、自分の敷いたレールの上を走って何事もなく自分の会社に入って、後々は自分の息子を陰ながら支えてくれと、そういう考えだったようなんですよ。大学も本当は経営・経済か法学部と指定されていたんですが、僕はあろうことか美大に入ってしまいましてね。もちろん入学前には、伯父は母とずいぶん口論になったようです、どうしても美大に行くなら学費は出さない、とね。いかにも伯父の言いそうなことだ」

留音さんは苦々しく吐き出した。やっぱり、おじ

さまとは相当な確執があるらしい。だったらなぜ今、この家に滞在しているんだろう。

「それで、どうなさったんですの」

「もちろん美大に行きましたよ。母が何とか伯父を説得してくれまして。その際の条件が、卒業したら伯父の会社に入るということだったんです。でも……いろいろとありまして、結局大学は中退、そのまま僕は外国へ渡りました」

「イタリア、でしたかしら」

「そうです、他にもフランス、スペイン、ブラジルなど、あちこちね。日々食べていくだけなら何とかなるものですよ。東欧の方の修道院へ入って修行したこともあります」

「修道院ですか。じゃ、キリスト教徒に？」

相手の目をじっと見つめたまま、ふっと眼差しを緩め、口元に笑みを浮かべるといった仕草に気取りや嫌みが感じられないのも、異教の修行の影響があるのかもしれない。

「ええ、改宗しました。言葉はほとんど通じませんでしたけれど、ああいう場所なら特に問題ありませんでしたし、宗教画にも興味はありましたからね。心の安寧を求める身としては最適なところだと思ったのですが……」

声のトーンが突然落ちた、気がした。

「その修道院の近くに、ちょうどこのような白い花がたくさん咲いていたのを思い出したんですよ。多分、厳密には違う種類の植物なんでしょうけれど、そう、本当によく似ている……」

呟くような声になって、長い指先でくるくると野の花を廻している。

瞳の色が、暗い。とても寂しそうな横顔。

「ずいぶんいろいろと経験なさっていらっしゃるんですね。私なんて日本から出たこともありませんから、羨ましいです」

努めて明るい声を出した私を、留音さんはまたちらりと見て、ほわりと微笑んだ。

「クリーム色の秋桜《コスモス》ってご存知ですか」

唐突に留音さんが尋ねる。

ピンクや白なら分かるけれど……クリーム色？

「そんな色の秋桜があるんですか」

聞き返すと、留音さんは大きく頷いた。しなやかな前髪がはらりと揺れる。

「僕もまだ見たことはありませんけれど。うっすらと薄い黄色がかった、温かみのある淡い色合いの花らしいです」

あなたは、クリーム色の秋桜のような人ですね」

頬が紅くなるのを感じた。

「そう、正にそんなイメージです。めったに見られない貴重な種類で、やわらかい色合い。そよ風にもさらさらっと揺れて可憐なのに、地面にはしっかりと根付いている、たくましさも持った秋桜。あなたにぜひ見せてあげたいですね、そんなクリーム色の秋桜でいっぱいの花畑を見つけたら」

なんという言葉を口にする人だろう。それをまた、まったく嫌みに感じさせないところが、今まで知っているどんな人とも異なっている。

本当に、不思議な人。

なんと答えたらよいのか分からず口ごもった私に、留音さんは少しからかうような調子で、軽く言葉を続けた。

「あなたに、ひとつお願いがあるのです」


いったん部屋へ戻って独りになると、急に疲れを感じた。全身がだるい。あまり食べてないからかもしれない。

横になると、そのまま布団に身体が沈み込み、どんどん底の方へ潜っていってしまうような感覚に陥る。

どんどん沈む。あのときのように。

碧い碧い水をかき分けて……瑛ちゃんのもとへ。

ノックの音にはっとして頬に手を当てると、指先が濡れた。

「沙季子、ちょっといい？　和恵から電話が入ってるの」

和恵から？　どこから掛けてきてるんだろう。

鏡を覗いて髪をなで付けると、部屋を出た。馨子も先輩も心配そうな顔で立っている。

「どうも牧沢さん、先生とはぐれたらしいんですよ」

「はぐれた、って……」

わけが分からないまま階下へ降り、電話を取る。

「あ、沙季ちゃん？　あたし、和恵。あのね、そっちに先生ホントに戻ってない？」

慌てた声が勢いよく飛び込んできて、思わず耳から受話器を少し離した。先輩たちを見ると、二人とも首を横に振っている。

「まだみたいだけど。一緒じゃなかったの？」

「ああ、どうしよう……あのね、先生と駅前に出て喫茶店に入ったの。ロータリーのとこにあるでしょ？《檸檬》ってお店。で、少し話をしてたんだけど、そのうち先生が、ちょっと電話を掛けてきますね、って席を外して、でもそのお店のはピンク電話だったから、外で掛けてきますって言って……」

「先生、カード使いたかったのね？」

「うん。大学に電話したいって言ってた。それでその時、時間が掛かるかもしれないから、って言われたんだけど……ずいぶん待ってたけどなかなか帰ってこないから、いったんお店を出て、その辺捜してみたの。でも見つからないから、もしかしたらもう帰ってるのかと思って……」

今にも泣き出しそうな声だ。

「和恵、お店でどのくらい待ってたの？」

「え？　うーんと、三十分くらい、だと思うけど……」

五条院先生は普段から時間の観念があまりない。ゼミの時間を忘れるとか、会議をすっぽかして古本屋巡りをしてしまうとかいうことはしょっちゅうやっている。

　でもここは、いつも徘徊している大学近辺でもないし、駅のまわりにはそもそもお店自体が少ない。先生の趣味に合いそうなお店なんて、皆無と言っていいだろう。

「それで、今どこにいるの？」

「駅の待合室。そこしか公衆電話が見つからなかったから、まず先生もここに来たんじゃないかと思って」

　どうしよう、と二人を見た。

「とりあえず、僕、牧沢さんを迎えに行って来ましょう。お二人はここにいてください。彼女、駅の待合室にいるんですね？」

　私が頷くのを見て、先輩はさっさと玄関へ向かった。馨子は難しい顔で腕組みをしている。

「ああ、沙季ちゃん、あたしどうしよう……」

　受話器から和恵の声ががんがん漏れてくる。

「聞こえなかった？　今、波府先輩が迎えに行ったから、そこにいてね。きっと先生、また何か考え事しながらどこかをぶらついてるのよ。で、土地勘がないからその辺で迷子になってるのかも」

　説得力がないと思いながらとりあえず口にしてみると、和恵の声は少し落ち着いたものの、不安から非難、また不安へと移り変わった。

「やっぱりそうかなあ。それならいいんだけど……ここ知らない土地でしょ？　ひどいよ、あたしだって方向音痴なのに、沙季ちゃんの家まで帰れるかどうかも分かんない」

「だから、武琉先輩が迎えに行ってるって。少し落ち着いて、そこで待ってなさい」

　受話器に口を近づけて馨子がきっぱり言い渡すと、さすがに和恵もしゅん、と静かになった。

　いったん電話を切る。

　薄暗い廊下の突き当たりには制服警官が一人、立っている。

　反対側は今さっき先輩が出ていったばかりの玄関

で、曇り硝子《ガラス》越しに昼の光が射し込んできている。階段の真下にある旧式な黒電話が、その玄関からの光を鈍く反射している。

『どこかでお逢いしたような……』

梶井刑事の言葉が、頭の中で木霊《こだま》した。

とりあえず先輩たちが戻るのを、階下の洋間で待つことにした。上の自分の部屋に独りでいるのは嫌だったし、かといって馨子たちに泊まってもらっている部屋には……美華の荷物がある。一泊の予定だったのに彼女の荷物は大きなスーツケース一つに収まりきらないほどで、それらは既に警察に運び出されていたけれど、忘れられた物が一つあった。

ハンガーに掛けられていた、紫色のドレス。

五条院先生が一目見るなり眉をひそめたそれには、まだ香水の匂いがきつく残っていて、昨夜も馨子たちはかなり閉口したらしかった。

「窓は開けてきたけど、あの部屋にいると頭が痛くなりそう」

と、馨子がこぼすので、洋間に入り、カーテンを開けて南庭を眺めた。

「向こう側のお庭も立派だけど、こっち側にもいろいろ植えられているのね。職人さんの技が生きた刈り込みじゃない」

西庭は湖に面しているので見晴らしを重視してか、あまり背の高い樹木は植えられていないけれど、こちら側は手前の方に花壇があり、その奥に築山のようなこんもりした芝生の小山、そしてその周囲には百日紅《さるすべり》や松、紅葉などが植えられている。種々雑多な植物が茂っているので、さらに奥にあるはずの石塀は完全に遮られている。

その石塀に沿った向こう側に、十六年前のあの朝、私が走った小道がある。

「ここ、普段は使ってないの？」

馨子は珍しそうに部屋の中を歩き廻っている。私は頷いた。

「昔は瑛ちゃんの……家族が皆この洋館部分を使ってて、その頃はここがリビングだったみたいだけど、おばさまたちが奥の部屋へ移ってからは広間の方をお客様に使っていたみたいだし、家族でのんびりする部屋はいらなかったのかも。もうほとんど物置みたいになってるね」

南側に掃き出し窓が二つ、東側に小さめの出窓が一つある他の部分の壁は、空いているところがほとんどない。飾り棚や本棚、段ボール箱などがひしめき合っている。

馨子はしばらくの間、無言でそれらを一つ一つじっくりと見て廻っていた。私もこの部屋に入るのは久し振り。本棚を覗くと、汚れてくすんだ硝子扉の奥に、昔読みふけった『少年少女小説全集』二十巻や『こども百科事典』などが並んでいるのが見え、すっかり懐かしくなった。近くに同じくらいの歳の子供が少なかったせいか、私はいつも瑛ちゃんにまとわりついているか、本を読んでいるかどちらかだったと聞いている。お祖父様は私の欲しがる本を惜しげもなくどんどん買い与えてくれたため、家の中に本棚を幾つ並べても足りなかったとか。

「え、なにこれ」

馨子の驚いた声に振り返ると、ちょうど大きなガラスケースの前に立って中を覗いているところだった。傍へ行ってみる。

それは高さ五十センチくらいの彫像だった。大理石か瑪瑙《めのう》だろうか、縞模様の入った紅みのある茶色い石材を掘り込んだ物で、観音様のような襞の多い衣を纏った、すらりとした女性像。ただよく見ると、岩に寄りかかって櫛を持ち、長い髪を梳《す》いている姿勢だった。

そして、その下半身は魚の姿をしていた。

「どこかのお土産？　このあたりにも人魚伝説があるの？」

「うん。そこの湖は、昔、湖の主が人魚だったって話があるの。その姿を見ると村に災いが起きるって、ぜったい目にしてはならない女神様だったみたい」

「人魚が湖の主って、結構珍しい話ね。災いっていうと、大雨とか日照りとかそういう天変地異なんでしょう」

「そうみたい。実際、そこの湖の底に村が一つ沈んでるから」


ばあちゃ、ばあちゃ。何を見てるの？


「沙季子」

気がつくと、馨子が私の手を両手で握っている。覗き込んでいる顔は真剣そのものだ。

「今、何考えてた？」

「え？　何って……」

彼女は低く抑えた声音で、ゆっくりと言った。

「あなた、今子供の声になってたわよ。昨日と同じような」

身体が、震えた。


「お祖母ちゃんが……一緒にいたの……揺れてた……でも、おかしいのよ」

「何が？」

私の祖母は二人とも、生まれる前後くらいに亡くなっているはずだった。あんな、ようやく言葉を話せるくらいの私と一緒にいられるわけはない。別の、私がなついていた老人に違いなかった。

そう説明すると、馨子は前髪をかき上げながら、また難しい顔になった。

「今さっきの沙季子の様子を見てると、ただ思い出したというよりは、昨日と同じように封印されてる記憶と関係があるんじゃないかって気がする。そのお婆さんが誰かということは見当がつかないの？」

ご近所の誰か、それとも旅行に行った先で知りあった人だろうか。顔もぼんやりしている。

「無理して思い出すことはないわよ、きっと。必要なら、記憶の方から近づいてくるだろうから」

必要なら……今度の事件と関係があるとしたら、

自然と思い出せるだろうか。

私にはいったいどれだけ濁った記憶があるんだろう。

「もうしばらく、沙季子のところに泊めてもらっても大丈夫かな」

馨子はがらっと口調を変えた。

「ほら、いろいろとあるでしょ。手伝いが必要なこともあるだろうし。ただ、お家の方にはかえってご迷惑かもしれないけれど」

「ううん、大丈夫よ。馨子こそ平気なの？　仕事の方は」

うーんと上に伸びをすると、彼女は長い黒髪をはらりと払って、微かに笑みを浮かべた。悪戯《いたずら》っぽい視線を寄越す。

「ちょうど校了明けだから暇だし。もう、先週までずっと忙しかったからいい骨休めになるわ。私一人くらいいなくたって影響ないよ」

この春から出版社勤務になった彼女は、不規則このうえない生活をしているらしい。元々痩せていた身体が、先週久し振りに会ったときはさらに線が細くなっている感じだった。本人は、ちゃんと食べてるわよ、とにべもなく言い切ったけれど、睡眠不足なことは確かだろう。

ソファに腰を下ろして馨子の仕事の話を聞いているうちに、玄関の開く音がした。

「もう、どうなるかと思いましたー。よかったぁ、たけ先輩が来てくれて」

さっきの不安気な様子がすっかり一掃された和恵の声が聞こえ、馨子はやれやれという表情になった。部屋を出て二人と合流する。

「ごめんね、お騒がせしました」

和恵が殊勝にも頭を下げる。その向こうで先輩が尋ねるような顔をしているので、

「先生、まだ戻られてないんです」

と、答えた。

「お庭にいらっしゃるなら別ですけど、少なくとも

玄関からは戻られてないですね」

　馨子も少し心配そうだ。奥へ行き、台所にいた良枝さんに聞いてみたけれど、やはり和恵と出掛けた後の先生を見かけてはいないという。

「困りましたね。お昼はどうなさいます？　お蕎麦をゆでて、あとは少し、天麩羅でもお付けしようかと思いますけれど」

「先にいただきましょう。先生はまったく、いつ戻られるか分からないし、もう一時過ぎだから。

　おばさまは、お祖父様のところ？」

　何気なく聞いたつもりだったけれど、そうですよ、と答えた良枝さんはさっと私から目を逸らせた。どうしたって、おばさまと私の不協和音には気付かれているだろう。

　しばらくして奥の食堂で食べている最中に、カラリと玄関の開く音がした。お箸を置くのもそこそこに慌てて駆けつけると、五条院先生がズボンの裾の汚れを気にしながら靴を脱いでいるところで、私たちを見ていつもの照れくさそうな笑顔を浮かべた。

「すみませんね、すっかり道に迷ってしまって。このあたり、景色が広々としていて気持ちがいいでしょう？　つい足が向いてしまって、湖のちょっと先まで歩いてしまったんですよ。

　ああ牧沢さん、置いてきぼりにしてしまいましたね。どうも失礼しました」

「先生、ひどいですよー。私、ずーっと待ってたんですから」

「どこまで電話掛けに行ってたんですか」

　馨子が厳しい表情で問い詰め、先生はまた困ったように笑い皺を作った。

「駅前でカードを使える電話を探したんですけれど、見つからなくてね。そのうち気がついたら商店街を抜けていて、畦道《あぜみち》のようなところを歩いていて。どうやらその先がこっちの湖に繋がっているようだったので、そのまま散歩してしまったんですよ。気持ちのいい陽気でしたし。でも、確かにそこの湖に出たことは出たんですが、何だか奥の方の、よく分からない場所に出てしまいましたね」

「先生、ポケベルくらいお持ちになったらいかがですか」

「あんまりうろうろしてると、警察に疑われますよ」

なぜ私が、と目を丸くする先生をしり目に馨子が踵《きびす》を返してさっさと食堂に戻り、私たちもぞろぞろと続いた。

「さて、これからどうすればいいんでしょうね」

食後の一服を楽しみながら、先生が口を切る。そして、

「探偵ごっこはやめましょう。ご迷惑ですよ」

何か言おうとした先輩に素早く、待った、を掛けた。出鼻をくじかれた先輩が苦笑しながら、人差し指でとんとんと、頭をつついている。和恵はつまらなさそうにきょろきょろしている。

この食堂は椅子とテーブルだから足は楽にしていられる。普段はお祖父様以外の人たちが食事時に使っている部屋で、日当たりが悪いせいもあってダイニングセットとテレビ以外には調度品もほとんどなく、居心地のいい場所ではない。

「その、ですね……お葬式のお手伝いなどした方がいいんじゃないでしょうか」

明らかに、まだしばらくはここに残っていたいという感じで波府先輩が言うと、和恵もうんうんと頷いた。馨子もちらっと私を見ただけで、無言のまま賛成している。先生は私を見た。

「高倉さんは、いかがですか。もしよろしければ、私だけでも先に帰らせてもらっていいでしょうか。もちろん警察から許可されれば、ですけれど」

「え、先生だけ先にお帰りになるんですか」

私たちの気持ちを波府先輩が代弁する。

先生はふうっと煙を吐き出すと、大きく首を縦に振った。

「今年はゼミの卒論指導が遅れてますからね、ちょ

っと心配なのですよ。学会の準備もありますし。もちろん、高倉さんと警察次第ですけれど」

お忙しい先生をお引き留めするのは、やはり気が引ける。馨子も和恵ももう社会人だから、そうそう有給を消化したくはないだろう。波府先輩は……そもそも社会人かどうかも謎だ。

「私はもちろん、無理に先生をお引き留めしようとは思いません。お忙しいのにこんなことになって、申し訳ないと思っているんです。警察の方が来たら聞いてみます。先生たちは関係者といってもたまたま居合わせただけですし、特に問題はないと思いますけれど」

そう言いながらふと、波府先輩の表情が気になった。眉をひそめ、考え事に没頭している様子だ。指の動きも止まっている。

「変にお急ぎにならない方がいいと思いますけれど。警察はまだ捜査中ですし、悪くすると聞き漏らしたことがあるとか言って東京にまで聞き取りに来るかもしれませんよ」

馨子が関心の薄そうな口ぶりで、それでも十分脅すような雰囲気を持って言うと、本当に凄みが出る。和恵が隣でぶるっと身体を震わせた。

「かといって、私たちがここでできることは限られます。警察にはもう知っていることはすべてお話してあるんですから、それ以上のことを要求されても困りますよ」

先生は実際、帰りたくて仕方ない様子だ。珍しく苛々なさっているのか、煙草の消費ペースもいつもより早い。

「それはもう、警察に聞いてみるしかないと思いますよ。先生のご事情をそのままお話しすればいいんじゃないでしょうか」

どこか上の空という風の先輩の声が終わるか終わらないかのうちに、また玄関の開く音が聞こえてきた。

「たびたびすみません。どなたかいらっしゃいませんか。検死が……その、ご遺体の引き取りに関してお話したいのですが」

梶井刑事がわざわざ来てくれたらしい。

障子の開く音がして、おばさまが奥の部屋から出てきた。でも、廊下から食堂にいる私が視界に入るなり、ついと顔を背け、小走りに玄関へと向かっていった。

アノコハノロワレテイル。

おばさまの背中が、そう言っている。

梶井刑事としばらく会話した後、おばさまは階下へと向きを変え、こちらの死角に入ってしまった。受話器を取り上げる音がする。お葬式の手配だろうか、おじさまと連絡を付けようとしているんだろうか。

と、すかさず先輩が椅子から飛び上がるようにして食堂を出ると足早に梶井刑事に近寄り、二言三言声を掛けた。

梶井刑事が驚いたように顔を上げ、何か答えている。

「まったく、波府君ときたら……」

すぐ横で五条院先生のため息が聞こえた。馨子は肩が凝っているのか、目を閉じて腕をぐるぐる廻しているし、和恵は先輩の動きを見逃すまいとしてか、じっと玄関の方を見つめている。

やがて何回か首を振り、梶井刑事と別れて戻ってきた先輩は、とても満足そうな表情を浮かべていた。

「どうですか、もう帰っていいと言われましたか」

先生が尋ねると、先輩は、しまった、という顔に変わった。

「すみません、聞くの忘れました」

「それじゃ、あの刑事さんと何を話してたんですか」

馨子のぴりりとした声音が響く。

「いえね、このへんで美味しい紅茶を飲ませてくれるお店はないか聞いてみたんですよ。どうも、一、三日に一回は美味しい紅茶を飲まないとね、身体が何といいますか、落ち着かないものですから」

　馨子の気配に押されることなく、先輩はにっこりと答えた。

「そうしたら、隣町に一軒、素敵な喫茶店があると教えてくれましたよ。紅茶が美味しいそうですし、ケーキも手作りで評判がよいそうです。高倉さん、気晴らしに行ってみませんか」

「これからですか?」

　突然話を振られて驚いた。おばさまはまだ電話中だ、瑛ちゃんがいつ戻ってくるのか、お通夜やお葬式の日取りも分からない。もしかしたらおじさまの帰りを待って、ということになるかもしれない。

　そもそも、喪主は誰が務めるのだろう。

　結婚したといってもまだ籍が入っていないので、戸籍上は私は瑛ちゃんの妻ではない。有塔の当主はいちおうお祖父様だけれど、あの様子ではとても喪主は務まらない。やはりおじさまということになるだろう。

「お電話を聞いた限りでは、少なくとも今夜お通夜ということはなさそうでしたよ」

　私の心配を見て取ったのか、先輩がさりげなく言う。

「梶井さんに許可を取りましたから、高倉さんは外出しても大丈夫ですし」

「わ、あたしケーキ食べたいな」

「今、お昼すませたばっかりじゃない」

　馨子は乗り気ではなさそうだったけれど、それでも結局は先生以外の四人で行くことになった。出掛けてきます、とおばさまに切り出すと一瞬鋭く睨まれてしまったけれど、あまり遅くならないように、とそっけない口調で言われただけだった。

　大学へ電話を掛け損ねた先生を駅前で降ろし、そのまま県道を走る。まだ運転する元気の出ない私の代わりにハンドルを握るのは馨子だ。話には聞いていたけれど、運転好きらしい。

「いつ免許取ったんだっけ？」

「二十歳の時。親が成人式に振り袖を買うって煩《うるさ》くてね、興味がなかったから、替わりに自動車学校の費用を出してもらったの。

　でも、学生時代は結構乗ったけど、今は全然時間がなくて、運転するのは久し振り。

　沙季子も東京では運転しなかったけど、こっちでは車通勤なんでしょう。もう慣れた？」

「まあ、ね」

　思わず苦笑いしてしまう。このあたりは東北本線以外は本当に本数が少なく、磐越東線など一時間から一時間半に一本しかない。どこへ行くにも車が必須だ。それでもまだ、私の運転はぎこちないとよく言われる。

　それに比べて馨子は、流れるようなハンドルさばきで、とても久しぶりの運転とは思えない。

　そんな私の感嘆を見て取ったのか、ちらりとこちらを見ながら彼女は口元でふっと笑った。

「このあたりは車も少ないし、道は整備されてるし走りやすくていいわね。山の中を走るのって、わけわかんないところに出そうで好きじゃないんだけど」

「あ、去年の夏休みの話？」

　後ろで先輩と話し込んでいた和恵が、口を挟んできた。

「家庭教師してた子の別荘へ行ったときの話じゃないの？」

「あ、僕も聞いたことありますよ。不思議な体験だったそうじゃないですか」

　確か友人の代理で一夏だけやった家庭教師で、事件とまではいかないけれど妙なことに巻き込まれたと聞いたことがある。ただ、何しろ相手が馨子だから、根掘り葉掘り聞いてもあまり詳しくは教えてくれなかった。初めてその話題になったときも、和恵の質問攻勢に対して結局は、面倒なことばかりで疲れた、というコメントで括られておしまいになっていた。

「そのうち話すわよ、たぶん」

今回もそれで終わり。馨子の口を割る方法なんて、それこそ砂粒の中にダイヤモンドの原石を見つけるような確率でしか見つからないよ、と共通の友人が言っていたことを思い出した。

「あ、あれそうじゃないですか？《スノー・ガーデン》って看板、蔦も絡まってるし」

和恵がはしゃいだ声で指し示す。

県道沿いにある、白い壁に蔦の絡まった素敵なお店だった。いろいろなお店が並んでいるけれど、その一軒だけ飛び抜けてお洒落に映る。そのまま東京に運んでも女の子の話題に上りそうな外観だった。

駐車場に車を停め、木の階段を数段上がって硝子扉を押し開けると、カラカラン、とカウベルの音色が響いた。

「いらっしゃいませ」

右側が奥へ延びるカウンター、左の窓際に四人掛けのテーブルが四つ並ぶ、こぢんまりしたお店だった。カウンターの奥には、人の良さそうな笑顔を浮かべる年配の女性が一人だけ。

中途半端な時間のせいか、他には誰もいなかった。

一番奥のテーブルに陣取ると、しばらくしてお水とメニューが運ばれてくる。今日のケーキは六種類、どれも美味しそうだった。

「おすすめはありますか」

と先輩が尋ねると、女性は嬉しそうに、アップルパイです、と答えた。

「もしかして、バニラアイスクリーム添えですか」

先輩と和恵はそれに決め、馨子はアーモンドタルト、私はモンブランにしてみた。紅茶は全員、アールグレイ。先輩はメニューも見ずに決めていた。

「よほどお好きなんですね」

と聞くと、先輩はとても幸せそうな顔になった。

「美味しいアールグレイを飲んでいるときほど、幸せを感じるときはありません」

「もしかして、あの噂ホントですか？　後輩の卒論を紅茶で引き受けてたって話」

　和恵が目を真ん丸にして尋ねると、先輩はあっさりと頷いた。

　私も聞いたことがある。いつだったか、ある後輩が卒論の代筆を波府先輩に頼み、一度は断られたけれど、目の前に紅茶を十缶積んだら引き受けてもらえたとか。その後輩から口コミで伝わり、一時期先輩の下宿には紅茶缶が山積みになっていたという。

「だって、ウェッジウッドのアールグレイやらマリアージュの〝ロア・デ・アールグレイ〟ですよ？　これはもう、引き受けるしかないでしょう」

　無敵の持論にさすがの馨子も呆れ顔になっている。

「ってことは、頼んできた人は大勢いたんですね？」

　和恵が畳みかける。その頃を思い出したのか、先輩はますます幸せそうな顔になった。

「あの頃はよかったですねぇ。飲んでも飲んでも、美味しいアールグレイが部屋に山のようにあって……。たいへんでしたよ、美味しいうちに飲みきるのは」

「嬉しい悲鳴ということですか。

　それで武琉先輩、今は何を企んでらっしゃるんですか」

　馨子が語調を変え、いきなり鋭い視線を先輩に投げた。

　よく考えてみれば、いくら紅茶好きといってもわざわざここまで足を運ぼうとするのは、先輩らしくなかった。事件の渦中にある場合は。

　先輩は、参ったな、という顔つきになった。

「あのですね、高倉さんにはちょっと辛いことかもしれませんが」

　声のトーンを落とす。

「ここのオーナーさん、以前有塔家でお手伝いさんをしていたという話なんですよ。お名前は、ええと、斉藤和《さいとうかず》さん。お逢いになったことはありますか？」

　波府先輩は手帳と私の顔を交互に見ながら、さり気なさそうに尋ねてくる。

　斉藤和さん……今お幾つだろう？　だいたい五十代初めくらいとすると、七四年の事件では三十代半ば。笙子おばさまと同い年くらいだ。おばさまの知り合いだったのだろうか、でも今まで話題にされたことはなかった。有塔の家へ遊びに行った私に、おやつとか飲み物を出してくれた人だっただろうか。

　質問の真意が分からず、ちょっと戸惑ってしまった。そんな私の様子を受け止めて、波府先輩は更に声を低め、落ち着いた口調で続けた。

「あの事件の朝、出ていく親戚の方を目撃した、そのご本人です」

　テーブルの木目がゆっくりと広がっていくような錯覚を覚えた。

　侑太おじさんと朋おばさんを殺し、そのまま車で逃走した男。有塔の本家に恨みを持っていた、分家の一人息子。彼は時効までどこかに隠れ住み、今また有塔の跡継ぎをあらたに手に掛けたということなのか。彼の恨みは、二世代にわたって本家が受けなければならないほど、深いものだったのだろうか。

「高倉さん」

「沙季ちゃん、大丈夫？」

　はっと気がつくと、ちょうどケーキが運ばれてきたところだった。女性が不思議そうに私を見ながらお皿を並べ、カウンターに戻っていく。

「十五年以上ずっと隠れていた犯人が、今また戻ってきたっていうんですか。せっかく時効を迎えたのに今捕まったら、いえ、たとえ刑事罰を課せられないとしても、この先ずいぶん損すると思いますけど」

　馨子が考え込んだ様子で言うと、先輩は頷いた。

「それはそうです。ですから、もしその人が今回も犯人だった場合は、それだけの危険を冒す必要があったということか、あるいは絶対に正体を知られない確信があったということになるんでしょうね」

「整形とか、名前も変えちゃって別人になりすましてるとか？」

和恵がフォークを取り上げながら何気ない風で言葉を続ける。

ムカシ、ドコカデオアイシタヨウナ……。

そんなこと、ありえない。

ただ、先輩の目が意味あり気に私に注がれている。

「お待たせしました」

テーブルの真ん中に大ぶりのティーポットが置かれ、ベルガモットの香りが辺りに漂った。カップもそれぞれに配られたけれど、お盆が空になっても斉藤さんは下がろうとせず、私の方を見ながらおずおずと、

「あのう、失礼ですが、有塔……いえ、高倉さんとこのお嬢さんじゃないですか」

と尋ねてきたので、驚きつつも首を縦に振る。途端に顔がぱあっと明るくなり、弾けるような笑顔が浮かんだ。そしてお盆を抱きしめながら、

「やっぱりねぇ。いえね、先程お名前がちらっと聞こえましたんで……面影もありますし。まあ、そうですか。こんなに大きくなられて、綺麗なお嬢さんになられて、まあ……」

まじまじと見つめられ、落ち着かない。まさか覚えていてくれたなんて。

「そういえば……ご愁傷様でしたねぇ」

すぐに斉藤さんはがらりと表情を変え、声色を曇らせた。

「このあたりでもすっかり噂……いやぁ話にのぼってとってね。私も小さい頃のあんたさん知ってましたから、もうそりゃ何と申し上げたらいいかと」

「失礼ですけれど、高倉さんをご存知ということは、以前有塔さんの近くにお住まいだったとか、もしか

したら有塔さんの家で働いてらしたんですか」

　さり気なさを装って先輩が尋ねると、斉藤さんは小さく頷いてお盆をカウンターへ置き、スツールを引き寄せた。

「私がまだ向こうに住んでた頃ですけ、二十年くらい前になりますか。四、五年くらいの間、週に何日かお手伝いさせていただいておりましたん。大奥様が、あまり身体が丈夫な方じゃなかったもんでね」

「週に何日かということは、住み込みではなかったんですか」

「ええ。家が近かったもんで通いだったんですわ。泊まりになりましたんは……そう、あの朝だけですねぇ」

　馨子がさっと私を見た。先輩も一瞬目が鋭くなる。

「あの朝というと、跡継ぎの侑太さんが結婚なさった翌日ですね」

　先輩の質問はストレートすぎないだろうか。ちょっと考えれば、斉藤さんがあの目撃証人の一人だと前もって分かっていたと取られかねない。何を探りに来たのかと煩わしく思われても仕方ない。

　ふっとそう思ったけれど、幸い斉藤さんはそこまで考えつかなかったようだった。少し遠い目をして話し続けている。

「結婚式っちゅうと何かと忙しいもんですわ。それも有塔のご本家さんのお式ですもん、そりゃまあ盛大なものでした。

　今でもよう覚えとります。大広間に立派な御膳がずらりと、それを並べるだけでもずいぶん時間かかりましたんよ。お客様も地元の有名人やら議員さんやら大勢来られて、呼ばれんかった方々もわざわざご挨拶にみえて玄関にひっきりなしで。当日はもうてんてこまいでしたんで、すっかり疲れてしまって。私は初めから泊まらせていただく予定でしたけん、夜遅くまで後片づけやらお客様のお世話しとりました。

で、次の朝も早めに起きて朝ご飯の用意をと思って身支度しとりましたら、ねえ……まさかあんなことが起こっとるとはねぇ」

斉藤さんはふうっとため息をついた。

これから、というところで話が途切れたので、先輩はやきもきしている。

「あの、それでですね、その朝のこと、警察にお話なさったんですよね。誰かが出ていくのをご覧になったとか」

ぎょっとした。先輩の言葉を聞いた途端、彼女の顔が醜く歪んだのだ。

「あんな奴、どうせろくなことになっとらんよ」

吐き捨てるように言うと、私をきっと見た。

「あの男はね、あんたさんのお身内を殺したんよ、おまけにそのまま逃げて時効とやらになったとか聞くけんど、どこで何しとるやら……きっとろくな死に方せんからな。

お可哀想に、侑太さんと朋絵さん、そりゃようお似合いのお二人だったんですよ。幼馴染みでね、ご結婚が決まってからはそりゃあお幸せそうで……。朋絵さんは学校の先生をなさっとって、お式の時には生徒さんが皆で来てくれて、お庭でお祝いの歌を歌っていったんです。朋絵さん、とっても嬉しそうに聞いてらしたんよ。

それをまあ、あの男は……お式の一ヶ月前くらいだったろうか、突然やってきて居候を決め込んだ揚げ句に、お二人をあんな目に……」

「あの、その人が朋おばさんたちを……いえ、それでおばさん、その人が車で逃げるところをご覧になったんですね」

自分の落ち着いた口調に、我ながら驚いてしまう。

「まったく、警察っちゅうところはねぇ、あんだけしつこいとは思わなんだ。同じことを何度も何度も繰り返させて、いったい何やっとるんだろね、まったく嫌になったんよ。家にも来るし、警察へも行かななららんかったし、そのたんびに同じこと言わされてね。それなのに捕まえられんかったなんて」

「まあその、見たことを正確に思い出すっていうのは案外難しいことですからね。同じことを話しているうちに、今まで思い出せなかったことがふっと浮かんできたりすることもあるでしょうし」

先輩がテーブルの陰でメモを取る準備をしながら、いたわるように言う。

「今でもその朝を思い出されること、あるんですか？」

馨子がずばりと尋ねると、斉藤さんはやり切れないという表情を浮かべた。

「まだたまに、夢に出てくるんよ。あれだけ何度も話させられると、なんか自分が間違ったこと言っとるんじゃなかろうかって気にもなるし、ちゃんと思い出そうとしたんだけれども。

私だけじゃ頼りなかったんだろねぇ、大奥様が一緒に見てらしたんで、警察も信用してくれたみたいだけん。大奥様なんぞ、一緒に車に乗り込んで、危うく誘拐されるところだったんだけんね」

思わず目を見合わせた。

「ちょ、ちょっと待ってください。大奥様が一緒に車に乗って？　その後どうなりました？」

先輩のペンが走っている気配。

「確かお台所にいるときにエンジンの音を聞いて、それであんな朝早くに誰かと思って縁側の硝子戸から外を見たら、ちょうど大奥様が車に駆け寄っていくところだったんよ。待ちなさいとか何とか、窓から中の人に何か言ってる感じだったみたいでね。で、ドアを開けて大奥様が乗り込んで、そしたらそのまま車は門を出てってしまってね。だから私、慌てて大旦那様を探したんよ。

そんで、結局大奥様は途中で無理矢理降ろされて、歩いて帰ってらっしゃるところを、探していた家の誰かがちょうど見つけたんだったっけ。車はそのままどっかへ行ってしまって……そうそう、後で駅のとこで見つかったたって聞いたけど」

「あの、失礼ですけれど、ずいぶん昔のことなのによく覚えてらっしゃるんですね」

「いやあ、素晴らしい記憶力ですねえ。僕なんか先週のことだってよく忘れるし、先の予定は一週間間違えて覚えてたりするし、もう大変なんですよ。いやあ、羨ましいです」

馨子の固い口調での問い掛けを先輩の大げさな感嘆が上手く打ち消したらしく、斉藤さんは嬉しそうに頷いた。

「何だかまるで映画のシーンみたいで、そこだけ忘れられなくてね。朝からよく晴れとって、ちょうどお日さまが車の窓に反射して眩しかったのも覚えとります」

「すごーい、あたしもそれくらい記憶力よかったら、テストの時楽だったのにな」

和恵がやや見当外れな称賛を重ねる。

「あの頃自家用車があったたっていうのもすごいですし。やっぱり有塔家って名家なんですね、もしかしたら運転手さんなんかも雇われてたんじゃないですか」

波府先輩はできるかぎり証人の数を増やしたいようだ。

「そりゃあ、もうすごいお家柄ですよ、この辺じゃあ。あの頃にお車を二台お持ちでしたし、一台は大旦那様が通勤にお使いで、そちらには専属の運転手がおりましたです」

「逃げた人が乗って行ったのはその車ですか。かなり目立つ車なんじゃないですか？」

馨子が興味深そうに尋ねるのに、斉藤さんは少し疑問を感じたようで、訝しげな様子になった。

「あ、私、車が好きなので。もう一台の方はどんな車だったんですか？　そちらは大奥様専用ということだったんでしょうか。その人、免許お持ちだったんですか？」

「まあ、まさか。あの頃は、今と違って女の人が運転するなんてまだまだ珍しかったですけん、大奥様も持ってらっしゃらなかったんじゃないでしょうかね。だから専用って言うても大奥様がお出掛けの時に、大旦那様の秘書の方が運転なさるくらいで、普段はあまり使われてなかったと思いますねえ。あの男が盗んだのはそっちの、小さい方でした。小さい言うてもほら、今そこを通った車」

斉藤さんの視線を追って、窓の外に視線を向ける。よく見掛けるセダンの銀色の車が走り去っていくのが見えた。

「あんな感じの、でも色は確かクリーム色だったと思いますねえ。そう、今思えば目立ちますけん、あれで逃げるのをよして電車に乗り換えたんじゃないでしょうかね」

「その車、外国製でしたか？　大奥様はどちら側から乗られたんでしょう？」

波府先輩が深刻な顔つきで質問を挟んだ。何か引っ掛かることがあるのだろうか。

「どっちだったかねえ……ああ、そうそう、最初に右側の窓から声を掛けて、それからぐるっと車の前を廻って左のドアから乗られたんですよ。

何だか普通じゃないと思いましたけど、その時はまだ縁側におりましたんで、慌てて勝手口へ回って裏から出ていったら、ちょうど車が門を出て行くところでしたんよ。大奥様も、もう少し引き留めてくださってたら、私があいつを引きずり出してやったのにねえ」

斉藤さんは大きくため息を吐いた。

いろいろな人が、いろいろな悔いを、過去の事件に残している。

「あの朝はいろんなことがあったんですね。

高倉さんの犬が入り込んで騒ぎになったのは、その後ですか？」

波府先輩が確認する。

「あ、そうですよ。大旦那様を見つけて大奥様とお車のことをお話している最中に、外が騒がしくなって、ちょっとしたら庭師の、ええとイケヤマさんだったかねえ、慌てて走ってきて。あの時も、お嬢さん、たいへんな目にお遭いなさったんねぇ」

斉藤さんの目に、また同情の色が濃くなる。同情と、疑惑と、どちらの視線を受ける方が辛いのだろう。

「そんなにいろいろなことがあったんですか……。それは災難でしたね……」

先輩がペンでトントンと手帳を叩きながら、遠い眼差しで呟く。と、

「あっ、災難ですよ災難！　たけ先輩！」

和恵の素っ頓狂な声が響き、全員がテーブルの上に注目する。

先輩のアップルパイは、バニラの海にとっぷりとくらげのように漂っていた。

帰りの車中はひどく静かだった。

馨子は運転に集中しているように見えるし、波府先輩は眉を寄せて手帳を睨んでいる。和恵はまわりの風景を眺める振りをしながら、ちらりちらりとこちらを気にしている。

窓の外に流れるように現れては消えていく家や樹々、車や電信柱。現れては消える。

碧い流れの中に、呑み込まれては沈む。

碧い碧い水流が、家を、樹々を、車を、電信柱を呑み込んでいく。碧の中の碧に、すべてが沈み込んでいく。

水の中に沈む村。碧の中に沈む町。

私のせいで、碧の中に沈む町。

私は、呪われている。

そのことが、頭の中でぐるぐると廻り続けている。

『大奥様が生きてらしたらね……』

そう呟いて私を見た斉藤さんの表情には、哀しみ以上の何かがこめられていた。

有塔の大奥様、つまりお祖父様の奥様が亡くなったとき、一緒にいたのは私だったのだ。

そのことを気まずそうに斉藤さんが口にしたとき、目の前に一瞬、ある情景が蘇った。そして、身体が揺らめくような感覚も。


ばあちゃ、ばあちゃ。何を見てるの？


私は小さい頃、有塔のお祖母様を「ばあちゃ」と呼んで慕っていた。そしてそのお祖母様が心臓発作を起こしたとき、一緒にいたのは私だけだった。

湖の真ん中に漂う、ボートの中で。

私の泣き声を聞きつけた瑛ちゃんが庭から別のボートを出し、私たちの元へ漕ぎ寄せてくれたという。お祖母様の様子を見て取った瑛ちゃんはボートを移って戻ろうとしたけれど、大人一人に子供二人を乗せたボートは少年の力ではなかなか進まず、奮闘しているうちに庭師のおじさんが気付き、救出してくれたらしい。

季節は、確か春先だった。まだ風が冷たい頃で、なぜそんな時期にボートを出したのかということが問題になった。

そう、多分私がボートに乗りたいとせがんだに違いない。

そして人ひとり、死なせてしまったのだ。

あの時岸辺で待っていた大勢の人のうち、私を抱き上げてくれたのは……あの優しい手は、お祖父様のものだった。何も気にしなくていい、と優しく声を掛けてくれて、私を抱きしめてくれたのは、お祖父様だったのだ。

視界がぼやけてくる。

どうしてそのような呪われた子、人の死に妙に関わりのある子供を、それから数年後に引き取ってくれたんだろう。

「高倉さん」

そっと声が掛けられたけれど、振り向けない。外

を見ながら、

「はい」

と、何とか声を絞り出した。

「もし、今回の事件と七四年の事件とに因果関係があり、それぞれ異なる人物が犯人だったら、それでも真実を知りたいですか」

「……どういう意味ですか」

自分の声が、コンクリートブロックの破片のように、味気なくどこまでも硬い、灰色の塊のように思える。

「事件現場の様子からみて、因果関係が全くないとは考えられません。ただ、もし昔の事件での被害者のご家族が、今回の事件に関わっていたとすると、それがどなたにせよ、高倉さんと非常に近い関係にある方だということになります」

「昔の被害者っていったら、だって、有塔の家の人たちってことじゃないですか。今の沙季ちゃんにとっては家族でしょ？　なのに、わざわざ沙季ちゃんが疑われるように仕向けたってことなんですか？　そんなのひどすぎますよ」

和恵が反論してくれるけど、もう、どうだっていいような気がする。

「もしかして、すべて自分のせいだと考えてらっしゃるんじゃないでしょうね」

先輩が畳みかけてくる。なんて答えたらいいんだろう。

「支離滅裂じゃない。昔の事件ではたまたま第一発見者になっただけでしょう。沙季子が事件を起こしたわけじゃないし、その後のお祖母さんのことだって、なぜボートを出したのか本当の理由は誰にも分からない。お祖母さんの方から誘ったって可能性もあるんだから。何でも悪い方へと考えるの、やめた方がいいよ」

馨子の横顔がいつにもまして毅然として見える。

「ただね、僕が今考えている昔の被害者とは、侑太さんと朋絵さんだけではありません」

え、と思わず顔を向けた。和恵もびっくりしたように横にいる先輩を見つめている。

馨子は真っすぐ前を向いたまま、バックミラーをちらりと見た。

「もう一人、遠山留音さんを挙げなければいけません」

先輩の声はあくまでも優しく、そして哀しげだった。


「……先生、大木先生」

はっと顔を上げると、すぐ横に山川先生が立っていた。

「あ、すみません。何か？」

「大丈夫ですか、ぼうっとなさってましたね。なんだかお疲れのようですけれど」

いたわるような目で言われてしまった。

「いいえ、何でもありません」

正直言って、それどころではなかった。気がつくと留音さんのことばかり考えている。今日の授業をきちんとこなせたかどうか、まったく自信がなかった。

「もうすぐお式ですから、休日もいろいろとお忙しいんでしょう。でも、くれぐれもお身体には気をつけてくださいよ」

「……はい、ありがとうございます」

「では、お先に」

白髪混じりの頭を軽く下げられ、ゆったりとした足取りで職員室を出ていく先生の後ろ姿を目で追いながら、心が咎める。とにかく今日はもう帰ろうと、他の先生方に挨拶をして廊下へ出た。下駄箱のところで数人の生徒とさよならを交わし、校舎の外へ出る。

底抜けの碧が広がる秋晴れの深い空が、眩しい。

「せんせーい」

校庭の向こうの方でボール遊びをしていた数人の

生徒が気付いて手を振ってくれる。手を振り返しながらふと、塀際の桜の樹の陰に佇んでいる人物に気がついた。

心臓が、とくっ、と一拍飛ばしになる。

まさか、どうして。

私が気がついたことを見て取ったかのように、その人はゆっくりと背を向け、校門を出ていく。しばらく根を張っていた私の足は、いつの間にか足早にその人を追い掛けていた。

大通りを渡り、小道を抜け、しばらくして川の近くに出る。その人は土手を上り、川面へ向かって下る草地を抜け、小石がごろごろしている水辺へと歩いていく。

少し迷ったけれど、私も下へと降りていった。

広い河原には、見渡す限り他に誰もいない。

息がなかなか整えられず、言葉が出ない。たとえ出せたとしても、何と声を掛けたらいいのか分からない。


しばらくの間、少し距離を置いて同じ風に吹かれていた。その人は振り向きもせず、水面へ足が届きそうなところに腰を下ろすと、手近な小石を拾って向こう岸へと投げた。

ぽちゃん。

小さな飛沫《しぶき》を上げ、石は川の中ほどに沈んだ。

「小さい頃、彼と何度かこの河原で遊んだことがありました。彼は歳の割に身体が小さくて、友達から苛められることも多かったんです。僕はそんな彼を守ってやりたかった。

彼はよくなついてくれました。留音兄さん、留音兄さんといつもくっついてきて、僕が本家にいる夏休みの間などは四六時中一緒でした。彼は無邪気でかわいくて……すれていない、純真な子供でした。あんな弟が欲しかったと、よく母に話していました。

父が早くに亡くなったと、お話ししましたよね。有塔の伯父も、母や僕にずいぶんよくしてくれました。

金銭的な援助はもちろんでしたが、それ以上に父親のいない家庭を精神的に支えてくれていたようでした。父が亡くなって以来母が遠山の親戚と上手くいかなくて、向こうを出てきてからというものは、近くに住むところまで世話してくれましてね。僕が東京の美大に通うための生活費、何から何まで面倒を見てくれました、条件付きでしたけどね。学生時代に早々と車の免許を取らせてもくれました。

まあ免許に関しては、将来伯父の会社に入ったあかつきには、彼の運転手をさせる心積もりがあったのかもしれませんけれど」

なめらかな声が僅かに苦りを帯びた。

今日一日ずっと私の中に響いていた声が、今また紡ぎ出されている。いつまでも耳を傾けていたい、いつまでもこの声を聴いていたい。

でもそれは、とても叶わない願い。

「僕を見て、どう思いましたか」

また一つ、小石が飛ぶ。

ぽちゃん。

「昨夜のことは夢だったと、思いたかったのではありませんか。悪い夢を見たと、早く忘れようと、そう思っていたのではありませんか」

留音さんの声はやわらかく、それでも苦味を持って私の心を抉った。

「昨夜のことは忘れてくれと、今、そうおっしゃりたいのではありませんか」

やっとこちらを向いた。その目に表れているのは何だろう……哀しみだろうか、怒りだろうか、それとも……。

「あなたの気持ちは、今、どこにあるんです」

そう言うと、留音さんは立ち上がり、近づいてきた。身体が強張るのを感じ、視線を逸らせた。

「……ごめんなさい……」

それしか、言えない。

「僕は、自分の気持ちに正直になりますよ。僕は……昨夜のことは一生忘れることはできません。

これから先、どこで生きていくにせよ、一生覚えていたいと思っています」

「どこで……って……」

思わず顔を見た。黒曜石の瞳が真っすぐに、暗く強い光を放っている。

「僕はもう、あなたの想い出なしには生きていけないでしょう。ですから、できるだけあなたの近くにいたい。でも……彼と結婚した後の、有塔の嫁としてのあなたにはとても逢えません。

結婚式が終わったらすぐに、旅に出るつもりです」

川面を吹き渡ってきた風が、留音さんの柔らかい髪をやさしく乱していく。

なんて言ったらいいんだろう。

どうしたらいいんだろう。

「……私は」

言いかけたとき、長い指が伸びてきて唇に触れた。

「あなたは、彼と結婚するべきです。僕は、彼に申し訳ないことをしました。自分の気持ちに正直でありたいあまりに、彼の大切な人を……」

怖くて目を見ていられない。なのに、どうしても視線が逸らせない。

私たちはこれから、いったいどうなるんだろう。

「彼には、何も言う必要はありません。あなたは有塔の嫁になるべき人なんです。彼の許嫁《フィアンセ》としてではなく、ただの一人の女性としてのあなたにお逢いしておきたかった。

でも、彼がいなければ、あなたには巡り逢えなかったかもしれません。僕はこれから先、ずっとこの不幸な偶然を呪いながら生きていかなければならないでしょう。

結婚式まであと二週間あまりです、その間にもう一度だけ、あの離れで逢っていただけませんか」

それが何を意味するのか、私には分かりすぎるほど分かっていた。一度きりなら単なる過ちと言ってしまえるだろう、でももう一度、あの離れでお逢いするということは……。

頭では分かっているのに、身体が勝手に反応していた。右手が彼の服の袖を掴んでいる。頭が縦に振られている。

留音さんは私の顎にそっと触れた。

「明後日の晩、来られますか」


「つまりですね、あの斉藤さんに伺ってはっきり分かったことは、あの朝車が出ていったのは見たけれど、それを運転していたのが遠山留音さんだったかどうかは分からないと、そういうことですよ」

二階の私の部屋の床に座り込んだ先輩は、手帳をぱらぱらとめくりながら話し出した。

「ええ？　じゃ、沙季ちゃんのおばさんたちを殺した犯人は、いなくなった親戚の人じゃなくて、全然違う人ってこと？」

和恵の声のトーンが上がり、その響きが耳に容赦なく入り込む。

それには答えず、先輩は少し頭を傾げて私を見た。

「……その時すでに、遠山さんも亡くなっていたとおっしゃりたいんですか」

首がゆっくりと、縦に振られる。

「え、だって……じゃ、遠山とかいう従兄のお兄さんが二人を殺して、それを見ていた誰かにその後殺されたってこと？」

和恵が信じられないという様子で口を挟む。馨子は立ったまま窓の外を眺めていたけれど、そのままの姿勢で、

「遠山留音が車で逃走したのが嘘だというのは、その車に乗り込んだ大奥様、有塔マキさんが一番よく知っているはずでしょう。もしかしたら車には誰も乗っていなくて、その人の自作自演だったのかもしれないのよ。

つまり、そこまでしても……親戚に罪を着せてでも庇《かば》いたい人がいたということになるわね」

冷ややかに指摘した。

「でも……馨子、なぜ有塔のばあちゃの自作自演だと思うの？」

尋ねると、彼女はくるりと向き直って私を真っすぐに見た。

彼女の前では、すべてのことが偽りのヴェールをはがされる、そんな容赦のない空気が伝わってくる気がした。

「あの人、斉藤さんは『車の窓が眩しかった』と言ってたよね。つまり、運転席に人がいたかどうかはちゃんと見ていない、ということでしょう。それに有塔マキさんは運転席側から助手席側に回るとき、車の前を通ってるわよね。

もし本当に遠山留音が乗っていて逃亡しようとしていたら、無理にでも車を発進させる確率が高い、そんな様子を間近に見ているはずの彼女が、轢かれる危険を覚悟のうえで車の前を通るというのは、ちょっと危険すぎないかな」

「でも、もしかしたら、自分の身体で車を止めているつもりだったのかもよ？」

和恵も納得がいかないようだ。

「もしそうなら、助手席に乗り込むことはないと思う。そのまま車の前に立っていた方が、確実に止められたんじゃない？　結果論かもしれないけれど。

それに、実際彼女が乗り込んでから車が発進するまでに、時間が掛かってるでしょう。斉藤さんが裏口から回って出てくるまでにしばらくは掛かったはずなのに、車はまだ敷地内にいた。これは、彼女が狭い車内で助手席側から運転席側へ移動しようとしていたからだと考えられないかな」

有塔のばあちゃが、遠山留音を引き留めようとして話し続けていたとは考えられないだろうか。それともこれは、私の願望にすぎないのだろうか。

先輩を見ると、それを待っていたように、

「僕も執行さんに一票入れましょう」

きっぱりした口調で先輩は続けた。

「つまり、あれは誰かに見せるために行われたシーンだったわけです。あらかじめ車のエンジンを掛けておき、誰かに見られるのを待つ。そしてその誰かが外へ出てくる前に助手席に乗り込むまでを演じ、タイミングを計って、車で出て行くところを目撃させる、こういう筋書きだったのではないでしょうか」

誰かに目撃させるためのシーンを、有塔のばあちゃが演じた。

そこまでして庇いたい人、といったら……お祖父様？

「でも……でも、あのお手伝いさんが裏口から出ようとしたから時間が掛かったんでしょ？　もし廊下からまっすぐ車の方へ出てきてたら、中で移動してる時間なんてなかったんじゃないの？　そしたらすぐにばれちゃうじゃない」

まだ納得のいかない和恵が食い下がる。

確かにそうだ。あのシーンが自作自演だったとすると、斉藤さんが廊下から直接庭へ靴も履かずに降り、その間車から目を離さなかった場合、かなり無理がある。

「そのときはまた別の方法を取っていたと思いますよ。あくまでも推測の域を超えませんけれどね。たとえば、元一郎さんが近くに潜んでいて、どうしたんだ、とさりげなく声を掛けて引き留めるとか、あるいは奥の方の部屋へ来るように呼び掛けるとか」

波府先輩は沈痛な面持ちで指摘を続ける。いつもの優しくて穏やかな声が、心なしか哀しい色を帯びている。

「事件で唯一残されていた物的証拠は、犯行に使われた矢に残されていた、遠山留音さんの指紋の一部です。もちろんこれは、犯行時に付いた物かどうか分かりません。それ以前にコレクションにたまたま触っていたということも考えられます。ただご本人に説明するチャンスが与えられませんでしたからね。

もっともストレートな解釈としては、遠山留音さんがお二人を殺すつもりでいた、そしてそのために薬を盛るという下準備をしていた、ということでしょう。でも、目的は達せられたけれど、予想外の目撃者が現れた。その人物は、遠山留音さんの犯行を見て、彼に報復するだけの強い動機を持つような誰かです。これもストレートに解釈すれば、お二人のご家族ということになるでしょう。

もちろん、別の見方もあります。もともと遠山留音さんに対して殺意を持っていた誰かが、偶然同じ夜に犯行に及んだ、という解釈です。でもこれは、犯行現場やその後の遠山留音さんの処置を考えると、無理があるでしょうね」

先輩はふっと目を逸らせた。その先には私の机、そしてその上には、伏せられた陶器の写真立てがある。

今年のお正月に撮った家族写真。あの頃には、もう戻れない。

「別の可能性もあると思いますけれど。誰か全くの第三者がお二人を殺し、そしてそれを見た遠山留音さんがその人を殺した。それを知らずに後から来た有塔の家の誰かが誤解して、つまり遠山さんがお二人を殺したと勘違いして、殺してしまった。実際には三つの事件が重なっているとしたらどうですか？　もう一人行方不明者がいる、という前提が必要ですけれど。

遺体はそれぞれ、ボートを使って湖に沈められたと思います。それが時間的にも体力的にも一番都合のいい方法だと思いますし、後になって身元不明の遺体があがっても、不自然な傷がなければ事故か自殺として処理される可能性が高いでしょうから」

押し殺したような馨子の声が、淡々と続く。口調は無駄がなく鋭いけれど、私に向けられた眼差しは、ニュートラルだ。客観的に考えればこういうこともありえるのよ、という彼女の心の声が聞こえてくるような気がする。

「車の件がある以上、遠山さんは有塔の家から出ていない確率が高いと思います。この場合、二人を殺した犯人は分からないけれど、有塔マキさんの連れ去りは狂言だったと思われますし、その結果遠山さんを殺した犯人も有塔の家の人と考えられます」

「ですから、高倉さんはその事件にはまったく関係ないんですよ。その当時はまだ、他人だったんですからね」

波府先輩がにっこりした。私の不安を吹き飛ばそうとしてくれている。少し気が楽になるのを感じた。

「だいたい、六歳の子供が大人をどうにかできるものじゃないでしょう。いくら腕力を必要としない凶器だったっていっても、ボウガンの使い方だって知らなかっただろうし」

長い黒髪をさらりと揺らしながら、馨子が追い討ちをかける。

「もしかしたらその遠山って人、沙季ちゃんのおばさんに横恋慕してたんじゃないの？　で、結婚を邪魔したくて自分の従弟を殺したけれど、おばさんがその人に付いて行く行かないでもめちゃって、何かの弾みで殺してしまったとか」

「わざわざ結婚式が終わるまで待ってるの？　その前に一緒に逃げる方がよほど手っ取り早いじゃない。それに、その二人が初めて会ったのって式の一ヶ月前でしょう。そんな短期間に駆け落ちまで考えるような仲になれるかどうか、疑問だと思うけれど」

「ま、それはなんとも言えませんねぇ。人それぞれですから」

「だって、一緒に逃げてくれると思ってたのに拒否された、自分は従弟まで殺してしまったのに……って思ったらついその人まで憎くなって、っていうの

はあるかもしれないじゃないですか。その遠山って
お兄さん、もしかしたら思い込みの強いタイプだったかもしれないし」

「そこまでいくと、もう想像の域に達してしまいますけれどね。ご遺体の様子から考えると、そんな風に死亡推定時刻に差が出そうな状況は、ちょっと考えられないんじゃないでしょうか」

「そのあたりを詰めるには、当時の事件の詳細、お二人の死因とか死亡推定時刻、現場や遺体の様子まで確認しないと。そう、武琉先輩、有塔マキさんの免許のことも、梶井さんに確認しておいた方がいいですよ」

「梶井さんも……今回のことと昔の事件、繋がっているかもしれないって考えてます」

先輩たちの視線が飛んできて、緊張する。先生のことも、話すべきだろうか。

「梶井さんの考えも聞いてみた方がいいかもしれないと思いますけれど」

「そうですね」

先輩が大きく頷く。

「よかったですよ、あの人みたいな刑事さんがいてくれて。全員州崎さんみたいな人たちだったら、もう手の打ちようがないですからね」

和恵がふき出した。

「今回のことで気になるのは、場所と凶器です」

先輩があらたまった顔で言い添える。

「僕にはどうしても、あの離れで、しかも昔と同じボウガンを使って、という共通項が気になります。犯人にとっては危険をともなうはずなのに、わざわざ結婚式の夜に、あの場所で、というのがね。

ボウガンを使っているという時点で、すでに有塔の家の関係者かもしくはよく出入りしている人、という絞り込みがされる可能性が高いのに、あえて蔵から持ち出して犯行に使っている。

ですから、殺……いえ、とにかく十六年前の事件と無理に関連づけようとする、犯人の意図のような

ものが感じられるんですよね。あるいは、有塔の家を穢《けが》すこと自体が目的だったのかもしれません。瑛一さんは有塔の家の人間だという、ただそれだけの理由で被害者に選ばれたのかもしれません。

大丈夫ですか?」

血の気が引いて見えたんだろう、先輩が心配そうに私を覗き込む。

私がダウンしたらなんにもならない。考えなければ。

「つまり、美華は巻き添えをくったと?」

馨子がストレートに指摘する。

「単に昔を再現するなら、その……失礼ですけれど、でも高倉さんが共に犠牲者に選ばれた可能性が高いでしょう。その必要がなかったか、それとも高倉さんを特別に考えている人が犯人であった、と考えられます」

「遠山留音の母親、ええと、沙季子の大伯母になるのかな。今のお祖父さんの妹さんについてはどう?何か聞いたことない?」

お祖父様の妹さん……少なくとも私がこの家に来て以来、会ったことはないし、話題に上ったこともないように思う。

「たしか、お祖父様とはずいぶん歳が離れていて……花江さんっていったかな、お見合いして、戦争中だったからすぐにお嫁に行って、旦那さんが出征中に子供が生まれて、旦那さんはちゃんと復員してきたけれど身体を壊していたから長生きできなかった、というようなことは聞いたことあるけど。旦那さんが亡くなってから、遠山の家は花江さん親子に冷たくなったので家を出て、この有塔の家の近くに住んでたこともあるって。でもその後引っ越してしまって、どこで暮らしているかはちょっと……」

「その従兄のお兄さんに、沙季ちゃん会ったことあるの?」

留音さんに、私は会ったことがあるんだろうか。式の一ヶ月前から有塔の家に滞在していたというから、見掛けたことくらいはあったかもしれないけれど、言葉を交わした記憶はなかった。

どんな人だったんだろう。

人殺しの汚名を着せられたのかもしれない人。

同じ有塔の血を引く家の者に抹殺されたのかもしれない人。

結婚を控えた朋おばさんと恋に落ちていたのかもしれない人。


「ごめんください」

ふっと降りた沈黙を縫って、今やすっかり耳に馴染んでしまった梶井刑事の声がした。それを聞いた途端、波府先輩は文字通り飛び上がると勢いよく部屋を飛び出していく。

残された三人で顔を見合わせてしまった。馨子が整った顔立ちをもったいないくらい歪ませる。

「武琉先輩、きっとまた何か企んでるわよ。あの梶井さんを上手く抱き込んでね」

「抱き込むなんて、そんな……」

と言ったものの、妙に気になるので先輩の後を追いかけてぞろぞろと階下へ向かった。すると案の定、玄関で梶井刑事と波府先輩がひそひそと額を寄せ合っている。

「あー、なんか怪しそう」

和恵が場違いな声を上げると、波府先輩はぱっと顔を上げ、にこにこした笑顔を向けた。

「いやですね、怪しいだなんて」

「いえ、僕がちょっとね。困ったことになりまして」

まったく困った様子のなさそうな梶井刑事が続けて言う。

「どうかしたんですか」

なにかありそうだと思いながら尋ねてみると、梶井刑事は肩を竦めた。

「ちょっとね、あの離れを湖の方から見てみたいと思ったんですけど、僕、ボート漕げないんですよ」

「ええ、そうなんですか？　じゃあ僕、お手伝いしましょうか」

笑い出しそうになるのを必死にこらえた。私たちが相手とはいえ、もう少し上手く演技できないものだろうか。とはいえ、気が付いて振り返ると、渡り廊下のところにはまだ見張りの警官が一人、つまらなさそうに立っていた。どうやら彼に対する演技だったらしい。

「ええと、君、ごめん、名前なんだっけ」

唐突に梶井さんが見張りの警官に声を掛け、相手はびくりとして姿勢を正した。

「は、佐伯であります」

「佐伯君ね。僕、ちょっと湖の方から離れの状態を確認してくるから、その間に署から連絡が入ったら『例の件を確認中です』と答えておいてくれるかな」

大雑把すぎる工作にも、佐伯という警官は全く疑問を感じなかったらしい。よく映画や小説で接するけれど、いわゆる所轄の警官というのは、県警や本庁の人には本当に頭が上がらないのかもしれない。

「もう少しましなお芝居できないのかしら」

ため息混じりの馨子の評価も手厳しかったけれど、小声だったので梶井刑事たちには聞こえていないようだ。

「すみません、じゃ早速お願いできますか？」

「はい、行きましょう。あ、高倉さんもどうですか」

出ていこうとした先輩が、振り返る。

何か、確かめたいことがあるようだった。

「え、はい。それじゃ」

と答えると、間髪を入れず和恵が、

「えー、私も行っちゃ駄目ですか？」

と声を上げた。

「ボートには五人は乗れますよ」

梶井刑事が言い出したけれど、馨子は、またもや帰りの遅い五条院先生が心配だと家に残る役を買って出たため、結局四人で庭へ回り、元のボート乗り場へ向かった。

もうずいぶん使われることもなかったこの古い木造の桟橋は、昨日から警察のボートが行き交うようになり、久し振りに活気を取り戻している。この湖をさらうというのは相当困難な作業のはずだから、しばらくは使われることになるだろう。まずは凶器のボウガンを探していたようだったけれど、今の段階ではまだ見つかっていない。そのためか、オレンジ色のゴムボートが一艘、繋がれたままになっていた。

「あ、よかったよかった。あとは州崎さんに見つからなけりゃ、万万歳だな」

梶井刑事が穏やかならぬことを言う。

「えー、あのおじさんには内緒なんですか？　どうして？」

波府先輩がふき出しそうになるのをこらえている。州崎刑事をおじさんと呼んでしまう和恵の度胸はすごい。

「説明は後、まずは乗ってしまいましょう」

先輩に急かされて全員が乗り込むと、どことなく危なっかしい手つきで先輩はボートを漕ぎ出した。ふらふらと漂うような感じで、桟橋からはすぐに距離が出たもののなかなか離れへ近づくことができない。

「おかしいなあ。これ、普通のボートと結構勝手が違いますね」

顔を真っ赤にしながら、それでもにこやかに先輩が言う。

「そりゃあ、形からしてずいぶん違うでしょう？……まずいな、僕もそんなに時間はないんです」

慌て出した梶井刑事の手助けで、どうにか離れのすぐ下までボートは辿り着いた。出入り口の観音扉の真下あたりになる。

波府先輩がボートの中ですっくと仁王立ちになり、離れのまわりを調べ始める。梶井刑事がオール担当専属になり、ボートはゆらゆらと離れの建つ岩場に沿って廻り始めた。

「なんだ、梶井さん、漕げるんじゃないですか」

和恵はあの演技を完全に信じていたらしかった。

本人はすでに汗をかき始めている。

「いえ、漕げないわけではないんですが、こう……四人も乗ると、ちょっと、漕ぐのも大変なんですよ」

早くも息を切らしている。その甲斐あってか、ボートは順調に北側から西側へ、そして南側へと移動していった。

見上げるのが、怖い。

昨日の朝、瑛ちゃんが倒れていた場所が、いやおうなく近づいてくる。座って膝を抱え込んだけれど、どうしても身体が小刻みに震えてくる。幸い和恵は波府先輩の行動に気を取られているし、梶井刑事はボートを漕ぐのに神経を集中させているようだったので、私の変化は悟られずにすんだ。

「高倉さん、今朝州崎さんがおっしゃっていたこと、覚えてますか」

視線は離れに向けたまま、先輩が尋ねてきた。

いったい何のことだろう。

「船を使って、湖の方から、離れに出入り、することもできないって、話ですよ」

梶井刑事が荒い息の間から補足してくれて、ようやく思い出した。

あの時、州崎刑事はずいぶんそっけない口調で、船を使って離れに出入りすることはできないと言い切ったのだった。

「実はあれ、ちゃんと調べたうえでの話ではなかったんですよね」

「え、そうなんですか」

「凶器を探している時、ボートの上からそこの廊下を見上げて、高さがあるから無理だろうということになったんですよ。でも、波府さんが詳しく見てみたいと言い出したので、便乗しようと思いまして。

それで、どうですか?」

　梶井刑事が先輩の背中に声を掛ける。

「やはり無理がありますね。ほら、見てください」

　言われて私たちは三人ともが一斉に立ち上がろうとしてしまい、ボートが激しく揺れた。

「ちょ、ちょっと、そんな急がなくても大丈夫です。

　ほら、そこです。ずうっと緑色っぽいものが付いているでしょう」

　先輩が指し示すところを見ようとして顔を上げると、私の頭より高いところにある廊下の、手摺り越しに観音扉が目に入った。二ヶ所ある扉のうち、昨日の朝、私が押し開けたところ。

　あそこに、あのすぐ前の廊下に、瑛ちゃんが。

　振り返った先輩が私を見て顔色を変えたのが分かった。

「失礼、大丈夫ですか?

　あの、すみませんが、もう少し移動しましょう。もっと右の方へお願いします」

　慌てて梶井刑事がオールを握り、ボートはさらに先へ進んだ。ようやく視線を離すことができてほっとし、大きく息を吐くとまた床に座り込んでしまった。同時に、今まで呼吸を止めてしまっていたことに気付く。

　ボートは渡り廊下の近くまで廻り込み、離れをほとんど一周した形になった。そこに辿り着いてあらためて、先輩が近くを指し示してくれた。心配そうな先輩の視線がちらちらと投げ掛けられるのを意識して、何とか平気そうな様子を装いながら、和恵の肩越しに眺めてみる。すると、離れを取り巻く廊下の下部分や手摺りの水面に近い側には、隙間なくびっしりと苔か藻のようなものが付着しているのが分かった。木造だから仕方ないのだろう、水に近い部分は多少の腐蝕もあるようだった。

「これ、向こう側からずっと同じように付いているんですよ。もし船でここまで来て、ロープなどの道具を使ってよじ登った場合、こう擦れたような跡とか、足を掛けた跡などが残るはずです。でも、そんな不自然な形跡はないですね。それにほら、廊下は土台よりずいぶん張り出した形ですから、いわゆる鼠返しのような感じになっているでしょう？　少し広い岩場を見つけてボートから降りられたとしても、そこから離れの廊下へ這い上がるのはかなり大変そうですよ。鉤付きのロープなんか使ったら手摺りに必ず跡が残りますけれど、そういったものもなかったんですよね？」

波府先輩が梶井刑事に念を押す。

「手摺りにはそういった痕跡はまったくありませんでした」

梶井刑事がごくりと息を呑みながら断言する。

「ということは、やはり密室……」

梶井刑事が妙な目付きで私をちらりと見る。

密室。

瑛ちゃんと私、そして美華が閉じこめられた、密室。

二人だけで過ごすはずの夜に、離れに入り込んだ犯人、そして巻き込まれた美華、少なくとも四人が存在した離れは、その後密室となった。母屋側から鍵を掛けられた、完全無欠だけれど中途半端な密室に。

私に罪を着せたいわけではない、そしてあの朝に限っては、事件の発見を遅らせたいなら逆に鍵は開いていなければならなかったはずだ。

いったい犯人は何を意図していたんだろう。

「あ、あれって何？」

和恵が上の方を唐突に指さした。見上げると、その先はちょうど切妻屋根の頂点のあたりを示している。普通なら通風口のような開口部がある軒下部分に、ちょっと目立つ、大きめの穴が開いていた。

「あれは……一般的な住宅なら屋根裏換気口なんでしょうけれど、形が変わってますね。ひい、ふう、みい……正六角形に何かがくっついているのかな」

波府先輩も一生懸命目を凝らしている。

「正六角形？　あ、なるほど」

背伸びしながら眺めていた梶井刑事が、姿勢を戻しながら一人で頷いている。私の訝《いぶか》しげな視線に気付いたのか、心持ち頬を赤らめながら、

「昔、いろいろと調べたんですよ。朋絵先生が図書係もやってて、この辺の民話や伝説を図書室でよく読んでたので、僕もまあ、お付き合いというか……」

「あ、梶井さん、朋絵さんのファンだったんでしょ」

和恵にすっぱりと切り込まれて、梶井刑事はますます顔が赤くなった。

「まあ、子供でしたから、若くて綺麗な女の先生といったら、ねえ……。そ、それでですね」

言葉を改めると、慌てて表情を真面目な風に変えた。

「もともとこの辺を治めていた蜂谷っていう豪族の家紋が、確かあんな感じの、正六角形に矢を組み合わせた物だったんですよ。有塔さんの家紋は、あれに似ているけれど少し違ったんじゃないですか」

梶井刑事が視線を向けてくるけれど、はっきりとは答えられない。私の戸惑いを受けて、梶井さんは記憶の洗い出しを続けた。

「ここは、この建物が建つ以前からお堂だか社みたいな物があったって、州崎さんも言ってましたよね。そういった物にもちゃんとあの家紋は付いていたらしいし、有塔さんもその伝統を守って、自分とこのじゃなくて昔の主家の家紋を入れたんでしょうね。それに、ほら、これ」

梶井刑事は、顔を上に向けたまま目線を変え、近くでゆらゆらと揺れていた細い鎖の方へ腕を伸ばした。

揺れるボートの上で、梶井刑事の指先と金属の鎖とが、触れそうで触れ合わない微妙な距離を保っている。

「この鎖が何か？　これは、ああ、手摺りから下がっているランプの底から伸びてるんですね。風対策の重石のような役目なんでしょうか。おや、何だか凝った模様が表面にありますね」

波府先輩も姿勢を何とか落ち着かせながら、鎖に目を凝らしている。

「風対策か、それもあると思いますが、もう一つ別に理由があったんですよ。この離れには今でも電気を引いてないですから、昔なんかはもちろん、照明として利用するには蝋燭とか油などが使われてました。その燃料をランプに足すために、つまり廊下から手の届く位置までランプを引き寄せて固定するために、あの鎖は付いてるらしいんですよ。

これを建てる時には、腕利きの職人の間でも飛び抜けて腕の良い人たちが集められたとかいうし、柱一つ、鎖一つ取っても、遊びというか技巧が凝らされているとか。

そうそう、それで昔聞いたんですけど、ランプにまつわるロマンティックな話があるんですよ」

「何ですか？　ロマンティックな話って」

そういう話題に目のない和恵が、少し場違いなほど瞳を煌めかせて梶井刑事に迫る。

「ええと、このランプは廊下をぐるりと照らすために、ほら、そことか向こうとか、六つの角とその中間部に合計で十二個あるんですよ。その一つ一つの作りが微妙に違っていて、ランプの灯る時間はそれぞれ全部異なっているんだそうです」

「……それ、どういうことですか？」

和恵が首を傾げながら、ランプを見上げる。ここからではとても手の届かない、ずっと上にあるそれは、昼の光を受けて鈍く輝いていた。

「僕も正確には覚えてないんですが、ランプごとに満タンになる燃料の量が違っていて、こっち側の東端の物が一番燃焼時間が短いとか。それで、一つずつ順番に時計回りでランプが消えていく、という技巧が凝らされていたらしいですよ。もちろん、全部がほとんど同時に灯を点されたという条件で、ですけど。時計代わりみたいなもんですね。それで、どれか一つの灯が消えたちょうどその時に、結婚の約束をした男女は、生まれ変わってもまた巡り逢えるって……」

「うわ、それホントですか?」

まさに和恵好みの伝説だ。両手を組み合わせて頬まで赤らめて、夢見る瞳でもうすっかり浪漫の世界に入ってしまっている。

「で、どれなんですか、そのランプって?」

ほとんど梶井刑事に詰め寄らんばかりの姿勢で、それでも目は視界に入るランプをあちらこちらと見廻している。梶井さんはもう真っ赤だ。

「い、いや、ですから、昔聞いた話だし、どれかなんて覚えてないですよ」

別の意味でまた汗を流している。そんな姿を横目で見ながら、波府先輩は安心したような笑みを浮かべて、私の頭をぽんと一つ叩いた。


私がそのようなことをお願いできる立場ではないのは、分かっているつもりだった。少なくとも、正式に有塔の家に入るまではとてもそんなことを、しかもおじさまに直接頼むなんて、とんでもない話だった。

そのはずだった。

なのに、いったいどこからこんな勇気が湧いて出たんだろう。

留音さんと庭で話した数日後、偶然おじさまと二人でお話する機会があった。いつもお仕事で忙しそうになさっているおじさまが、その時は招待客やお坊様のことなど、お式の手配についていろいろと気を配ってくださっていることが分かり、とてもありがたく感じた。

おじさまの様子がいつもより気さくに思えたのが影響したのかもしれない。でも私が、離れに一度入ってみたいのですが、と口にした途端、おじさまの口元がぐっと結ばれたのが分かった。そして、なぜそんなことを、と予想していた通りのことを尋ねられた。

「いいえ、あの……小さい頃からとても興味があったんです。何といっても、湖の中にぽつんと建っているお部屋ですもの。いろいろと伝説もありますよね。学校の図書室にある民話の本にも、あの離れのモチーフの元になったお話が載っておりました。本当は、こちらに嫁いだ夜でなければ入れない、というのは分かっておりますけれど……お式の夜なんて、とてもゆっくり中を見られないと思いますし……」

　心にもない嘘を並べているという罪悪感が、私の頬を染めている。ただ、おじさまは私の表情の変化を違う意味に捉えられたようで、まあそうだろうな、と唸るようにおっしゃった後、一度だけだよ、と念を押された。そして、

「あれには内緒だぞ。自分より先に嫁が中に入ったと分かったら、ふくれるだろうからな」

と、まるで悪戯っ子のように目を煌めかせて注意までしてくださった。

　おじさまがこっそり渡してくださった銀色の鍵を手にして、私はお座敷に座り込んでいた。

　縁側を通して、ぽかぽかと温かい日射しが降り注いでいる。

　どこかから、にゃあ、と甘えるような響きの猫の声がする。

　庭の方から、こぃん、と余韻のある鹿威《ししおど》しの音が聞こえる。

　これからどうしよう、と思った時、縁側に面した障子がするすると開き、留音さんが顔を出した。

「借りられましたね」

　緊張が急に途切れたせいで、声が出ない。ようやく頷くと、

「じゃあ早速行ってみましょう。今なら誰にも見られませんよ」

と、手招きされた。

「え、おばさまたちは？」

　彼のことは、なぜか口にできない。

「伯母は彼と一緒に町の方へ出掛けてますよ。伯父はお坊様のところへ行ったのでしょう？」

　また、頷く。

「なら、行きましょう」

　留音さんがくるりと背を向けたので、慌てて立ち上がる。

　玄関から見て真正面の廊下の突き当たりにある、南京錠の下がった木の扉。ちょうど曲がり角に位置していて薄暗い場所だったけれど、鍵はすんなりとはまった。古くて頑丈そうな扉は、それでも蝶番の手入れがされているのか、思ったより軽い手応えで向こう側へ開く。

　不思議な、未知の世界。

　子供の頃からこの家には何度も遊びに来ていたのに、初めて見る廊下。ところどころ濃淡のある木の床板が、細長く互い違いに並べられ、真っすぐに湖の上の離れへと続いている。吹きさらしとはいっても屋根はちゃんとあるし、両側には私の肩の辺りまで横板が張られているから、少し屈めば外から見掛けられることはなさそうだった。

　そんなことを考えていると、私の横をすっと抜けて留音さんが大股にどんどんと歩いていく。後ろ手に扉を閉めて私も後を追いかけ、自然に小走りになった。

　いったいどのくらいあるのだろう。すぐそこにあるように見えたのに、留音さんの後について足を早めても、離れにはなかなか辿り着けない。目の錯覚だったのだろうか、いつまでたっても近づけない、蜃気楼のようなもの。どれだけ歩いても辿り着けない、有塔の家の者だけが入ることのできる湖の上の離れ。

　そんなことを考えていたので、危うく留音さんの背中にぶつかりそうになってしまい、咄嗟《とっさ》に踏み止まった。

「あ、あの……」

　気がつくと、すぐ目と鼻の先に離れを取り巻く廊下があった。留音さんは視線を落とし、今いる廊下との境目あたりをじっと見つめている。

「留音さん……？」

「あなたには、分からないでしょうね」

　ようやく聞き取ることができるくらいの低い声でそう呟くと、きっと顔を上げて彼は足を踏み入れた。右の方へ廻り込み、閉ざされた扉に両手を掛ける。

　ぎり、ぎし、ぎし、という耳障りな軋みとともに、観音開きの扉の片側が何とか人ひとり通れそうな幅に開いた。留音さんは一気に中まで入り込む。

　続こうとして、一瞬躊躇した。

　中は真っ暗だ。唯一、今私がいるところから中へ射し込む光が、足元の黒っぽく古びた板の間の節目を浮かび上がらせているだけ。

　でも、しばらくしてまた戸の軋む音が聞こえ、奥の方から細い光が射し込んでくるのが見えた。

「かなり黴臭いですから、無理して入らなくても結構ですよ」

　少し咳き込みながら留音さんが言う。同時に、向こう側から吹き込み抜けてきた風が私に吹きつける。思わず顔を背けてしまったほどそれは埃っぽく、長い長い歳月と、有塔の伝統と、離れ特有のよそよそしさとがこもっていた。

　少し待ってから、私は思いきって中へ入った。今いる廊下は、水際に幅の狭い手摺りが横に渡されているだけだから、母屋の方からは完全に見通せてしまう。

　一歩足を踏み入れると、外観と同じ六角形の板張りの部屋になっているのが分かった。まるでお堂のような、がらんとした薄暗い空間。左手奥の壁にも観音開きの扉がついていて、そこから格子越しに陽が入ってきていた。ゆっくりと目が暗さに慣れてくる。

ひんやりとした空気が、ぞくりと足に纏わり付く。部屋の隅々から、ざわざわと何か暗い気配が向かってくるような気がする。

頭を振って気を落ち着けようとすると、中央の柱が目に入った。建物全体の基礎となっているのか、大きくてがっしりした、丈夫そうなその柱が、逆光を受けて垂直にきりりとした輪郭を浮かび上がらせている。

柱の向こう側の奥には一段高くなった場所があり、その部分だけ畳敷きになっているようだった。

そして……柱の輪郭を掠めるようにして、留音さんのシルエットが佇んでいた。

「ここが……」

また低い呟き。何と続けたのか、聞き取れない。

「……あなたにどのくらい感謝しているか、分かりますか」

こちらへ向き直った気配。

「ここはね、有塔本家の長男だけが、結婚した夜に初めて入ることのできる場所なんです。たとえ長男でも結婚するまでは入れない。次男や三男、まして他家へ嫁いだ家の者などは、本来はとても入れないのです。でも僕の思った通りだった、あなたは伯父にずいぶん気に入られているようだから、もしかしたら、と……。

僕の我儘に付き合ってくださって、本当にありがとう」

歩み寄ると、私の両手を取りそっと包み込む。今の今まで気になっていた離れの臭いが、桜色の香りに変わる。

薄闇に紛れるシルエットの中で、さらに深く闇に溶ける黒曜石色の瞳がまわりに広がり、私を包み込んでいく。


夕方、ようやく連絡の取れた統吾おじさまが帰ってきた。

宿泊予定先のホテルでぼや騒ぎがあり、他所に移っていたという。運悪くポケベルの電源も切れていたらしい。

玄関先にボストンバッグをどすんと投げ出したおじさまは、やはりげっそりとやつれて見えた。腫れぼったく重たげな瞼が痛々しく、目の下にはくっきりと残るくまがある。髪は乱れたまま櫛の通されたた気配もなく、顔色も普段よりいっそう悪い。

三和土《たたき》に落とされた視線は、どこか虚ろだった。いつもはきちんとした身なりをしているのに、今はコートのボタンが掛け違えられている。それを目にした途端、あらためて涙が浮かんできた。

それでもおじさまは、出迎えた私を見ると、傍へ来てそっと肩を抱きしめてくれた。

「大丈夫か」

視界がどんどんぼやけてくる。ただ頷くことしかできない。

「お前だけでも、無事でよかった」

瑛ちゃんが亡くなったばかりなのに、どうしてこんなに優しい言葉を掛けてくれるんだろう。

「明日、お通夜になる。瑛一と一緒にいてやってくれ。いろいろたいへんだろうが、お母さんと力を合わせて乗り切るんだよ」

どうしても身体が強張ってしまう。おじさまはそれを感じたのか、

「お母さんは、今ちょっと……感情的になっているだけなんだよ。お前を恨んでいるわけじゃない、根拠のないことを口にしているだけだ、そうしないと気持ちのはけ口がないんだよ。気にするなといっても無理かもしれないが……そのうち落ち着くだろうから」

そう言ってくれた。

昔から口数の少ない穏やかな人だったけれど、やっぱり有塔の家は今はおじさまで保っているようなものなのだ。帰ってきてくれただけで本当にほっとした。

昔の事件と違って、事件の朝消えた人物なんて、今回はいない。

おじさまの帰りを待っていたかのように州崎刑事と梶井刑事がやって来た。事情聴取らしい。波府先輩はタイミングを見計らって帰りがけの梶井刑事を目立たないように引き留め、いろいろと聞き込んでいた。

何かが引っ掛かる。もやもやしたものが頭の中をうっすらと漂い始めている。

それは、たとえば駅前で降ろしたきりまだ帰ってこない、五条院先生のこと。

ドコカデオアイシタヨウナ……。

先生が遠山留音さんのはずはない。先生をここへお招きしたのはゼミの担当教授だったからだし、確かに途中で教授の交代はあったけれど、そもそも私が英文学を専攻していない限り、そしてまず第一に、私が入った大学に在職していない限り、そんなに都合よく担当になれるわけもない。五条院先生は、プライベートなことはあまり話したがらないけれど、研究者ならそれも珍しくはないし。

それに今までの推理からすると、遺体は見つかっていないものの、遠山さんはすでに亡くなっている……その可能性が高い。

なのに、どうして。

こんなに気になるんだろう。

こんなに不安になるんだろう。

おじさまの顔を見てほっとしたせいか、今度は五条院先生のことが気になり始めた。和恵はもちろん、馨子も少し落ち着かない様子になっている。

「駅前で別れてから、もう三時間近くになるのに」

腕時計にちらりと目を遣ると、眉をひそめて波府先輩を見る。その先輩はといえば、さっきから梶井刑事と額を寄せて再び密談中だった。

その梶井刑事がふと、訝しげな視線を私に向けると、つかつかと近づいてきて、

た。
「失礼ですが、あの、五条院先生はどちらに」
と、まるで私の不安を読み取ったように尋ねてき
「それが、二時頃駅前でお別れしたきりなんです
よ」
背後から波府先輩が心配そうに答えると、梶井刑
事の表情は険しくなった。そして、
「午前中も道に迷ったとか言ってしばらく居場所が
分からなかったんですよね。知らない土地とはいえ、
そう何度も迷うことはなさそうですが……そろそろ
暗くなり始めますし、心配だな。本件の関係者でも
あることだし、捜索隊を出しますか」
「しょっちゅう道に迷ってるような方ですから、東
京ならそんなに心配しないのですけれどね、ここで
はそういうわけにもいかないでしょう。状況が状況
ですし」
波府先輩が了承を求めるような目を向けてきたの
で、私も頷いた。梶井刑事が署に連絡を入れてくれ
て、警察官数人を交えた私たちは三人一組になり、
駅を基点にした三方向に流れることになった。
見慣れた商店街を通りすぎながら、不安がどんど
ん大きくなる。
夕暮れに向けて、烏の声が不気味に響いている。
十月の風は、頬を撫で髪を揺らし、どんどん冷た
くなってくる。
見慣れた先輩の背中と見知らぬ警察官の背中が、
視界の中で絶えず位置を変えながら先へ先へと進ん
でいく。
どれくらい経った頃だろうか、突然立ち止まった
警察官にぶつかりそうになり、慌てて足元に力を入
れた。視力に頼っていたせいか、今まで音という音
に反応していなかったことに気付く。すぐ傍を通る
車の音、バイクの排気音、人の話し声などが私の中
を完全に素通りしていた。
だから、その人の持っていたトランシーバーの音
にもすぐに反応できなかったのだ。

「は、はい、了解しました。すぐそちらへ向かいます」

　手にしていた機械を制服のポケットにしまうと、その人はくるりと私に向き直り、浅黒い顔を心持ち引き締めたようだった。

「五条院さんらしい人物が発見されました」


　私が神社の鳥居に辿り着いた時には、すでに波府先輩の姿は境内の奥深くに消えていた。こんなに走ったのは何年ぶりだろう、膝ががくがくして姿勢が保てない、息が苦しい。視界がちかちかする。腰を下ろしてしまいたいけれど、その誘惑より不安の方が強かった。よろよろしながら何とか鳥居をくぐって神社の奥へと進む。かなり薄暗くなった境内のあちらこちらに、何人かがうろうろしている。そのうちの一人が私を認めて駆け寄ってきた。

「沙季ちゃん！　大丈夫？　先生見つかったよ」

　和恵の泣き出しそうな声を聞くと、余計に不安になった。でも間近で見る彼女の顔は、泣き笑いになっている。

　よかった、と大きく息を吐いた途端、地面にぺたりと座り込んでしまった。秋のひんやりした地面が火照った身体に心地よいくらいで、汚れるよ、と和恵に引っ張り起こされそうになってもなかなか立ち上がれない。

「それで、先生は……？」

　まだおさまらない呼吸の間から尋ねると、なぜか和恵はふっと眼を逸らせて口ごもる。それと同時に、

「大丈夫よ、大したことないって」

　ほっそりしたシルエットが近寄ってきた。

「ホントに？」

　和恵も今知ったようだ、瞳がぱあっと輝き表情が一気に明るくなった。馨子は和恵と二人がかりで私を抱きかかえるようにして運んでくれ、御神体が祀られている社の外廊下のところに座らせてくれた。

「意識はないけれど生命に別状はないみたい。気絶してるだけらしいわよ。救急車ももうすぐ来るし、心配ないって」

　馨子のきびきびした声が、すんなりと耳に入ってくる。

「それで先生、どこにいたの？」

　尋ねると、今度は馨子が表情を曇らせた。

「それが……ほら、向こうの奥に祠みたいなものがあるでしょう」

「ええと『八墓村』に出てくる洞窟みたいなおどろおどろしい感じの、入り口の上に、何だっけ、白いひらひらが飾ってあって」

「あれは垂《しで》、っていうのよ」

　和恵の大雑把な説明に馨子が注釈を付ける。

「ともかく、あの入り口のあたりに倒れてたらしいのよ」

「倒れてた？」

「私たちが駆け付けた時にはもう、外に出されて仰向けになっていたけどね。梶井さんたちのグループが、たまたま近くまで行って、入り口から覗いていた脚に気が付いたのよ。すぐに生命に別状はないと判断できたらしくて、でも意識が戻らないし怪我もしているようだから、救急車を手配したって」

　その言葉に呼応するかのように、夕闇を切り裂いて耳にきんきんと響くサイレンの音が聞こえてきた。瞬《またた》く間に近づいてくる、そして鳥居の所で車は停められたようだ。バタンバタンというドアの開閉音、叫び交わす人の声、走ってくる救急隊員の足音などで、あたりは騒然となった。

　秋の日暮れは早足で訪れる。一秒ごとに薄闇が濃さを増してくるような気がする。

「先生、大丈夫かなあ」

　和恵が祠の方を見やりながら呟く。その入り口自体は、今いる社の陰になっているので、先生の姿も見えなければ、その近くにいるだろう波府先輩や梶井刑事の姿も目にすることはできない。オレンジ色の隊員服を着けた人たちが、ストレッチャーらしい物を手早く組み立て、ガシャガシャと耳障りな金属音を響かせながら闇に紛れていく。

そのまま待っていると、やがて今度は人を載せた状態でガラガラと戻ってきた。急いで三人揃って駆け寄る。

確かに五条院先生だった。暗いのでよく分からないけれど、表情は苦しそうだし、ぐったりと身体を横たえている様子はとても安心できるものではない。

でも、少なくとも、生きている。

何があったか分からないけれど、とにかく、生きている。

「大丈夫ですよ」

いつの間にか傍にいた波府先輩が、いつもの穏やかな声を発した。

「まったく、先生には心配させられどおしですね」

薄闇の中、先輩の苦笑が仄かに透けて目に映った。

「とにかく、誰か病院に付いていった方がいいでしょう。執行さん、行ってくれますか」

「分かりました」

馨子と和恵が救急車に一緒に乗り込むと、闇を切り裂くような赤いランプは瞬く間に速度を上げ、遠ざかっていった。

「まったく人騒がせな先生ですね。なんでこんな場所にいたんだろう」

隣で救急車を一緒に見送っている梶井刑事が、ため息混じりに呟く。

「あんな所、たまたま覗いたから見つけられましたけど、下手すると明日にならなければ発見できなかったかもしれないですよ」

本当に、なぜ先生は神社になどいたんだろう。

「さて、では僕たちも戻りましょうか。おや、ずいぶん暗くなってきましたね」

波府先輩があたりを見廻しながら、困ったような声で言った。確かにこの付近には家は全くないし、広い境内の一方は湖に面していて残りは祠のある岩壁と森に囲まれているので、社の近くに一つだけある街灯ではとても充分とはいえず、鳥居の近くさえ闇に埋もれて見える。

　東京ではとても出逢えないこっくりと濃く深い闇の欠片が、あたりに無数に散らばり、漂い、ゆっくりと凝縮していく。

「ああ、よかったらこれ、どうぞ」

　梶井刑事が手にしていた大型の懐中電灯を貸してくれた。

「僕は他の連中と一緒に帰りますから。道は、高倉さんが分かりますよね」

「はい、どうもありがとうございました。すっかりお手数をお掛けしてしまって、申し訳ありませんでした」

　先輩と二人して頭を下げ、帰り道についた。

　そのつもりだった。

　しかし、並んで歩いていた先輩の歩みがふと緩くなり、灯の輪が鳥居の足元を照らしたまま動きを止めた。

「なぜだろう……そうか、もしかしたら……高倉さん」

　最後の言葉だけがはっきりと私に向けられた。

「悪いけれど、先に帰ってもらえませんか。僕、ちょっと確かめたいことができたので……ああ、でも灯がないと辛いかな。

　あの、懐中電灯がなくても、家までの道は分かりますか」

「はい、大通りまではほとんど一本道ですし、そこまで出れば街灯もありますから。でも、どうしたんですか？」

　灯を手にした先輩の表情が、緊張している。先に帰れといわれて、はいそうですか、と素直に従えるような気にはとてもなれない。

「もう暗いですし、危ないかもしれませんから、高倉さんは先にお帰りになった方がいいと思いますけれど……実は、特に牧沢さんが心配しそうだったのでさっきはお話しませんでしたが、先生の身体に数ヶ所、かなりひどい打撲の痕があったようなんです」

ひどい打撲って……ただ単に転んでできた傷とは違う、ということだろうか。

「それに、なぜ先生があんなところにいたのか、と考えると……」

「誰かに呼び出された、ということですか」

風に吹かれて枯れ葉が一枚、ひらりと目の前を横切った。地面に落ちる、かさり、という音が、先輩の声の隙間を縫って微かに耳に突き刺さる。

「先生が運ばれる前にポケットはざっと調べましたが、ハンカチ以外は何もお持ちではなかったようなんです。でも、呼び出されたとすると、場所や時間を指定したメモがあったかもしれません。もしかしたら、まだこの辺に落ちているかも」

「私も行きます」

先輩の表情が曇ったように見えた。

「単なる可能性の一つですよ。ほんの思いつきです」

「今単独行動するのは、まずいんじゃないですか」

先輩の背後から、幾つかの照明と話し声が近づいてきた。梶井刑事たちだ。

咄嗟に灯を消すと、二人で鳥居の傍の植え込みに飛び込み、身を隠してやり過ごす。充分な距離ができたと思えるまでじっとしていると、やがてあたりはぞっとするほどの静寂に包まれた。

ほう、ほう、ほう。森の方から梟の声が聞こえてくる。

先輩の呼吸はもちろん、体温までがすうっと空気に溶けてしまって、存在自体が朧《おぼろ》げになってしまったような心細さが染みてくる。

声を掛け合うこともなく、そのまま足音を忍ばせて祠へと向かった。境内は先程以上に暗さを増し、その奥の祠といったら、和恵が表現したとおりの横溝作品に出てくる雰囲気そのままだった。

一瞬、足が止まる。

先輩の背中はゆっくりと、でも確実に進んでいく。ちょっと距離があいただけでも、もっと心細くなる。大きく息を吸って後に続いた。

頭の上にゆらゆらと揺れる白い稲妻様の垂が、荘厳な空気を醸し出している。それをくぐって祠に入るのは何だか恐れ多い気がした。中ではすでに先輩が証拠を探し始めている。ここでは力強く見える細く黄色い灯が、湿っぽくごつごつした岩肌をなめるように、上下左右に動いている。

祠の入り口は岩の裂け目のような形状で、人が二人並んでようやく通れるくらいの幅しかない。やや曲がりくねった通路を五メートルくらい奥へ進むとすぐにぽっかりと空いた、直径数メートルもの広いドーム状空間に行き当たる。その先は行き止まりで、ドームの突き当たりの壁の所には小さな観音菩薩像のような物が祀られていた。懐中電灯の光に浮かび上がる像は、とても優しげで上品で、ゆったりと時間を纏ったような空気を漂わせている。

「それらしいものはないようですね。あったとしても、先に警察か誰かに拾われたか……」

「もし先生を襲った人がいたとしたら、その人がまず呼び出しの証拠を隠そうとするんじゃないですか」

「……そうですよね」

先輩の声が一気にトーンダウンした。

「そんなに都合よく何かが落ちているはずもない、か……あれ、これは」

がっかりしていた口調が、急に好奇心溢れるものに変わった。先輩を見ると、ドーム手前の細い通路部分の真ん中あたりに立っている。

「高倉さん、ここ、これ見てください」

先輩がもどかしげに光を岩肌の一部に当てる。近寄って目を凝らしてみると、天然の祠を形作るでこぼこした岩肌から、少し色目の異なる瘤のような岩が、壁の下の方から出っ張っているのが分かった。

「まさか、これ、動いたり……」

と言いながら先輩が手を掛け、徐々に力を込めて押してみると、足元が微妙に振動したような感覚があった。そして私が視線を先輩から逸らし、地面を眺めたちょうどその瞬間。

「うわっ」

悲鳴とともに、先輩の身体がすっぽりと……消えた。


とっぷりと、闇が私を包み込む。

どこまでも、どこまでも、果てなく生まれ果てなく連なる、濃く薄く流れる闇が、どこまでも私を包み込む。

もう自分ではどうすることもできなかった。

約束したわけでもないのに、夜、こっそりと家を抜け出して有塔の家の方へ向かう私がいた。当然正門も裏口も固く閉ざされているから、庭へさえ入り込むことはできない。頭では分かっているのに、足が勝手に動いていく。有塔の塀に沿って廻り込み、さらに深い闇の支配する森をかすめて、湖の方へ。

何気ない散歩を装いながら、足取りはゆっくりと、心臓は早鐘のように、そして視線は……留音さんを求めて、彷徨《さまよ》う。

明かりもなく足元は不安定だけれど、じめりとした湖畔の小道を時折躓《つまず》きながら歩みを進めていくと、やがて湖面に張り出した小さな岩場へ出た。

ああ、ここは……。

昔々、言い伝えでは、この湖の主の女神が村の若者と恋に落ち、若者の婚礼の前の晩に、湖のほとりで共に死を選んだ、という。

その二人が倒れていたという場所がこの岩場、花崗岩の一枚岩が湖に張り出している『悲恋岩』。

そして、ここからちょうど向かい側に、あの離れが。

　目を遣ると、暗い水の上にどっしりとのしかかるような、黒っぽいシルエットが浮かび上がっている。細い細い月の光を浴びて、切妻屋根の縁がはっきりとした意思を持って夜空と建物とを仕切っているように、不気味に浮いている。漆喰塗りらしい白壁は闇の中に虚ろな姿を際立たせ、霧のように不確かな存在を誰にともなく訴えかけている。壁の上の方には、月明かり取りの役目を果たしていたといわれる、六角形の通風口。

　有塔の家が専属で使うようになる以前は、季節ごとの土地の儀式が密かに行われていたという、由緒ある離れ。

　あそこでのあの夜から、いったいどのくらいの時間が経ったのだろう。

　一週間、三日間……いいえ、ほんの一時間。

　過ぎ去った時間がいったい何を語るというのか。

　夜風がほわりと髪を乱す。羽織った薄手のジャケットはすでにひんやりと湿っている。

「あ」

　信じられなかった。息をするのもひそめたくなるほどの静けさの中、ゆったりとたゆたう湖面の向こうで、ぎぃ、という耳障りな音が微かにしたかと思うと、やがてこちら側の観音開きの扉の片方が、そうっと開き始めた。

　まさか。いったい誰？　お式までは誰も入り込めないはずなのに、それもこんな時間に、人目を忍ぶように。

　まるでこの前の、私たちのように。

　まさか。

　足に根が生えたようだった。そのまま悲恋岩の上に立ち尽くす私の目の前で扉は動き続け、そして、その奥の闇の中から一つのシルエットが現れた。

　どこで見ても分かる。どんな闇の中でも、どんな光の中でも。

　留音さん。

声を上げたいのをぐっと堪えた。その人影は優雅な身のこなしで中から全身を現すと、細い月の光を浴びてふうっと伸びをした。

何を感じたのだろう、次の瞬間、その人の視線がすっとこちらに向けられた、ように思った。驚いたようにびくりとしたのが分かる。手摺りに全身を預け、こちらに身を乗り出しているのが分かる。やはり、留音さんだ。

そのまま、じっと目と目を交わしていた。

何を言いたいのだろう。何を想っているのだろう。

私がここにいる、と分かってくれたのだろうか。私を想ってくれているのだろうか。

どれほどの時間、見つめ合っていたのだろう。留音さんはようやく身を起こすと一歩下がり、私の方へ深々と頭を下げた。

そして私は、心の中の声にならない叫びを感じて……呪縛が解けた。


叫び声から一拍置いて、つうっと冷たい空気が足元から渦を巻きながら吹き上げてきた。思わず目を瞑る。一瞬、息が詰まる。

そして目を開けると、先輩がついさっきまでいたあたりには、ぽっかりと暗い裂け目が開いていた。

「波府先輩！」

慌てた私の声が先輩の叫びの余韻と重なって、微かに木霊《こだま》しながら祠の奥の方から響き返ってくる。

何があったの？　先輩はどこ？

まわりに広がる冷たい岩肌が真っ白な壁に変わってしまい、まるで吹雪の中で立ち往生しているような孤独感に襲われる。動こうとしても動けない。身体が、頭が働かない。息ができない。

私は、また独りになるの？

「……たたたたた」

白い闇が現実の薄暗さに戻る。祠の闇の中にほうっとした安心が灯り、歩けるようになったことに気付いた私は、穴に近づいて覗き込んでみた。

一段と暗さを増した闇の中を、でこぼこした岩壁がスロープ状に下の方に続いているのが見えた。その先は曲がりくねり、岩盤に遮られてしまっているけれど、今、その向こうから直線的な明かりがちらちらと動きながら近づいてきた。

湿った空気が、流れ出してくる。

「先輩？　大丈夫ですか？」

語尾が、うわんうわん、と小さくビブラートしながら響いていく。

「いやあ、びっくりした……ええ、大丈夫ですよ、ちょっと腰を打ちましたけれど」

懐中電灯をかざす先輩は、小さな穴の中で背中を丸め、腰のあたりをさすりながらの再登場だったけれど、とても頼もしかった。

「それより、ほら、これは秘密の通路ですよ。大発見ですね」

腰の痛みも吹っ飛んでしまったのか、瞳を輝かせながら周囲をぐるりと見廻し、至る所をなでさすっている。穴の縦方向は、先輩が背を伸ばしてちゃんと立つと、頭が天井にぶつかるくらい。

「通路？　その先もずっと続いてるんですか」

「そうみたいですね。僕が転がり落ちた所よりは結構ありそうです。この壁の感じでは人工的に掘った道みたいですし、微かに風も通っているようですから、途中で埋まっていなければどこかに繋がってる可能性が高そうですよ。

それに、ほら、聞こえませんか」

先輩が振り返る。奥の方は見通せないけれど、耳を澄ませると微かに何か、水の流れる音が聞こえてくるような気がした。

「水の音……でしょうか。ちょっと待ってください、私も行きますから」

「あ、待って待って。その前に確認してください」

足を踏み入れようとした私を止めると、先輩は最初のきっかけになった、瘤のように突き出た岩の方を、穴の中から指し示した。

「その岩が、穴の扉を動かすレバーみたいな働きをしてると思うんですけれど、今でもちゃんと動かせるかどうか試してみてください。それから、しばらく待ってみて、自動的に閉じてしまわないかどうかも確かめないと。二人して閉じ込められたら大変ですからね」

言われた通りに手を掛けて力を込めると、その出っ張った岩はぎりぎりと耳障りな音を立てながら向こう側へ少し動いた。それと連動して、穴の入り口付近の岩がゆっくりと左へ移動し、幅が広くなる。瘤も扉役の岩もまわりの岩壁とほとんど同じように見えるけれど、人工的な仕掛けが壁の内部に隠されているようだった。

そのまましばらく待ち、自動的に開閉はされないことを確認してから、私は慎重に穴の中へと足を踏み出した。

「滑りますからね、気を付けて」

先輩が照らしてくれている通路の床は、じめじめと湿っている。狭い通路だけれど、不思議と圧迫感はなかった。前後に長く空間が連なっているせいだろうか。

闇の中に曲がりくねるこの先が、どこに通じているかも分からないのに。

くるりとこちらに背を向けると、先輩は空いている方の手でまわりを触りながら、ゆっくりと歩き出す。私も足元に意識を集中しながら、後に続いた。

「いつ頃のものかなあ……粗っぽいけど下はほとんど平らになってるし……脇道はなさそうだな……」

ぶつぶつ呟きながら、先輩が大股に、でも慎重に進んでいく。懐中電灯が行く先に向けられているので、自然と意識は薄暗い自分の足元に集中してしまう。

密やかな呼吸は、だんだんと濃くなる湿気に押しつぶされそうになってくる。

集中しすぎていたせいか、先輩の動きの変化を認識する間もなく、私はどすんと背中にぶつかってしまった。

「あ」

すみません、大丈夫ですか、と尋ねようとして顔を上げた瞬間。

空間に呼吸が音もなく吸い込まれた。

「これは……」

先輩の声の語尾が掠《かす》れ、巨大な闇の中に黒々と飲み込まれていく。手にした懐中電灯の真っ直ぐな明かりは、ずっと先の壁まで延びている。

私たちはいつの間にか、大地の狭間にぽっかりと空いた洞窟の端に立っていた。地上にある祠のドームの三倍以上はありそうな奥行きを持つ広々とした空間、そこは今歩いてきた通路とは比較にならないほどつやつやと滑らかに見える、クリーム色の岩肌でどこもかしこも覆われているようだった。

灯に照らされている正面奥の壁は、ゆったりした衣の襞のようになめらかな曲線を幾つも描きながら天井から傾れ落ち、それらは互いに並行し、あるいは交差し、壁全体が優美な模様を織りなしている。その手前の床には、お皿をずらりと並べたような区切りを持つ、まるで段々畑のような丘がこちらのすぐ近くまで広がっている。

先輩が無言のまま電灯をあちらこちらに向ける。それにつれて、様々な形の岩が一様に、滑りを帯びた艶やかな反射を返してくる。

遥かな天井からは、食べかけの千歳飴のような細い紐状の岩が、何本も何本も垂れ下がっている。長く、細く、鋭く、優雅に。

無意識に止めていた息を、そうっと吐く。と同時に、全く無音に思えたその空間から、今までになく強く響く、どっぷりと深い水音が聞こえてきた。

「鍾乳洞……みたいですね」

語尾が、今までとは比較にならないくらい、うわーん、と響いていくところをみると、かなり広い空

間のようだった。そして二、三歩前に歩き出した途端、

「危ない！」

後ろから腕を掴まれてバランスを崩しそうになった。はっとして視線を落とすと、足元の床はすぐ先でいったん途切れていて、その向こう側はぱっくりと大地が裂けたように口を開けている。そして水音はそこから聞こえてきていた。

「川ですよ。どこに続いているんでしょう……ああ、そうか、湖かもしれませんね」

「宇美湖ですか。でも、ここは湖面より低い位置にありそうですし、そうすると水圧の関係でこんな風には流れていかないんじゃないですか。

あ、逆に、湖から流れ出た水、ということはないでしょうか」

「鍾乳洞というのは、酸性の雨水や地下水が石灰岩の地層を浸食して形成されるものですから、宇美湖の水によってここが作られたとは考え難いですね。湖のすぐ下に非常に固い岩盤があって、その更に下にこの石灰の地層があり、他所から流れてきた地下水によって溶かされ作られた、ということなんでしょうか。全く別々の、接点のない構造か……このあたりの地層の断面図が見たいですね」

先輩は興味津々で目を輝かせている。

川は私たちの目の前を横切って左の方へと流れ、この巨大な空間を縁取るようにぐるりと壁に沿って奥へと続いていた。

「行ってみますか。危ないようだったら、すぐ引き返しますから」

私が頷くのを見てとると、先輩はまた懐中電灯を構え、先程より数段慎重さを増した足取りで進み始めた。川を渡る以外に先へ進めそうなルートはなかったけれど、その幅は先輩が大股に踏み出して跨ぐことができるくらいだったので、私でも何とか飛び越せた。

鼓動がどんどん大きくなってくる。

見上げると、ちょっとした教会のドームの真下にいるような感じだった。教会なら色鮮やかなステンドグラスか壁画で彩られているだろう丸い面は、ここでは様々な大きさや形の鍾乳石で飾られている。

懐中電灯の光を浴びて、それらの鍾乳石はきらきらと輝き、まるで金粉をその身に纏っているようだった。

ここから先はほとんどすべてが通路部分とは全く異なる、自然の作用で溶かし出され凝結した、鍾乳洞特有のぬめりとした質感をもつ岩が連なっている。人の形をした石筍《せきじゅん》や水田のような皿状の地形などを眺めているうちに、ふと以前訪れたことのある山口の秋芳洞を思い出した。あそこまで規模は大きくないけれど、これでも相当立派なもののように思える。今までこんなところがあるなんて聞いたことはなかったけれど、秘密の通路が絡んでいたからだろうか。

「祠に通じるところからこの大広間までは、だいたい三十メートルくらいでしたけれど、その部分は人の手で作られたようです。でもここは完全に、天然の鍾乳洞でしょうね」

波府先輩の穏やかな声が、しっとりと闇に、水に、染み透っていく。目が段々暗さに慣れてきたのか、自分の後ろに広がる闇の空間が怖くなくなってきた。

それに、すぐ目の前には先輩の背中がある。

「え、その、三十メートルって……」

「歩数を勘定してましたからね」

前を向いたままの先輩が、自慢気ににっこりする気配がした。

広間をぐるりと時計回りに歩いていくと、その空間の広さがぐっと実感できた気がした。私たちが入ってきたところからほとんど正面に当たる壁際まで、川は細くなったり澱みを作ったりしながらゆるゆると流れていく。壁は凹凸があり、所々には更に奥行きがありそうな裂け目もあったけれど、人が入ることのできる大きさの枝道のようなものはなかった。おかげで迷う心配はなさそうだ。

空気がじっとりと湿っている。今まで長いこと人が立ち入ったことのないような、人の出入りを頑なに拒んでいたような秘密めいた雰囲気が、そこここに漂っている。

「え、そんな……」

動揺した声が聞こえたかと思うと、困惑の表情を浮かべて先輩が灯をいったん私の方へ戻してきた。

「大丈夫ですか？　怖くありませんか」

「全然。どうしたんですか」

私の返事を聞いて少しだけ安堵の色を浮かべると、先輩は懐中電灯でまず足下の川を照らし、その流れに沿ってすうっと先へ光を移動させた。闇の中で、小さな波立つ水がちらちらと光を照り返す。かなり深そうな流れはそのまま岩盤の下に潜り込み、この広間から流れ出ていた。

「どうします？　この先まで行ってみますか」

「行けそうなんですか？」

見上げると、流れを呑み込んでいる岩盤は私の腰くらいの高さでいったん途切れ、丸く暗い口をぽっかりと空けている。鍾乳洞はまだ奥に続いているようだ。さらに水音がしているから、ここで下へ潜り込んだ流れはまた向こう側で表に出てきているのかもしれない。先輩が身を乗り出して穴の先の地面を確認する。

「すぐそこは平たい岩場みたいですね。川は左側へ曲がっている。ここを越えるときにつるっと滑って左の川に落っこちないようにすれば、あとはまた川に沿ってしばらく行けそうですよ」

その先に出口はあるんだろうか。考えたら、あの通路だっていつ作られたものか分からない。大昔に掘られたまま年月とともに放置され、この先のどこかに通じていたはずの出口も、地震などで埋もれてしまっている可能性もある。つまり、行き止まりになっているかもしれない。

「僕は行けそうなんですけどね。高倉さん、どうしますか？」

　どうみても探検したくてたまらなさそうな顔で言い出すのを見ると、何だかとても可笑しくなった。

「ここまで迷いそうなところもなかったですし、帰り道も分かってますから、もうちょっと行ってみましょうか」

　と言うと、先輩はまるで子供のような笑顔を浮かべた。

　懐中電灯を私に預けると、まず先輩が足場を確かめながら脚を伸ばして穴を跨ぎ、なるべく右側の方を通って奥へと姿を消す。まもなく、先輩の上半身が穴の向こうから覗いた。

「この辺は平らになってるみたいですね。ええと、届きそうですか？　落としたら大変ですから、無理しないように。届くなら渡してください。無理そうだったら、そこからなるべくこっちの奥の方まで届くように照らしてみてください」

　いっぱいに腕を伸ばして、なんとか無事に懐中電灯を渡す。こちらがわの広間は再び真っ暗になった。

　ここを最初に発見したのは誰だったんだろう。どんな偶然でここに至り、どんな驚きをもってこの鍾乳洞を目にしたのだろう。

「うわ、これは凄い……」

　奥を照らしている波府先輩が驚愕の言葉を呑み込んだ。俄然好奇心が煽られ、慌ててこちらの方を照らしてもらうと、私も慎重に足場を確認しながら先輩に続く。服が汚れるのも構わず何とか穴を越えると、それを見届けるのももどかしい様子で先輩が再び灯を新たな空間の奥へと向ける。

　目にしたものは、荘厳な世界だった。

　こちらの空間は、形としては祠から続いている通路と同じような、横倒しの円筒に近いものだった。ただ、上下左右ともあの通路よりはかなり大きいし、床の部分を蛇行しながら川が流れている。

そしてここも、鍾乳洞だった。

見通せる限りの空間を縦に細かく切り裂くように、月光色の無数の鍾乳石が林立している。長い年月を経て石筍とつらら石がようやく巡り逢えたかのように、空中でほとんど触れ合わんばかりのわずかな距離を空けて上下に向かい合っているところもあれば、がっしりと太く繋がった立派な石柱もある。それらがまるで迷路を形作るように、みっしりと並び、あるいはぽっかりと隙間を空けながら、ずうっと奥まで続いて視界を断続的に区切っている。

まるで嵐の中で吼え哮る、連鎖発生している雷のようだ。

遠近法などを考えていると、眩暈がしそうだった。

「教会や修道院の回廊みたいですね。間を通れるかな？　ちょっと行ってみましょう」

先輩が柱の狭間を縫って歩き出す。

これだけ多くの鍾乳石が柱状に林立していると、多少の地震にも耐えられそうな気がする。太く、細く、優美な曲線を纏いながら、様々な形の石の柱が次から次へと目の前に現れる。

ちょうど目の高さのところで、指一本分くらいの間を空けて上下から合わさろうとしている鍾乳石があった。垂れ下がるつらら石からは今も、透明な滴が涙状に大きく膨らみながら、滴り落ちようとしている。そっと右の人さし指で触ると、滴がひんやりと私に移った。

長い長い年月が閉じ込められた、言葉を持たぬ水。

長い長い沈黙が封じ込められた、闇の詞《ことば》を持つ水。

「ここまでか……」

先輩の悔しそうな声にふと我に返ると、私たちはついに行き止まりに来ていた。この空間の始まりからは、だいたい三十メートルくらい進んできただろうか、目の前には文字通り立ちはだかるような白っぽい岩盤がそびえ、今まで左側を流れてきた川はその下に再び姿を消している。今度こそは、先へ進めそうにはなかった。

「ダイビングの用意でもあればなあ、水の中からアプローチできるのに」

「え、先輩、ダイビングなんてできるんですか」

「いや、僕はできませんけれどね」

振り返った先輩が、懐中電灯の仄かな灯の中で微笑を浮かべている。

「そろそろ戻りましょうか。何だか僕の興味に付き合わせてしまったようで、申し訳なかったですね」

「そんなことないですよ。でも、先生のことも心配ですし、私たちがいないと今度は馨子たちも心配するでしょうから」

「そうですね」

大きく頷くと、先輩はまた私の前に立ち、柱の狭間を縫って戻り始めた。そして、もう少しで先程のドーム状の空間へ出ようかというところで、突然先輩が立ち止まった。

「あれ？　何だろう。ほら、あそこ。なんだと思いますか」

懐中電灯は、入り口の丸い空間の右上、川の真上を照らしている。入ったときは気づかなかったけれど、今見ると天井近くに、何か黒っぽく丸いものがあった。慎重に近寄って明かりを向けてみる。

「これ、水車みたいですけれど」

形だけ見ると、完全に水車だった。かなり大きな輪が二つあり、それを小さな板が繋いで、本来なら水の抵抗を受けて廻る部分を形成している。ただ、その輪は現在天井近くにあり、水面からは優に二メートルくらい上にある。妙な配置だった。

「やはりそうか、水車に見えますよね。でも……うむ、水のない水車か……」

闇を透かして目を凝らすと、その輪から心棒のような物が延び、この空間の天井に沿ってずっと奥まで続いているようだった。

「そうか、これがどこかに直結してるんだな。でも、いったい何のために……それに実際、どうやって廻すのか……」

　先輩が一方の手で電灯を構え、空いた方の手で近くの柱に掴まりながら爪先立ちをして、天井の方に顔を近づけて一心不乱に見つめているのを目にすると、いつ足を滑らせて川へ落ちてしまうかと気が気ではなかった。

「この感じだと、どうやら木でできているようですね。誰かがここにわざわざ設置したわけか、その頃はこの川がもっと水嵩《みずかさ》があってこの高さでも水車が廻ったのか……いや、そんなはずはないいな」

　波府先輩はぶつぶつと呟きながらじっと目を凝らし続け、私の存在などはすっかり忘れているようだった。

　たしかに、あの位置まで水が届いているとすると、そもそもこの入り口自体が完全に水没していることになる。向こうのドーム状の広間も床面はほとんど水で覆われてしまう。その場合、水車をどうやって設置したのかが問題になる。それとも、水車を置く前に大雨や台風などで水嵩が増し、それを見た人が、この水流は使えると考えて、水が引いた頃を見計らって水車を設置したのだろうか。

　それも無理がありそうだ。いつまた増水するか分からないのに、その力を利用しようとするなんて。

　誰が、いったいなんの目的で、こんなところに水車を置いたのだろう。

「この棒は、おそらく水車が廻るとその動きと連動するようになっているんでしょうね。でも、向こうの突き当たりより先へは、少なくとも今は行けませんし、どこへ繋がっているのかを確認する手段はなさそうです。うーん、残念だな。

　いや、でも、わくわくしてきましたね。秘密の地下道に鍾乳洞、謎の水車か。これは何かありそうです」

　波府先輩の瞳は、光を浴びた鍾乳石と同じくらいきらきらと輝いていた。

　私たちが家に帰り着くのとほぼ同じ頃、馨子と和恵も病院から戻ってきた。間一髪、私たちの方が先に部屋に入ったけれど、服を着替える時間がなかったため、馨子にじろりと疑いの視線を向けられるのは避けられなかった。

　五条院先生はいったん加地先生の病院へ運ばれたけれど、検査の結果、郡山の病院へ転院することになりそうだという。馨子たちが帰るときも先生の意識は戻っていなかったため、実際何が起こったのかはまだ分からない。

「先生、大丈夫かなあ。なんであんなとこにいたんだろう。あんなに帰りたがってたのに、しばらくは駄目だよね」

　和恵が神妙な顔つきでそう言うと、馨子も眉を顰めながら、

「まだ病状が正確に分からないから……とにかく、明日にでも大学には連絡した方がよさそうね。もうしばらく休みますって」

　と言いながら、波府先輩の顔をちらりと見る。

　当の先輩は私たちの話が聞こえているのかいないのか、お夕飯の間中もずっと上の空といった感じだった。ぼんやりしながらお箸を揃えて置こうとして取り落とし、拾い上げようとしてまたこぼしてしまい、どう見ても普段とは違っていた。梶井刑事が昔の事件についてかなり情報を流してくれたようで、その場で分からなかったことは署に帰ってこっそり調べてくれると約束してくれたらしい。

「食事が終わったら、ちょっと湖のあたりを散歩してみませんか」

　やや唐突なお誘いだったけれど、先輩には何か考えがあるのかもしれないと思い、馨子と和恵と四人で連れ立って玄関を出た。

　さらっとした十月の風が、心地よく髪を撫でていく。

虫の音が、ふるる、ふるるるる、と、そこかしこの草むらから聞こえてくる。

見上げると、瞬く星々を鏤《ちりば》めた星空。

空気が、菫《すみれ》色の香りをはらんでいた。

なんて気持ちのよい晩だろう。

隣に瑛ちゃんがいてくれたら。

先輩は大きな歩幅でどんどんと先へ行き、門を出ると大通りを右へ曲がった。しばらくは有塔の庭に沿ってすぐ東側を歩く形になる。元々歩くペースの早い波府先輩が、今は特に、何かを急ぐように進んでいく。何か気になること、今すぐ確かめたいことがあるのかもしれない。それとも何かから一刻も早く離れたいのか。馨子も和恵も雰囲気に押されているかのように、無言のまま先輩に続いている。

やがて大通りから右に細い道が分かれているところへ来た。有塔の庭の東南の角、湖の方へ延びる小道。

私があの朝、泣きながら走った小道。

よく考えてみると、私はあの事件以来、ここを通ったことがないような気がする。この先には古い神社があるばかりで湖を一周するだけの道だから、それも不自然ではないかもしれないけれど、当時飼っていた犬の散歩にさえこの道を使わないようになったのは、やはりおかしい。

先輩がふと振り返り、大丈夫ですか、と尋ねた。まるで心を読まれているかのようだった。足が、動かない。身体が強張っていて、瞬きさえできないような重苦しさを感じた。馨子が気がついてすぐに、ちょっと待ってください、と代わりに返事をしてくれた。

こちらを窺っている先輩の肩の向こう、左側には暗い森が広がっている。右側は有塔の家の白っぽいごつごつした石塀が手前から続き、奥の方は闇に溶けている。

先輩の身体がちょうど隠している形で、緩やかに曲がりくねりながら小道がずうっと奥の奥まで延びているはずだった。

　怖いことなんて何もない、みんながいてくれるんだから。

　深呼吸して、はい、大丈夫です、と答えると、ふわっと足が呪縛から解き放たれたようだった。

　小道に入り込んで数歩歩くうちに、地面がじめり、と柔らかい感触を持つようになった。あまり人が通らないところだろうから、こんな時間だと特に、よく目を凝らさないと雑草に紛れて道自体が分からない。波府先輩は眼鏡の縁を時折煌めかせ、左右の地面をじっくりと見ながら、今度はゆっくりと進んでいた。

「懐中電灯、持ってくればよかったね」

　隣でぶるっと震えながら和恵が囁いてきたので、頷く。

「たけ先輩、何考えてるんだろ。こんな暗いところで何か見つけるつもりなのかな」

「少しでも早く、確かめたいことがあるんでしょう。朝まで待てないくらい、急ぐ必要のあること。ただね……条件を同じにしないといけないんじゃないかと思うけど」

　馨子の呟きが背後から聞こえた。それとほとんど同時に右側の石塀が切れて、視界が大きく開けた。

　有塔の庭が終わり、私たちは湖の岸辺にいた。

　実際には、有塔の庭の端から岸辺までは距離がある。こちらの方から覗かれないようにとの配慮なのか、有塔の庭の湖側は細かい枝の茂る生け垣で仕切られているので、それを透かして敷地内を見ることはまずできない。この小道は生け垣とほぼ直角をなして東西方向へ延びていて、ゆっくり歩いていくと、本館から離れへの渡り廊下と並行に続いているのに気付く。今はもちろん明かりはないけれど、右奥の母屋からの光でシルエットとなって、渡り廊下が長々と延びているのが分かる。

　やがて、離れの建物をこちらからほぼ真正面に捉えられる位置まで来た。

黒々と、湖の上に浮かぶ、魔物の館。

呪われた離れ。

あそこで、廊下のあのあたりで、瑛ちゃんが、死んでいた。

美華と一緒に。

美華と重なって。

どうして？

「高倉さん、昔の事件の方を思い出してもらいたいんです」

波府先輩のやわらかいトーンの声が、耳を打つ。

「あの朝、犬の散歩の帰りにここを通ったんですよね。現場を見たのはこの辺からですか」

「ちょっと待ってください……ええと……」

思い出さなければ。瑛ちゃんのためにも。

あの時、どんな場面が印象に残っただろうか。あの時の子供、六歳の私、今出てきてくれないかしら。

確か、建物がこんな角度、向こうの壁も少し見えて渡り廊下がこのくらい、端っこに雨樋の鎖が下がっていて、本館が廊下の向こうの方……。

そうだ、確か平たい岩場があって、そこから見たはずだ。

見廻すと、少し離れたところに、湖の上につき出す形で平たい巨大な岩が見えた。

そう、この岩には名前があったはず。確か……悲恋岩《ひれんいわ》とか。

宇美神様の伝説で、湖の主と村の若者とが悲恋の果てに金色の矢で貫かれた場所。その場所がこの岩場だったとして、昔は近くに小さな看板が立っていたはずだ。

よく見ると、雑草に紛れて、朽ちかけた木の立て札のような物がある。

「ここです、このはずです……けれど……」

勢いよく言いかけて、違和感を感じ、言葉が出なくなった。

不思議な感覚。

ぴったり来る位置がない。もちろんあの時は朝だったから明るさが全然違うし、子供だったから目の高さも違う。でも、そういったことを考慮したうえで岩場のどこへ立ってみても、何かが違うような気がした。

朋おばさんと侑太おじさんが倒れているのを見た場所。

どこに立ってみても、何かが違っているような気がする。すべてがぴったり当て嵌《はま》るところがないように思える。

「武琉先輩、こんな時間にやってもあまり意味がないと思いませんか。朝と夜では、同じ場所でも見え方が全然違います。それに今の沙季子が完璧に覚えていたシーンではないんですよ、それを覚えていたのは六歳の沙季子、昨日まで封印されていた彼女です。その子の記憶を誘導するためには、なるべく同じ条件の元で確かめた方がいいんじゃないですか」

馨子が、まるで優秀な検事のようにすらすらと意見を述べていく。すっぱりと事実を切り下げていく空気がある。

「ではなぜ、昨日の朝、今まで封印されていた六歳の高倉さんの記憶が突然現れたんだと思いますか」

先輩の問いに、

「それはほら、同じようなことを見ちゃったから、ショックで……」

和恵が勢い込んで言い掛けたけれど、それを遮るように馨子は片手をついと上げた。

「その前に、なぜ先輩がそんなに急いで沙季子が目撃した位置を確認したいのか、教えていただけませんか」

「急いでいるわけではないんですが……ただ、待てない性質《たち》なので」

薄い暗がりのなか、先輩がにっこりしたような気がした。

なぜ昨日の朝、私の中にいた六歳の私が出てきたんだろうか。

和恵の言うように、十六年前と同じような情景を目にしたからだろうか。ただ単純に、記憶を封じ込めているのに疲れたのか。

もしかしたら……記憶を封印するきっかけになった何か、人か物事か分からないけれど、その何かが封印を解いた、ということだろうか。昨日の朝目にした何かが偶然、その封印を解くきっかけになったのだろうか。

「僕の推理といいますか、想像ですとね」

先輩の落ち着き払った声が続いた。

「高倉さんの記憶の封印が解けたのは、何かキーになる物を見たからではないかと思うんですよ。七四年の事件の現場と同じ情景を見た、ということ以上に、もっと小さな何かが視界の隅にぽん、と入ってきて、それが記憶を解き放つきっかけになったのではないかと」

「小さな何かって？　たとえばどんな物ですか？」

和恵が首を傾げながら無邪気に尋ねる。

「それは、まだ分かりません。ただ、今母屋から離れに入り込むことは難しいですから、こちらの方から見える範囲で、何かそのキーになった物が分かればいいな、と思ったんです」

「この距離で、この暗さでですか？　それは難しいと思いますけれど」

馨子がすぱっと切り捨て、先輩が苦笑を浮かべた気配がする。

「確かにここからだと、そうですね、五十メートルくらいはあるでしょうか。でも、そのキーになる物は、昔高倉さんが、ええと庭師の方でしたか、その人について離れへ立ち入った時に目にしたものか、それとも最初にこちらの方から遠目に見た時に目にしたものか、分かりませんからね。今朝、現場へ入った時は何も起こりませんでしたし、もしかしたらと思って、こちらに来てみたんです。

あ、今夜分からなくてもがっかりすることはありませんよ」

　心なしか口調を和らげ、元気づけるように先輩は私を見た。

「明日の朝、また来てみましょう」

「武琉先輩、ついでですから聞いておきたいんですけれど。さっき梶井さんに聞いたこと、私たちにも教えてください。それと、夕方神社で別れた後何があったのかも」

　馨子の追及を予想していたのか、先輩は手帳をさっと取り出して栞《しおり》を挟んでいた箇所を素早く開いた。とはいえ暗すぎて字が見えないらしく、ポケットから更にライターを取り出して火を付け、しばらく何やら確認していた。

　森の闇を背景に、ライターの炎がちろちろと揺れる。

　十月の風が小さな炎にふっと吐息をかけながら、緩やかに流れていく。やがて先輩は小さく息を吐くと、ライターをしまった。


「いろいろあるんですが……手短にお話しましょうか。

　まず朋絵さんと侑太さんの死因ですが、お二人とも直接には多量の失血による死亡です。推定時刻は午前一時から三時の間とか。

　ただ麻薬の一種がお二人から検出されていました。ことに侑太さんの血中濃度が高かったということですが、朋絵さんくらいの濃度でも、意識が多少朦朧《もうろう》としたり、手足の痺れや軽い歩行困難くらいの症状が出るだろうと予測されるそうです。ただ、侑太さんくらいの濃度があると、初心者ならショック死もありえるということなので、彼の方は既に麻薬を経験されていたかもしれません。あくまでも可能性としてですけれど。

　お二人が麻薬常用者であったかどうかという確認はできなかったようです、静脈注射ではなく経口でも効果が出るタイプということでしたから。

　このあたり、梶井さんもちょっとショックだったようですね」

　先輩はいったん言葉を切ったけれど、私たちが固唾を呑んで見つめているので、すぐに説明を続けた。

「この麻薬の件は、有塔家の力で表沙汰になるのは極力防がれたようです。薬の入手経路から何か探れたのではないかと思うんですけれど、ま、当時は犯人が決めつけられていましたからね。

　そして直接の凶器、ボウガンですが、これは当時洋館二階の北西の部屋に置いてあったコレクションの一つでした。部屋には鍵が掛かっていなくて、誰でも持ち出せた、と。そして、数日後に有塔家に近い湖の浅瀬、渡り廊下の近くから発見されたそうです。

　そうそう、この湖の水流は入り組んでいるらしいですね。流れ込む川も流れ出す川も一本ずつですけど、湖の底から水が湧いているところがあって、そのせいで中の流れは複雑になっていて藻が茂っているところもあるから、昔からここで入水されると死体があがらないと言われていたとか。ですから凶器のボウガンが出てきたのはまったく運がよかったらしいです。

　ただ指紋は取れませんでした。それに、厳密にはこのボウガンが実際に使われたかどうかということの実証もできていません」

「え、それってどういうことですか?」

　和恵が質問すると、先輩はちらりと離れに目を遣った。

　星明かりのなかに佇む湖の上の離れは、慎ましやかにも、妖しげにも見える。十月の風が頬に冷たくなってきた。

「つまりその……使われた矢は、そのボウガンで発射されたかどうか分からないということですよ。その矢の太さなら該当するボウガンが他にも何点かあったらしいので。おまけに、一点無くなっているのでそれが凶器だと最初から見なされたため、部屋に残されていた他のボウガンは指紋の採取もされなかった、と」

「手抜きというべきか……でも家族の指紋だったら、別にあっても不思議はないですからね」

馨子が腕組みをしながら梢を仰いだ。

ほう、ほう、という啼き声が森の奥から聞こえてくる。

「ボウガンの発見より、残されていた矢の方が重要な証拠になったんですよ。お話したでしょう、矢に遠山留音さんの指紋の一部が残されていた、と。はっきりと数種類が、一部とはいえ、それぞれ大部分残っていたのでほぼ間違いはないそうです」

「矢ってそんな、はっきり指紋が残る部分ってあるんでしょうか」

自分の声が夜の静寂を縫って流れていくのは、なんだか妙な気分だった。

瑛ちゃんがいなくなったばかりなのに。

なぜ、こんなに冷静に質問ができるのだろう。

先輩は、どこか励ましてくれるような目で私を見た。

「一般的なボウガンの矢は、金属製で丸いですよね。普通こんな風に持つでしょうし、こういう曲面に判別できるような指紋が残るというのは、まず無理でしょう」

手近な小枝を拾って指し示しながら、先輩は続けた。

「ただその矢は、この辺り、尾っぽの方に矢羽根に似た飾りが付いていて、その部分には凹凸がなかったので、はっきり残っていたらしいですね。

肝心なことは、使われた矢は、その……ただ単に射られただけではなかった、ということだったんですよ」

くるりと背中を向けた先輩は、俯きがちになった。

眼鏡の縁が一瞬、きらりと光る。

「武琉先輩、その点はそれ以上説明する必要ないと思いますけど」

「まさか、だってちゃんと刺さって……え、もしかして最初はちゃんと刺さってなかったたってこと？　それで後から誰か、っていうかその従兄のお兄さんが掴んで押し込んだとか」

「和恵」

空気がぴんと張り詰める。

「沙季子にまた貧血を起こさせたいの？」

もう遅かった。

まるで映画のワンシーンのように、その情景が目の前にゆっくりと展開されていく。

折り重なるように倒れている朋おばさんと侑太おじさん。

どこからか飛んできたボウガンの矢が、二人に突き刺さる。

おじさんを貫いた矢はそれほど深く食い込まず、自らの振動で僅かに尾を揺らしている。それを見て取った誰かが近寄り、矢羽根を両手で掴んで体重を掛ける、深く、深く……。

音のないスローモーション。

朋おばさんは、痛かっただろうか。侑太おじさんは、痛いと思っただろうか。二人とも薬の影響で感覚が麻痺していて、苦しまずにすんだかもしれない。それがヒントなのだろうか。

苦しめたくはないけれど、でも殺さなければならない、という想いが。

すうっと身体中の血が失われていく感覚があった。

ただそれ以上に、はっきりと認識できたことがあった。

「波府先輩、それじゃ……」

口の中がからからに乾いていて、言葉が続けられない。

「つまり、二人を殺そうとしたのは複数の人間だった、ということになるわね」

馨子が代わりに続けてくれた。その、いつもと変わりない落ち着きはらった声が、私を支えてくれる。思わず大きく息を吐いた。

別々にいたんだ。誰かが離れの外から矢を放ち、いったん刺さった矢をさらに押し込むという二段階の犯行だったんだ。

「犯人たちが同時に離れにいたというのは、ちょっと考えにくいですね。共犯かどうかも怪しいと、僕は思います。遠山留音さんと誰かが共謀したとするなら、お互いに自分の身の安全、つまりアリバイを確保しつつ実行するでしょうし、仲間割れで留音さんが殺されたとすると、その仲間がそもそも有塔本家の人間ということになります。本家の人間が、どういった理由で結婚式の夜という、客の多い、つまり人を殺すのに向かない日取りを選んだのか。

そう、ボウガンを使った人物は、殺された二人ではなく遠山留音さんを狙ったのかもしれません。そして何らかの理由で手元が狂い、二人に当たってしまった。つまり至近距離からというよりは、ある程度距離のある場所からボウガンが使われたと考えた方が自然だとは思いませんか」

「待ってください。その場合、どこから矢が飛んできたんですか。十六年前と今回と、現場の位置や矢の進入角度は同じなんですか」

馨子の勢いに負けることなく、先輩は大きく頷いた。

「でも、武琉先輩も昼間に見たでしょう。あの離れはオープンではあるけれど、実際に矢の進入角度を考えた場合、外部から現場を狙えた場所はありません。現在と十六年前とで違っている条件といったら、多分、洋館二階からの視界を遮っている植木くらいだと思いますけれど、そこは梶井さんに確認しましたか?」

「もちろんです」

先輩はどこか自信たっぷりに言った。

「十六年前もあの樹はあの位置にありました。今はてっぺんが屋上の上まで伸びていますが、当時はまだ二階の窓を越すか越さないかくらいだったそうです。ただ枝ぶりは今よりもっと密だったくらいで、捜査時にも視界の確認は行ったそうです。葉も茂っていてとても無理だということでした」

「それでも、たけ先輩は、遠くから狙ったって言うんですか。あ、もしかして遺体は本当は動かされてたとか？」

和恵が指を一本立て、閃きを披露する。

「それはないそうです。遺体の傷の状態や血痕などを考えると、別の場所から発見された位置へ動かされた可能性はまずない、と」

「まさか秘密の抜け穴が通じているとか、渡り廊下が二重構造になっているとか、ハンググライダーに乗って狙ったとか言い出すんじゃないでしょうね」

馨子の声には呆れるような調子が混ざっている。さすがに先輩は苦笑した。

「そんな、そこまでは言いませんよ。湖の上の建物ということでしたから土台がどうなっているのかと思っていたんですけれど、あそこは元々小さな島があったんですよね。その上に建てたんですから特に問題はなさそうでした。

ええと、昼間に行ったとき部屋や廊下を確認してみましたけれど、畳や板の間の縁が浮いているとか土や木の葉が落ちているといった、不自然なこともありませんでしたから、秘密の抜け穴説はちょっと苦しいですね」

先輩は昼間の時点で、そんなことまで検証していたんだ。

「でも……それなら、どこから狙ったと考えているんですか」

「それはちょっと置いといて、ですね」

先輩はにっこりした。その笑顔を打ち砕くように馨子は、

「武琉先輩は、ボウガンを使って二人を殺した人間と遠山留音を殺した人間は別であると、つまり少なくとも三人の人間が十六年前の事件に関わっている

と、そう考えてるんですか」

　質問調ではなく、強い口調で言い放った。

「そう言われてしまうと身も蓋もないのですが……」

「それ、こういう場合に使うフレーズではないですよ」

　波府先輩は、参ったな、という顔になって離れを見遣った。

「矢が最初に身体に入った時間と、押し込まれた時間とにはそれほどずれはないそうです。ただ昔の事件では、今回よりも招待客がずっと多く、遅くまで宴会が続いていたため人目がありました。そう何人も、あの離れに忍んでいけたとは考えにくいんですよ。ましてボウガンなんて大きな物を抱えて、たとえ袋に入れたり何かで包んでいたとしても、それを二階の部屋からこっそり取ってきてどこかから離れを狙い、その後わざわざ離れへ忍んで行って、これもまたわざわざ犯人を待っていた遠山さんを殺し、後始末をして戻ってくる、これはかなり無理があるんじゃないでしょうか」

「もし最初に狙われたのが遠山留音だとしたら、折角矢が外れたのにそこにずっといるのはおかしいですね。二人に矢が刺さったところを直接には見ていなかったか、それともボウガンを使った人を彼がよく知っていて自分を狙ったのではないという確信があったのか」

「ねえ、それってでもちょっと変じゃない？」

　先輩たちを交互に見遣りながら、和恵が口を挟む。

「だいたいなんで二人は廊下にそんな格好でいたのかな。薬を飲まされてたから？　誰がそんなことしたの？　ボウガンを使った人は、自分のアリバイを作るために外から狙ったんじゃないのかな、だったらその後直接離れに行くのって二度手間でしょ、誰かに見られるかもしれないし。どうしても確実に殺したいんだったら、それこそ麻薬じゃなくて毒を飲ませる方法を取るんじゃないの？　わざわざボウガンを使わなくちゃならなかった理由って何かな」

「犯人が確実性より重視したもの……何かの見立てか、それとも遠山留音の指紋が付いていると知ってその矢をどうしても使いたかったのか、そうでなければ、二人を確実に殺したいとは思っていなかったか」

「なんですって」

波府先輩が目を剥いた。

「それは思いつきませんでした……。執行さん、そこ、もう少し詳しく」

「ですからね」

馨子は長い黒髪を肩からはらりと落とした。

「少なくとも二人に麻薬を盛った犯人は、殺すより眠らせることが目的だったのかも。この場合、離れの建物自体に鍵があるような気がします。家宝とか隠し財産の類が離れのどこかに隠されているとか。普段は鍵が掛かっていますから探し廻ることはできない、でも有塔の長男の結婚式の日には確実に鍵が開けられます、それも一晩中。ゆっくり捜せるじゃないですか。それに二人が廊下のあんな場所にいるなんて予想できますか。中の部屋で眠りこけてしまうのが普通ですよ、少なくともわざわざ廊下で何かしようとするなんて考えつかないでしょう。

それで、薬が効いた頃を見計らって忍び込もうとしたら遠山留音が先に入っているのを知って、行くに行けなくなった。どこか渡り廊下を見張ることのできる場所から彼が出て行くのを待っていたけれど、なかなか出てこない。

ボウガンはただの脅しだったかもしれません。誰かに当てるつもりはなく、廊下に立っていた遠山留音を脅して離れから立ち退かせるための手段として使ったとも考えられませんか」

「なるほどね」

うんうんと首を振りながら、暗い中、先輩は苦労してメモを取っている。

私は馨子の説を聞いていることしかできない。

そうなんだろうか。離れの建物自体に秘密がある……それはきっと、有塔の長男しか知らされないことなのかもしれない。つまり今それを知っているのはお祖父様しかいない、ということになる。

ずん、と気持ちが重くなった。

今の状態のお祖父様から何か聞き出そうとするのは、とても無理だ。

「それは、しかしですね……」

先輩の声のトーンが一段と落ちた。

「もちろんその場合でも、どこからボウガンを使ったかという問題は残ったままですけれど」

「いえ、そのことではなく……高倉さんにはさらにその……」

先輩が伏し目がちに私を見る。続けてもいいですか、と無言で尋ねている。

「波府先輩、どうぞ言ってください。私は……やっぱり本当のことが知りたいんです」

「そうですか。

その場合、当時の本家の人間以外にも関係した人がいるという可能性が出てきます。本家筋に近い人たち、離れに関する秘密を直接には耳にしたことがなくても、何かのきっかけでそうではないかと疑いを持つようになる可能性のある人といえば、どうしても高倉さんの養父、統吾さんが浮かんできてしまいます」

森の中から暗い腕がいきなり伸びてきて、がしっと喉を締めつけてきたような感覚があった。

息をするのを、その瞬間、忘れていた。

思わずよろめいてしまった私を、横から馨子と和恵が慌てて支えてくれる。

「武琉先輩、それ、こんなところで立ったままするような話ではないと思いますけれど」

「ごめんなさい、気がつかなくて……ただ、こんな話をあの家の中でするのは、ちょっと気が引けるといいますか、危険といいますか……」

「今度は私たちが狙われるかもしれないってことですか？」

和恵がくぐもった悲鳴のような声を漏らした。

「いえ、そこまではないと思いますが」

先輩が落ち着かせるように言ったけれど、既に和恵は先輩の片腕をしっかりと抱え込んでいた。

「今のお話は、あの離れに隠し財産のような秘密があって、それを捜し出したい誰かが朋絵さんたちに薬を盛った、という説を前提にしたものですから。

話は変わりますが、高倉さん、その結婚式には呼ばれていましたか」

「え？」

考えてみれば自分の叔母の結婚式だ。それも私がとても大好きだった朋おばさん。子供だったから夜の宴会が始まる前には家に帰されただろうけれど、昼間の仏式の儀式には参加していたかもしれない。おそらく一昨日私が体験したような、家にお坊様を招く形でのお式だったはずだけれど、でも今までまったく考えたことはなかった。

朋おばさんの白無垢姿、その後の色打ち掛け、お色直しはやはり着物だっただろうか。そのいずれの姿も記憶の中にはなかった。

「まあ、写真を撮っていたとしても、どこかにしまいこまれてしまったということがあるでしょう。その後の事件が事件ですから。子供時代の記憶なんて、案外、後から見た写真や人からの伝聞に裏打ちされていることが多いんですよ。それがなかったとしたら、覚えていなくてもそれほど不思議ではないでしょう」

「他に、何か情報はないんですか？」

馨子の口振りは僅かな苛立ちと、微かな笑いを含んでいた。隠しても無駄よ、という意図が見え隠れしている。

「ああ、そうですね。隠していたわけじゃありませんよ。お話する機会がなかなか掴めなくて」

そう前置きして、波府先輩が鍾乳洞の発見を伝えると、和恵は大げさなため息をついた。

「ずるーい、あたしも行きたかった……」

「ごめんね、でも偶然だったのよ。まだ警察にも話してないし」

「関連があるかどうか分からないものね。まあ、そのあたりのことは警察が判断する、って迷惑がられるだろうけれど。鍾乳洞とはちょっと意外だな。いつか分からないけれど、人工的な通路があったということはその鍾乳洞の存在を知っている人がいた、ということよね。入り口が隠されていたのはなぜか。誰かの隠れ家だったのか、どこかのお城に通じていたのか、しばらくは開放されていたけれど、そのうち落盤とかの祟りが噂されるような事故が起きて封印されてしまったのか」

　馨子の思考はめまぐるしく回転している。

「ホントはそっちに誰かの隠し財産があったのかも」

　和恵の発想はどことなく現実的だ。


封印された鍾乳洞。

いったいそこにはどんな意味があるんだろう。

「さてと、そろそろ戻りましょうか。あまり長く外出していると変に思われるかもしれませんから」

　先輩が手帳を胸ポケットにしまい、私たちは連立って、来た道を戻り始めた。

　左を見ると、嫌でも目に入る離れのシルエット。最初にボウガンを射たのと、その矢を押し込んだのは、別人。そしてボウガンは、離れ以外の場所から放たれた。

　その場にいて矢を押し込んだのは、おそらく遠山留音さん。

　彼はだいたい何の目的で、あの晩離れへ忍んでいったのだろう。どんな人だったんだろう。朋おばさんと特別な関係になっていたんだろうか。だからあの夜、わざわざ離れまで行った。朋おばさんを連れ出して駆け落ちでもするつもりで。

　でもおかしい、もしそういう気持ちでいたなら、二人が倒れているのを見たらすぐに、少なくとも朋おばさんだけは助けようとするはずだ。直接には失血死なのだから、早い段階で処置すれば二人とも助かったかもしれないのに。それとも彼が見たときにはすでに二人とも息をしていなかったのだろうか。

　どうして助けようとせず、逆にとどめを刺すような真似をしたんだろう。朋おばさんへの愛情以上に、侑太おじさんへの憎しみが強かったんだろうか。

　自分には手に入らない愛。

　よりによって有塔本家の長男という、血筋ではどうしても自分がかなわない相手に、心を奪われた女性を取られてしまうという想い。

　一ヶ月という時間は、長いようでもあるし短いようでもある。出逢ってすぐに恋に落ちるということも、ありえなくはない。もしマリッジブルーなど、たまたま気持ちが不安定になっている時に、気持ちの通い合う別の人が現れたとしたら……。

　人の気持ちなんて、誰にも分からない。

　本人でさえ、自分の気持ちが分からないこともあるのだから。


浅い眠りを繰り返し、ほとんど寝た気がしないまま朝になった。

　有塔の家は昔からお客が多かったこともあり、お風呂場も一般の家よりは広い。昨夜は散歩から帰った後馨子と和恵と三人で入り、ちょっと学生時代のゼミ合宿を思い出した。あの時こんなことがあったね、そういえばあの時はどうだっけ、という話で盛り上がり、ベッドに入るまでは気持ちを明るく保てていたけれど、いざ自分の部屋で独りで寝ようとしてみると、途端にいろいろなことが頭の中でぐるぐると廻り始める。

　朋おばさんたちに薬を盛ったのは、実は遠山留音さんだったのかもしれない。彼は外国に何年かいたというし、その時に麻薬を覚え、日本に持ち帰っていた可能性もある。朋おばさんと恋に落ちていたというよりは、離れを探るために忍び込んだと考える方が、無理がない。本来なら離れに立ち入ることの許されない人だから、封印が解かれる本家の長男の結婚初夜を狙った。

だから、目の前で射貫かれて苦しんでいる二人を見ても、助けようとしなかった。それだけ本家を恨んでいた。

そういうことなんだろうか。

目の前で自分の知っている人が苦しんでいるのに、助けようとしなかった、それだけではなく、おそらくとどめを刺すようなことをした。第二の矢が自分を狙っているかもしれないとは考えずに？

遠山留音……いったいどういう人だったんだろう。

考えてもどうしようもないことが、頭の中をぐるぐるとエンドレスで巡っている。笙子おばさまなら自分の従弟だし、歳も近かったはずだから覚えていることもあるだろう、でも今はとても話なんてできない。お祖父様は問題外だし。

目覚ましが、ちりりりり、と鳴り、慌てて飛び起きた。

朝の五時四十五分。

あの朝を再現するため、先輩たちと六時に落ち合って、また昨日の場所へ行くことになっている。手早く着替えをすませて下へ降り、洗面所へ向かう。

台所もお祖父様たちのいる別棟も、何の音もしない。まだ皆寝ているらしかった。昨日までいた、渡り廊下の見張り役の警官も引き揚げていて、誰も見えない。

玄関のあたりにいると、しばらくして足音を忍ばせて馨子と和恵が降りてきた。

「おはよ。たけ先輩は？」

和恵がまだ眠気の残る囁き声で尋ねてくる。私は首を振った。

「変ね、もう六時になるのに」

二人が洗面所から戻ってきても、まだ先輩は姿を現さなかった。三人並んで上がり口のところに座っていたけれど、約束の時間を十五分過ぎた段階で馨子が勢いよく立ち上がった。

「和恵、悪いけど部屋まで行ってきてくれない？」

「いいけど……たけ先輩、まだ寝てるのかな。低血圧のあたしでさえ何とか起きたのに、ずるい」

「寝てるならいいけど」

馨子の呟きがやけに耳障りに響いたけれど、和恵には聞こえなかったらしい。

「ほら、先輩のパジャマ姿見られるチャンスだよ」

とどめの一言に、和恵はぱっと顔を輝かせて足取り軽く階段を昇っていった。

「まったく……扱いやすいっていうかなんていうか」

言葉とは裏腹に、馨子の背中には不安の陰があった。

「馨子、何考えてるの」

声を掛けると、ぱっと振り向いた彼女の目が、暗い。

「嫌な予感がするのよ。もしかしたら武琉先輩、もう部屋にはいないかも」

「どうして？　どこにいるっていうの」

「待てない性質だって自分で言ってたでしょう。夜のうちに気になることができて、単独行動を取ったのかもしれない。それで……。

ああ、部屋でぐうたら寝ててくれればいいんだけど」

わざと軽い口調に見せかけているけれど、馨子はひどく心配している。そしてその心配は、驚いた表情の和恵がそれでもそうっと階段を降りてくることで、当たってしまった。

「たけ先輩、いないよ。部屋を覗いてきたけど、先輩の布団は空っぽだった。先に行っちゃったのかな」

「ここで待っててくれる？　あたしちょっと、昨日のところまで行ってくるから」

言うなり馨子はさっさと靴を履くとがらりと玄関を開け、機敏に走っていってしまった。さらさらの髪をなびかせた後ろ姿はあっというまに門の外へ消える。

「え、どしたの？　馨子」

「ちょっと心配みたい。トラブルに巻き込まれてなければいいんだけど」

「トラブルって、たけ先輩が？」

「私たちも探そう。向こうとこっちの庭とを手分けして。ここにいてって言われたけれど、とてもじっとしてられないでしょ」

和恵が頷き、私たちは二手に分かれた。西庭へ走りあちこち覗いてみたけれど、先輩の姿は見つからない。念のため勝手口から台所の方に廻ってみたけれど、まだ誰もいない。

気持ちがどんどん重苦しくなってくる。

玄関に戻ると和恵が暗い面持ちで座っていた。私が首を振ると、さらに表情が暗くなる。あと捜すべきところは……。

「和恵、ちょっとここにいて。もう馨子も戻ってくるだろうし」

「沙季ちゃんは、どこ行くの？」

「あと思いつくのは、二階の空き部屋とその上だけだもの」

言い捨てて階段を駈け上がる。心臓がどきどきしている。

私の部屋の向かいと、階段を挟んで反対側の納戸、昔コレクションが並んでいた部屋には誰もいなかった。さらに上、屋上への階段に向かう。滅多に使わないこの階段は、隅の方に埃がほんわりと溜まっている。ただ真ん中辺りはきれいに見える。

ちょうど誰かが通ったばかりのように。

どんなにゆっくり足を運んでも、心臓はどんどん高鳴ってくる。屋上へ出るドアが微かに開いているのを見た瞬間、鼓動が完全に狂った。

汚れたコンクリートが広がる屋上。昇ったばかりの太陽の光が、森の梢を掠めてコンクリートに影の模様を斜めに映し出している。

手前には古い物干し台が三つ並んでいる。その奥の隅に、何かが見えた。

誰かが倒れている。見慣れている、いつもは猫背気味の背中。

どうしてこんなことが続くの。

無伴奏　第三楽章

それはある金貸しの息子の変わらぬ想いの物語。

彼はまだ小さい頃、父親について行った山向こうの村で、とても綺麗な娘と出逢った。

父親が村一番の大きな屋敷の中で仕事の話をしている間、手持無沙汰になった彼は、一人でぶらぶらと門の外へ歩いて行ったけれど、町に住む彼にとっては珍しい物が多く、ついついあちらこちらと彷徨《さまよ》い、気が付いた頃にはずいぶんと屋敷から離れ、森の中へと迷い込んでしまっていた。

そうして、帰り道が分からないことに気が付いて泣きそうになった彼の前に、森の奥から不意に一人の娘が姿を現した。

それまでその村で見掛けた誰よりも綺麗な、薄桃色の着物を纏い、髪にも花を飾った、色白の娘だった。

両手にもいっぱい、白や黄色の野の花を抱えていたその娘は、彼を見て驚いたように目を見開いたが、すぐににっこりと微笑んだ。

彼と同じくらいの歳格好だったが、ずっと落ち着いて大人びて見える。小首を傾げると小鳥のような声で、どこから来たん、と涼やかに尋ねた。

口を開くと泣き出しそうな気がした彼は、慌てて首を横に振り、そのまま目の前の黒々とした地面を見つめた。娘はしばらく彼の返事を待っていたようだったが、やがてすたすたと歩き始め、彼は自然とその後を付いて歩く形になった。

　娘は振り返りもせず、迷いもせず、さらさらと歩みを進めて行く。娘の肩越しに、彼女が抱えている野の花の匂いがほんのりと漂ってきて、時折彼の鼻腔を刺激した。

　あたりは緑の葉を青々と茂らせた樹々が連なり、また彼の背丈ほどもある薮の生い茂るところも多く、見通しが悪いのに、娘は怖がる様子を少しも見せず、薮の中の暗がりでも目が利くように迷いなく、人ひとりがようやく通り抜けられるほどの細い小道をどんどんと辿っていく。

　足元の地面は苔で覆われたところもあり、そこでは草鞋を履いた足がふんわりと心地よく沈む。

　木漏れ日が瞬間、前を行く娘の切り下げた髪やそこに飾られた白い花に宿り、艶やかな光を放つ。

　いつしか彼は、顔に当たりそうになる小枝を払いのけることも忘れ、夢のような心持ちになっていた。

　そしてはっと気が付くと、森を抜け、畦道を村の方へと向かって歩いており、ずっと向こうの左側には、見覚えのある立派な灰色の壁が続いているのに気が付いた。

　慌てて見廻すと、花を髪に飾った娘はずっと先の方を歩いている。そしてその長い灰色の壁の切れ目に、ふっと姿を消した。駆け寄るとそこはちょうど子供一人が通れるくらいの隙間が開いていて、覗いてみると、あの少女に若い女が走り寄っているところだった。

　お嬢様、どちらにいらしたんです、と問う女の声が聞こえ、これをお母様にと思って、と答える少女の声が聞こえた。

　娘から野の花を一抱え受け取ると、若い女は彼女の手を引いて屋敷の中へと消えて行った。

　言葉らしい言葉も交わさなかったのに、その娘の小鳥のような涼やかな声と大きな黒い瞳、小首を傾げる仕草などは、彼の心の奥に深く留まっていた。

それから数年が過ぎ、再びその村へ行く用事ができた。

村一番の大きな屋敷は屋根が葺き替えられ、蔵や離れが建て増しされており、ますます裕福になっているようだった。

そして彼が座敷へ通され、お茶を出されている時。

どこからか、優雅な琴の音色が流れてきた。若者の問いに対して屋敷の主人は恥ずかしそうに、娘が少々たしなむもので、とだけ述べた。

あの娘だ、と思った途端、彼の脳裏には鮮やかな新緑の森と娘の着ていた美しい薄桃色の着物、そして小鳥のような涼やかな声が蘇った。しばらくのち、庭をそぞろ歩くことを許された彼は、琴の音を頼りに彷徨い歩き、ようやく開け放たれた障子の向こう側に彼女を見つけた。若草色の着物を纏った娘はとても美しく、琴を奏でる手の動きもこのうえなく優雅で、彼はすっかり見とれてしまい、声を掛けることなどとてもできなかった。後で聞くと、座敷に生けられていた見事な花も、娘が手ずから生けたものという。

彼はその日から、娘のことが忘れられなくなった。

そしてとうとう両親に、嫁にしたい娘がいる、と打ち明けた。

金貸しの三男坊だった彼は、どこか婿入り先を探さなければならなかったのだけれど、相手としてその娘の家はうってつけだった。

父親は彼に、向こうと話をつけると約束をし、金貸しの息子は有頂天になった。

だが、ある日の夜、両親の会話を障子越しに耳に挟んだ彼は、言葉を失い立ち尽くした。

あの家は実は彼の家に大きな借金をしており、それを帳消しにする形で彼は婿入りすることになるが、その前に娘が執心している村の若者との縁談を壊さなければならない、というものだった。

縁側に立ち尽くした彼を、満月にほど近い月の光があわあわと包み込む。そして彼の耳には娘の琴の音が蘇っていた。

琴の音は幾日も、幾日も、流れ続けた。

ある晩とうとう彼は、矢も盾もたまらず、山一つ越えた娘の家へと走った。

月の美しい晩で、灯がなくても迷わず彼は村へと辿り着いた。すっかり息を切らせた彼は、それでも人の家を訪ねる時刻とはとてもいえない真夜中に、なす術もなく、呆然と屋敷の側に立ち尽くしていた。

するとまもなく、屋敷の中からそっと抜け出してきた人影があった。

皓々《こうこう》とした月明かりで、あの娘だと分かった。被り物をしているので表情は分からないが、足早に森の奥へと消えるその姿を追って、彼も森へと足を踏み入れた。

足音は苔の地面に吸収されるとはいえ、薮を掻き分ける音が耳に入らないはずはない。それなのに娘は後を追う彼に気付く様子もなく、一刻たりとも歩みを緩ませず一心不乱に何処かへ向かっていた。

どれほど進んだだろうか、木立の合間にきらりと何かが光るのが見えた。そして、微かな水音。

彼の目の前に、薄い霧の帯を纏った湖が現れた。湖面が月の光を反射して、それが霧を通してぼんやりと辺りの風景を包み込む。

幻のように美しかった。

ふと気が付くと娘の姿は見えなくなっている。焦った彼があちらこちらと見廻すと、右奥の森の方に入ったところに小さな小屋のようなものが見えた。壁の隙間から灯がちらちらと漏れている。

こんなところに、住む者がいるのだろうか。

あの娘はこんな時刻に、何をしに来たんだろう。もしかしたら、狐か何かが憑いているのかもしれない、そう思うと彼の身体はぶるんと震えた。しかし足が動かない。そこから小屋に近づくことも、村の方へ戻ることもできなかった。

やがて、戸の軋む音とともに娘が出てきた。被り物を取り去った彼女は、顔を上げてはいるものの定まらない視線を揺らめかせながら、ふわりふわりとした足取りでゆっくりと進んでくると、彼の傍を通り過ぎてそのまま村の方へと姿を消した。

かなり経って、ようやく彼は動くことができた。見ると、月の光も薄れ、明け方も近いように思えるのに、小屋にはまだちらちらと灯が揺らめいている。勇気を出してそちらへと進み、そっと引き戸を開けて中を覗いてみた彼は、息を呑んだ。

小さな灯明の煌めきの下に、二人の人間が倒れていた。

若い男と、若い女。男の方は戸の近くでうつ伏せになっており、女は奥の方の板の間に横になった姿勢で、二人ともこときれていた。そして二人の間に、血塗れの花鋏が一つ、落ちていた。

若者は咄嗟にその鋏を掴むと、戸口近くに落ちていた布きれでくるんで懐にねじ込んだ。

家の中を見廻したが、呆れるほど何もない。土間の片隅に幾つかの鍋と器、箸が二組、そして古びた畳の間の片隅に小さな行李が一つ。いったい誰の住み処だったのだろう。

何とかしなければ、と焦る彼の頭に不意に、以前聞いた話が思い出された。

湖のほとりに、小さな神社があるという。そこには昔、湖の主の神様に奉じられた大きな弓矢が掛けられている、と。

若者は外へ走り出た。森の闇を縫い、ずいぶんと走り廻った末に、小さな社を見つけて躊躇《ためらい》もなく中へ踏み込んだ。

薄暗い、埃だらけの内部の壁に、大の男でも引くことのできないような大きな弓矢が掛かっているのが、ぼんやりと見えた。

若者は、そのつがえられている長い長い矢に両手を掛けると、しばらく奮闘した末に抜き取った。

飾りのない鈍色のその矢は、若者に嘲るような煌めきを放った。

そうして、彼は長者の娘と夫婦《めおと》になった。

彼女は常に美しく、やんわりと微笑みながら、じっとひとところに座ったままで日を過ごしている。

彼女がいつもいる座敷には立派な琴も置かれているが、それをつま弾くことはない。

彼は、とても大切な者を、とても大切に扱い続けた。

彼女が彼の姿をその瞳にとらえて微笑むことは、永遠にないとしても、彼の想いは変わらない。

信じていれば。

信じていられれば、それでよい。

いつか、娘が彼を見て微笑む日が来ると、信じていられれば。

彼は、待っていられるのだ。

第四章　桜色の月に抱かれて

見慣れた道。

小さい頃から通い慣れた道。

子供の頃は母、そして有塔の家に入ってからは笙子おばさまに手を引かれて通った道。

春には美しい薄紅色のアーチを作る桜並木は、今は寒々とした枝ぶりを寂しげに振りかざしている。その下を歩くのにこんなに気持ちの重かったことが、今まであっただろうか。

この僅かな傾斜の上り坂がこんなに辛かったことが、今まであっただろうか。

子供の頃には新しくて白くて立派だった加地医院は、今では壁の所々に黒ずみの目立つ、貫録の付いた建物になっている。

すっかり見慣れているはずの看板や入り口の硝子《ガラス》の嵌まったドア、白いレースのカーテンが掛けられた小窓の受付などが、うっすらと霧に包まれたようなそこはかとない違和感を持って、目に映る。

小さな白い正方形を並べたリノリウム貼りの廊下が、永遠に続いているように思えてくる。歩いても歩いても、辿り着けない。

白い廊下、白い壁、白いドア、白衣の人。目に映るどこもかしこもが、微妙に色合いの異なる白ずくめの世界。

いったん足を止めると、一息に白い眩暈に飲み込まれてしまいそうな感覚。

それでもようやく、目指す病室にやって来た。

白いドアをそうっと横に引いて中を覗くと、まず白いカーテンが視界を遮る。それを横に寄せると正面に大きな窓が一つあり、右の壁際に頭側を付ける形で、二つのベッドが間隔を空けて配置されているのが目に入った。手前側は使われていないようだ。

　そして奥のベッドは、白い布団がこんもりと盛り上がっていて、そのなだらかな白い山の向こう側には、俯した誰かの頭があった。考えるまでもない。

　その横で立ったまま、腕組みしながら窓の外を眺めていた馨子が私に気がついて、ちらりと彼女に視線をやり、どうしようもないという表情でため息をついてみせた。それ以前の問題として、その号泣が廊下まで強烈に響いてきていたから、馨子としても何とかしたかったのだろうけれど、とても手に負えなかったらしい。

「もう、一目見たときからずっとこうなのよ」

　馨子のぼやきは和恵にはとても聞こえそうになかった。だいたい彼女の声そのものも自分に聞こえているのだろうか。泣き声の合間に「ぱふぱふ先輩、死んじゃやだー」「死なないでー」といったフレーズが混ざっているのがようやく聞き取れるかどうかというくらいの騒ぎぶりだった。

「加地先生とはもう話したの？」

　思ったより明るい声が出せて、自分でも驚いた。馨子は軽く頷くと口をへの字に歪める。

「このままじゃ武琉先輩の迷惑になるだけじゃない。静かにできないなら和恵をつまみ出さないと。ここは病院なんだから」

　言い終わらないうちにコンコン、と軽いノックの音がして、看護婦さんがしかつめらしい顔で入ってきてしまった。

「波府さんのご家族の方ですか。できればもう少しお静かに……あら、あなた有塔の」

　よく知っている三宮《さんみや》千鶴《ちず》さんだった。私が子供の頃から何度もお世話になっている。もうすっかりベテランで、今では婦長さんを務めている。

「沙季ちゃん……何て言ったらいいか……ご愁傷さまだったわね」

　トーンの落とされた思いやりのこもる声と同時

に、がっしりした腕が私の身体を抱き留めてくれる。とてもあたたかくて、子供の頃と同じように安心する。白衣からは、昔と同じように消毒薬の匂いがした。

白いリノリウムの正方形の切れ目が、ぼやけてくる。

「ちゃんと食べてる？　無理してでも何か食べないと、身体がもたないわよ。今夜はお通夜でしょう？必ず行くから」

そっと身体を離して顔を合わせると、三宮さんの目にも涙が光っていた。私はもちろん、瑛ちゃんも子供の頃から彼女にお世話になっていたはずだから、尚更同情してくれるんだろう。

そして今度は、がらりと変わってきっと鋭い視線をベッドの傍らにうずくまった和恵に、それから少し気の毒そうな視線をベッドの上の人物に投げた。

「沙季ちゃんのお友達？　ああ、こちら大学の先生だったのね」

波府先輩は今、頭を包帯でぐるぐる巻きにされているから少し白髪の混じる髪形は分からないけれど、髭のせいで老けて見えるのかもしれない。

「いえ、あの、大学の先輩なんです。どうなんでしょう、具合は」

三宮さんは涙をさっとはらうと頼もしい感じで頷きながら、

「大丈夫ですよ、心配しなくても。先生からも聞いたでしょう？　ま、意識が戻られたらまもなく、退院できるでしょうね。このお嬢さんがもう少し静かにしてくれれば」

最後は力を込めて言うとずんずんとベッドの脇へ歩み寄り、片手でぐいと和恵を引き起こした。驚いた顔で和恵が泣きやむ。

「静かにしていただけないなら、しばらく外に出ていただくことになりますよ。他の方へのご迷惑になりますから。

意識が戻られたらナースコールをお願いします、

それまでお静かにお待ちください」

　仕事用の口調できっぱりと言うと、少し口調を和らげて、

「ところで、ご家族の方とは連絡付きましたか？」

と聞いてきた。馨子と二人揃って首を横に振る。

「部屋には電話してみたんですが、独り暮らしらしいので」

「ご両親や奥様は？」

　またここで厄介な問題だ。波府先輩が果たして独身かどうかも、学生の間では賭けの対象になっていたくらいなのだから。

「連絡先が分からないんです。大学の事務局にも問い合わせてみたんですけど、まだちょっと……」

　さっき初めて分かったことだけれど、そもそも波府先輩は五条院ゼミの出身でもないらしい。だからまず卒業年度がはっきりしないし、入学時あるいは卒業時の学部さえ分からない。なのに電話で個人情報を聞き出そうというのだから、さすがに事務局も慎重になっているようだった。

「困ったわね、保険証のこともあるし。

　沙季ちゃん、その……お式に招待した方なんでしょう？」

　わざわざ呼ぶくらいなんだから親しいはずでは、という目付きで三宮さんは私を見た。

「そうなんですけれど、波府先輩ってあまり個人的なことは話したがらない方なので」

　その一方でかなり面倒見がよく、私が卒論の文献集めに苦労していると知ると、大学の端末を使って日本全国のありとあらゆる大学図書館から様々な資料を探し出し、取り寄せてくれた。すでに絶版になっていた書籍もあり、とても助かったのだけれど、山と積まれたその資料の中にはドイツ語やフランス語の書籍もあり、よく見るとラテン語のものまであった。

　おかしいなあ、対訳って書いてあったんですけどね、とにこにこしていた笑顔がまだ記憶に新しい。

その笑顔の持ち主は今、包帯を頭にぐるぐると巻かれ、作り掛けのミイラのようになっている。後頭部を打ったということで精密検査が行われ、その結果は夕方判明するらしいけれど、おそらく問題はないだろうと加地先生は電話でおっしゃっていた。

「あのう、ぱ……たけ先輩、死なないですよね?」

ようやく落ち着いたらしい和恵が、おそるおそる三宮さんにお伺いを立てる。

「そんな、縁起でもないことを。頭に瘤ができてますけれど、生命に別状はありませんよ」

三宮さんの言葉に今度は安心感からか「よかったー」の声に涙が混じり、また和恵は先輩のベッドに突っ伏してしまった。

「やれやれ」

もうこれ以上関わっていられない、という感じになると、三宮さんは私に優しく頷いて出て行ってしまった。

「和恵、静かにしてないと、武琉先輩だって落ち着いて寝てられやしないでしょう」

「だって、だって心配じゃない、生命に別状ないって言ったって目が覚めないんだし瘤ができてるって言うし」

「瘤くらいで死にゃあしないわよ」

馨子は既に和恵を、なだめるというよりは突き放しているような感じだ。ここまで馨子をてこずらせる和恵もまた、ある意味で大物と言えるかもしれない。

「だって……じゃ、なんで先輩あんなとこにいたの? なんで襲われたの? あの家に人殺しがいるんだよ、きっと。あたしもう、あそこには行きたくない、ここにいる」

一瞬、身体中の血が流れを止めたような気がした。横にいる馨子の表情がすっと硬くなるのを感じる。

「和恵」

すべての涙が凍りつくような声音。

「言っていいことと悪いことの区別くらい付けなさ

い。今いちばん辛いのは沙季子でしょう」

嫌な沈黙が降りた。

こんなに静かなところだったろうか。

病院だから静かなのは当たり前のはずだった。昔からずっと、壁もカーテンも天井も白ずくめなのは知っていたはずだった。それなのに、こんなにも白い沈黙に支配されているところだなんて、今まで感じたことがなかった。

和恵のすすり上げる声がはっきりと小さくなる。

「あのですね……」

微かに声が聞こえてきた。

「帰ったら……バジルとトマトのパスタを作ってあげますから、その……もう少し静かにしてもらえませんか」

一拍置いて、思わず上げた私たちの三重奏が頭に響いたらしく、波府先輩はさらに顔をしかめた。

「たけ先輩、よかったー。もう、いつから気がついてたんですか、早く言ってくださいよー」

「いえ、ついさっきなんですが、その……何といいますか、口を挟みにくい雰囲気だったものですから」

まだ傷が痛むのだろうか、眉間にしわを寄せて目をつぶったまま、それでも口元に少し笑みを浮かべている。ほっとした。

「いったい何があったんですか？」

武琉先輩、と先程声を上げた時の馨子は珍しく感情を露《あらわ》にしていたけれど、今はもういつもの彼女に戻っていた。

「転んだんですよ」

「転んだ、って自分でですか」

馨子の声に呆れた調子が混ざる。

そして、今朝のシーンが目の前にまざまざと再現された。

階段を昇りきった部分は狭い踊り場のようになっている。壁にはいつものところに布団たたきが掛かっていた。

なのに、ドアの手前に二足あるはずの屋上用のサンダルは、一組しかない。

普段よりドアノブがきつくなっているように感じながらぐっと押し開けると、目の前に広がるのはところどころに黒っぽいひびの入った、コンクリートがむき出しの屋上。たまに私が布団を干すときくらいしか使われなくなった屋上には、私の胸くらいの高さの金属製の手摺りがぐるりと巡らされているけれど、それもかなり年月を経て赤錆があちこちに浮いてしまっている。広い長方形の屋上の真ん中あたりに置かれた三対の物干し台は、その一つの基礎部分がかなりぐらぐらしている。

そして、並べてある物干し台の支柱と支柱の間から、向こうの角の方に先輩の黒っぽい背中が見えていた。

慌てて駆け寄ったのを覚えている。先輩はもう着替えをすませていて、頭の方を屋上の北西の角に向け、こちら側に足を長々と伸ばしてうつ伏せになっていた。何か調べていたんだろうか、そのあたりには幾つか足跡が残っていて、しばらくの間先輩がそこにいたらしいことが分かった。

誰かに呼び出されたんだろうか。もしかしたら、五条院先生と同じように。そして先生を襲ったのと同じ誰かに殴られた……。

それとも、独りで何かを調べたかったんだろうか。

自分で転んで後頭部を打つ、そしてうつ伏せに倒れるなんて……。

「足が滑ったんですよ。あそこ、滑りやすくなっていたでしょう」

波府先輩が私を真っすぐに見つめながら、静かな口調で言った。

「なんであんなとこにいたんですか？　早く目が覚めちゃったんですか？」

という和恵の問いに頷いて、先輩は、

「朝の離れを上から見たらどうなるかな、とふっと思いついたんですよ。約束の時間までまだちょっとあったので、寄り道してから皆さんと合流しようかと思ったのですが……悪いことしてしまいましたね。

お騒がせしてしまったお詫びに、東京に帰ったらトマトソースのパスタをご馳走しましょう。僕の自慢料理の一つなんですよ」

と、片手を額に当て、照れたように笑った。

「多分警察が来ますよ、事情聴取に。武琉先輩の意識が戻るのを待っていたみたいですから」

馨子が言いながらベッドの傍らに近寄り、ナースコールを鳴らした。

「本当に、大丈夫ですか」

念を押すように尋ねると、先輩は瞳に不思議な色を浮かべて私を見た。

「大丈夫ですよ」

こんなときでも、包帯で頭をぐるぐる巻きにされていても、波府先輩はにっこりしてくれた。いつもの七割くらいのパワーだったけれど。

「それに牧沢さん、さっきおっしゃっていたような心配はもういりません。今夜は瑛一さんのお通夜でしょう？　高倉さんの傍にいてあげた方がいいですよ。僕はもう、心配ないですから」

そう言うと、波府先輩は片手を少し上げてひらひらと振った。

「心配ないって、え、じゃあ有塔家の誰かが犯人じゃなかったんですか？　だって、先生も襲われたし……」

昨夜の推理と明らかに矛盾しているのに、和恵は安堵のあまりそのことに気がついていないようだった。

「これ以上、事件は続きませんよ。あ、それで五条院先生はいかがですか」

自分も大変な目に遭っているのに、心配そうな表情で尋ねる。

「先生は、郡山の方の病院です。まだ意識が戻られないし、腕かどこかを骨折しているらしいので外科のある病院へ運ばれました」

　馨子のてきぱきしたいつもの口調に、先輩はふっと口元を一瞬緩めたけれど、すぐに表情を引き締めた。

「骨折までされてたんですか。ということは、先生はご自分で転んだということにはならないでしょうね」

　先輩の口ぶりは何だか妙だった。自信がないというか、心許《こころもと》ないというか、残念そうな気配すらある。

　どういうことだろう。

「とにかく、僕はもう大丈夫ですから。先生の容体は、高倉さんのお宅に連絡が入ることになっているんでしょう？　皆さん、早く家に戻っていてください」

「えー、でも……もうちょっとここにいちゃ駄目ですか？　まだ心配ですよー」

　和恵が名残惜しそうに、すがるような眼差しを向けたけれど、先輩はにこやかな中にもきっぱりとした口調で、

「本当にもう心配いりませんから、いったん戻っていてください」

　と言い切った。

「和恵、これ以上三宮さんに睨まれると、後が大変よ」

　ちょっと脅しを掛けてみる。

「そうだ、一つお願いがあるんですよ。もし梶井さんを見掛けたら、僕が話をしたがっていると伝えてください。事情聴取に来られるようならいいのですが、別の人が来るかもしれませんからね」

「分かりました。じゃ、帰りましょう」

　馨子はさっさと歩き出し、まだ残りたそうにしている和恵の腕を取って引きずるように廊下に連れ出した。

　思わずため息が出る。和恵が羨ましかった。

自分の感情をストレートに表現できる彼女が、羨ましかった。

こんな時でも私は泣けない。涙を流すことができない。悲鳴を上げることもできなかった。

瑛ちゃんが、結婚した翌朝にあんな姿で殺されているのを見ても、美華と特別な関係にあったかもしれないと知った時も。

五条院先生が、担架に乗せられているのを見た時も。

そして波府先輩が、一見殺されたかと思えるような格好で倒れているのを見た時も。

どうしてだろう。

部屋を出る直前に振り返ると、先輩は深々とベッドに沈み込んでいたけれど、視線を感じたのか、ぱっと目を開けてこちらを見た。

唇が動いている。

ダイジョウブデスヨ。

先輩は声を出さずにそう言って、頷いてくれていた。


目を開けたとき、一瞬ここがどこなのか、分からなかった。

薄暗い室内、どうやら畳の上のようだった。横たわった身体の下の少しざらっとした感触は井草のものだった。古い建物らしい木の匂い、それ以上に強く漂う黴臭さに気がついた途端、あの離れだ、と思い出した。

慌てて身体を起こし、室内を見廻す。

戸口から見て奥の方にある、一段高くなった畳敷きのところに横たえられていた。薄闇を透かして見た感じでは、洋服に乱れはない。

そんなことをまず確かめた自分がとても恥ずかしくなり、かえって呼吸を整えることで、しばらくは精一杯だった。

留音さんの姿は見えない。

つい先程、この部屋の中で向かい合ったような気がしたけれど、あれからいったい何があったのだろう。あの黒曜石色の瞳に包まれたような錯覚に陥って……貧血でも起こしたのだろうか。あれからかなり時間が経ってしまったのだろうか。留音さんは誰か人を呼びに行っているのだろうか。

上半身を起こした姿勢のまま耳を澄ませてみたけれど、自分の鼓動がますます大きく聞こえてくるだけで、他に物音はない。起き上がろうとすると頭がぐらりとして、身体に力がなかなか入らない。それでもゆっくりと時間をかけて、何とか足を曲げてまず正座をしてみた。埃っぽい空気の味を我慢しながら何回か大きく呼吸をしているうちに、頭のてっぺんまで血がようやく通ってきたような気分になる。気合いを入れて立ち上がると、まず右の方の扉を開けて廊下に出てみた。

さあっと気持ちのよい十月の風が頬を撫で、清々しい心地になる。湖面を越えた向こうの方、森際の小道には、見渡す限り誰もいない。そして廊下の右の方、湖の奥に面した奥の角のところに人影が見えた。

とく、とまた心臓が止まりそうな気持ちになる。留音さんは手摺りの角の部分に軽く腰を掛け、長い足を組んでいる。片方の膝の上に肘を乗せ、俯きがちな姿勢で文庫本を開いていた。

私を吹き抜けた風が、留音さんの髪を揺らしている。逆光でその髪が金色に見えて、眩しい。

ふと顔を上げた留音さんは、私を見てほっとしたような笑みを浮かべた。

「よかった、気がつかれたんですね」

ぱたん、と本を閉じるとポケットにしまい、足をほどいて身軽に近寄ってくる。

「驚きましたよ、目の前でいきなり倒られたので。誰か人を呼ぼうかとも思ったのですが、この状況ではちょっと……都合が悪かったので、とりあえず横にさせていただきました。こちらの廊下の方へ運ぼうかとも思いましたけれど、下手に秋風に吹かれて風邪を引かれてしまってても悪いかと。

いかがですか、ご気分は」

「あ、あの……もう大丈夫です。ご迷惑をお掛けしてしまって申し訳ありませんでした」

どぎまぎしながら頭を下げた。

気がつけば太陽がずいぶんと角度を変えている。かなりの時間、待たせてしまったのかもしれなかった。額に手を当ててみると、じっとりとしたひんやり感が残っている。

「普段から貧血気味なんです」

「いろいろと疲れもたまってらっしゃるんでしょう。お仕事をこなしながらお式の準備もしなければならないんですからね。僕が偶然倒れているあなたを発見するという状況をいろいろ考えてみたのですが、なかなかこれといった自然なストーリーを考えつかなくて。僕が離れに入り込むというのは、伯父にとっては大問題ですからね。

冷たいお水でももらってきましょうか」

留音さんの顔がふいに近寄ってくる。はらりと垂れる前髪からまた桜色の香りがして、目が眩みそうになった。

「ちょっと失礼」

左の手首がそっと持ち上げられる感触があった。前から長くて優雅な指を持つ人だと思っていたけれど、今、私の手首に当てられているそれを見ると、本当に節の長い、爪の形も綺麗な指だった。華奢なヴァイオリンの弦を自在に操り、あるいはピアノの象牙色の鍵盤の上をリズミカルに踊っているのが似合いそうな、美しい手。

「ふうん……いつもの脈拍は知りませんけれど、少し早いような気がしますね。まだふらふらされているようですし、もうしばらくここにいましょうか、あなたが落ち着かれるまで」

そう言うと、留音さんは私の手を取って元の位置、手摺りの角に腰を下ろした。つられて隣に腰掛ける。

　ここなら離れ自体の陰になっているから、母屋の方から誰かに見咎められる心配はない。唯一、湖の南側の小道にいる人からは簡単に見通せてしまうけれど、普段からあまり使われない道だから、そちらも心配することはなさそうだった。

　音のない、静かな午後。まるで時間が指をすり抜けて零れ落ちていくのが見えるような。

　何処かから、ぱし、と枝の軋む音が聞こえた。

　森が、凍る。

　十月のこの頃は、秋が一気に深まり冬の欠片さえ招き寄せるような、そんな時がある。吹き抜ける風は一段と冷たさを増し、張り詰めた空気は一段と硬さを増しながら、あらゆる風景を端から冷たく染め上げていく。

　そして時に、紅葉が鏤められた深緑色の山の上から、さらりと刷毛で撫でられたように白く淡い氷のヴェールが掛けられる。

　つい先程まで雲間から陽の光が射していても、一瞬のうちに森の樹々が白く凍りつき始める、それは冬の序章だ。鉄道から西の会津のあたりが大雪に見舞われるような日、東側のこの一帯は、緑の森が密やかに、でも確実に戦慄《おのの》きながら、白く凍る。

　一瞬のうちに。

　今この瞬間にも、森の奥では凍り始めた梢を重たげに揺らしながら、幾本もの樹々が震えているのかもしれない。

　今この瞬間、私の隣には桜色の空気を持つ人が佇んでいるというのに。

「あの、さっき、何を読んでらっしゃったんですか」

　なかなか落ち着かない鼓動を静めようと思い、さり気ない話題を振ろうとした。

「ああ、これですか」

　留音さんがポケットから取り出したのは、薄い文庫本だった。かなり古い物に見える。角は丸くなっているし全体的に色も褪せている。背表紙の文字はずいぶん擦れていて、ほとんど判読できない。

「ハイネですよ」

中をぱらりと広げて見せてくれた。ところどころに傍線が引かれていてかなり読み込まれた感のある、ハイネの詩集だった。

私の驚いた表情を見て取ったのか、留音さんは少し恥ずかしそうな笑みを浮かべながら、

「母の物だったんです」

と、説明してくれた。

「若い頃の愛読書だったのを譲り受けましてね、外国へ行ったときこれだけはいつも肌身離さず持っていたんですよ。時々無性に日本語が恋しくなることがあって、そんなときにぱらぱらと眺めているだけでも、気持ちが落ち着きました。もうほとんど空で言えるくらい覚えてしまった詩も幾つかありますけれど、今になっても不思議と手放せないんですよ。

いい歳をした男がハイネの詩集なんて、と思われたんじゃないですか」

やや自嘲気味に言って留音さんは唇を歪ませた。

「この本は、僕と過ごした外国の記憶をそのまま持っていてくれるんですよ。ほら、イタリアの香りがしませんか」

すっと顔の前に詩集が差し出され、つい顔をそちらに近づけようと上体を傾けかけた途端、ぐらりとバランスを失いかけて身体が前から後ろへと大きく揺れた。

「おっと」

本を持ち替えた留音さんの左腕が機敏に私の背後に廻され、それに支えられる形で何とか後ろに転げ落ちずにすんだ。また呼吸が速くなる。単なる横棒一本の手摺りにお尻を載せただけの不安定な姿勢だったのを、すっかり忘れていた。

気がつくと私の頭が留音さんの胸に抱かれる格好になっている。慌てて身体を離したけれど、落ち着きかけていた鼓動が再び、鐘を鳴らし始めた。

「あ、あの、すみません、私……」

「よろしかったら、お貸ししましょうか」

何事もなかったかのような涼しい声で、留音さんはすい、と詩集をこちらに差し出した。

「え？」

振り仰ぐと、すぐ近くにあたたかい微笑みを浮かべた留音さんの顔があった。

長い睫毛に縁どられた黒曜石色の瞳が、とてもやわらかい。

「でも、そんな大切な物を」

「だからですよ。それに、あなたなら心配はいらないでしょう？　きっと大事に扱ってくれそうですから」

ほんわりとした笑顔。

どうしてこの人はこんなに優しく微笑むことができるんだろう。

「おや」

ふと耳を澄ます風情になった留音さんは、一瞬のうちに表情を固くした。微かに、エンジン音が聞こえてきたような気がする。

「彼が、帰ってきたようですね。煩いことを言われる前に退散しましょうか」

南側と母屋側の観音扉を急いで閉めると、留音さんに続いて渡り廊下を小走りに抜け、あたりの気配を窺いながらそうっとドアを開いて母屋の廊下に帰り着いた。

「これ、忘れないように。僕はずっと上の部屋にいたことにしておきます」

私に銀色の鍵を手渡すと、留音さんはそのままとんとんと階段を上がっていってしまった。

誰にも見られないうちに再び施錠をすませ、思わずほうっと息を吐く。表の方から車が停まる音、ドアの開け閉めされる音が聞こえてくる。

今すぐ彼と顔を合わせるのは気が進まなかった。すぐ横にあるドアから西庭へ出ると、植え込みを透かして、つい先程までいた離れが見える。

有塔家の長男以外の人間は決して立ち入ってはならない場所。

留音さんは、いったいどんな想いを抱えていたんだろう。

いつの間にかしっかり抱えていた詩集をあらためて手にしてみると、自然にページの開く場所があった。

理由はすぐに分かった。

この間留音さんが摘んでいた白い花、外国の僧院近くに咲いていたのと似ていたという野の花が、栞のように挿んであったから。

棺の中には白い花がいっぱいに詰められていた。

その中に横たわる瑛ちゃんは、ただ眠っているだけのように見えた。今にもぱちぱちと瞼が動いて、伸びをしながらふうっと起き上がってくるような気がする。

ほんの数日前に披露宴が行われていた広間は、今は喪服に身を包んだ人たちで溢れている。披露宴の時より長居をする人は少ないけれど、延べ人数でみるとかなりの数の方が来てくださっているようだった。

同じ黒装束なのに、なぜこんなにも違って見えるのだろう。

金糸や銀糸で縫い取りされた艶のある華やかな黒、そして、触れるとそのまま指先から段々と暗い色に染められてしまいそうな沈んだ黒。

光の中の闇の黒と、闇の中の闇の黒。

広間に満ち溢れる闇色の波に、呑み込まれてしまいそうだった。

親族席の最前列に私は座っている。喪主の位置には統吾おじさまが、その隣には笙子おばさまが並び、私の右にはお祖父様が座っている。とはいえ今何が執り行われているのかお祖父様にはよく分かっていないらしく、時々私に、瑛一はまだか、と尋ねてくるのがおそろしく苦痛だった。

嫁入りの時にいちおう揃えていくものとしてあつらえた喪服を、こんなに早く、それも瑛ちゃんのために着ることになるなんて。

帯のきつさも正座の苦しさも立ち居振る舞いのしにくさも、とっくの昔にどこかへいってしまった。時間の感覚が完全に麻痺している。

広間の奥の方には長テーブルが据えられ、お酒が供されている。ほとんどの座布団が弔問客で占められている、そのさらに隅の方に、馨子と和恵がいてくれるはずだった。

お通夜の最中だというのに、気がつくと波府先輩の言葉に神経が向いている。

自分で転んだんです、という先輩の穏やかなトーンの声が頭の中を駆け巡る。

なぜそんな不自然なシチュエーションを主張するんだろう。背後から襲われたのに、誰なのか把握できたんだろうか。本当はあの場所で誰かと約束をしていたんだろうか。そしてその誰かを庇っている……。

胸が締めつけられるように感じた。

すでに先輩の中ではすべての推理が終わり、十六年前の事件も今回の事件も、それぞれの犯人が判ってしまっているのかもしれない。そのうえで、庇うべき要素があると、波府先輩は感じている……もしそうなら、先輩が見つけた「真相」は永遠に葬り去られることになるんだろうか。

どうして？

私はなぜ瑛ちゃんがあんな形で死ななければならなかったのか知りたい。どうしても。この想いは、先輩にも充分通じていると思っていた。なのに、どうして？

瞼が熱くなり、慌ててハンカチで押さえる。

ちょうど近くを通ったご近所の方が、私にいかにも気の毒そうな視線を向けてくるのを感じる。

違うのに。

私は哀しい時には泣けない、それがようやく分かった。これは憤り、怒りだ。自分に納得できない理由で真相が隠されるかもしれないと感じたために浮かんだ涙だ。

波府先輩に問《と》い質《ただ》したいけれど、まだ加地先生のところに入院中だから、しばらくは無理そうだ。検査結果も異常はなく怪我自体は大したことがなかったらしいけれど、どうやら疲労がたまっていたようで、こんこんと眠り続けているらしい。

梶井刑事がお通夜の前に来ていて、いろいろと教えてくれた。

「あの波府さんってすごい方ですね」

梶井刑事はすっかり先輩を信頼しているようだった。

「僕が過去の資料を見て全然思いつかなかったことを、ずいぶん指摘してきましたよ。もっと早くに教えていただいていたら、その後の展開も変わっていたかもしれません」

とても残念そうだった。

「武琉先輩、どんなことを調べてくれって言ってたんですか」

馨子が尋ねると、途端に梶井刑事は渋い表情になった。

「それは、ねえ……」

言いよどむのを見て、馨子が眉をひそめる。

「私たちには言えないようなことですか」

「いえ、そんな、そういったことじゃないんですけどね」

慌てた様子で、梶井刑事はちらっと私を見た。

もしかしたら、馨子も容疑者という括《くく》りの中に入れられたままなのだろうか。確かに、波府先輩は今回の犯行時、夜行バスの中にいたからこのうえなく強固なアリバイがあるけれど、その他の五条院先生や馨子、和恵は、梶井刑事から見ればアリバイがなく、容疑者から外せるだけの理由はない、と思われているのかもしれない。

「馨子なら大丈夫です。お願いします、教えてください」

　私が深く頭を下げると、梶井刑事はあまり気が乗らない様子ながら、手帳を取り出した。

「ちょっと、どういった考えで思いつかれたのか分からないことが多くて、僕も波府さんに詳しく伺いたかったんですよ。でもついさっき、ここへ来る直前にも病院へ寄ってきたんですが、ぐっすりおやすみのようだったので分からないままで」

　話が長くなりそうだったので、他の人に見つからないようにと三人で中庭横の和室へ移動した。襖越しに廊下を忙しく行き交う人々の足音が聞こえてきて、落ち着かない。

　でも、波府先輩がどんなことを気にしていたのか、どうしても知りたかった。

「えっと、まず七四年の事件の方ですね。行方不明になっている遠山留音の母親、遠山花江さんの消息について調べてほしいと。これはまだ継続中です。遠山留音が東京の美大に在学中は、この町で独り暮らしをしていたらしいのですが、彼が大学を中退して外国へ行ったのとほぼ同時にこの町を出ています。まあ、有塔の家に顔向けできなくなったんでしょうね。引っ越し先は埼玉県でしたが、間もなくそこも引き払ってまして、その後の消息は確認が取れていません」

「今お元気だとすると、幾つくらいの方なんですか」

　馨子が苛々した様子で黒髪を揺らしながら尋ねる。

「え、確か……そう、一九二六年生まれだから今年六十四歳になっているはずですね。遠山留音は四十六歳です」

「十八で産んだんですか、ずいぶん早くお嫁にいったんですね」

「だってちょうど第二次大戦中ですよ。その当時なら珍しくないでしょう。召集令状が来てから、戦地へ行く前に慌てて式を挙げるようなことも多かったって聞きますし、事実、花江さんの夫になった人も結婚して間もなく戦争に行ったとか」

　新婚の夫はすぐに戦場へ行き、留守中に男の子が生まれた。無事に復員した夫は喜んだだろう。でもそれも束の間、身体を壊していた彼は間もなく亡くなり、花江さんは姑との折り合いが悪かったのだろうか、何かと苦労が絶えなかったらしく、まだ子供も小さいうちに遠山の家を出た、という。

「いったん有塔の家を出たとはいっても、やはり実の妹ですし、今の大旦那さん、元一郎さんは何かと面倒を見てあげていたようですから、遠山の家を出てからの方がかえって暮らしやすかったんじゃないですか？」

「そのあたりのことは、ご本人に聞かなければ分からないでしょう」

　視線を逸らしながら馨子が言い切ると、

「それはそうですけど」

　梶井さんはばつの悪そうな顔になって、また手帳に戻った。

「それから、凶器について。まず矢に残っていた指紋ですね。遠山留音の物の他に誰かの指紋があったかどうか」

「他に誰か？」

　不思議な気がした。そういえば、その遠山留音さんの指紋だっていつ付いた物か分からない。もし濡れ衣を着せるためにわざわざその矢が使われたのだとしたら……たとえば、付いていて当然のはずの誰かの指紋がなかった、ということもありえる。

「で、それは実際どうだったんですか」

　馨子は少し苛付いた口調で梶井刑事を急かす。

「え、とそれは……遠山留音以外に、大旦那さんとお手伝いの斉藤さんの指紋が検出されてます。まあこれは別に不自然ではないですね。大旦那さんは時々コレクションを手に取って眺めてたっていう話でしたし、斉藤さんは掃除の際に物をどかしたりすることもあったでしょうから」

「それだけですか?」

馨子の口調は変に厳しく聞こえた。梶井刑事も、は、と口を開きっぱなしにする。

「つまり、その三人の指紋しか付いてなかったということですか、それとも他にもあったけれど部分的な物だったので照合できなかったんですか。誰の物か分からない指紋はなかった、ということでしょうか」

てきぱきと馨子は質問を畳みかけ、それに梶井刑事は付いていけないようで目を白黒させ、慌ただしく手帳を繰っている。

「ち、ちょっと待ってください。ええと……きちんと判明したのはその三人分だけ、ということですから……他に部分的な指紋が幾つかあったけれど、照合できなかった、ということらしいですね。

何か引っ掛かるんですか?」

梶井刑事の問い掛けに、馨子は応じる気配がなさそうだった。そっけなく首が横に振られる。

彼女は、何が気になったんだろう。

「あの、梶井さん。凶器の矢の他に、波府先輩は何を気にしてたんでしょうか?」

どうしても時間が気になってしまい、早く先を聞きたくなる。

「あ、そうでした。ボウガンの方です、コレクションルームから盗み出されたボウガンの型とか大きさについてです。

なくなったのはかなり大きくて重量のある型でした。正確な重さは分かりませんけれど、斉藤さんの証言では、彼女が両手で持ってどかすのに結構苦労したくらい、だったそうです。部屋の奥の壁際に置いてあって、そこがぽっかりと変に空間が空いていたので、すぐに分かったとか。大旦那さんと斉藤さんに確認を取ったようですね。古くて重いけれど、ある意味護身用として使うつもりなら使えただろうと。そりゃあね、ボウガンなんかを目の前に突きつけられたら強盗だって逃げ出しますよ。

ただその重さのせいか、湖のわりと浅いところ、渡り廊下の近くあたりから発見されてますね」

「大きくて重い型、か。なくなっていたのはその一点だけだったんですよね。コレクションルームのボウガン全部の指紋を照合したわけではなかったとか」

「全部の指紋？　だって……え、凶器はその発見されたやつしかありえないでしょう？　あの晩実際には二丁なくなってたってことですか？」

梶井刑事の声が興奮のためか裏返りそうになった。

「いえ、いいです。ちょっと思い付いただけですから。それより、先があるなら手っ取り早くお願いします」

馨子の態度は取りつく島もない、という感じだった。この様子では、とても彼女の疑問は説明してもらえないだろう。

「あ、はあ……あとは、そうそう、有塔マキさんの免許の件ですね。運転ができたかどうか」

「できたんですか？」

すぐさま馨子が聞き返し、その反応の素早さに梶井刑事は慌てふためいている。

「え、はい、免許は持っていました。ただ、結婚前に取得した物で、有塔家に嫁入りしてからは、あまり運転していなかったらしいです。こんな名家の奥様が、いちいち自分で運転なんかするわけないですよね」

「でも、一応はできたんですね」

少し眉をひそめながら馨子が念を押す。遠山留音死亡説をとる前提として、有塔のばあちゃが車を運転できたかどうかが最大の問題だったのだから、これで仮説はひとまずクリアできたことになる。

「できたようですね。それから、と……今回の事件の方か。

木原さんの衣服は見つかったかどうか」

「美華の服？」

あの朝、彼女は何も身に着けていなかった。

「木原さんは前夜、いったんはパジャマに着替えていたんですよね」

「ええ、ピンク系統の派手な模様のブランド物だったと思います」

「それはスーツケースにしまわれていました。ですからあの夜、寝たと見せかけて、また着替えて出掛けたということになります。つまりたまたま部屋を出たところを襲われたというよりは、誰かに呼び出された可能性が高い、と」

「それが瑛一さんという可能性も捨てきれないけれど、別の誰かが瑛一さんの名前を騙《かた》って呼び出したということも考えられる、というわけですか」

梶井刑事は頷いた。

「木原さんの東京のお住まいを既に捜索しました。室内からは、その……」

言いにくそうに、視線を落とす。

「瑛ちゃ……瑛一さんと美華が付き合っていたような証拠でも出てきたんですか」

「正確には、そこまで断言できる証拠とは言えないんですけど……」

私の目付きが挑戦的だったのだろうか、梶井刑事の態度がおどおどしていく。

「携帯されていた手帳に、二人でディズニーランドへ行くとか、デートの約束のような書き込みがあったんです。手帳の終わりの方のページはよくあるように住所録になっていましたが、そこに名前の在った人達には、既に話を訊いてあります。もちろん犯行当日のはっきりしたアリバイを持たない人も数人いましたが、それだけでは、まあ、不自然とも言えません。高倉さん、あるいは有塔家やこの八矢町を含めた一帯に繋がりのありそうな人はいませんでしたし、先日の披露宴に出席していたような人物はいないと思われます。

最後から二番目の欄に、有塔瑛一さんの名前がありました」

梶井刑事は視線を落とすと気まずそうに付け足し、すぐ息を吸い込んで続きを勢いよく吐き出した。

「また、部屋から瑛一さん宛のメッセージの入ったカードとプレゼント用に包装されたネクタイが発見されました。でも並んで写っている写真のような決定打ではありませんよ。これは僕の考えですが、木原さんが一方的に有塔瑛一さんを好きになっていたんじゃないですか？　ですから、もしかしたら結婚式に呼ばれたのを幸いに、瑛一さんを問い詰めるか脅すかするつもりだったのかも。それがこじれて……」

披露宴の間の私の記憶に、並んで座っていた瑛ちゃんの片袖しか残っていなかったのは、彼の表情に、結婚という晴れの舞台にそぐわない感情が浮かんでいたからだったのだろうか。

「その二人のやり取りを耳にした誰かが、それを利用して美華を呼び出したのかもしれないということですね」

「母屋周辺を調べた結果、母屋の裏手、西庭の奥の方に古い物置小屋がありますよね？　あの横の植え込みに、枝が不自然に折れている箇所が発見されました」

物置がある場所というと、母屋の裏口から出てすぐの、隣家との境の壁際付近になる。家の者でも夜間は滅多に通ることのない、暗い所だ。だいたい、物置自体かなりの年代物で雨漏りもするため、大した物もしまわれていないし、いっそ取り壊してしまおうかという話も出ていた。

ただ、お祖父様は自分の生まれ育った家屋敷に手を入れることを極端に嫌うため、なかなか実現しなかった。洋館部分の増築は、有塔のばあちゃんが強く希望したので渋々折れたらしいけれど、最近になって母屋の水回りを新しくした際も、説得するのにかなり時間が掛かっていたような記憶がある。

母屋の裏手のあそこなら、確かに、秘密の待ち合わせには都合がいいだろう。

「かなり暗いですし人目にも付きにくいところですから、そこで頭を殴られ、昏倒したところを運ばれたのかもしれません」

「それじゃ服は？　矢が……いいえ、発見された時の状態から脱がされたわけではないんでしょう」

馨子が腕組みをほどき、片手で髪をかき上げる。本人は意識していないらしいけれどかなり色っぽい仕草で、それを見た梶井刑事もこころなしか顔を赤らめたようだった。

「え、ええと……矢は直接刺さってまして、結論から言えば、衣服は一括りにされた状態で向こうの岸辺、この家の北の方から見つかりましたけど、指紋等は採取できませんでした。手っ取り早く処分したいなら、やはり、犯行後にでも離れの廊下から湖へ放り投げてしまえばすみますから、この点で特におかしな部分はないと思うんですけどね」


「でも、ただぽんと放っただけでは湖面まで届くか分からない。あの離れは湖の中に突き出ている岩場を土台にして、その上に建てられているんですよね。不規則な形の岩場を覆うように正六角形の建物が乗っかっているわけだから、場所によっては手摺りのすぐ下が水面になっているところもあるし、岩場になっていて水面まで距離があるところもある」

「それ、どういう意味なの」

馨子は素早い視線を投げてきた。

「どうってことないけど……犯人はきっと、廊下のどのあたりから投げ込めばちゃんと湖に沈められるかってことを計算してたんじゃないかと思う。美華の服ってどれも派手でしょう。あんなのがひらひらと岩場に張り付いていたらすごく目立つわよ。それに……」

彼女は目を細め、梶井刑事を見た。

「多分犯人は、十六年前の事件を再現しようとしていたはず。その当時の被害者の二人が身に着けていた服ってどうなってましたか」

「あ、それも聞かれてたんでした。そっか、そういう意味だったのか……。有塔侑太さんの着物は、離れの廊下のすぐ下、湖の中心に近い方の岩場に引っ掛かっていました。朋絵先生のは……」

梶井刑事はごくりと唾を飲み込んだ。

「先生の着物は、湖の真ん中あたり、深さのある場所に広がった状態で浮かんでいるのを発見されてます。こっちは発見までに日にちが経ってましたね。事件から三週間ほど過ぎた頃です。

変だな、どうしてこんなにばらばらになったんだろう。朋絵先生の方だけ湖の真ん中に捨てられたってことか？　一つにまとめて括った方が重くなって沈みやすくなるだろうに……。だいたい何で処分しなきゃならなかったんだ、犯人の血痕でも付いてたのか……」

最後の方は呟きに変わった。

「捨てた人が別々だったんじゃないですか」


さらっと馨子が言い放つ。

「遠山留音は着物に特に注意せず、放っておいた。手摺りに掛かっていたものが、その後風に煽られて下の岩場に落ちたのかも。そして、その彼を殺した誰かが、何らかの理由で朋絵さんの方の着物だけを処分しようとした。もしかしたら自分の血がついていたからかもしれないし、今言ったみたいに片方はもう下に落ちていたから気が付かなかったのかもしれない。

たまたま近くにあったので、遠山留音の死体をそれで包んだのかもしれない」

「なんだって」

梶井刑事が目を剥《む》いた。

「遠山留音はもう死んでるって言うんですか？　それも同じ晩に殺されて、そこの湖に沈められてるって？」

「あら、武琉先輩、そう言いませんでしたか？」

まったく臆《おく》さずに馨子が尋ねると、梶井刑事は今度は蒼ざめた様子で首を横に振った。

「遠山留音がどこにいるのか突き止められたら、大きな前進になるでしょうとは言われたんですが」

「だから、殺されて湖の中にいるんですよ、今でも。その証拠が見つかればいいんですけど、この湖は水流が複雑で、場所によっては藻がすごく繁殖しているとか。入水自殺なんかだと死体があがらないことが多いらしいですね。これから湖全体を徹底的にさらうというのはちょっと無理でしょうか」

まるで、卵が三つしかないんですけどこれで五人分のオムレツを作れますか、と尋ねているような空気だった。ううむ、と呻きながら梶井刑事は天井を仰ぐ。

遠くで、誰かが私の名前を呼んでいるような気がした。焦る。

「あの、梶井さん、他には?」

「あ、えっと、後はあの離れの由来ですね。州崎さんの話だと第二次大戦の直前に建てられたような感じでしたけど、もしそうだとすると、有塔本家の長男が結婚式の夜をあそこで過ごす、というのは伝統というにはちょっと歴史が浅すぎるんじゃないかと」

確かに言われてみればそうだった。単純に考えて、お祖父様の代から始まった《伝統》ということになる。

「州崎さんもちょっと話してましたよね。あそこには今の離れが建てられる前から、ちょっとしたお堂というか社のようなものがあったそうです。そして、かなり昔の有塔の人で、その……ちょっと精神的に不安定な人がそこに住んでいたこともあったとか。本家は昔からここにありますから、当時は小舟を使って行き来していたそうです」

「座敷牢ってわけ」

「そうとも言えますね」

「そのまんまじゃない。で、その後は? あんなところに離れを建てて渡り廊下で繋いで、その廊下に母屋側から鍵を掛けられるようにしたのも、引き続いて座敷牢として使っていたという意味だったのではないですか」

　梶井刑事は重々しく頷いた。

「誰が閉じこめられていたのかは不明です。有塔の家もその辺は秘密主義を取っていたようですから。いくら身内の問題といっても、下手をすると人権問題ですもんね」

「じゃ、本家の長男しか出入りできないって伝統は、お祖父様が作ったものだったのかもしれないのね」

　自分で言ってみて、はっとした。

　お祖父様が離れを自分専用に使いたいために作った《伝統》だったとしたら。なぜわざわざそんな作り話をしなければならなかったのかという疑問はわくけれど、浅すぎる《伝統》の意味付けには適っている気がする。

　お祖父様はもしかしたら、女性を囲っていたのかもしれない。一つ屋根の下でそんなことをするなんて信じたくはないけれど、でも昔はこの有塔の家は堂々たる有力者の旧家だったから、何でも好き放題にできたのかもしれない。

　鳥肌が立ちそうだった。

　そのような場所で、なぜ結婚式の夜を迎えなければならないのか……生理的に嫌悪感が走った。そんなはずはない、いくらなんでもあのお祖父様が、独りぼっちの私をわざわざ引き取って育ててくれたお祖父様が、一方でそんなひどいことをしていたかもしれないなんて、考えたくもなかった。

「先生の容体はその後どうなんですか」

　馨子の鋭い指摘に、あらためて目が覚める思いだった。いくら自分のことで手一杯とはいえ、昨日の今日、重傷を負った先生のことがすっぽりと頭の中から抜け落ちていたなんて。

　後ろめたい思いでそっと様子を窺うと、梶井刑事は重々しく首を横に振っていた。心臓がずんと重くなる。

「まだ連絡待ちです。郡山の病院からは、容体に変化があったらすぐに連絡をもらうことになってますし、そうしたら皆さんにもすぐお知らせします」

「お願いします。他に、武琉先輩から聞かれていることはありませんか？」

　時計を気にしながら馨子が確認すると、梶井さんはつんつんと立った髪をペンを持った右手でかき廻しながら、だいたいそんなところです、と締め括った。

「分かりました。沙季子、そろそろ行った方がいいんじゃないかな。私たちは広間の後ろの方にいると思う」

　そして私たち三人はそそくさと解散し、私はその後ずっと広間に座り詰めだった。

　黒ずくめの長い行列は途切れることなく続いている。広間の奥の壁際に設けられた立派な壇、そのお焼香台の前から廊下を通り、臨時の玄関口となった東廊下の縁側から外へ続く門まで、知っている顔、知らない顔、何となく見知っている程度の顔が延々と続いている。お焼香の前にされるお辞儀には機械的に頭を下げているだけで、一人ひとりの顔なんてとても確認できない。

　それでも時々、気味悪そうに私に投げられる視線には、どうしても気付いてしまう。

　呪われた子。

　呪われた女。

　十六年前の事件では自分の叔母が殺され、その第一発見者だったのに記憶を失い、さらにその数ヶ月後に有塔の大奥様を湖上へ連れ出し、発作を起こさせ死亡させた、そして今……。

　有塔本家の跡取りの嫁におさまろうとした矢先、新婚の夫と女友達がまるで十六年前と同じ状態で殺された。

　何も知らないはずはない。もしかしたらその手で……。

　幾人かは、そういった疑いを視線でぶつけてきた。

　膝の上で握りしめる私の両手を、喪服を纏い強張っている私の全身を、俯いている私の黒髪を通して、無遠慮に心の中まで。

　右手斜め上に飾られている、爽やかに笑っている瑛ちゃんの写真をよく見て瞼に焼き付けておきたいのに、頭を起こしていることすら辛い。いくら頑張って見つめても輪郭が滲み、笑顔がぼやけてくる。お願いだから、彼の最期の姿を彼の笑顔で消させて。


　どうしてこんなに、安らげるのだろう。

　どうしてこんなに、戦慄《おのの》いているのだろう。

　分かりすぎるほど分かっているのに、繰り返し繰り返し、胸の中で渦巻く想い。

　後ろから廻されたすんなりとした腕が、私をしっかりと抱きしめている。秋の森の中、満開の花を付けた桜の古樹に差し出されていた腕、湖岸で水切り遊びをしていた腕、山の中の小道で月明かりの下、私の肩をほわりと抱いた腕が、今はすぐ目の前にある。

　素肌のぬくもりが、優しくて、恐ろしい。

　こうなってしまった以上、私は決心しなくてはならないだろう。

「何を考えているんです」

　心を読まれたかのようだ。肩越しに留音さんが覗き込んでくるのを感じた。同時に、廻された腕に力が込められる。

「どうして……」

　言葉を続けることができない。どのように表現したらいいんだろう。

　どういうつもりなんですか、これからどうしたいんですか、これからどうするべきなのか、考えているんですか。

　頭の中にはいろいろと尋ねたいことが浮かんでい

るのに。

「……なぜ、私と……」

口にできたのは、女としての台詞だった。彼の婚約者としてではなく、ただの女性としての、独りよがりな台詞。

「最初から、あなたに魅かれてしまったから。庭であなたと初めて言葉を交わした日を覚えていますか」

どうして忘れられるだろう。

「本当は、あなたに初めてお逢いしたのはもっと前でした。お逢いしたというよりは、お見掛けしたといった方がいいでしょうけれど。あなたは学校帰りの子供たちとすぐそこまで、門のところまで一緒に来て、そのあと子供たちに手を振りながらこの家に入ってきた。僕はそのとき屋上にいたんです、家の中はどうしても落ち着かなくてね。いったい誰だろうと思って見ていると、あなたは一瞬僕の方を眩しそうに見上げて、でも僕には気付かない様子で南庭の方へ廻って行った。そして植え込みの間をとても楽しそうに歩いていた。

僕はなぜか、どうしてもあなたから目が離せなかった。

あの時は、まるで花の妖精のようだと思ったけれど、今は……そう、僕だけの人魚姫です。僕だけの」

強く、苦しげな吐息が広がる。

「今夜、あなたが来てくださるかどうか、僕は自分と賭けをしていました。そして……勝った」

廊下ですれ違ったときに渡された、小さな紙片。

明日の深夜、お待ちしています、とだけ書かれていた。場所は記されてはいなかった。なのに私は……まるで指定されていたように、深夜、通用門からこっそりと入り込み、母屋の裏を廻って、西庭に面した通用口へ迷うことなく向かったのだ。

いつもなら施錠されているはずのそのドアは、開いていた。

薄暗い中に延びている艶やかな母屋の廊下は、恐ろしいほど決然としていて、忍び込んだ私を拒絶するかのようだった。すぐ右側の、離れへの渡り廊下を閉ざしているはずの南京錠は、よく見るときちんと掛かっていなかった。私は疑いもせずそれを外すと扉を奥へと滑らせ、音がしないように気をつけて閉めながら、気持ちはとっくに離れへと飛んでいた。

背を屈めながら駆け抜けた長い長い渡り廊下、そして左奥へと廻りこむと、観音開きの戸を押し開ける。

中へすべり込んだ途端、力強い腕にいきなり抱きすくめられた。

同時に桜色の香りに包まれて、息が止まりそうになる。

そして私は……留音さんの腕の中で、人魚になった。

どこまでも黒い人波が、ゆっくりと流れ、うねり、押し寄せてくる。知っているような、まったく逢ったことのないような顔が、繰り返し、繰り返し、寄せては返す。

寄せては返す。

ぼんやりと、記憶の彼方から浮かび上がる顔もある。あの人は小学校で一緒だった、その人はよく駅の近くの公園で一緒に遊んだ、この人は昔の家の近くに住んでいた。

流れ寄せる人たちに機械的に頭を下げながら、意識はますますぼんやりして、霞がかったようになってくる感じだった。

そんな気持ちを見透かしたように、不意に右の方にいるおばさまが、きっと鋭い視線を私に向けた。

呪われた子。

こんな子を引き取らなければ。

針のような声が突き刺さってくるようだ。

不意に、とん、と肩を軽く叩かれて、はっと振り返ると、梶井刑事がすぐ後ろにいて、神妙な顔つきで折り畳まれた紙片をそっと手渡してきた。何だろう、と手に取って思わず見上げると、梶井刑事は無言のまま頷き返してくる。おばさまたちに気付かれないよう、掌の中でそっと開いてみた。梶井さん本人のものらしい走り書きが目に入る。

『五条院先生、一時意識回復。右上腕部骨折、右側頭部から後頭部にかけてと腰部打撲、右足首捻挫あり。背後から殴られた、との証言。現在神社付近を捜索中』

まわりに漂っていた、払っても払っても纏わり付いてくる霞が、どす黒く濁ったような気がした。

微かな眩暈を感じながら、失礼します、と呟いて席を離れる。おばさまが一瞬こちらに顔を向けたけれど、すぐについと視線を逸らせた。

廊下を奥へ進み、手洗いに立ったように見せかけて右奥へ曲がった。突き当たりにお祖父様の部屋がある廊下に入ると、付いてきていた梶井刑事に向き直る。

とても深刻な表情を浮かべていた。

「どういうことなんでしょう。先生はやっぱり、襲われたんですね」

囁き声で尋ねると、梶井刑事も同じように声を潜めながら、

「ええ、誰かから攻撃を受けたことは間違いないですね。自分で腰のあたりに打撲傷を作るのは難しいですし、医者の話だと、どうやらある程度硬い棒状の物が使われたらしい。鉄パイプみたいな金属製の物だったら、致命傷になっていただろうとのことでした」

と説明してくれた。

「先生はなぜあんな所にいらしたんでしょう?」

「それが、意識を回復されたのはほんの僅かな時間だったので、そこまで確認取れなかったんですよ」

梶井刑事は悔しそうに顔を歪めた。

「もしかしたら、誰かに呼び出されていたとか……」

と言いかけると、相手も大きく頷く。

「僕もそう考えています。現場は人気のないところだし、岩場でしたから足跡なんかも残ってません。ただ、今の段階では五条院さんを呼び出した理由や目的は見当つきませんけどね。あの先生が実は遠山留音だったとしたら、と思ったんですけど、波府さんは否定してましたし……。とにかく、何か手掛かりが残っていると、ありがたいんですけどね」

ふっと心配になった。もしかして、あの後現場に入り込んだ波府先輩や私は、余計な跡を残してしまったのかもしれない。

あの鍾乳洞のことは、先輩は梶井刑事にもう話したのだろうか。お焼香が始まる前に馨子と三人で話した時には、そんな話は出なかったけれど……現場保存の点からも、先輩が梶井刑事に知っていることはできる限り打ち明けていて、その流れで事件には関係なさそうな鍾乳洞のことも話しているように思える。

「おや、お嬢さん。こんなところでどうしました」

深いテノールが響く。驚いて顔を上げると、州崎刑事がすぐそこにいて、鋭い視線をまわりに走らせながら近寄ってきた。スーツ姿に黒ネクタイを締めてはいるけれど、それが漂わせるしめやかな雰囲気は、全身から発散されている刑事臭さにほとんど打ち消されている。どこにいても、どんな格好をしていても刑事らしさの抜けきれない人だ。

「いえ、別に」

私は手にしていた紙片を、袖の中へ滑り込ませた。州崎刑事が凄みのこもった視線をぎろりと梶井刑事に向けると、彼は真っ赤になった。

「お前、まさか捜査情報を漏らしていたんじゃないだろうな。だいたい、今までいったいどこにいたんだ。探してたんだぞ」

「ええ、はあ、いや、まさか」

そのうろたえぶりは可哀想になるくらいだった。

「いえ、た、ただ、そう、ご、五条院先生の容体くらいは、お、お話してもよいのではないかと」

梶井刑事はどもりながら何とかそう言うと、ポケットからハンカチを引っ張り出し額の汗をぬぐう。

「ああ、あの線の細い先生」

州崎刑事は門の外をちらりと見た。

「五条院司《つかさ》先生でしたな。英文学の教授であんたさんの卒論指導の担当だった。先生をここへ呼んだのはなぜです?」

面食らった。そんなに不思議なことだろうか、たった半年前までお世話になっていた教授を結婚式に招くのは。

質問の意図をはかりかねて首を傾げていると、州崎刑事は苛々した調子で声をやや荒げて、

「あの先生、経歴がはっきりしてない時期がありますな。二十代の頃外国を数年間放浪していたとか、今の職に就く前にどんな仕事をしていたかもはっきりしない。ま、大学に雇われるくらいだからいかがわしいことはしとらんだろうけど、何でもかんでも『プライヴァシーの侵害』を振りかざして黙秘するのは心象がよくないですなあ」

と不満を漏らした。

「黙秘って……先生がですか?」

思わず声が上擦ってしまい、慌てて口を押さえる。

州崎刑事は仏頂面でふんと鼻を鳴らした。

「どうも素振りが怪しい、昨日も散歩とか言ってしばらく姿をくらませたかと思ったら、また事件に巻き込まれてるじゃないですか。なんでまた祠なんかにいたのか分かりゃしない。誰かに呼び出されたか、あるいは誰かを待ち伏せしていたのか」

どうやら先生は、最初の事情聴取のときに相当悪い印象を植え付けてしまったらしい。

「でも……先生がこの事件に関係してるって言うんですか。先生だって被害者じゃないですか」

「十六年前の事件で行方不明になっている指名手配

犯、知ってるね。そいつと年格好が合うし、こいつも」

乱暴に梶井刑事の方に顎をしゃくってみせる。

「何だか見たことのあるような顔だと言い出すしね。ま、それだけじゃ決め手にはならんが」

「あの、じゃ、僕、戻ります」

相当ばつが悪かったらしく、梶井刑事は慌てて州崎刑事の横をすり抜けて出ていった。

その後ろ姿を見送りながら、また、ふん、と軽蔑したような息を漏らすと、州崎刑事は視線を私に戻して顔を歪ませた。

「失礼だが、あんたも一人でうろちょろしない方がいいですな。余計な疑いを招きたきゃ別だが」

わざと引っ掛かるような物言いをしているのだろうか。頬に血が上るのを感じたけれど、ここで言い争っても意味はない。

「先生を襲った犯人の方も、捜査はしていただいてるんですよね」

「ほう、じゃああの先生が誰かに襲われたと『申し立てて』いることはご存知なんですな。ずいぶんと情報が早い」

しまった、と唇を噛んだけれど遅かった。州崎刑事の視線がますます厳しくなってくる。

「昨日からほとんど丸一日意識が戻らなかったんですから、心配になるのは当たり前じゃないでしょうか？　今さっき、梶井さんに無理矢理教えていただいたんです」

「またずいぶんと、あいつを手なずけたもんですなあ。こりゃあ気を付けないと、犯人に逃げられるかもしれない」

頭がかあっとなって一瞬言葉が続かなくなった。こんなにあからさまに疑われると、呆れて何も言えなくなる。

「自分の教え子が殺人事件に巻き込まれて、おまけに犯人は捕まらないってのに、人気のないところを独りでふらふらと出歩いて、不用心にも程がある。

何か後ろめたいことがあると思われたって仕方ないでしょうが」

先生を知らない人にはそう見えるかもしれないけれど……五条院先生は、そういう人なのだ。必要以上に周囲に関心を持たないというか、何かに没頭すると自分のことで手いっぱいになってしまうというか。利己主義というのとはまた違うのだけれど、品のいいエゴイスト、といえなくもない。

しかし、それをこの州崎刑事に説明するのは難しそうだった。

「今夜も警察の方、来てくださってるんですね」

と尋ねてみると、また州崎刑事の顔つきが渋くなった。

「まったく、えらい大目玉を食らいましたよ。あの、ほら、あんたさんの大先輩」

「波府先輩です」

「ハブだかパブだか知らんが、人騒がせな。最初にこっちに知らせが入った時はもう、上からはなぜ見張りを外したと怒鳴られるは、医者が捉まらんで容体が分からんは、容疑者リストアップのやり直しを迫られるはで、大騒ぎだったんだ。なのに、結局自分で転んだっちゅう話だろが。まったく、自分でいろいろかぎ廻って、事件解決の鍵を見つけてくれるならまだしも、捜査を混乱させせんでほしいね」

思わず感心してしまった。波府先輩はとうとう、あの状況を「自分で転んだ」ものとして警察に納得させてしまったのだ。

「それでも警備しとくに越したことはないっちゅうんで、今夜は屋敷のまわりに何名か配置しとる。容疑者も絞れてないし、もしかしたら犯人が現場に舞い戻るっちゅうこともあるかもしれんしな。しかしまあ、有塔のご本家さんだけあって、これだけ弔問客が多いとは……これは見張りも大変だ」

犯人が家族以外の者だったらどんなにいいだろう……。

州崎刑事も話を打ち切りたそうだったので、軽く頭を下げると広間へ戻った。

そろそろお焼香の時間も終わるというのに、人の列はまだ長く続いている。広間に用意された長テーブルに、良枝さんやご近所からのお手伝いの方が何度もお酒や食べ物を補充しているけれど、年配の方を中心に落ち着いて座り込んでいる人も多く、いくらあっても足りない様子だった。

隣にいたはずのお祖父様も、いつの間にか長テーブルの方へ移動していて、古くからの知り合いと、かみ合っているのかどうか分からない会話に花を咲かせている。台所と宴席とを忙しく往復している良枝さんには、かえってお祖父様は向こうの位置にいた方が世話がしやすくていいらしい。

わざわざ来てくださった役場の人たち、古くからの友人に加えて、瑛ちゃんの仕事関係の方々まで来てくださっていて、それらの人々にご挨拶などをしているうち、気がつくと広間はがらんとした状態になっていた。白いエプロン姿のおばさんたちが、忙しく後片づけを始めている。一昨日、式でお会いした親戚の方たちも残ってくださるようで、客用の座布団を広間の片隅にまとめてくれている。

私はどれだけ、ぼうっとしていたんだろう。

統吾おじさまも笙子おばさまも姿が見えなかった。いや、一瞬見えないと思ったけれど、気がつくと瑛ちゃんの棺の傍らにぴったりと寄り添う笙子おばさまの、やつれきった後ろ姿が見えた。

私はこれから、どうしたらいいんだろう。

急に現実味を帯びた不安。このままこの有塔の家に住み続けることはとてもできそうになかった。あの離れをいつも間近に見ながら暮らすなんてとてもできない。

しばらく二人で暮らすために借りた郡山の方の部屋、あそこにも住めない。二人で迷いながらいろいろ選んだ家具や食器に囲まれて暮らすなんて……。

それなら、私の居場所は、どこ?

広間にいる人たちの視線がこちらに向けられてい

るような気がして落ち着かない。手前の方に幾つか残された長テーブルにはまだ少しお酒や食べ物が並び、有塔の親戚たちが数人、席についている。ひそひそ声で話をしながら、時折私に妙な視線を投げてくる。瑛ちゃんには笙子おばさまがついていて、この様子ではとても私には近づけそうになかった。

立ち上がると目の高さの少し上になる、大きな大きな瑛ちゃんの笑顔。ずっと見つめていたいのに……どうしてもできない。

壇のまわりに溢れんばかりに飾られた白い花々。菊、薔薇、トルコ桔梗などの様々な香りが、むせかえるように広間に満ちている。

同じ空間に人が動いていて、空気が流れていて、花とお焼香の香りが絡み合っていて、まるで小さな箱に思い切りぎゅうぎゅうに、あらゆる物を詰め込めるだけ詰め込んだような圧迫感が、私をどこかへ押しやろうとしているようだった。

息が、できない。痛いほど握りしめた自分の拳が震えているのを感じるのに、それをどうすることもできない。

馨子と和恵は部屋へ戻ったのだろうか。馨子のセーターのグレーも、和恵のカーディガンのラベンダーも視界には入らない。

水を一杯もらおうと、広間を出た。硝子越しに見える廊下の向こう、表にはもうほとんど人はいない。数多く吊り下げられた提灯が鯨幕の縞模様をくっきりと浮かび上がらせ、その一方で植え込みの陰をより一層暗くしている。長々と巡らされているその幕の陰に隠れるようにして、何人か散らばって立っているのが見えるのは、おそらく見張りの刑事だろう。

台所へ向かう途中には、硝子に囲まれた小さな中庭がある。玉砂利が敷かれ、小さな白い石灯籠が置かれただけの、こぢんまりとした空間。今も小さいながらぼうっとやわらかい明かりが下の方から灯籠を照らしていて、少し緑色の苔が浮いた石肌をやんわりと見せている。それを左手に見ながら廊下の角を台所へと曲がった。誰かの入って行く後ろ姿がちょうど目に入る、なのに私が台所へ辿り着くまでそこの電気は消されたままだった。

「暗くありませんか」

誰だか分からないまま声を掛け、ぱちんとスイッチを入れる。

蛍光灯にしらじらと照らされた台所には、誰もいなかった。中央のテーブルにはまだ濡れている食器類が山のように積まれている。流し台にも何枚かお皿が残っているから、お手伝いの方が洗い上げてくださったばかりなのだろう。布巾もあちこちに散らばって置かれている。

一瞬、ぞくりとした。

何かの見間違いだったのだろうか。疲れていて何かの影が見えたような気になったのだろうか。

目を閉じて頭を振ってみる。広間へ戻っても落ち着いて座ってなんていられない、とり合えず後片づけをやってしまおうかという気分になった。少しは気が紛れそうだ。

椅子の背に掛けてあったエプロンを手に取り、流し台の前に立ったとき、隙間風を感じた。見ると、すぐ右手にある裏口の戸が僅かに開いている。

さっきは誰かがここから出て行ったのかもしれない。でも今頃、裏の方に何か用だろうか。ここから出るのは、家の者なら道路沿いの蔵に行くか通用門を使う時、または西庭に洗濯物を干す時か物置に用がある時、それくらいのはずだった。お手伝いの人が何かを探して蔵か物置を覗いているんだろうか。

もしかしたら単なる好奇心で、凶器のボウガンがしまってあった蔵を見に行っているのかもしれない。人の好奇心は止められないけれど、やっぱり嫌な気持ちになる。

でも振り返ると、蔵の鍵はいつもの場所にちゃんと掛かっていた。鍵はそれ一つだけのはずだし、この事件以来警察に鍵の管理を煩く言われているから、少なくとも蔵にはちゃんと施錠がされているはずだ。

　誰かが勝手が分からなくてそこから出て、表の方に廻っただけかもしれない。しばらくは洗い物に専念した方がよさそう。

　スポンジに洗剤を付け、泡立てる。流しに少し残っていた大皿を一枚一枚、きゅっきゅっと洗っていく。何かが綺麗になっていくのを見ると少しずつ気持ちが軽くなってくるし、いつもと何も変わらないような気にさえなってくる。

　変わりすぎるほど変わっているのに、何も変わらない日常。こうやって私は、自分を騙してこれからずっと生きていけるんだろうか。

　いつまで待っても瑛ちゃんは戻ってこない、そんな日常に、私は慣れることができるだろうか。

　頬に泡が飛び、ふと手を休めた時。

がた、がたん。

　裏の方で重たそうな物音がした。裏口の傍、物置の方から。こんな時間に誰が、何をしようとしているんだろう。

　いったん手を拭くと、裏口からそっと外を覗いてみたけれど、真っ暗で何も分からない。

　まさか、真犯人がずっと物置かどこかへ隠れていて、今頃出てきたのか……そんなはずはない。なのに、どんどん嫌な方向へと考えが進んでしまう。裏の方には刑事さんはいてくれないんだろうか、表から誰か呼んできた方がいいのかもしれない。

　そう頭では考えているのに、身体は勝手に行動を起こしていた。サンダルを突っ掛けると、裏口のドアをそうっと押し開けて外に出る。台所の窓からの明かりで建物のすぐ近くが照らされてはいるけれど、でも少し離れてしまうとやっぱり暗すぎて、誰かがいたとしてもよく分からない。

　ただ、物置の引き戸が開いているのは分かった。

　どきん、と鼓動が大きく打つ。

　今頃、あんなところに誰が。

中でちらちらと明かりが動いている。懐中電灯らしい。誰かが何かを探している？

出てくる人から見られないように、いったん正面の石塀のところまで進み、物置からの死角に入る。そこから植え込みを伝ってゆっくり近づこうとして……。

突然後ろから口を塞がれた。同時に身体がぐいと引き戻される。

声を上げようとしたけどできない。頭の中が真っ白になる。

「何、やってるんですか」

囁き声で、それでも咎める調子で後ろから言ってきたのは、梶井刑事だった。

「えっ、か、梶井、さん……」

息が切れて、言葉が続かない。はあはあと私の荒い息遣いが闇に流れていく。視界がようやく、だんだんと暗さを取り戻してきた。

「まったく……今度はあなたですか。着物だったからすぐ分かりましたけど、別の人ならまずタックル掛けてましたよ」

少しだけ息を荒げて、梶井刑事が笑ったような気配だった。

「あ、あの……いったい……」

まだ頭が混乱している。中には誰がいるのか、梶井刑事はそれが誰だか分かっているのか、それとも中にいるのも警察の人なのか、聞きたいのに言葉にならない。着物のせいでよけい苦しく、なかなか元の呼吸に戻せない。

「さっきまで、お友達二人を説得するのに苦労してたんですよ。牧沢さんは病院に行くってごねるし、執行さんは僕らの計画見透かしてるみたいで、質問ばっかり浴びせてくるし……。やっと一人になってここに張りこめたと思ったのに——あ」

梶井刑事は一瞬、視線を私の肩越しに投げ、息を止めた。物置からはドタンバタンと音が聞こえてくる。なぜか、自分の行動が知られることに無頓着のようだ。

「粘ってた甲斐がありましたよ。うまくいきそうです」

私をそっと背後に庇うと、梶井刑事は植え込みの陰から首を伸ばし、物置の中の気配を窺っている。待ち伏せしていたのだと分かり、冷たい手でぎゅっと心臓を掴まれたかのような気持ちになる。

中にいるのは、きっとおびき寄せられた犯人。そこへ飛び込もうとしてしまったのだ。鉢合わせしていたらと思うとぞっとした。

ようやく収まってきた鼓動を感じながら、梶井刑事の後ろで息を潜めていると、やがて懐中電灯の動きが止まるのが分かった。

何をやっているんだろう。

「これから何が起きても、絶対にここから動かないでください」

梶井刑事が振り返らないまま、小声で言う。

どうしてそんなことを言うんだろう。


「波府さんに言われてたんです。できる限り、この件には高倉さんを巻き込まないように、と。でもこんなタイミングで来られちゃ、もう無理ですから」

波府先輩が……いったいどういうことなんだろう。犯人をおびき寄せたのは先輩だったのか。梶井刑事を使って何かを仕掛けた、ということなんだろうか。私を巻き込むな、というのは……やはり、犯人は有塔の家の人だったという確証ができたから？

何かが、変わった。

細い細い、糸のような月はとっくに沈んでしまったのに、星明かりだけなのに、不思議と闇が薄い夜。その薄闇を縫って何かが流れてくる。目に見えない、手にも掴めない、闇よりも軽く星明かりよりもささやかな何かが、湖の方から流れてくるのを感じる。

がたごとと耳障りな音を立てながら、物置から出てきた人影があった。背を丸め、骨張った腕で戸口に掴まり、ゆっくりと重たげに足を動かして敷居をまたごうとしているのは……。

お祖父様。

目の前がぐらり、と歪んだ気がした。

それと同時に、記憶のどこかからフラッシュバックされた光景。

十六年前のあの朝、私が見た離れ。

そして昨夜、私が見た離れ。

まさか。

足が勝手に動き、植え込みの陰から飛び出していた。あっ、と梶井刑事が叫んだけれど、それを聞き流して走る。

湖の方へ、西庭の方へ。

西庭をずっと先へと駆け抜ける。右手の生け垣越しに見えるのは、湖の上に黒々と浮かんでいる、昨夜と同じ離れ。

でも、違う。一瞬足を止めて見たけれど、何がどう違っているか分からない。けれど、何かが、確かに違っている。

さっきから感じている、薄闇を縫って流れる何かは、確実に離れから発せられている。

フラッシュバックされる今朝の風景。黒っぽい背中を見せて倒れていた波府先輩。

渡り廊下の横の戸から母屋へ飛び込んだ。すぐ脇に立っていた警官が驚いた顔で私を見る。押し問答している暇はなかった。

渡り廊下は諦めて階段へと走り、駆け上がる。着物が窮屈で足が上がらず、気持ちばかりが焦る。

屋上へ辿り着いた時には息がすっかり切れてしまっていた。それでも立ち止まってはいられない。サンダルを履くのももどかしく、ドアを押し開け屋上へと飛び出した。

十月の風が、私の周囲に渦を巻く錯覚。

物干し台の間を抜けて、北西の角へと走る。今朝、波府先輩が倒れていた正にその場所へ。

赤錆の浮いた手摺りを掴み、身を乗り出して離れを見下ろす。

そして、はっきりとそれを目の当たりにした。

十六年前の夜、あの矢はここから放たれたのだ。

無伴奏　第四楽章

それは花を生けるのが好きな娘の初恋の物語。

村一番の長者の家に生まれた娘は、両親やまわりの人々に愛されてすくすくと美しく成長した。一人娘だったため、少々我儘なきらいもあったが、その笑顔の前では誰もが不愉快な思いを長続きさせることはなかった。

ある日のこと。

娘が花材を探しに家を出ようとすると、土間のところで、一抱えもあるほどの大きな藤籠を抱えた若者に出遭った。聞けば、若者の母親が畑仕事の合間に編み上げた籠だという。

太い藤の蔓を器用に編み上げた、素朴ながらも見事な品だったが、娘の見たところ使い道がないようだった。赤子の揺り籠にできるくらい大きかったが深さがありすぎる。底に皿を敷いて花を生けるにも大きすぎるし、土間に置いて野菜を入れておくにも使い勝手が悪そうに見える。

娘がそう言うと、若者は恥ずかしそうにもじもじとしながら、縁の欠けたような大ぶりの器なぞありませぬか、それをこの藤籠の中に入れて目隠しのように使ったらどうか、と、真っ赤になりながらそれだけ言うと、そそくさと帰って行った。

その後ろ姿を見送りながら、娘は先月下女がそそうをした伊万里焼の大きな花瓶のことを思い出した。

本来は花瓶というよりそのまま床の間に飾っても見栄えのする焼き物だったが、娘が森で枝ぶりのよい花材を見つけ、それを生けるのにどうしても大きな花瓶が必要になり、それに目をつけたのだった。

そして拭き掃除をしていた下女が誤って倒してしま

い、その縁の部分が大きく欠けてしまったのだった。

娘と歳の近いその下女は、その日のうちに暇を出されてしまった。

その焼き物が蔵にしまわれているのを思い出すと、娘はすぐさま男達に命じて土間まで運ばせ、その大きな藤籠の中に入れてみた。

藤籠より一回り小さなその焼き物は、すっぽりと収まり、とても不思議な意匠の花瓶へと変わった。そこへ森から採ってきた花材を生けてみるとしっくり馴染み、花の見事さがさらに引き立つようになった。

娘は感心した。

よく見ていると、その若者は週のうち何度か屋敷に顔を見せることが分かった。たいていは母親がこしらえた籠の類を運んできていたが、時には山で採れた珍しい山菜や川魚なども持ってくるのだった。

娘は機会をとらえて若者に話しかけるようになり、若者はいつも顔を赤くしながら言葉少なに答えるようになった。聞けば、家の畑は両親と兄で切り盛りしており、次男の彼は力仕事が苦手で、どちらかというと母親の藤編みの材料探しや、見様見真似で覚えた籠細工をしている方が、自分には向いていると感じているらしかった。

そんな若者の姿は、娘にはとても好もしく映った。

娘の目は、気が付くといつも若者を探しているようになった。

娘の我儘に、父親は激高した。ここまで大切に育てた一人娘を、村のただの若者に添わせるなどとは、とても考えられなかった。しかし母親が娘の味方になり、婿にするなら気立てのよい人がいちばんだと幾日も説得した末に、父親も渋々ながら承知した。

婚礼の日取りも決まり、娘はその日を指折り数えてはいろいろな支度を整えていた。

しかし、時折気になることがあった。
若者の様子が、このごろ少し変わってきたのだった。

ある晩、どうしても一目若者の姿を見たくなった娘はそっと家を抜け出した。崩れかけた石塀の隙間から身体を押し込むと、月明かりにしらじらと延びている村道を、村の反対側にある若者の家へと向かった。

どの家も明かりを消し、ひっそりと村全体が静まり返っている。それなのに不思議と誰かに見られているような、そんな気がして娘は知らず、足を早めた。

秋風が娘の被り物を揺らし、若者を想って上気している頬をそっと撫でては去っていく。

次の四つ辻を曲がれば着くというところで、娘は道の向こうから誰かがやってくるのに気が付いた。慌てて道端の木の陰に身を隠す。

娘が逢いたくて仕方ないと思っていた当の若者が、俯きがちに歩みを進めて娘のすぐ前を通っていった。

あの方も私に逢いに出てきてくださったのだろうか。

娘はすっかり嬉しくなり、ここ数日感じていた若者の不自然な振る舞いを忘れた。声を掛けようとした時には、若者はもうだいぶん先を歩いていた。その後を追い、小走りに道を戻り始めた娘の笑顔は、やがて凍り付いた。

若者は、娘の家の前を通り過ぎ、森へ向かっていた。

こんな時間に、いったいどこへ。

そのまま家に戻ることなどできそうになかった娘は、夜の森の怖さに必死に耐えながら、若者の後を付けた。彼は森を抜けて山奥の湖まで通っているようだった。その湖のほとりにある、小さな崩れかけたような小屋まで。

誰かが住んでいるのだろうか、若者が入っていくのが、前から小さな明かりが小屋の中に灯っているのが、粗い造りの壁の隙間から見えた。

若者はいつも同じ道を通り、すっかり慣れた様子でその小屋に入っては夜明け前に出てくるということを繰り返した。

幾度も、幾夜も。

娘は幾度も、幾夜も、若者の背中を追った。その背中が小屋の中に消える度に、唇をきりりと噛みしめていた。

そして、婚礼の前の晩。

娘はまた密かに屋敷を抜け出した。頭をすっぽりと風呂敷で包み、懐には使い慣れた花鋏を忍ばせていた。

第五章　優しい嘘につつまれて

信じられなかった。

手摺りの赤錆が掌にざらざらとするのを感じる。そしてそれ以上に、目の前の光景が心の中でざらざらと音を立てて、流れていた。

ゆっくり、ゆっくり。

廻る、廻る。

見えなかったものが、見えてくる。

十六年の時を超えて、見えなかったものが、見えてくる。

ばたばたばた、と複数の足音が駆け登ってくるのが聞こえたけれど、振り返ることもできなかった。


「さ、沙季ちゃん？」

「どうしたの、何かあったの？」

和恵たちの声がとても遠く感じる。誰かが横に駆け寄ってきた気配がした。

「どしたの？　何が……え、あれ……嘘っ、動いてる！」

母屋からの明かりを反射しながら、湖面にほんわりと浮かび上がる離れ、その巨大な山型の屋根がゆっくりと、廻転していた。

ゆっくりと、でも確実に、屋根は廻っている。一瞬、建物全体が廻転しているのかと思ったけれど、よく見ると動いているのは上の方だけで、六角形に巡る廊下はそのままだった。建物の中心を基点として、ゆっくりと時計回りに動き続けている。

思わず眉をしかめてしまいそうな、ぎし、ぎり、という音が、夜の静寂を縫って高く、低く、断続的に聞こえてくる。

耳を塞ぎたい。瞼を閉ざしたい。

でも、どうしてもできなかった。耳を塞いでも聞こえてしまう。瞼を閉ざしても見えてしまう。

離れの建物を構成する木材によって奏でられる不協和音が。

位置を変えていく屋根によって、私の視野に入ってくる遥か向こうの白いテープが。

歪《いびつ》な輪郭を描いた、瑛ちゃんの最期の位置を示す白いテープが、見えてくる。

朧《おぼろ》に、儚《はかな》げに、冷酷に、その白さは闇を縫って私の瞳に突き刺さる。

どうして？

昔の事件でも、遺体の位置は、南側の廊下のほとんど同じ場所だったという。

それは、このからくりが使われたから？

どこから見ても死角に入っていたあの現場は、今、ここからなら狙える場所に変わった。ただ、暗いので正確には分からないけれど、かなり距離がある。何かを狙って命中させることは難しいのではないだろうか。

それとも、すべては偶然が織りなしたものだったのか。

「なるほど。十六年前は、ここからボウガンが使われたってことね。それから……」

馨子の淡々とした声が、トーンを落としながらゆるゆると風に乗って耳に流れ込んでくる。

かちり、という微かな音がして、背後からライトが照らされた。

「た、高倉さん……ちょっと、待ってくださいよ」

荒い息遣いをしながら、梶井刑事が辿り着いた気配がする。

でも、どうしても振り向く気にはなれなかった。手摺りの赤錆が皮膚を通して血管の中に入り込んでくるような気がして、ぞわぞわと気持ちが悪い。それなのに、手摺りを掴んだ手をどうしても放すことができない。

「き、着物なのに、すごく……足が速い……ですね」

「大丈夫ですか？　そんな、無理して喋らなくたって」

和恵が振り返り、呆れたように声を掛ける。

「いや、どっちにしても……ここには、その……来なくちゃいけなかったんで……ただ、高倉さんを巻き込まないで……くれって、頼まれてたんで」

「武琉先輩の計画ですね」

横で、梶井刑事にくるりと向き直った馨子が、腕を組むのが分かった。

「ぱふぱふ先輩の？　計画ってどういうこと？」

裏返った声で和恵が問い返す。

「お詫びしなければ、いけないですよね」

落ち着いてきた梶井刑事の声が、背中にストレートにぶつけられたようだったけれど、どうしても離れから目が逸らせない。

しばらくおいて、声が続いた。

「今夜、有塔さんの大旦那さんに暗示を掛けてみたんです。離れの屋根を動かすようにって」

「どういう……ことなんでしょうか」

思考がまったく進まない。目が離れから逸らせない。

屋根を動かしたのは、お祖父様だった。つまり十六年前のあの夜、朋おばさんと侑太おじさんを殺したのはお祖父様、ということなんだろうか。

そんなことって。

「僕も、実際にあの屋根が動くのを見るまでは半信半疑でしたけどね。やっぱり波府さんの推理が正しかったみたいです」

「どんなことを頼まれたんですか。だいたい、当の武琉先輩は、今どこにいるんですか？　おとなしくベッドに寝ているとは思えませんけれど」

馨子の指摘は厳しく梶井刑事を貫いたようだった。あたふたと慌てた様子が伝わってくる。

「あの、それは、ですね。ええと……」

その時、夜の静謐《せいひつ》を縫って耳障りな音があたりに響いた。隣の和恵と共に、思わずびくりと身体が竦むのを感じる。同時に、ようやく両手が手摺りから放せるようになった。

強張った指が、白く、冷たい。まるで、霧を纏っているような。

まるで、霧でできているような、血の流れていない指。

梶井刑事の方に目をやると、片手に何か黒っぽい物を持っている。

「電話……ううん、トランシーバーね」

馨子の不思議そうな呟きを受けたように、梶井刑事はその道具を耳に当てながら、ちらっと悪戯《いたずら》っぽい目で私たちを見た。

「はい、こちら、梶井。どうぞ」

向こうからの音は雑音がひどい。それでも、注意深く聞いていると、何とか人の声が聞き取れた。

「……い……こちら……例のは……」

相当電波状況の悪いところにいるらしく、雑音が波のように寄せては返し、寄せては返し、を繰り返している。

「おい、今どこだ？」

梶井刑事もつられて、怒鳴るような声に変えている。

「……ちょ……神社の……着いたところで……」

雑音の波の間に間に声がぶつ切りに流れてくるけれど、これでは男の声ということくらいしか分からない。梶井刑事の部下だろうか。

格段に苛々した表情になりながらも、それでも不思議と茶目っ気のある目付きで、梶井刑事は私たちを横に見ながら言葉を繋ぐ。

「君、ええと、名前なんだっけ？　カヤマ君？」

「……エ……です……エキ、ヨシフミ、です……」

「えきほしぶみ？　ああ、そうだ、佐伯ヨシフミ君だった。そうそう」

ちょっと緊張感の抜けた声になって、梶井刑事はうんうんと頷いている。佐伯さん、というと、確か渡り廊下の番をしていた警察官の名前だ。その人、今いったいどこにいるんだろう。

馨子が少し苛付いた様子で組んでいた腕を解き、髪を後ろで一つに束ねた。相当きつい眼差しになっているのだろう、それが見えたのかどうか、梶井刑事は頬を赤らめたようだった。

「今どこにいる？　病院か？」

すると、まるでトランシーバーさえ馨子の心情を感じ取ったかのように、雑音がすっと小さくなり、格段に声が聞き取りやすくなった。

「いえ、病院はとっくに……あれ、電波、よくなりましたか？

あ、はい、失礼しました。病院は出ました。午後……九時半頃です。指示通り対象を見張っていると、病院の裏口から出ていくので尾行しました。神社に向かい、奥の祠へ向かったのですが、中へ入ったきり出てきません。近づくと、突き当たりの祠には誰もいませんが、入り口から二メートル程中へ向かった右側壁付近に、縦一メートル半程の、抜け穴のような通路が発見されました。

三十分待って、現在、その妙な通路を通っているところですが……おおっ！」

絶叫が聞こえた。和恵が反射的に、私の着物の袖を握り締める。

「どうした？」

口調は鋭いけれど、梶井刑事の表情にあまり緊張は見られない。佐伯さんが尾行しているのは、どう見ても波府先輩だ。もしかしたら、先輩が病院を抜け出したのも、それを尾行されるのも、計画通りなんだろうか。

「相変わらず下手なお芝居ね。引っ掛かるのはあの警官くらいよ」

右側で馨子が、少し笑いを含んだ口調で呟く。

「ど、洞窟、いや、鍾乳洞か？　うわあ、すごい広さです、いろんな形の……ちょっと待ってください」

　再び雑音がひどくなったけれど、始めのもの程ではなかった。

「祠って、あの、先生が襲われた所でしょ？　鍾乳洞に続いてるトンネルなんて、ぱふぱふ先輩、どうして独りでそんなとこへ行ったの？　危なくない？」

　私の袖を握り締めたまま、和恵が心配そうに言うと、梶井刑事がはっきりと笑みを浮かべて頷いた。

「万が一のことを考えて、それで佐伯に尾行させておいたんですよ。大丈夫、ちゃんとトランシーバーを携帯してますからね」

「止まりなさい！」

　今度は緊張感溢れる語気の強い声が、機械から聞こえてきた。それに答える人声は、小さすぎて聞き取れない。

　やがて……明らかに佐伯さんとは別人の声が、流れてきた。

「もしもし、こちらは波府です。そちらは梶井刑事ですか」

　聞き覚えのある、やわらかい声。

　武骨な機械を通してさえ、ほっとするあたたかさの感じられる、穏やかな声。

「ぱふぱふ先輩！」

　安堵のため息とともに、和恵がほっとした様子で私の袖を放した。

「こちら、梶井です。それで、どうでした？」

「はい、やはり想像した通りでした。それよりも……そこに、いらっしゃるんですね」

　先輩の声が、真っ直ぐに私に向かってきた、ような気がした。梶井刑事が少し眉を上げながら、トランシーバーを手渡してくる。

　馨子と和恵の視線を、両脇から痛いほど感じる。

　話し掛けようとして、口の中がからからに渇いていることに気が付いた。右手に握りしめた機械が、まるで生きているかのように勝手に手の中から飛び出してしまいそうになる。

何度か口を開け閉めした後、ようやく声を絞り出せた。

「波府先輩？　大丈夫ですか、病院を抜け出したりして」

「僕は、大丈夫ですよ」

可笑しそうな口調で答えてくれたので、少しほっとした。

「高倉さん、覚えてますか。広い鍾乳洞の奥に続いていた、細い廊下のような場所。柱のような鍾乳石が林立していて」

もちろん覚えている。外国の教会にある柱廊のような、そして不思議な遠近感に眩暈を覚えそうな、印象的な鍾乳洞だった。

「今、その入り口にいるんですけれどね、これ、聞こえますか」

先輩が口からトランシーバーを離した気配がした。そして、雑音の中から水飛沫《みずしぶき》が飛び出してきそうな激しい流水音が溢れ出し、その合間を縫って、ばしゃんばしゃんという何かが流れにぶつかっているような音、ぎいぎいと木が軋むような音、佐伯さんの「何だぁ？　こりゃあ」という声が聞こえてきた。

まさか、あの天井の水車？　あれが動いている、ということだろうか。でも、あの位置まで水が届くとは思えない。

「水車が廻っているんですよ。今、あの水車は下に降りてきていて、下に流れている川に浸かっている状態です」

水車が下に降りてきている？

「水流自体も変化があって、昨日見たときよりずっと勢いも増しています。上流で雨が降ったというよりは、明らかに、水車を動力とする人工的な仕掛けが、壁の向こうに隠されていると思われますね。

あの、梶井さん、そちらで動きがあったのは何時頃でしたか」

問い掛けが変わり、慌てて梶井刑事にトランシーバーを返した。

「ええと、元一郎さんが物置に入ったのは十時二十分頃、出てきたのは十時半頃ですね。連動しましたか」

腕時計を睨みながら、梶井刑事が答える。

「やはりそうでしたか……同じ頃ですね。何だか妙に水音が大きく聞こえるなと思っていましたら、がったんと大きな音がしたんです。懐中電灯を向けると、水車がゆっくりと下に降りてくるところでした。やはり、そちらの物置に起動装置があったんです」

先輩は、あの水車に何かからくりがあると見抜いていたんだ。

「水車から伸びている木の横軸のようなものが、この鍾乳洞の天井に沿ってずっと設置されているんですが、それが水車の廻転に合わせて、ぐっぐっと動いています。

今も離れの屋根、廻っていますか?」

私が振り返るのと、馨子が肯定の返事を返すのは同時だった。

「あの、どういうことでしょうか。自分にはさっぱり分からないんですが、この水車、どこかに繋がっているんでしょうか」

今度は心細そうな佐伯さんの声が聞こえてきた。

「ああ、佐伯君、ご苦労さんでした。うん、それをちょっと確認したかったんだけれど、波府さん独りに任せるわけにいかなくてね。もう戻ってきていいよ。ああ、その前に波府さんをしっかり病院まで送り届けて……」

「ちょ、ちょっと待ってください」

打って変わって慌てた風の、先輩の声がした。

「僕の考えを、直接お話したいんです。これからそちらへ伺っても構いませんか?　今、屋上にいらっしゃるんですよね。少しお待たせしてしまうかと思いますけれど」

どうやら私たちも含めた問い掛けのようだった。

梶井刑事が私たちにぐるりと視線を向け、三人とも大きく頷く。和恵は待っているのももどかしそうで、止めなければ走って神社まで先輩を迎えに行きたそうだった。

手摺りにもたれながら湖の方へ目を遣ると、隣で馨子が小さくため息をついたのに気が付く。思わずその横顔を見つめると、少し眉を上げて私をちらりと見、何か言いたそうに唇を歪めた。でも、言葉は流れてこない。

「馨子、どうかした？」

そっと尋ねてみると、彼女はふっと一瞬口元に笑みを浮かべて、

「屋根が廻るなんてね」

と小声で答えた。

「向こうの、母屋の方からも、離れの屋根が廻転した後、死角がどう変わったかを確認する必要があるとは思うけれど……多分この場所が、昔の事件についてはかなり重要なポイントになると思う。

でも沙季子、犯人を知りたいの？　もう時効になっているのに」

馨子の淡々とした口調は、かえって重苦しく心に響いてきた。

十六年もの間ずっと捕まらずにいた犯人は、今頃、何を思っているんだろう。時効になった時、何を思っただろう。

今も、どこかで生きている人なんだろうか。

今は、どこかの土の下にいる人なんだろうか。

私は、犯人を知りたいんだろうか。

もしその人が、瑛ちゃんの事件の犯人でもあるとしたら……私は、その人を許せるだろうか。

答えの出せない問いが、ぐるぐると心の中で渦を巻く。

あの長い廊下を渡っていった夜の霧のように、濃く薄く、細く太く、とらえどころのない白さをもって、始まりも終わりもなく、永劫も刹那もなく、ただ心の中で渦を巻く。

どのくらい、その渦の中に身を浸していたのだろう。

「あれ、これ、ここ押せばいいんですよね？　何か反応ないんですけど」

「え、ちょっと待った、今、どこ触りました？」

梶井刑事と和恵の、どこか間の抜けた会話にふと振り返ったのと、当の機械から突然声が流れてきたのは、ほとんど同時だった。

「おい、いやその、待ってください。そちらはまだ立ち入り禁止で」

困惑しきった声は、佐伯さんのようだった。さっきより格段に声が近くなっている。

「お願いします。屋上へ行く前に、ちょっと覗くだけですから」

送話口から離れているらしく、佐伯さんより弱くて聞き取りにくい声だったけれど、すぐに波府先輩と分かった。

どこを覗こうとしているんだろう。

「ぱふぱふ先輩、今度はどこ行っちゃうの？　蔵かな？」

目を真ん丸くして呟く和恵を尻目に、馨子はきっぱりと、

「離れよ。私たちも行こう」

と言うなり、きびきびとした身のこなしで梶井刑事の脇をすり抜けた。三人で慌てて後を追う。

さっきはばらばらに駆け上がった階段を、今度は数珠繋ぎで駆け降りる。先頭の馨子は、案の定渡り廊下の入り口で番をしていた警官に捕まってしまったけれど、すぐ後から梶井刑事が口を利いてくれたので面倒なことにならずにすんだ。ただ、おそらくはつい先程、波府先輩と佐伯さんにも邪険にされただろうその若い警官は、今は完全に仏頂面になっていたので、後から梶井刑事に迷惑がかかるかもしれない。

でも、そんなことに構ってはいられなかった。

あの長い長い渡り廊下をどんな風に駆け抜けたの

か、全く覚えていない。気が付くと私は、誰よりも先に、北側の観音開きの扉に両手を掛け……。

そして、そのまま凍り付いていた。

音が。

今や、屋上で耳にした軋み音は、すぐ頭上から響いてきている。手を掛けている扉も、建物ごと微かに揺らいでいるように感じる。そしてこの、耳の中へ無理矢理その身を押し込んでくるような無遠慮な雑音が、急に私の体をがんじがらめに縛りつけてきた。

見てはいけない。

聞いてはいけない。

今立っているこの廊下が、目の前の扉が、すぐ上の天井が、いやこの離れ全体が意思を持って、私を拒絶しているように感じる。

「高倉さん、どうしました？　開かないんですか？」

「沙季ちゃん？　早く入ろうよ」

誰かの声がする。よく知っている人の声が。

何かを感じてふと目線を落とすと、誰かの温かい手が私の固まって動けない手をそっと覆っていた。優しく、でも促すように。

私はいったい、何をしようとしていたの？

「皆さん、いらしたんですね」

障子越しに、ぽわんとした明かりが灯されるのを目にする。

同時に扉ががたんと揺れながら、中からそうっと開かれる。私は両手を下げることもできないまま、無意識に一歩、後ずさった。

すぐ目の前に、誰かの顔。

薄闇と朧な灯が鏤《ちりば》められた室内を背景に、真剣な表情を浮かべて、穏やかなトーンの声を持つ、優しい眼差しの。

「ぱ……たけ先輩！　大丈夫ですか、病院抜け出したりして」

突然ぱちんとスイッチが入ったように、私の中にいろいろなものが圧倒的な勢いで傾れ込んできた。

そうだ、私は今、離れにいる。馨子や和恵、梶井刑事が一緒だ。そして、先に辿り着いているのは……。

「高倉さん、大丈夫ですか」

パジャマの上から淡い色合いのロングコートを羽織った、普段なら笑い出したくなるような格好の、波府先輩。つい先程まで包帯が巻かれていたらしい頭は、髪の毛がまだくしゃくしゃに乱れている。

先輩の片手がすうっと伸びてきて、私の右手首に微かに触れると、そのまま滑らせた指先で着物の袖口をそっと撫でた。

そして、その時になってようやく、私は不自然に持ち上げたままだった両手を下ろすことができた。

「大丈夫ですか」

繰り返される問いに、戸惑いながらもやっと頭を縦に振る。

「では、どうぞ。なかなか凄いからくりですよ」

おそるおそる、足を踏み入れる。

あの時と同じだ。

ただ、あの時は目の前に、瑛ちゃんの白い背中があって。

部屋の空気は時代掛かった火鉢で、もっと暖められていて。

すぐ目の前には、瑛ちゃんの長い指があって。

廊下から龍のランプの灯が流れ込んで、もっと中は明るくて。

目の前の部屋の空気は、白く静謐で厳かで。

そして私は、もっと倖せな空気に包まれていたのに。

目の前の波府先輩はとても哀しそうに、私から部屋の奥へとその焦点を移した。その動きを追うと、さらにあの夜との差が明らかになる。

「えっ、もしかしてそこの柱、廻ってるんですか？」

和恵の声に反応して、梶井刑事が慌てて駆け寄るのが分かった。

そういえば、この中央の柱は丸くて、そこに龍や人間の浮き彫り模様が施されていたはずだ。かなり古そうなこの柱自体が、屋根と連動していたということなのか。あの彫刻は、建物に対して不必要なまでに頑丈な柱の質感を少しでも和らげるために、施されていたのだろうか。

「沙季子、ほら見て。廻るとまた違った意匠が現れてくる」

馨子に、半ば強引に柱の方へ引き寄せられる。

そして、見た。

ごりごり、がり、ぎしぎし、ぐり。

昔はスムーズに廻ったかもしれないこの柱は、今、目の前ではまるで瀕死の動物のような不規則な息遣いをしながら、それでも律義に右から左へと廻っている。

部屋の二ヶ所の壁際に置かれたランプから、ゆらゆらと不安定な灯が流れ出し、薄闇を濃く、薄く、追い払いながら、浮き彫りにされた対象物を不思議に生き生きと操っている。

龍が。

女が。

男が。

見つめていると、柱の向こうの陰から牙をむいた龍が、陰影を伴って躍り出る。ちらちらと瞬くランプの炎が、いっそう幻想的に、その華麗な彫り物に命を与えているようだ。

龍は威厳さえ漂わせながら、螺旋《らせん》状に宙を舞い上がる。動くはずもないのに、そのかっと見開かれた眼からは邪悪な念を射貫く鋭い光が放たれてくるような、そのくわっと開けられた口からは熱い息吹が吐き出されてくるような、錯覚。

そして、その鋭い眼光のすぐ先にいるのは、雲のようなやわらかい線に囲まれた、一組の男女。龍に比べるとあまりにも小さく、また上半身しか彫られていないためか、印象は弱い。

けれども今は躍り上がる龍に、襲われるというより導かれるような雰囲気を漂わせながら、二人は何となく、とても倖せそうに佇んでいた。

倖せそうに。

やはりこの二人は悲恋岩の伝承に基づく、共に生きることを許されなかった、死してようやく安住の地へと龍に導かれていった、湖の女神と村の若者なのかもしれない。

「すごい……この龍、生きてるみたい……」

和恵が、背伸びして両手をぺたんと柱に付き、まじまじと見入りながらその廻転とともにゆっくりと歩みを進めている。

「昔、スムーズにこのからくりが働いていた頃は、もっとリアルに見えたでしょうね」

波府先輩が沈痛な面持ちで呟く。その時、

「どちらにしても、一昨日はこのからくりは使われてないですよね。現場検証の時にはこんなもの、見つからなかったでしょう?」

柱の元にしゃがみ込んでいた馨子が、背中を丸めたまま一点を指す。彼女の肩越しに覗き込むと、床の上には細かい木屑のような物が散乱していた。見ているうちに、また新たな破片が降ってくる。

ランプの灯に影を伴いながら、小さな欠片《かけら》が一つ、馨子の肩にふっと着地した。

思わず天井を見上げる。柱との合わせ目に不具合を生じているらしく、天井全体も僅かに振動しているようだし、耳障りな軋み音は相変わらず混ざる。その軋みと共に、また一片の木屑が舞い降りる。

確かに、板張りの床の上にこんな不自然なゴミがあったら、警察でも何らかの重要性に気が付くに違いない。

「ええ、もちろんこんな物、見つかってないです。あればもっと早くにこの建物自体を徹底的に調べてますよ。単純に考えれば犯人が天井裏から逃げたか、まあ最初に天井裏に潜んでいたというようにも取れますし、そしたら遺留品の捜索って観点からもっとこの現場に重点が置かれてたはずです」

　梶井刑事が興奮した口調で太鼓判を押す。

「それに、音ですね。こんな不協和音が奏でられていたら、高倉さんたちには薬が効いていて分からなかったとしても、母屋にいる人間にはすぐに気付かれてしまいます。

　このからくりは、おそらくこの十六年間、使われたことはなかったでしょう」

　先輩の声にどことなく寂しそうな響きが込められているのは、なぜだろう。

　部屋の空気がどんどん重たくなるような気がして、じっとしていられなくなった。思いきって南側の観音開きの扉に近寄り、手を掛ける。

　今度は何の躊躇《ためら》いも抵抗もなく、扉は微かにぎぃと呻きながらも廊下側へ開いた。

　ただ。

　すぐ右にある白い歪な輪郭が、夜の静寂《しじま》を縫って私の瞳を射る。


　息が、できない。

　身体がばらばらになりそうだ。

　思わず腕を伸ばして扉の枠を掴まえ、寄り掛かる。

　木枠からささくれ立っている尖った欠片が、ちくりと私の掌に食い込んだ。

　そして、暗い水の上を渡った対岸へ視線をやると
……そこにも、私がいた。

　夜の森を背景に、ずっと向こうにいるその小さな姿が、手に取るように分かる。

　あれは、私。六歳の、私。

　犬を繋いだ紐を片手に、口をあんぐりと開けてこちらを見ている。

　丸く見開かれた両目に映っていたものは、朋おばさんか、侑太おじさんか……それとも何か、別の物だったのだろうか。

　足元に視線を落とすと、そこにあったはずの白い輪郭は、何かで覆われていた。

　また、息を呑む。

人の身体が、二つ。朋おばさんと、侑太おじさん。

血の気を失った白い白い身体が折り重なり、冷たくなっている。

「どうして?」

左の方から子供の声がした。見ると、そこにも私。

渡り廊下の方から走ってきたらしい、息を切らせた六歳の私。

「あれ、だあれ?　ほんとに死んじゃったの?　どうして?」

六歳の私の目に涙で曇る情景……その向こう、離れを巡る廊下の奥の方に、またちらちらと煌めく鎖が揺れている。

「どうしてあっちがまぶしいの?　さっきはこっちだったのに」

六歳の私がふっと身体のバランスを崩して……跡形もなく、消えた。


「沙季ちゃん!　また……」

「まずいですよ、ここから出た方が……」

まわりの空気が慌ただしく乱れる気配がする。

気が付くと、私は扉の敷居のところに尻餅を付くような格好になっていた。右手には木の刺が刺さったまま、左手は馨子にぎゅっと握られている。

「大丈夫?　また、出てきたのね」

馨子の瞳が力強く、とても頼もしかった。素直にこくりと頷く。

「何か、思い出したんですね」

やわらかい声が、真上から降ってくる。見上げると、先輩がさっきの陰をすっかり振り払った、いつもの笑顔を浮かべていた。

「いえ、いいんですよ、今話さなくても。

そろそろ、ここは出ましょうか。高倉さんは、落ち着かれるまでいったん部屋へ戻られますか?　僕、自分の目で屋上から廻る屋根を見てみたいんですけれど、それは僕一人でもできることですから、皆さんはもう引き取られても……」

「いえ、もう平気です」

脚に力を入れると、立ち上がった。

まだ波府先輩の推理をきちんと聞いていない。ここで中途半端に話を終わらせたくはなかった。

ぞろぞろと屋上に戻った時に、急に、既に廻転が止まっているのでは、と心配になったけれど、手摺り越しに覗き込んでみると、屋根はまだ、廻っていた。

「あちこち移動させてしまって、申し訳ありませんね」

最後に階段から姿を現した先輩は、誰にともなく頭を下げると、人の輪を抜けてゆっくりと大股に屋上の端へと歩み寄った。

私から少し離れた位置に進み、手摺り越しに離れを見下ろす。

「なるほど、まだ動いてますか。昔は廻転の程度を調整できたと思いますけれど、その後メンテナンスをしていなかったとすれば、ちょっと調子が狂っているのかもしれませんね。

そもそも今夜動いたのも、とんでもなく低い倍率の賭けだったのかもしれない」

何もかも悟っているような、深く、重みのある声が、すぐ横から流れてくる。

「計画は、成功ですね」

と言う梶井刑事の声には、言葉とは裏腹に、嬉しさがあまり滲み出ていなかった。まるで念を押すようなその口振りは、まだ何かありそうな気配を感じさせる。

その問い掛けには答えず、先輩は離れを見やりながら背中越しに、

「皆さん、仕掛けが始動させられてすぐ、ここにいらしたんですか」

と尋ねた。梶井刑事が仕事モードの顔で頷く。

「大旦那さんが物置から出てきてすぐ、高倉さんがここへ駆け出して、僕もすぐ追っ掛けて来ましたか

ら……僕の前に、このお二人も来てましたし」

「では、もう分かりますよね。あの離れの屋根の特徴といいますか、仕掛け、からくりというものが」

先輩は、ようやく離れから視線を逸らすと手摺りに背を向け、少し私から距離を置いた。明かりを正面から受けたその表情は、とても穏やかで……とても哀しそうな眼差しは、私から一メートルほど手前の床面に落とされている。

「十六年前に朋絵さんと侑太さんのご遺体が発見された現場は、あの離れの廊下でなければならなかった。あの場所にしかなりえなかった。ここから狙われたからです。

そして、現在の事件でも同じ場所になったのは……これは今回の犯人が意図的に、昔の事件を模したから、と考えられます」

皆が自然に、息を潜める。

時折苦しげな悲鳴を混ぜながら、屋根は息切れしたように軋み音を奏で続けている。まるで、もう勘弁してくれとでもいうような、曖昧な、不機嫌な、そして不規則な調子で。

「今回の犯人が意図的に、ということは、武琉先輩は、昔の事件とは別の人が犯人だと考えてるんですね」

馨子が、問いではなく確認の口調で言葉を挟む。

先輩は、それには答えず、一瞬私に視線を向けた後、また離れたところへ目を落とした。

「十六年前は、ここからあのお二人ではなく、おそらくその近く、離れの廊下にいた遠山留音が狙われたんです。しかしこの距離ですから狙いが外れ、二人に当たってしまった。

勿論、今となっては動機や状況は当事者でなければ分かりません。ですから、これはあくまでも僕の推測です」

先輩はふっと口を噤むと、また遠い眼差しになって離れにちらと目をやった。しばらくの間、静寂が辺りに漂う。

当事者でなければ分からない動機、状況……。

朋おばさんと侑太おじさんの間に、何があったんだろう。

朋おばさんは、まもなく結婚式という時期に、出逢ってはならない人と出逢い、落ちてはならない恋に落ちてしまったのだろうか。

ふと顔を上げると、先輩の心配そうな表情が目に映った。私が瞬きする間に、その表情にすっと影が降りる。気持ちの切り替えが行われたような気がした。

「遠山留音はあの夜、離れを訪れて何かをするつもりだった。離れに侵入すること自体が目的ではなく、そこにいるはずの人間に近づくのが目的だった……僕には、そう思えます。式の夜を選んだということから考えると、有塔家の跡継ぎ問題に関することだったのではないか、と。たとえば、そう、侑太さんに言い掛かりをつけて、正当な跡継ぎではないと非難するためだったかもしれません。証拠があれば堂々と大勢の人の目の前で突きつけるでしょうから、明白な証拠という形では存在しない、疑わしいというレベルでの、それこそ侑太さんが元一郎さんの実の子供ではない、という類の根拠だったかもしれませんね。あくまでも推測ですが。

そして、有塔の血を引く自分に家を継ぐ権利があると主張し、その座を要求するか、もしかしたら朋絵さんを望んだかもしれません。

または、そんな穏やかなものではなく、お二人に危害を加えるつもりだったのかもしれません。

お二人が薬を飲まされていたということから考えると、後者の可能性が高いでしょう。

お二人がわざわざ廊下で、その……印象的な姿になっていたのは麻薬の影響があったとも考えられます。遠山留音に呼びつけられていたか、離れへ忍び込む彼を見かけた元一郎さんは、息子たちが心配になった。そこで、あらかじめ屋根を動かしておき、自分の奥さん、マキさんにボウガンでここから狙いを付けておくように指示していた。自分や息子たちの身に危険が迫った場合の保険です。そうしておいて、自分は渡り廊下から乗り込んだ。

もし留音をボウガンで殺してしまう羽目になっても、屋根を元通りにしておけば射られたのは至近距離ということになり、離れに入れなかったというアリバイがあれば疑われることもない。アリバイは、マキさんさえ母屋に残っていれば何とかできる、と考えたんでしょう。どの程度の距離から発射されたかということは、凶器のボウガン自体をすり替えることで威力の誤魔化しが利きますから。

もし留音を殺した場面をお二人に見られていなければ、密かに遺体を処分してしまうことも考えていたでしょう。

結果的にはその通りになったと思われます」

先輩はここまで話すと、息を継いだ。

誰も、何も言わない。

いつのまにか、湖面にはうっすらと霧が漂っていた。濃く、薄く、縞模様を作って流れていく霧を透かして、廻転し続けている離れの屋根が見える。いったんその輪郭全体が見えていた廊下の白いテープは今や、ほとんど隠されて見えなくなっていっている。

どうしても目が離せない。

あれは、瑛ちゃんの輪郭。あの場所に……。

汗が冷えてきて、首筋からぞくりときた。

その先を聞くのが怖くて、先輩と目が合わせられない。

「しかし実際には、ボウガンの矢は廊下にいたお二人に当たってしまった。マキさんはおそらく、元一郎さんが離れへ着く前にここから見て、二人がすでに留音に殺されてしまったと勘違いし、傍にいただろう彼を狙って、ボウガンの矢を放ってしまったんでしょう。

しかしそのことによって、今度は元一郎さんの方が追い込まれてしまった。奥さんが、誤ってとはいえ息子たちを撃った場面を、留音に見られてしまった。彼は元々自分を恨んでいる、口封じをしなければ、と咄嗟に手を掛けた。

矢はいったん身体に入った後、更に力が加えられていましたが、元一郎さんがそんなことをするとは考えにくい。たとえ留音に脅されたとしても、それだけは拒んだでしょう。留音がわざと、元一郎さんの目の前で矢を押し込んだと考えられます。この時通常の状態ならもちろんそれを阻止しようとするでしょうから、おそらく元一郎さんは茫然自失とでもいった精神状態だったと思われます。何しろ自分の目の前で、妻が自分の息子と嫁を撃ってしまったんですから……。そして、追い打ちのような遠山留音の行動も、殺意に拍車をかけたのではないでしょうか。

現場からは第三者の血痕は見つからなかったということでしたから、出血がないような方法が取られたんでしょう。あの廊下が犯行現場なら絞殺もあり得るでしょうし、もしかしたら湖に突き落として溺死させた、ということも考えられます。遠山留音が泳げなかったというデータはありませんし、突き落としたところで浅瀬かもしれませんけれど、その場合は周囲の岩場で頭を打って、それが致命傷になったかもしれません。岩場に着いた血は波で洗い流されてしまった、という見方もできます。

ただ、死体を隠す必要性があったということは、遠山留音に罪を被せるほかに、凶器があの離れを特定できる物だった、たとえばあの雨樋の役目を果たしているチェーンか、もしくは廊下に設置されているランプの付属品、そのどちらかが使われたという可能性が高いと思われます」

そう、私があの朝見た離れ。

あの雨樋代わりの鎖は、あの朝、湖をめぐる小道にいる私が見た時には右側、母屋に近い角にぶら下がり、太陽を反射して光っていた。でも本当なら反対側、左の隅に下がっていなければならなかったのだ。折り重なった朋おばさんたちの遺体、そこに刺さっている矢、右側に下がっている鎖、それらをすべてまとまった一枚の情景として、六歳の私は記憶に留めた。

小道から見た、きらきらと光る鎖。

そしてその後、渡り廊下から見た、きらきらと光る鎖。

「雨樋の方もランプの方も、鎖の大きさは異なりますが共通した特徴がありますね。一つ一つの輪にちょっと凝ったデザインが施されていますし、鎖同士の繋がり方も不規則になっています。

元一郎さんの足元に倒れている留音の死体の首にくっきりと残っている痕、それはイコール離れが現場であったとはっきり示すものでした。少なくともその時の元一郎さんには断定的に思えたんです。そのために、たとえ遺体を移動させられても、別の場所で外部の人間に襲われたという状況に見せかけることはとてもできそうにない、という怯えがきた。

何より、確かその日、母屋には親戚の人間も泊まっていたはずですから、少なくとも母屋を通って外へ運び出すなんて論外でしょう。

ですから、特に死体が発見されにくい場所、もし発見されたとしてもその痕跡がすでに残っていないような場所に遺棄する、つまり水の中ですね、その湖に沈めるのが唯一選べる手段だったと考えられないでしょうか」

「二人を殺した罪を遠山留音に被せることができなくなるから、離れが彼の殺害現場だと特定されるのは避けたかった、ということですか。二人を殺していったんここから逃げたように見せかけ、その後自殺したと思わせたかったのか……絶対にここの湖にいると断言できるんですか?」

左にいる馨子が波府先輩を振り返った拍子に、彼女の長い髪がさらりと私の手の甲に触れた。

「ええ。それは、翌年の三月、高倉さんがマキさんとボートに乗ったことから推理しました」

「え、じゃ、あれって、お祖母さんが沙季ちゃんを誘って乗ったの？」

　和恵は驚きを隠せないようだった。馨子はその可能性も口にしていたから特に反応は示さないけれど、ほらね、というような視線を私に向けているようだ。でも、どうしても、離れから視線を逸らすことができない。

「そうですよ。高倉さんには受け入れがたいことかもしれませんが……あの朝高倉さんが見た情景、雨樋のチェーンが右側にあったということを、誰かに話されたら終わりだと考えたのでしょう。その話を聞いた人物が真相に気付かなかったり、子供の記憶は当てにならないと切り捨てるようなことになっても、いずれその意味を考えつく誰かが現れる。一時失語症になっていたとはいえ、その後回復してしまった高倉さんは、元一郎さんとマキさんにとっては、記憶という時限スイッチを抱えた無期限の爆弾のようなものだったと、僕は感じます」

　私が……爆弾？　優しかったお祖父様、引き取られる前に亡くなっていたけれど私が慕っていたというばあちゃ、その二人にとって私が？

「だってそんなの……じゃ、どうして沙季ちゃんを引き取ったりしたんですか？　どこか遠くに行っちゃった方が安心できそうじゃないですか」

　左頬に波府先輩の視線を感じる。ゆっくり振り返ると、先輩の目はさっと逸らされた。そのまま森の方を見つめながら、

「当事者のお祖父さんも今では痴呆が進んでらっしゃるし、もう何が事実だったのかは誰にも分からないんですよ」

　重たい口調で言った。

　先輩のくしゃくしゃに乱れた髪が、僅かに風に揺れているのが痛々しい。

「事実は一つかもしれません。でも、波府先輩が辿り着いた真実を、教えてください。覚悟はできてますから」

聞きたくないけれど、聞かなければいけない。

否、本当のところは自分でも分かっていた。でも誰かの口から聞かなければ、これから先へはいけそうにない気がした。

先輩は私を見た。

薄い夜のヴェールを通して、先輩の目が、大丈夫ですか、と尋ねている。私は頷いた。

波府先輩が、今度は梶井刑事を見る。

わざとらしい咳払いをすると、梶井刑事は頭を掻きながら言いにくそうに言葉を続けた。

「ええと、その前にちょっと……補足することがありまして。

まず今夜の計画についてです。

屋根が動くからくりを確実に知っているのは大旦那さんでしょ？　他の有塔の方々、統吾さんや若奥さんは絶対に知っているとは断言できない。でももし統吾さんたちが知っていたら、今度は昔の事件の共犯という可能性が浮上してきますし、そしたら事実を教えてくれるかどうか分かりません。

なので、大旦那さんの痴呆を、何といいますか……利用させていただこうと、そういうことになったんです。ある意味、一発勝負です。失敗は許されないんで僕も心配だったんですが、運がよかったといいますか、こちらに都合よく進んだわけです。大旦那さんはすっかり、今夜は侑太さんの結婚式だと思い込んでましたよ。ですから、僕が夕方こっそり言った、離れの屋根を動かしておかないといけませんんね、っていう暗示に、簡単にかかってしまったようです」

大股に近寄りながら、梶井刑事は続ける。

「ただしこれだけでは状況証拠でしかありませんし、供述調書は取れそうにない。すでに時効が成立していますから、これからどうしたものかと」

私のすぐ傍まで来ると、気の毒そうな、でもある意味満足そうな複雑な表情を浮かべた。そして、

「疲れる事件でした」

と吐息の中から漏らした。手持ち無沙汰のように、片手でトランシーバーをぐるぐると廻している。それでも、ふ、と息を吐いて口元を僅かに歪めた。

「やっと朋絵先生の事件が解決できましたね。有塔の家から犯人が見つかったということは高倉さんにはお気の毒ですが、でも本当のことが分かりましたし、刑事になった甲斐がありました」

有塔の家から犯人が……つまり、やはりお祖父様が昔の事件に関しては罪があると、そういうことになるのか。

顔を上げると、瞳に強い光を宿した梶井刑事と視線が合った。

そうだ、朋おばさんの敵を討つために刑事になった梶井さん。彼にとってはすべて満足できる結果だったのかもしれない。

「あ、そういえばたけ先輩、包帯取っちゃって大丈夫なんですか？　ちょっと頭、見せてくださいよ」

和枝が先輩の後ろから肩に両手を掛けて、ぴょんぴょん跳ね上がっている。

「え、ええ、大丈夫ですよ。本当ですって」

苦笑しながら和枝の手を払いつつ、ちらりと先輩は心配そうな視線を投げ掛けてきた。

「ホントですか？　だいたい、尾行されたまんま、あの洞窟へ行くのも計画通りだったんでしょ？　まったくもう、心配させないでくださいよ」

「過労で眠っているというのは嘘で、実際には梶井さんを病院へ呼び寄せて今夜のお膳立てをしていたんですね」

和恵のどこか抜けた調子の声に、馨子の断定的な口調が重なった。

「過労かどうか分かりませんけど、妙に眠り続けたのは事実ですよ」

先輩がちょっと戸惑った様子で答える。

「ただ、目覚めたのは今日の夕方、お通夜の始まる少し前くらいでしたか。ちょうど梶井さんが立ち寄ってくれましたので、僕の推理をお話ししたんです。

そうしたら協力してくださるということでしたので、それに乗っかったというわけです」

「最初は驚きましたよ。秘密の通路から繋がる鍾乳洞に、仕掛けのあるらしい水車、おまけに確認したいことがあるから誰かトランシーバーを持った警官に、自分を尾行させてくれ、なんて。それに、大旦那さんに、今夜は侑太さんの結婚式だと思い込ませるように、って言われましたからね。いくら何でもお通夜の晩にそんな非常識なことはできませんと、いったん断ったんです。でも、お通夜の始まる前に大旦那さんに会ってみたら、もう本人がそう思い込んでるんですよね。だから僕としては、向こうに話を合わせただけなんです。そのうえで、離れの屋根を動かさないと、と何気なく話したら急に顔色を変えて、そうだ、そうだった、って呟きながら広間へ行ってしまって、それからすぐ坊さんの読経が始まってしまったので、実際に動いてくれるかどうか心配だったんですが」

「物置にその装置があるっていう見当を付けてたんですか？」

私が尋ねると、梶井刑事は難しい顔で首を横に振った。

「はっきりいって僕には分かりませんでした。ただ波府さんの話では、蔵か物置、または渡り廊下の下あたり、ということだったので、僕が屋敷の北側、もう一人が西庭の渡り廊下付近を張り込んでいたんです。坊さんの読経が終わって、お客がほとんどいなくなってずいぶん経っても動きがありませんでしたからね、もう忘れて寝てしまったのかと心配していたんですよ」

「離れの屋根が動くのは、沙季子のおばさんたちは知らなかったんでしょうか」

馨子がくるりと向き直り、背中を手摺りにもたせかけた。口調はいつもと同じように落ち着いているけれど、眼差しは、暗い。

「動かせるのを知っていたかどうかの確認を取るの

は難しいでしょうけれど、少なくとも十六年前の事件の夜、有塔の若奥さんと統吾さんの二人にはアリバイがありますからね。事後従犯という可能性も、まあ残りますが。

若奥さんの方はお客さんを郡山まで車で送っていって、そのまま向こうの学生時代の友人の家で朝まで話し込んでしまったってことでしたし、統吾さんは急性アルコール中毒になってしまった親戚の方を病院まで連れていって、夜通し付き添っていたとか」

「そのアリバイをもっと早くに教えていただいていたら、推理するのももう少しスムーズになったのですけれども」

波府先輩が僅かに首を傾げながら、穏やかに抗議した。梶井刑事が頭を掻く。

「いや、昔の事件では遠山留音が指名手配されてましたからね、他の人のアリバイは重視されていなかったようなんです。もちろん、一応は調べてありましたけれど、時効になった事件の記録を漁るのってすごく面倒なんですよ。……それに、正直言って波府さんにどこまで情報を漏らしてよいものか、判断しかねる部分もありましたから」

「今回の事件でアリバイがきちんと成立しているのは、武琉先輩だけですよね」

馨子が目を細め、厳しい調子で指摘すると、梶井刑事は真っ赤になって落ち着かなげに視線を落とした。

「いや、僕は最初、というか途中から、あの五条院先生が怪しいと思い込んでしまって……ですから波府さんに情報を漏らすと、それはあの先生に筒抜けになるんじゃないかと思って」

「あたしたちは慣れてるから何とも思わないけど、警察から見たら、先生って、いきなりあたしを置いて散歩に行っちゃうとか、やたら東京へ帰りたがるとか、そういうのって怪しいんだろうね。

あっ、そういえば先生の具合ってどうなんですか？　被害者になったんだから、もう疑いは完全に晴れたんでしょ？」

「意識は戻られたんでしょうか。お怪我の程度は？　ご家族に連絡取ったほうがよろしいですか？」

「病人が病人の心配しても、リアリティに欠けますね」

　馨子の呟きを聞き流す風で、先輩は目をぱちぱちさせた。

　そうだ、先生はいったい何故、誰に襲われたんだろう。今の時点では、どうしても瑛ちゃんの事件と関係があるように思えてならない。たまたまこのあたりで発生した事件、たとえば地元の不良少年や通り魔などに襲われたなんて、考え難い。

　やっぱり、瑛ちゃんの事件の犯人がまだ近くにいるということ……。

　でも「なぜ？」という疑問がどうしても念頭に浮かぶ。あの秘密の地下道の存在に気付かれそうになったから？　確かに先生が倒れていたのは、あの隠された入り口のあたりだったはずだけれど……あの洞窟、奥へ長く続き離れのからくりをも内包していたあの鍾乳洞は、他にも何か、または誰かの秘密を抱えているのだろうか。

「ええと、残念ながら、今のところ五条院先生の意識がはっきり戻られたという連絡はありません。手術の方は心配ないようですし、先生の所持品からご家族の連絡先が分かりましたので、そちらの手配は済んでいます。明日にでもどなたか、こちらに向かわれると思います」

「もしかして、あの噂の……」

　と言いかけて、和恵が目を丸くしながらぐるぐる廻す。

「どうでしょうね。確か今は外国にいらっしゃるんじゃありませんでしたか？」

　波府先輩が微笑みながら、少し寒そうにコートの前を合わせてぶるんと肩を震わせた。それを見て取ったのか、

「話を戻しますけれど。そうすると、あのボート事件はどうなるんですか」

と馨子が軌道修正をすると、先輩はまた暗い顔つきになった。

「つまり、なぜまだ肌寒いような時期に、ボートで湖の真ん中まで出たかと言いますと……マキさんは、その……高倉さんをですね……」

ちらっと私を見る。先輩には言いにくいことだろう。

「有塔のばあちゃは、私も湖に沈めるつもりだったんですね」

あの時の情景が、ほわりと浮かぶ。

ばあちゃ、ばあちゃ、何を見てるの？

「あの時、私はボートから身を乗り出して湖の中を覗き込んでました。そして、湖の底に沈んでいるという村の一部、建物を見たんです。なぜ水の中にお家があるのか、って聞いたのを覚えてます。それから……」

そうだ、ばあちゃが私の近くに来て、一緒に湖を覗き込んだ。そして、顔色をさっと変えたのだ。

「有塔マキさんは元々心臓が弱かったと聞きます。それなのにそんな時期にわざわざボートを出して、湖の真ん中まで漕ぎ出した。自殺行為かもしれないそんな行動に出たのは、自分の身というより旦那さんの身を守りたかったんでしょう。そしておそらく……見たんですよ、湖の中に人影を」

私には分からなかった。ばあちゃの心が見せた幻だったのかもしれない。あの時、有塔のばあちゃは水の中に遠山留音を見たと思ったのだ。

「もちろん、実際に水死体が見えたのかどうか、それが遠山留音だったかどうかということは分かりません。もしかしたら、何かの見間違いだったかもしれませんが、それでもあの時のマキさんは、湖の中の何かを、夫が殺して沈めたはずの遠山留音だと思った。そしてショックで発作を起こした、と考えられるのではないでしょうか」

船の中に倒れ、胸をかきむしるばあちゃを、私にはどうすることもできなかった。ただただ怖くて、泣き叫ぶしかなかった。それをたまたま瑛ちゃんが見つけてくれて……。

「そこに瑛一さんが来てくれたんですよね」

波府先輩はふっと表情を和ませて、優しく尋ねてきた。

「これは僕の推測でしかありませんが、もしかしたら瑛一さんは子供ながらに、お祖父さんたちの何か不自然な行動を感じ取っていたのかもしれません。それで気になって、お祖母さんが高倉さんとボートに乗り込むのを見ていた。屋上辺りからずっと見守ってくれていたのかもしれません。だから、いち早くボートの異変に気付いた。

瑛一さんは高倉さんを守ろうとして、ずっと見てくれていたんでしょうね。子供の腕で必死にボートを漕いで、助けに行ったんです」

瞼が熱くなるのを感じた。

私は泣けるんだろうか。

あの時、湖上で揺れるボートの中で泣きじゃくる私の手を取ってくれた瑛ちゃん。いつもいつも傍にいてくれた瑛ちゃん。

いつも私を見守ってくれた瑛ちゃんは、もうどこにもいない。

手摺り越しに南庭の植え込みが鬱蒼としているのが見下ろせる。

一年前、あの樹の下でされたプロポーズ。

これからは僕がずっと守ってあげる、確かそういう言葉だった。なんて意味深な言葉なんだろう。それまでは陰ながらずっと見守ってくれていたのだ、もしかしたら有塔のばあちゃが亡くなって以来、お祖父様は私の存在を消す機会を狙っていたのかもしれない。それを私の知らないところで瑛ちゃんが阻止してくれていたのだとしたら。

そういえば東京の大学へ行きたいという話をした時も、お祖父様は大反対だったけれど瑛ちゃんはずっと私を応援してくれていた。あれはもしかしたら、早く有塔の家を出た方がいいと考えていたからかもしれない。地元の役場に就職が決まった、と話した時、瑛ちゃんは心なしか表情が固くなっていた。あれは、また有塔の家に戻ってそこから勤めに出るという点がネックだったのかもしれない。

「先程牧沢さんが言ったように、この家に引き取るよりも遠くの施設へやってしまった方が、安心できたかもしれません。でもそれは本人でなければ分からないことです。少なくとも元一郎さんは、手元に置いてずっと見張っていることを選んだ。

僕が引っ掛かったことの一つは、籍の問題です。有塔の家に引き取られたとのことですが、高倉さんは養女として扱われてはいない、籍は有塔に入っていないんです。元一郎さんには心情的に抵抗があったのかもしれません。それが瑛一さんとの結婚の際には、面倒な手続きを不要としましたから、かえってよかったとは思うのですが」

それももう、今では何の関係もなくなってしまった。

私はまだ、高倉沙季子のまま。

「くどいかもしれませんが、七十四年の事件の経過についてなんですけれど」

馨子が、抑えたトーンで話し出す。

「遠山留音がわざとそういった行動に出た、つまり父親の目の前でその息子、自分の従弟を殺そうとしたというのは……余程伯父、つまり有塔元一郎さんが憎かったんでしょうか。結婚式の夜に、新郎新婦以外は立ち入り禁止のはずの離れに呼び出せるほどの理由を、遠山留音は伯父に対して持っていた、ということですよね。何か大きな弱みを掴んでいて、脅迫めいたことをした……今までに聞いたお話だと、どちらかといえば伯父に世話になっていた部分が大きかったと思うんですけれど。

それとも、弱みを握られていた伯父が、しぶしぶ面倒を見ていたということだったんでしょうか」

馨子が波府先輩と梶井刑事を交互に見遣りながら尋ねると、二人は顔を見合わせた。先輩は話そうかどうか逡巡《しゅんじゅん》する様子だったけれど、梶井刑事は一瞬目をつぶり、何か決意したようだった。

「これは僕の考えです。さっきの波府さん説とは逆のパターンですが、もしかしたら遠山留音は大旦那さんの血を分けた息子だったんじゃないでしょうか」

「ええっ！　だって、どうして……あ、奥さんの子供じゃなかったってこと？　その人が生まれた時、もう沙季ちゃんのお祖父さんって結婚してたんだっけ？」

和恵が混乱した様子で疑問を口にする。

確か遠山留音さんは笙子おばさまと侑太おじさんの間の年齢だった。十七で嫁いだ妹に、自分の愛人の子供を押し付けた……お祖父様はそんな人だったのだろうか。

それとも事態はもっと複雑だったのか。出産で里帰りしていた妹さんに何か不幸があった。もしかしたら男の子を流産、または死産してしまったのかもしれない。遠山家の跡取りを死なせたとして非難されるのを恐れた妹さんが、偶然近い日取りで生まれた兄の子供を身代わりに引き取りたいと、自分から希望したのかもしれない。赤の他人の子供よりは兄の子供の方が安心できる、それに何らかの事情で生みの母はその子を育てるのを拒んでいた、それなら自分の方がちゃんと子供を育てられると考えた……そういった事情があったのだろうか。

それですべてが上手くいくはずだった。それなのに、成長してその事実を知った留音さんは、本来なら自分が有塔の跡継ぎだったはずだとショックを受け、すべてを捨てて外国へ旅立った。そして時と共にそのショックは父親への恨みに変わった。だから目の前で従弟を、半分血の繋がった弟である侑太おじさんを、父親の目の前で殺そうとした……。

ふと顔を上げると、先輩の目が哀しそうに光っていた。今朝割ってしまったいつもの眼鏡の代わりに、スペアで持っていたという見慣れない眼鏡が星明かりに淡く輝き、先輩の印象がいつもとずいぶん違って見える。

「高倉さん」

いつもよりもっと穏やかな、ふわりとしたトーンの声。

「すべては僕の推測なんです、証拠は何もありません。もしかしたら事実はまったく異なる可能性もあります。ただ……もう元一郎さんもあんな状態ですし、朋絵さんたちを誤って撃ってしまったマキさんも、この世にはいません。

すべて許してあげることはできませんか」

何かが流れている。

湖の方からうっすらと乳白色の霧が立ち上り、私の足元に流れ込んで渦を巻く。あの夜と同じように、濃く、薄く、踊り狂う霧。

「でも……瑛ちゃんは」

自分の声が妙に遠くから響いてくるような、ざわりとした違和感が耳を打つ。

「瑛ちゃんはなぜ、あんな風に死ななきゃならなかったんです……なぜ美華と一緒に、あんな風に……なぜ私じゃなく美華だったんです、なぜあんな……」

声が、喉が、握りしめた拳が、全身が震えてきて、言葉が続かなくなった。目の前にどんどん白い霧が流れ込んでくる。

「沙季子」

馨子のしなやかな腕が肩に回されたようだった。同時に、左手をそっと和恵のあたたかな両掌が包み込んでくれる感触。

「今回の犯人は……」

長い沈黙が続き、先輩は言葉を探しているようだった。

「犯人は、遠山留音の復讐を果たそうとしたんです。そのためには元一郎さんの目の前で、孫である瑛一さんを……それが無理なら、昔の侑太さんたちと同じ状況で亡くなっている瑛一さんを見せることを計画していた。

しかし、犯人は高倉さんには恨みを抱いていなかった。あの事件で実の叔母を殺され、失語症にまでなった高倉さんに同情していたのかもしれません。それでも、十六年前を模するためにはどうしても男女の身体が必要だった。最初はおそらく誰でもよいから身代わりの女性をと思ったでしょう。しかし偶然瑛一さんと木原さんの会話を耳にして、対象を彼女に絞った、そういうことだったのではないかと思います」

ゆったりと、先輩の足元にも霧が渦を巻き始める。

「そうですね、高倉さんから見れば、元一郎さんが昔の事件を起こさなければ今回のことはなかった、瑛一さんの亡くなる原因を作ったのはお祖父さんだと考えるのは当然だと思います。

でもね、人を憎み続けるというのはとても辛いことなんですよ。それよりも、瑛一さんとの楽しかった想い出を留めながら、これからを生きていく方がずっと大切だと、僕は思うんです」

人を憎んで、生きていく。

人を許して、生きていく。

瑛ちゃんはどう思うだろう。十六年前からずっと見守ってくれていた瑛ちゃんは……。

「今回の犯人については、どう考えてるんですか?」

馨子がはっきりとした口調で尋ねる。彼女にも既に犯人の見当が付いているような、そんな気がして、震えが収まらない。

「まだ証拠はありません」

梶井刑事が言い切ったけれど、何か確証がありそうな、きっぱりとした口調が印象に残る。

「ただ明日の早朝から、湖の捜索を再開します。そこで何かが見つかれば進展があるでしょう。凶器のボウガンならありがたいんですが……今回は至近距離から撃たれた可能性が高いですから、犯行後離れの廊下から投げ捨てる形なら、それほど流されていないかもしれません」

「アリバイからは崩せないんですね」

私が言うと、梶井刑事は場違いなからっとした笑顔を見せた。

「それを言うなら高倉さん、あなたがいちばん怪しいんです。でもあの渡り廊下の鍵が母屋側から掛かってましたからね。もし共犯者がいたとしても、わざわざ鍵を掛けるのは変です。まあ、裏の裏をかくという考えもありますけれど、あの鍵からも指紋は採れませんでしたし、鍵が掛かっていたことによってかえって発見が早まってます。それが犯人にとって有利になるとは思えません。

もし外部犯なら、時間を稼ごうとするはずでしょう？　でも、計画的にあの離れとボウガンを使おうというなら、それなりに有塔の伝統を知っていたはずで、結婚式の晩はずっと鍵を外しておくという点も当然知っていたでしょう。それをわざわざ犯行後きちんと掛けておくというのは、死……遺体を発見されにくくしたいと思ったとしても、この場合に限っては不自然すぎますからね。その渡り廊下の鍵だって、元一郎さんの部屋の金庫に戻されていたことを考えれば、もう絞り込めますよ」

犯人は、まだ逃げてはいない。

遠山留音の復讐を果たせれば、後はどうなってもいいと思っているのだろうか。警察に逮捕されることを覚悟しているのだろうか。

それならどうして、自首しないのだろう。

「なぜ事情を知っていながら鍵を掛けたのか……」

波府先輩の呟きが、耳を打つ。

「僕が思うに、犯行時に離れ側から何か細工をして開かないようにしたのは、単純に、犯行の邪魔をされたくなかったからではないかと。それだけではなく、犯行の目的は、ある種の見立ての要素を含んだ現場の有り様を人に知らしめることにあった。つまり、人に見せることに第二の目的があったと思われます。ですから、犯人がわざわざ母屋側から不自然を承知で鍵をかけたというのは《現場保存》の意味もあったと言えるでしょう。

もう一つは、自分の行為の意味をきちんと把握していた、つまりこれは犯罪であり、自分は社会的に《忌《い》み行為》とされる事を行っていると認識していたという点も、僕は指摘したいですね」

「それ、どういう意味ですか？　自分のやったことを正当化してないってことですか？」

和恵がおそるおそるといった様子で口を挟む。先輩は頷いた。

「動機がどのようなものであれ、犯行そのものは社会的には隠されるべきもの、忌み嫌われる行為だということは、分かっていたと思われます。それでも、どうしても実行しなければならなかった。

密室を構成する要素として、アリバイや犯人の自己顕示欲の類とは別に、心理的な負の感情も挙げられると思います。つまり単純に見られたくない、隠したい、という感情ですね」

「だいたい犯人は、沙季子に恨みはなくて、殺人の疑いが掛かるのも避けようとしてあげている。それもあって、わざと母屋側から鍵を掛けておいたんじゃないですか？

この場合の密室は、中にいる人に容疑を掛けようとするのではなくて、その逆作用を狙ったんです」

馨子の指摘に、あらためて目が覚める思いがした。

私が疑われないようにしてくれている……鍵の在りかまで知っているなんて、完全に有塔の家に近い人間だ。でも……。

十六年前、遠山留音さんは三十歳前後のはずだ。お祖父様は六十歳くらい。体力的にはどうみてもお祖父様の方が非力なはず、なのに遠山留音さんは絞殺されたと考えられる……本気で抵抗すれば簡単に逃れることができただろうに、どうして殺されてしまったんだろう。

身体の自由を奪われていたからか。それなら、有塔のばあちゃは屋上からボウガンを撃つようなことはしなかっただろう。それとも薬で麻痺しているといったような、遠くから見ただけでは分からない状態だったのだろうか。興奮剤のような作用のある麻薬を、その夜の計画実行に備えて多めに服用した結果、思いがけず副作用が出てしまったという事態だったのか。

先輩の推理では、朋おばさんたちに薬を盛ったのは遠山留音さん。外国で麻薬を覚え、密かに持ち込んでここでも常用していたのかもしれない。もしかしたら……朋おばさんより侑太おじさんの方が薬の血中濃度が高かったのは、侑太おじさんも留音さんに影響されて普段から薬を使っていたからかもしれない。

でも、父親の目の前でこれから人を殺そうという時に、そこまで薬に頼ろうとするだろうか。通常なら父親は息子を助けようとして必死に向かってくるはずだ、意識をはっきり保っていなければ自分の目的は果たせない。

遠山留音さんは……死にたがっていたのだろうか。

名乗り合うことを許されなかった実の父親に、殺されたかったのだろうか。

そこから先の人生を諦めてまで、弟を父親の目の前で殺さなければならなかったのだろうか。

果てしない絶望感が底抜けに広がっていくのを感じる。

そこにつま先をほんの少し浸しただけで、暗い絶望の色にじんわりと全身が染まってしまうような、戦慄《おのの》きを覚える。

「とにかく、すべては明日ですよ。上手くいけば告別式の前に決着が付きます」

　梶井刑事はそう言うと手帳をしまい、中へ戻りましょう、という仕草をした。馨子がさっさと続き、和恵も、もうすっかり霧で隠れてしまった離れの方角をちらちらと見ながら、後を追う。

　私も戻ろうとして、ふと振り返った。

　波府先輩が湖の方を向いて、立ち尽くしている。

　今はもう、湖のほぼ全体が霧に包まれている。乳白色の濃淡の差も小さくなり、巨大な楕円形をしたミルク色のお盆にしか見えない。

　こんなに濃い霧は、初めてだ。

　霧の先端が、先輩の足元から腰へはい上がろうと、渦を巻く。

　今まで見たなかで、もっとも霧の濃い夜。

　もっとも真実に近づけた夜。

　果たして……そうだろうか。明日、いや、あと数時間後にはすべてが明らかになり、気持ちの落ち着き先がはっきりするのだろうか。


「波府先輩」

　そっと声を掛けたけれど、振り返ってはくれなかった。

「どうしました」

　そう言ってしばらく後、先輩は大きくため息をついた。まるですべての霧を、この吐息で吹き飛ばしてしまいたいというように。

「今朝、本当は何があったのか、どうしても教えていただけないいんでしょうか」

　先程の話の中では、先輩の事件にはまったく触れられなかった。梶井刑事もそれと分かって、わざと言及を避けているように思える。

　誰を庇っているのか、何のために庇っているのか、なぜ警察に話して逮捕してもらわないのか。どうしても知りたかった。

　先輩がゆっくり向きを変えかけて、ふと腰を屈めた。

「おや、こんなところに」

拾い上げたのは、小さくて透明な硝子の欠片。

「この眼鏡、気に入ってたんですよ。惜しいことをしました」

大事そうに掌の真ん中に乗せる。そのままそっと指を曲げて包み込んだ。

「え、あの……手、切りますよ」

思わずハンカチを出しかけたけれど、先輩は首を振った。

「大丈夫ですよ」

そう言ってそのまま、握った拳に視線を落としている。

「眼鏡ならスペアがあります。でも、心のスペアはありません」

どきんとした。先輩は、何を、どこまで分かっているんだろう。

「僕は……今回の犯人には自首してほしかった。だから警察にも嘘をついたんです。自分のしたことを考えて、すべてをきちんと告白してほしいと思いました。でも……犯人にはまだ思い残していることがあるんですね」

「思い残していることって……」

「大丈夫、もう事件は続きませんよ」

先輩は口調を明るくすると、にっこりした。

いつもと同じように。


心と身体がちぐはぐに動いていた。

いや、そう思おうとしていただけかもしれない。本当は自分がどうしたいのか、よく分かっていた。

結婚式を明日に控えた晩に家を抜け出してここへ来ているということが、もうどうしようもなく抑えられない気持ちを率直に表している。

振り仰ぐと梢を透かして広がる、漆黒の空。

初めてここへ来た時は満開だった山桜も、今ではすっかり散ってしまっている。枝のところどころに幽霊の切れ端のような白っぽい小さな欠片の残って見えるのが、限りなくわびしい。

それでも、目を閉じるとあの日の光景がくっきりと蘇る。

あたりを睥睨《へいげい》するような立派な枝ぶりのすべてに纏い付く、薄紅色の桜の花。可憐で、かつ神々しいばかりの華麗な雰囲気が、むせ返るほどに、溢れんばかりに、漂っていた。

そして、その桜にすっと片手を差し伸べている、長身の男。

柔らかい髪が秋風に乱され、黒ずくめの服が森の闇に溶けていた。

胸に抱きかかえている小さな詩集から、仄かに桜色の香りが漂ってくるような気がした。とうとう返せなかった、留音さんから借りた詩集。これを借りた後何度も逢ったのに、どうしても返せなかった……いや、返したくなかった。

いつまでもこれに触れていたかった。これを通して、いつまでも留音さんと繋がっていたかったのかもしれない。

昼も夜も、目を閉じれば浮かんでくる、留音さんの笑顔。

どうして、こんな時に出逢ってしまったのだろう……。

帰ろうとしたとき、茂みを掻き分ける音が聞こえてきた。全身が硬直する。

今は、逢いたくない。

逢いたい、でも逢いたくない。

明日、私の決意を彼に告げるまでは、顔を見ない方がいいと思っていた。

それなのに。

「やっぱり、ここにいらしてたんですね」

やわらかく奥行きのある声が、闇の中から響いてくる。

「どうしても眠れなくて、それで、もしかしたらあなたに逢えるかもしれない、と……でも、逢えない方がよかったかもしれませんね」

闇の中に、いつもと同じ黒っぽい姿が深く、どこまでも深く、溶け込んでいる。でも私には分かる、くっきりと闇の中で浮かび上がる留音さんのシルエットが、目に痛いほどだった。

「どうして……」

言葉を続けようとしたけれど、できなかった。留音さんの腕にすっぽりと包まれると、何も言えなくなってしまう。

ぱさ、と本が地面に落ちる乾いた音。

「いよいよ、明日ですね」

留音さんの声はいつもと同じように、穏やかに落ち着いていた。時々、本当は何を考えているんだろうかと不安になる。

「……私、やっぱりできません」

やっと、言えた。その瞬間に、留音さんの身体がびくりと震えるのが分かった。

「それはどういうことですか。まさか、彼と結婚しないなんて言い出すんじゃないでしょうね」

驚いたというよりは、諫《いさ》めるような口調だった。声が出せず、代わりに首を縦に振ると、急に肩を掴まれて身体を離された。目の前に留音さんの顔がある。

闇に浮かぶ黒曜石色の瞳。黒の中の黒が恐ろしいくらい、深い。

「お願いですから、そんなことは言わないでください。僕、彼に合わせる顔がありません。今更と思われるかもしれませんが……」

留音さんは言葉を切った。思わず目をつぶる。多分そのようなことを言われると思っていた。留音さんが彼のことをどれだけ思っているか、分かっているつもりだった。でも、私には何も答えられない。

「人の気持ちは、いつかは変わるものです。今そんな風に思われていても、彼と結婚して落ち着いた家庭を築けたら、そのうちすべては過去の想い出に変わりますよ。

僕は、あなたの想い出の中にいられれば、それでいいんです。

彼のことも好きだし、あなたのことも大切に思っています。二人とも失いたくない。だから卑怯と言われても仕方ない、僕は明日、お二人の晴れ姿を見たらここを発ちます。

見送ろうなんて思わないでください、決意が鈍りますから」

彼と別れて留音さんと一緒になろうなんて都合のいいことは、考えていなかった。でも、心の中に留音さんを思いながら彼と暮らしていくなんて、とてもできそうにない。だから、やっとの思いで決心したのに。

目を開けると、留音さんの瞳に映る私が見えた。闇の中にぼんやりと浮かんでいるような、頼りない姿の私が。

その私の姿がまた、ぼんやりと滲んでくる。

「あなたのことは、どこにいても、どれだけ時が過ぎても忘れませんよ」

留音さんの涙と、私の涙と、想いは同じだろうか。


夜が明けた。長い長い夜が。

結局一睡もできなかった。馨子たちはいったん部屋へ戻っていったけれど、すぐ出てきて一緒にいてくれた。波府先輩は無断で病院を抜け出してきたからと、加地医院へ電話を一本入れ、病院の人、たぶん三宮さんにがんがんと大声で怒られ、慌てて戻っていった。

一晩中、広間の片隅から瑛ちゃんの遺影を眺めていた。

十六年前から、ずっと見守っていてくれた瑛ちゃん。

棺にはずっと笙子おばさまが付きっきり、ぴったりと寄り添っている。どうしてもその傍へは行けなかった。

瑛ちゃんはこれからも、ずっと見守っていてくれるだろうか。

外が明るくなってきたと思うと、間もなく表から車が何台も入ってくる音がした。やつれきった表情の統吾おじさまが玄関へ出て行く。車のドアの開閉音がやかましく響き、その合間におじさまと警察の人が打ち合わせている声が微かに聞こえてくる。

「うるさいね」

和恵が腫れぼったい顔をしかめた。

「湖をさらうんだから、いろいろ大掛かりになるんじゃないかな。ボートもたくさん持ち込まなきゃならないだろうけど、湖のまわりって車の入れる道はないでしょう。ここのボート乗り場から浮かべるしかないと思うよ。告別式の前に片が付けばいいけどね」

そう言って馨子は欠伸《あくび》をかみ殺した。

そう、何かが見つかって、それで事件が解決する。瑛ちゃんが天に昇る前に、すべてが解決してほしい。

良枝さんやお手伝いの人たちが動き始め、いったん長テーブルが綺麗に片づけられた後、簡単な朝食が用意されたようだった。残っている親戚は四人ほどで、他の方はいったんホテルの方へ戻ったようだ。遠くからわざわざ結婚式のために訪れたのに、よりによってお葬式に出席する羽目になるとは、と誰かがぶつぶつこぼし、傍の人が私を見ながら慌ててたしなめているのが、ちらっと耳に入る。

良枝さんが近くに来たので、おそるおそるお祖父様の様子を尋ねた。

「驚きました、私も」

良枝さんはやはり昨夜の騒動を知っていて、手は忙しくテーブルの支度をしながら、視線は私からぴったりと離れなかった。

「あの大旦那様が、昔の事件に関係なさってたなんてね。でも今のご様子では……もう時効も成立してるんでしょう？　どうしようもないですよね。

ええ、昨夜はやっぱり興奮なさってて、なかなか寝られなかったようですよ。奥様が瑛一さんに付き添ってらしたので、私がずっと一緒にいたんですけれど目が離せなくて」

「お疲れさまです。ごめんなさい、私、何にもお手伝いできなくて」

「何言ってるんですか」

良枝さんはいたわるような目になって、私の着物の肩を軽く叩いた。

「沙季子さんは瑛一さんと一緒にいてあげないと。仏様が寂しがりますよ。こんな細かいことは私らにまかせて、ご家族の方たちは仏様の傍にいらっしゃればいいんです。もうすぐお別れなんですから。

それにしても、こんな日に警察も無調法ですよね」

眉をひそめて縁側越しに庭へ視線を遣った。

つられて見ると、生け垣を透かして湖には何艘ものオレンジ色のボートが浮かび、長い棒を持った捜査員たちに操られながら散らばっていくのが分かった。かなり広い範囲を捜索するようだ。

「いったい今頃何をやってるんでしょうね」

「凶器のボウガンを見つけようとしているらしいですよ」

馨子が、寝不足を欠片も見せない口調でさらっと答える。

「それと、運がよければ十六年前の事件の証拠品も見つかればと考えているみたいですけれど」

「何で今更……。昔の事件の時、ちゃんと捜査しなかったんでしょうかね。まったく警察ときたら。

沙季子さんもお嬢さんたちも、何か食べといた方がよろしいですよ。まだ時間はありますし、告別式の間は何も口にできませんから。

あ、沙季子さんはお着物を直した方がいいですね。昨日からずっとですから、着慣れないと苦しいでしょうけれど、きちんとした格好でお見送りしたいでしょう?」

手の空いた人を着付けに呼んできます、と良枝さんが席を立ったのをきっかけに、馨子たちも、着替えてくる、と席を外していった。

　私も広間を出て洗面所に向かい、鏡を覗いてみる。予想していたけれど、ひどい顔だった。くまがくっきり出ているし、全体的に顔色もくすんでいる。唇は真っ青で、水死体のようだ。

　ずっとずっと、長い間水の中にいたように。


　ばあちゃ、ばあちゃ。何を見てるの？


　あの時、水の中から遠山留音さんは、有塔のばあちゃに手招きしていたのだろうか。

　オイデ、オイデ、ココマデオイデ。ボクハアナタノダンナニコロサレタ、アナタノダンナノムスコダヨ。

　アナタノダイジナユウタジャナクテ、ボクガアトツギダッタノニ。

　コノウラミハワスレナイ。

　イツマデモ、イツマデモ、ゼッタイニワスレナイ。

　イツモココカラ、ミマモッテイル。

　ソノコトヲワスレルナ。ゼッタイニワスレルナ。

　呪文のように繰り返されたのかもしれない。だから……そう、確か有塔のばあちゃが亡くなったすぐ後に、桟橋に繋がれていた有塔家のボートはすべて破棄された。古くなっていて危ないから、というのが理由だったけれど、もしかしたら誰かが湖上に出て、偶然留音さんを見つけてしまうのを恐れてのことだったのかもしれない。

　遺体の発見を恐れながら、有塔家は湖の傍にあり続ける。

　まるでお祖父様が、私の告発を恐れながらも手元に留めていたように。

　告別式が始まろうという頃になって、やっとお祖父様が広間へ顔を見せた。その場の空気が心なしか、緊張する。梶井刑事がいつの間にか表に来ていて硝子戸の陰から覗き込み、私と目が合うと軽く頭を下げた。その隣では州崎刑事が、いつにもまして苦虫をかみつぶしたような顔で立っている。やっと昔の事件の犯人が分かったというのに、その犯人に対して取るべき手段が見当たらないということが、苛立ちの原因になっているに違いない。良枝さんがお祖父様の背後に控え、いろいろと世話をしている。統吾おじさまは毅然として見え、笙子おばさまはぐったりと疲れ切って見える。昨夜から何も口にしていないのだろう、私が近づくと見るとさっと離れていってしまうので、昨日から一言も話をしていない。

昨夜の波府先輩の推理や警察の見解を、笙子おばさまはまだ耳にしていないんだろうか。

おばさまの中で、今でも私は《呪われた子》のままなのだろうか。もう瑛ちゃんの想い出を語り合えるのはおばさまたちだけなのに。

金銀の縫い取りがされた重たそうな衣装を纏ったお坊様が、奥からしずしずと歩み寄るとゆったりと席に着き、読経が始まる。統吾おじさまを先頭に、親族がまずお焼香を済ませることになる。

お祖父様はやはり、これが告別式であると理解していないようだった。いきなり声を張り上げて何か言おうとするのを、良枝さんが慌ててなだめながら手を引き、元の位置に座らせる。

私の番が来た。

香をつまみ上げようとする指が震えて、なかなかお焼香ができない。目を閉じて深呼吸をし、何とか落ち着こうとした。

もうすぐ、お別れなんだね。

大きく掲げられた瑛ちゃんの笑顔がそう言っているようで、まともに見るのが辛い。でもこの笑顔は目に焼き付けておきたかった。

ずっと私を見守ってくれていた笑顔。

これからもずっと、私を守ってくれる？

私の後、数人の親族の方の焼香が終わり、続いて弔問客の列がゆっくりと動き出した。昨日にまして大勢の人が来てくださっているように見える。気になるのは周囲をやたらと見廻して、あちこち指さしながら囁き合う人たちのいることだった。私の知り合いではない、同じ町に住むというだけで顔も知らない人たちが、凄惨な事件の舞台になった家を見に来たという風だった。

やり切れない。

様々な種類の白い花の香りを、今日はお焼香の煙が圧倒的な強さで包み込んでいる。

弔問客に機械的に頭を下げながら、ぼんやりと思う。

今、瑛ちゃんを殺した犯人は、この場にいるんだろうか。

今、瑛ちゃんのこの大きな笑顔を見て、何を感じているんだろうか。

その人が自首するためには、何が足りないのか。何を思い残しているというのだろうか。

弔問客の中に犯人が紛れている可能性を捨て切っていないのか、梶井刑事ほか数人の警察官らしき人たちが、広間のあちこちに何気ない風で散らばっている。表や西庭の方にも、スーツにネクタイ姿ながらも弔問客らしからぬ人たちが待機している。湖をさらっている捜査員たちは紺色っぽい作業服風だから一目で分かるけれど、さすがに仕事内容が違うから弔問客に混ざるようなことはしていない。

そんな情景を何気なく視界に収めている時。

どこからか、ざわめきが広がった。

西庭の方から一人、刑事が走り込んできて梶井刑事に何か耳打ちした。こちらを一瞥《いちべつ》した一瞬後、梶井刑事は広間を飛び出し母屋の裏手、ボート乗り場の方へ走っていく。

自然に腰が浮いていた。弔問客の列も進行が止まってしまい、弔意の仮面をかなぐり捨てた人々は、好奇心に溢れる顔つきに変わっている。読経を続けながら、お坊様が厳しい視線を肩越しに投げる。

何かが、見つかったのだろうか。

横目で見ると統吾おじさまも気が付いたらしく、そわそわした気配ながらも立ち上がることができないようだった。笙子おばさまは瑛ちゃんの遺影以外に何も目に入らない様子で、お祖父様は身体を前後に振りながら何か口ずさみ、別の世界に気持ちが飛んでいた。

行ってみよう。

そう思う前に、すでに身体が動いていた。廊下を駆け抜け、勝手口から表へ出る。左を見るとボート乗り場のあたりにはすでに警察関係者の人だかりがしていた。近寄っていくと人込みの中から梶井刑事が現れ、私の姿を認めると手でストップのジェスチャーをした。

「何が見つかったんですか」

「駄目です、見ちゃいけません」

怒鳴り合いながら揺れ動く人々の背中越しに、警察のボートが一艘だけ桟橋に着けられているのが見えた。中は青っぽいビニールシートで覆われていて、何が引き揚げられたのか分からない。

私と梶井刑事の問答を耳にしたまわりの人たちが、こちらを見ながらぴたりと口を閉ざし、嫌な沈黙が漂った。

近寄ろうとする私の前に立ちはだかる梶井刑事は、線の細い印象にもかかわらずがっしりとしていて、どう頑張っても彼の制止を振り切れそうにない。苛立ちがつのる。

その時。

不意に私の視界が暗くなった。

大きなあたたかい手が、背後からすっぽりと私の両目を覆ったのだ。

「高倉さん」

その手の優しさに見合った声が、上から降ってきた。

「高倉さんは、見ない方がいいです。あれを目にするべき人は、たった独り……」

高く、細く、悲鳴のようなものが聞こえた、気がした。

そして、誰かがボートの方に走り寄る音。

それから……嗚咽《おえつ》が。

「ああ……やっと……」

涙に混じる声は、聞き慣れたもののようでもあり、見知らぬ人の声のようでもあった。

「やっと逢えたのね……寂しかったでしょう、私の留音……」

遠山留音さんが、引き揚げられたのだ。

でも……これは、いったい誰？

先輩の手から力の抜ける気配がした。そっと手を添えて目隠しを降ろしてみる。

黒っぽい人垣の一部が割れていて、私のいるところからストレートにボートが見通せる。その傍らにうずくまっている誰かの後ろ姿が見えた。黒っぽい服に、あれは白い……。

私の視線を感じたのか、その人が振り返った。膝の上に広げた白いエプロンで何かをしっかりと包み込んでいる。そのままゆっくり立ち上がると、こちらに向き直る。

白いエプロンの切れ目から、緑がかって古そうな丸みを帯びたものが少し覗いている。それを大事そうにすっぽりと両手で抱え込みながら、彼女は涙の跡を拭おうともせずに、ゆらりと微笑んだ。

「やっと、息子に逢えました。これで心残りはありません」

エプロンの端がずれて、丸く黒い穴が見えた。

十六年前、朋おばさんを見つめた瞳を宿していたはずの穴が。

「ですから、これで解決したわけなんです」

そう言うと、先輩は紅茶を一口含み、眉をひそめた。

「……僕、ここのアールグレイは二度と飲まないですよ」

先輩の表情は、ついさっき構内の別の店で茹で立てパスタに舌鼓を打ち、いやぁ、郡山っていいところですねえ、と感嘆したのと同一人物とはとても思えない。

「もう来ることもないでしょう」

馨子が関心の薄そうな口ぶりで言い放つ。

「いえ、ほら、学会の都合で東北新幹線を使うようなことがあるかもしれませんし」

今夜の新幹線で帰る波府先輩たちを見送るために、私は郡山駅まで来ていた。まだ時間があるので軽く食事を摂り、お茶しながら先輩の推理の細かな点を三人で追及することにしたのだ。

「学会っていうと、やっぱりぱふ……たけ先輩って大学で働いてるんですか?」

ここぞとばかりに和恵が突っ込むと、先輩はにっこりした。

「別に大学の職員でなくても、教授とルートを持っていれば、お手伝いくらいはすること、あるんですよ。まあ学会出張の旅費まではもってもらえないでしょうけれどね」

「武琉先輩は何にでも首を突っ込みますからね。だいたい五条院ゼミの出身でもなかったなんて、初耳です。どういうきっかけであんなに頻繁にゼミ室に顔を出すようになったんですか?」

カフェオレを一息に飲み干して、馨子が問い詰める。

確かに先輩は、私たちが在学中、週に二回くらいは顔を出して誰かしらと話し込んでいたものだった。だから当然、ゼミのOBだと思いこんでいた。

「僕、友人が多いんですよ、いろいろとね」

澄ました顔で先輩は言うと、これまた怪しむような手つきで《手作りミルフィーユ》なるものにフォークを刺して、明らかにがっかりした表情になった。

「……僕、ここのミルフィーユも」

「はいはい、分かりました。もう時間がありませんから、てきぱきと説明してください」

　腕時計にちらっと目を遣った馨子が先を急がせる。

「つまり、初めから容疑者は限定されていたわけですが、あの離れの密室を作る動機が、どうもよく分からなかったんです」

　先輩は、フォークでミルフィーユを、崩すというよりつつき廻しながら、説明を始める。

「高倉さんに罪を着せたいわけでもない、もしそうなら凶器のボウガンに眠っている高倉さんの指紋を付けて、そのまま近くに放っておけばいいんですから。でも実際にはボウガンは湖に投げ込まれていた。もちろん、高倉さんが予想外に早く目を覚まして現状を把握し、疑われるのを恐れて自分でボウガンを処分したとも考えられました。でも、あの扉がね……母屋側からしか掛けられない鍵が施錠されていた、というのがポイントでした。あれは執行さんが指摘したように、高倉さんに疑いが掛からないように、という意味合いもありましたが、第一発見者になるための細工でもあったんです。

　そうするとやはり、他のどこでもない、あの離れの廊下で犯行に及ぶことが、犯人にとっては重要だったと考えられるでしょう？　となれば、自然と十六年前の事件に関係していることになりますし、有塔家以外の被害者を考えると、行方不明のままの遠山留音さんがクローズアップされます。

　彼も実は殺されているのではないか、それも濡衣を着せられて有塔家の誰かに殺されたのでは、と考えると、彼の復讐を果たすために、今回の結婚式を契機に誰かが行動を起こした、となります。

　逆に言えば、誰かが遠山留音さんの死の真相を知って有塔家の近くに身を潜め、ずっと機会を窺っていた。ただ単に相手の命を奪うのではなく、まったく同じ状態を再現するためにずっと、跡取りである瑛一さんの結婚式をひたすら待っていた、そういう気の長い計画であったと思えるんですね」

「まったく、凄い計画ですね。それだけの時間を置いたら、感情も何らかの変化を起こしそうですけれど」

馨子が考え込みながら、空になったカフェオレカップをぐるぐると手の中で廻す。

人を憎み続けるというのはとても辛いことなんですよ、という先輩の声が、頭の中に蘇る。

「そうですね、多分あの人の感情も変化しましたよ。予想外の事態が起こったからです。

一つは、元一郎さんに痴呆の症状が出始めたこと。これでは、たとえ目の前で犯罪を再現されても、過去の自分の行為を思い出すかどうか分からない。まして、良心の呵責に悩まされるかどうかなど、思いもつかない。

もう一つは、瑛一さんが結婚相手に選んだのが高倉さんだったこと」

先輩は私を見ると、大きく頷いた。

「多分あの人は、瑛一さんのお相手が高倉さんと聞いて、犯行を躊躇《ためら》ったのではないかと思います。高倉さんに、どちらかというと同情していた面があったそうです。大好きだった叔母さんを殺され、言葉を失って二ヶ月も入院治療をしなければならなかった。そのうえ両親を交通事故で同時に失って、天涯孤独になっている。

あの人が住み込みで有塔家に入ってからしばらくは、介護のスケジュールをきちんと組むだけでも大仕事だったようですけれど、そのうえ住み込みということでご家族にいろいろと気を遣うことも多かったようです。そんな時、高倉さんには何かと親切にしてもらっていた、そのことをとても感謝していると、警察で話しているらしいです。だから結局、今回の密室を作るに当たってちぐはぐな細工をせざるを得なかった、ということでした」

年齢的にも遠山留音さんの母親として問題ない、美華くらいの体格の人間を背負っての移動もこなせる体力がある、お祖父様の部屋から薬や鍵を持ち出すことも簡単にできる……すべてが浅海良枝さんを指していた。

だけど、まさか彼女がお祖父様の妹の花江さんだったなんて。

「あの人は、留音さんの居場所さえ分かれば、後はどうなってもいいと考えていたようです。

ただ犯行前に捕まるわけにはいかなかった、だから離れの廊下でその……現場のセッティングをしている間は渡り廊下の扉が開かないように、細工をしていた。あの扉は昔は南京錠だったらしいですが、今はよく見られる、扉に鍵穴が開いていて、鍵を差し込んで廻して施錠するタイプの物に変わってますよね。一見したところでは鍵が掛かっているかどうかは分かりません、特にあそこは廊下の角で照明がいちばん届きにくい暗がりでした。ですから、渡り廊下の側から、たとえば廊下の幅以上の長さのある角材のような物を横に渡して固定しておけば、母屋から見て外開きの扉は開けられません。もし誰かが夜のうちに何かの拍子で開けようとして、開かない、おかしい、と騒ぎ立てたら、それはきっと離れのあの人にも聞こえたでしょう。誰かが次に押し開けようとする前に角材を外し、離れの奥の方に隠れてしまえば、一時的には逃れられます。開いているから、とずかずか踏み込んでくるようなことは、あの夜に限っては、まずないはずでしたから」

「じゃあ、わざわざ開かないような細工なんかしなくたってよかったんじゃないですか？　変な密室だったんですね。開いているのが自然だなんて」

和恵がチョコレートケーキの最後の一切れを頬張りながら感想を漏らす。先輩は哀しそうにミルフィーユの残骸を見つめながら、話し続ける。

「それはもう、あの人の心理状態を推し量るしかないんですけれど……。僕は経験がないから分かりませんが、人を殺すところを単に誰かに見られたくないという、ある種の生理的な衝動か、もしくは、邪魔をされたくない一心だったのかもしれません。

　犯行を終えた後はボウガンを湖に放り込み、離れから抜け出して鍵を掛け、それを元一郎さんの部屋の金庫へ戻してから自分の部屋へ帰る。仕上げは夜が明けてから。徘徊癖のある元一郎さんに付き添う形で渡り廊下の扉へ誘導し、偶然鍵が掛かっているのを発見したと装って鍵を取りに戻り、中へ踏み込む。何も知らない振りをして元一郎さんを連れ込み、現場の状況を見せる。そういう計画だったとか」

　そう、あの朝最初に離れの様子がおかしいと騒いだのは良枝さんだったという。笹山さんは後から駆け付けたのだそうだ。

「計算外だったのは、あの朝元一郎さんの目覚めがいつもよりずっと遅く、離れに踏み込もうとした時には他にも人がいて、元一郎さんに直接現場を見せられなかったということです。

　僕がここへ着いたのはだいたい八時過ぎでしたよね、あの時はまだ、離れから取り合えず高倉さんを運び出そうとしている最中でしたから、現場へ踏み込めたのはせいぜいその十分前くらいでしょう。救急車も着いてなかったんですから」

　良枝さんが何気なく扉に手を掛けて鍵が掛かっているのに気が付き、不審に思って鍵を取りに戻った。そして前夜から泊まり込んでいた笹山さんが先に中へ入り、私たちを発見して、慌ててお祖父様を渡り廊下のところで押しとどめた、と聞いている。

　前夜、久し振りに飲んだお酒が回っていたのか、いつも六時には目覚めるお祖父様が起きたのは七時半近くで、目が覚めてからも機嫌が悪く、なかなか部屋から連れ出せなかったという。そのうえ、統吾おじさまの出張があったため、おじさまも笙子おばさまも泊まりがけでお手伝いに来ていた人も、皆早くから起きていた。良枝さんが計画の仕上げにかかったのは、統吾おじさまが車で駅まで送られていってからそれほど経たない時間だったらしい。

微妙に歯車は狂い始めていたのだ。

「浅海良枝さんはもちろん、ここへ住み込みで入る機会を窺っていたわけですよね。既に痴呆が出ているから、自分の正体は分からないと思っていたんでしょうか。それに、自分の息子を殺したのは兄の元一郎だと確信していた、その理由はもう警察に話しているんですか？」

馨子が探るような目付きで波府先輩に尋ねる。

「それに、あの従兄のお兄さんが本当は沙季ちゃんのお祖父さんの子供かもしれないって話はどうなったの？」

和恵が疑問を被せる。

「梶井さんから教えてもらった限りでは、良枝さんは留音さんを、自分の実の子供だと話しているそうです。名前を偽って有塔家に入ったのは、執行さんが今言ったように、兄にばれることはない、ばれたらばれたでその時は何とでも誤魔化せると考えていたとか。

そりゃあね、考えてみれば正体を隠して別名で実の兄の家で働くなんて、確かにおかしいです。けれど、自分の息子が兄の子供を殺した犯人として指名手配されているのに、その母親と名乗って目の前に出られるでしょうか。この歳になって肉親が恋しくなったけれど、とても名乗れなかったと話されれば、それはそれで納得できるんじゃないでしょうか。

そもそも息子さんが既に死んでいると思い至った理由は、たとえどんなことをしでかしても、生きていれば必ず自分に連絡を取ろうとするはずだと確信していたからだそうです。それが殺人容疑、それも仲のよかった従弟の侑太さんを殺したなんて、良枝さんにはとても信じられなかった、そしてその疑いが事実かどうかを、必ず何らかの形で自分に伝えてくるはずだと思っていたらしいです。

でも、いくら待っても連絡は来なかった。

そして、湖上のボートで義理の姉が心臓発作を起こした。

これは、息子が湖に沈められている、それも事故や自殺ではない、その死に兄が関係していると考えるきっかけになったそうです。そして離れの事件のことをいろいろと聞いているうちに、侑太さんと朋絵さんの死に息子が何らかの形で関わっている可能性が高いと感じるようにもなった。その報復で兄に殺されたのかもしれない、と。

でもね、たとえ息子がどんなことをしても、ある意味自業自得だと称されるようなことをしていても、殺されるなんて納得できないのが母親でしょう？　ですから、今回の計画を練ったそうです。

警察では素直に告白しているようですから、詳細もそのうちはっきりするでしょうね。ま、梶井さんがどこまで教えてくれるかどうか分かりませんが」

そう言うと、先輩はにっこりと笑った。

「あの屋根って何であんな風に廻るようになってたのかなあ。前にも屋上から、誰かあそこにいる人が狙われたりしたのかな」

和恵がフォークをお皿の上でくるくる廻しながら、いきなり話題を飛ばす。

「建てられたのは第二次大戦の前でしょう？　もしかしたら政府の要人をあそこに招待して暗殺するつもりだったとか」

気のなさそうな口ぶりで馨子が呟く。

「どこからともなく飛んできた矢とか、ピストルの弾に当たって？　天罰とかいうことにしちゃうの？」

「少なくとも警護の人間に囲まれているようなお偉いさんじゃないと、天罰ってニュアンスは出ないでしょうね。湖上の離れにお忍びで来ている、湖岸にも庭にも警備の人間がたくさんいて不審者が近づけたはずはない、なのに撃たれた、ということにしなければね」

「あの……」

会話がどんどん進むので、口を挟むタイミングが難しい。

「第二次大戦の直前ってことは、まだ洋館はなかったから、屋上もないの。今の平屋部分だけだったはずで。

　もしかしたら、離れそのものが大きなからくりになっていたんじゃないのかなと思って」

「離れそのもの？」

　和恵が目を丸くする。

「どこかが弓の弦に当たる役割をして、屋根が廻るとそれが引き絞られる形になって、部屋の中にいる人に、天井かどこかから矢が放たれるとか。もちろん部屋の中で命中する場所は限られるだろうけど、それこそすごく神秘性が出るんじゃないかな」

「あ、それいいですね。なかなか独創的です」

　波府先輩がにこにこして賛同してくれる。ちょっと嬉しくなった。

「ただ、残念賞ですね」

　先輩の目がくるくると悪戯《いたずら》っぽく廻っている。横で和恵がぷっとむくれた。

「いやだなあ、たけ先輩何か知ってるんでしょ？意地悪しないで教えてくださいよー」

「いえね、梶井さんが教えてくれたんですよ。昔の資料をずいぶんと漁ってくださったようです。その結果、あの離れの構造自体はかなり歴史の古い物らしいと分かったんですよ。今の離れが建てられたのは第二次大戦前だそうですが、それ以前にあった建物もやはりあのような、正六角柱の上に切妻屋根が乗っかった形で、ポイントはほら、牧沢さんが見つけたあれです」

「あれって？　何かありましたっけ？」

　和恵が私を困ったように見て、小首を傾げた。

「ボートに乗って離れを外側から見たことがありましたよね。あの時壁の上の方にあった、六角形の通風口みたいな物、覚えていませんか」

　先輩と視線が合って、不意に思い出した。旧主の蜂谷家の家紋を模したという、切妻屋根のすぐ下の壁に開いた正六角形の穴。あれに、昔は何か特別な意味があったのだろうか。

「かなり昔、それこそ江戸時代くらいから、あそこにあった建物で神事のようなある種の宗教的儀式が行われていたらしいんです。何でも月に関係した儀式で、その過程で、あの通風口から望める月の姿を、杯に見立てた龍の鱗を満たす酒の面に受ける、という作法があったとか。あそこの天井は、小さい円とその外側の円の部分で、細工が少し異なっていましたよね。内側の小さい円部分は後から貼り直したといいますか、その神事に都合のいいように大きく空いていた天井の穴を、屋根裏側から塞いだようです」

「ちょっと待ってください、龍の鱗？　そんな物、あるわけないでしょう」

馨子が視線は腕時計に落としつつ、疑わしげな声音で口を挟む。

「まあ、実際には大きな二枚貝の片方とか、土器の表面に鱗に見立てた雲母や水晶といった鉱石を貼り付けた物とか、そんなあたりだったかもしれません。ただ言い伝えでは、湖の女神が村の若者と共に命を落とした時、お二人の身体は湖から躍り出た巨大な真珠色の龍にくわえられて、そのまま天へ昇った、ということになっているとか。その時の龍の置き土産だそうです。

僕の考えでは、その鱗なるものは、今も有塔家にありますね」

「えっ、ホントですか？　そんなぁ、見てみたかったのに……早く言ってくださいよ」

今や和恵は、波府先輩の右袖を掴まえてぶんぶんと振り廻している。

「ち、ちょっと、伸びますから」

何とかセーターの袖から和恵を振りほどくと、先輩はまた私を見てにっこりと笑った。

「あの広間の欄間のところに、家宝という矢が掛かっていましたね。あの矢の尻尾の方には凝った装飾で、かなりの幅を持つ尾羽が付いていましたけれど、そこに螺鈿《らでん》細工のような模様が刻まれていました。

もしかしたら、あれかな、と」

あの、家宝にしては妙なところに飾られている大きな矢が、神事にも使われていた伝説の龍の鱗を鏤めているということは、もしかして昔神社から失われた、本物の黄金の矢、という意味だろうか。つまり、有塔の家が、矢を盗んだ……。

「といっても、龍の鱗なんて大きそうですけれど、あの矢の細工は普通の大きさですから、本当によくある形の螺鈿細工でしょうけれどね。ちょっと、夢があるじゃないですか。女神を天へと連れ去った真珠色の龍の鱗、なんてね」

先輩は愛敬たっぷりの仕草をした。

「龍はともかく、それで通風口の意味は分かりましたけれど、それが廻転する屋根とどう繋がるんですか」

またぴしりと、馨子が口を挟む。どうやらこの四人の中で新幹線の時間を正確に把握しているのは彼女だけのようだった。

「ああ、そうでした。ええとそれで、その儀式は当然月の出ている夜にしか行われなかったわけですが、さらに月の姿を確実に捉えるために、あの通風口の向きが月の動きに従って変えられるようにと、屋根が廻る仕組みになっていたそうです。おそらく現在の離れの物よりはだいぶ大振りな穴が開いていたんでしょうね。昔ですから、完全に木材のみの材料でどうやってそのような大仕掛けの屋根を作れたかは、もう正確には分からないらしいですけれど。動力はおそらく、昨夜も見た通りの水力利用と考えられます」

今になっていろいろと聞きたいことが出てくるなんて困ってしまうけれど、もう事件のことから始まって伝説の龍まで出てきてしまい、頭の中は収拾がつかなくなりそうだった。

「以前の建物の設計図などはもちろんなかったでしょうから、有塔のご先祖様が建て直す時、古い社を解体する際に大工さんがその仕掛けに気が付いたんでしょうね。なぜその仕掛けを新しい建物にそのまま生かそうとしたのかは分かりませんけれど……」

「でも今の離れの建築を請け負った大工さんも、建築を依頼したご先祖様もこの世にはいないわけだし、想像するしかないんでしょう。その儀式の伝統はすでに廃《すた》れているのに、なぜ屋根が廻る仕組みを残したのか、それによって何を意図していたのか……結局何が本当だったのかは分からないままか。

それもいいかもね」

馨子がストレートの髪をかき上げながら、言葉を結んだ。

何が本当だったのか。

良枝さんを犯罪に走らせた本当の理由は何だったのか。

「ねえ、そういえば昔の結婚式の時、良枝さんって招待されてなかったの？　息子はここの家に居候してたわけでしょ、たとえ息子の勝手な行動でお兄さんを怒らせて、そのせいで行方をくらませることになってたんだとしたって、もうそんな理由もなくなってたんじゃないのかなあ。

それと、お祖父さんには分からなかったかもしれないけど、沙季ちゃんのおばさんたちには良枝さん、ええと元の花江さんだったっけ、その人だって分かりそうなもんじゃない」

和恵が、もうほとんど残っていないアイスティーのグラスの氷をストローで突きながら続けざまに尋ねると、波府先輩は少し渋い顔になった。

「招待されていても行けない理由があったのかもしれませんし、その当時息子が海外から戻ってきていたことを、案外知らなかったのかもしれません。そう思いませんか？　だって伯父と大喧嘩して海外へ飛び出した息子が、当の伯父の家に転がり込んでるなんて、普通は考えませんよ。それを知って、息子が何か企んでいるかもしれないと心配になるか、逆にああ仲直りできたんだなと安心するか、それは当時のあの人の気持ちを知ることはできませんから、何とも言えません。そもそもその喧嘩の原因だって僕たちには知りようがないんですから。ただ単に留音さんの将来について意見が衝突しただけなのか、もっと別の理由があったのか……」

だんだん声のトーンが落ち、先輩の表情も視線もすとんと落ち込んできた。妙な沈黙が漂う。三人で顔を見合わせた。

「あの、笙子おばさまたちは、あまり良枝さん、というか花江さんに逢ったことはなかったらしいの。子供の頃に何回かは逢ったらしいけど、近所に住んでいたわりにはそんなに頻繁に行き来がなかったらしいし、昔とはずいぶん雰囲気も変わってたって話してた」

笙子おばさまたちもかなり衝撃を受けていた。数年間一緒に暮らしていた良枝さんが実の叔母で、その息子、自分の従弟に当たる留音さんは自分の親に殺されていた、と警察で聞いた時は、しばらく言葉を失ってしまったという。

もし彼女が花江さんだと気が付いていれば、今回の事件は防げていたかもしれない、瑛一も無事だったかもしれない、と笙子おばさまはずいぶん自分を責めていた。そして涙の中から何度も何度も、私に謝ってくれていた。

「たけ先輩、何考えてるんですか？」

和恵が顔を覗き込みながら突っつくと、先輩ははっとした様子で時計を覗きながら、

「あ、いえ、そろそろ時間かなと」

慌てた口ぶりで言い、さっと席を立った。何か思いついたらしいのに話してくれない、波府先輩にはよくあることだけれど、気になった。でも追及するタイミングを掴めないまま会計を済ませ、ぞろぞろと階段を上って新幹線のホームへ急ぐ。在来線より高いところにあるそのホームはいかにも新しく付け加えられた感じで、硝子の多い側壁には灯り始めた繁華街のネオンが白々と映り、新幹線の停車駅とい

う影響がいかに大きいかということをあらためて感じさせる。

「高倉さん」

間もなく上野行きの新幹線が到着するというアナウンスを背景に、先輩は小さなボストンバッグを片手に立ったまま、僅かに首を傾げた。

「前にも申し上げましたが、人を憎んで生き続けるのはとっても辛いことですよ。いろいろたいへんでしょうけれど、すべて許してあげて、瑛一さんとの綺麗な想い出だけ取っておいた方がいいです。その方が、瑛一さんも喜ぶと思います」

「はい……波府先輩、本当にありがとうございました」

少なくとも、先輩は事実に近い姿を明らかにしてくれた。先輩がいなかったらどうなっていたか分からない。

十六年前の真相も、今回の真相もうやむやのまま、私はもしかしたら瑛ちゃん殺しの汚名を着せられていたかもしれないし、そうでなくても、瑛ちゃんが美華と浮気していたというどろどろした考えから抜け出せなかったかもしれない。

記憶というものは、無意識のうちに取捨選択されていると聞いたことがある。時に、都合よく変えられているとも。

私はこれから、意識的に選別をして、瑛ちゃんとの楽しかった想い出だけを抱えて生きていこう。

そんな決意に呼応するかのように、嘴《くちばし》のとんがったタイプの新幹線がゆっくりと滑り込んでくると、微かにしゅうっという音を立てながら停車した。すぐ近くの窓に、私たちが映っている。

波府先輩のベージュのロングコートの背中、和恵の白いハーフコートの背中、馨子の濃いグレイのロングコートの背中。

そして、私の……色も形もない、でもとても大切な想いが。

「馨子も、和恵も、助けてくれて本当にありがとう。

私、絶対に忘れない。こっちの方に来ることがあったら必ず連絡してね」

二人の手をそれぞれ握ると、両方ともぎゅっと力強く握り返されてきた。

「沙季ちゃんも、東京の方へ来ることがあったら必ず電話してね」

「その前に、今後どうするか決心がついたら、その時に連絡くれるでしょうね」

馨子の強い瞳が私を見通している。

そう、きっと今まで通り地元の町役場に勤め続けるなんてできないだろう。瑛ちゃんとの想い出が一番濃く残っているのはあの町だけれど、同時に一番忘れたい記憶もあの町に、あの家に刻み込まれてしまった。ぼんやりとだけれど、あの家を出ることを考えていた私の思考を、馨子にはすっかり読まれているようだった。

幾つもの音が絡まり合ったベルの響きが、私たちを急かす。

波府先輩たちが乗り込み、陣取った座席のところから硝子越しに手を振ってくれる。

私も振り返した。

和恵の屈託のない笑顔、馨子の澄ました表情、その向こうに見える波府先輩の……瞳に浮かんでいるのは何だろう。心配そうに見えるのは気のせいだろうか。

新幹線が再びゆっくりと動き出す。三人が少しずつ角度を変えながら、私の前から消えていく。引き留めたい衝動が、逆に私の足を押し留める。

追い掛けたいけれど、追い掛けられない。

引き留めたいけれど、引き留められない。

どうして私はこんなに、恵まれているんだろう。

離れたくないと思える人たちに、恵まれているんだろう。

独りぼっちでホームに取り残されてなお、きっとすぐに逢える、また一緒にいる時のあのあたたかさを感じることができる、と思えるのは、なぜだろう。

　そして……先輩が最後の最後で座席から立ち上がり、私に向かって何か言いかけたように思えたのは、なぜだろう。

　身体のどこかにぽっかりと穴が空いたような気分になり、姿を消した新幹線が進んでいったはずの方向をもう一度だけ見やると、独り、のろのろと階段を降りる。いつもと同じような騒めき、いつもと同じような人の流れが、私のまわりに渦を巻く。

　郡山の駅を出ると、整備された広いロータリーはバスやタクシーがひしめき合い、学生や親子連れ、サラリーマン風の男などが縦横無尽に交錯していた。そんな聞き慣れた雑踏の間を縫って、突然騒々しいエンジン音が耳を貫き、はっと視線が浮く。思わず立ち竦んでしまう。

　大通りの方から、何かが猛スピードで突っ込んでくる。

　白バイだった。追いかけている対象は見えないのに、エンジン全開で驀進してくる。いったん左に折れてまたすぐ右折し、私の目の前に豪快に突っ込んでくると、前輪を大きく廻しながら急停止した。ヘルメットを脱ぐのももどかしく駆け寄ってきたのは、驚いたことに梶井刑事だ。

「あっ、ああっ、やっぱり高倉さん。もしかして波府さんたち、もう乗っちゃいました？」

　息を切らせながら尋ねてくる。

「ええ、今さっき……何かあったんですか」

　スーツにヘルメットという、およそ白バイ隊員らしくない格好で肩で息をしながら、梶井刑事は途切れ途切れに、

「いえ、その……ちょっと波府さん……聞かれてて……遠山花江の供述でね……ホントは外部にもらすのって……まずいんですけど」

　はあはあと息を切らしながら、それでも名残惜しそうに駅の上、新幹線のホームの方を見遣っている。

「大丈夫ですか？　どこか、座ります？」

「ああ、ええと喉渇いたんで……どこか入りましょうか」

駅前にある小ぢんまりした茶店に入り、向かい合う。暗い赤を基調にしたインテリアの店内で、照明も控えめになっているため梶井刑事の表情がよく読めない。

「ああっ、もう参ったな。白バイかっ払って飛ばしてきたのに」

ウェイトレスに注文するのももどかしげに、お絞りで顔をぐるぐる拭きながら梶井刑事が嘆く。思わず笑ってしまった。

「刑事さんがそんなことしたら、まずいんじゃないですか」

「そりゃそうですよ」

一瞬天井を振り仰いで、ぐるりと目を廻す。

「でも東京に帰ってしまったら、もうこちらからは連絡取れないでしょうし、早く知りたいだろうと思って。

今回の事件でも十六年前のでも、波府さんの気が付いたことがポイントになったんですよ。でも州崎さんの手前、波府さんのアドヴァイスだって言えなくて、僕の手柄になっちゃってるんです。そのお礼も言いたかったのに」

コップの冷水を一気に飲み干すと、大きく息を吐いてやっと落ち着いた表情になった。

「まあ、高倉さんにお話ししても大丈夫でしょうし、今後また波府さんとお逢いになることもあるでしょう？　その時に伝えていただければと思うんですけど」

「ええ、分かりました」

答えながら、心臓がどきどきしてくるのが分かった。先輩はどんなことを知りたがっていたんだろう。

「ええと、まず遠山留音と花江の関係ですね」

ちょっと意表を衝かれた。先輩がそこにこだわっているとは思っていなかった。

「もしかしたら遠山留音は大旦那さんの隠し子で、花江と留音は本当の親子ではないのでは、って、僕、お話しましたよね？　でもＤＮＡ鑑定で、あの二人はちゃんと親子だと断定されたそうですよ。詳細結果が出るまでは、少し時間が掛かるらしいですけど。

それから当時、留音の荷物から麻薬が少量見つかってました。朋絵先生たちから検出された成分を含む麻薬です。やっぱり本人は常用してたのかもしれませんね。

あと、遠山留音が南京錠の合い鍵を持っていて、自由に離れに出入りしていたのでは、という指摘をもらったんですよ。でも、当時の捜査資料を調べたところ、近県を含めて業者への聞き込みは徹底して行われたようです。で、どうやら鍵が複製された可能性は否定してよさそうだという見解で、捜査本部は一致したみたいです。一見、とても厚みのある旧式の、珍しい型だったので、業者に持ち込まれていれば調べはついたと思われますね。僕は、どちらかといえば見た目が似たようなのを探して、南京錠ごと取り換えたんじゃないかと思いますよ。今と十六年前って廊下の照明の位置は変わってないようですし、あの扉の所って昼でも暗がりになってるでしょう？　普段開け閉めするところじゃないですから、すり替えてもばれなかったんじゃないかな。鍵は厳重に保管されていたと思いますけど、まあ結婚式のどさくさに紛れて上手くやったってことじゃないですか。実際問題として、普段締め切られてても、結婚初夜に二人が過ごすとなると大掃除や寝具の用意とかも必要でしょうし、一時的に鍵を預かったお手伝いさんを上手くだまくらかしたのかも。

遠山留音が結婚式の夜に大旦那さんを呼び出した理由については、分からないですね。遠山花江も知らないと供述しています。時間と場所があまりにも……ねえ、暗示的だし、この時点で既に彼は朋絵先生たちの……その、殺害を計画していたというのは明らかです。ただ、薬が効いた頃にこっそり忍び込んで犯行を行ったところへ、大旦那さんがたまたま入り込むというのはあまりにも不自然ですから、遠山留音に呼び出されたことは確実だと、僕も思うんですけれど……。

それに、これは僕が波府さんに聞きたかった事なんですが、なぜ屋上で襲ってきたのが遠山花江だと、正直に言ってもらえなかったんでしょうね」

「え、あれ良枝さんが？」

考えたら、今回の事件に関係しているのは良枝さん一人だ、他に誰があんなことをするだろう。通常、屋上から見た時離れの廊下は屋根に遮られて見えない、でも屋根が動かせるという仮説を立てることができれば……それを実証しようとして、先輩が独りで屋上にいる時、良枝さんがそれに気付いてやってきた。

「遠山花江も波府さんを殴ったことは供述しています。ただ、殴りかかる前に一瞬顔を見られたように思っていた、だから意識が戻った時告発されると、覚悟していたそうです。なのに波府さん、自分で転んだと言い張ったんですよ。なぜでしょう」

「それは……多分、良枝さんに自首してほしかったんじゃないでしょうか」

波府先輩は、今回の事件についてほぼ推理を固めていた。そのうえで、良枝さんに自首してほしいと願っていたのだ。

「まあそうでしょうけれど……だいたいなんで離れの屋根のからくりがばれそうになって、そんなことするんです？　今回は屋根を動かす必要はなかったですよね、それが関係するのは十六年前の事件の方だけなのに」

「そのへんは、良枝さんはなんて？」

梶井刑事は渋い顔で首を横に振った。

「確かに今回は動かしてないようです。というより現在ではあのからくりを知っているのが大旦那さんだけで、遠山花江はどこに動かす装置があるのか知らなかったと話しています。

　ただ、昔、誰かが屋根を動かして、あの屋上から朋絵先生たちを撃った。それを留音がやったと大旦那さんが勘違いして彼が殺される羽目になった、そういった連想を元々持っていた。そしてあの朝、目の前の光景が急に十六年前に戻ったような感覚になって、この人さえいなければと咄嗟に殴ってしまったと、そういう曖昧なことしか言ってません。使ったのは手近にあったブロックみたいな物だったと。これのちょうど平たい部分が当たったのと、材質が屋上の床部分と同じものだったのとで、判別がつきにくくなったようです」

　平たい部分で殴った……つまり殺意は弱かった、そう先輩は判断したのかもしれない。先輩の沈黙が、少し納得できた、ような気がした。でも……。

　十六年前の事件については、もう当事者でなければ分からないことが多すぎる。

　遠山留音は、朋おばさんと恋に落ちていたのだろうか。

　彼は、侑太おじさんから朋おばさんを奪おうとしていたのだろうか。

「良枝さんは、なぜお祖父様をストレートに疑ったのか、という点はどうですか？」

「ああ、それなんですよね。僕も、はっきりした証拠がないだろうに、って思ってたんですけど、それがあったらしいんですよ」

「え？　あんな昔の事件なのに……」

　信じられない。物的証拠という訳ではないのだろうか。他の人には意味があるように思えなくても、良枝さんにだけは、母親にだけは通じる、意味のある物が存在したということか。

「これは有塔家に入ってから後に見つけたということなんですが、あのボウガンが収納されていた蔵がありますよね？　あの中に、遺品が保管されてたらしいんですよ」

「侑太おじさんの遺品の中にあった物なんですか？」

「そうです。侑太さんの部屋にあった物はもちろんだと思いますが、その他に、新居となるはずだったアパートから引き取った荷物とかがほとんどそのまま、茶箱だか段ボールだか分かりませんが、そういった中に取っておいてあったらしいんです。で、数年前、蔵の大掃除をやった際に偶然その箱を覗いたら、そこになぜか遠山留音の持ち物が一緒に入っていた、と」

どういうことだろう。ただ単に彼が侑太おじさんに譲ったものとは思えないような、特別な物だったのだろうか。

「その存在が、遠山花江にとっては決定的な証拠になった、ということですね。具体的に何であったかという供述は、まだ取れていません。何だか変にそこは黙秘を続けていて……ただ親子の絆に関わるとか、本人が非常に大切にしていた物らしいです。たとえ仲のよい従弟にでも譲るなんてとても考えられない物が、侑太さんの遺品に混じっていた。留音がそれを置き忘れてどこかへ逃亡するなどということは考えられない、だから、ここにいると思った、と話しています。

いくらなんでも自分の実の兄を息子殺しの犯人と確信できたんですから、まあ遠山花江にとってはかなり重みのある証拠だったんでしょう。具体的な事が分かったら、すぐ波府さんにお知らせしようと思っていたんですけど」

梶井さんは、いかにも残念そうに、ふう、とため息を吐いた。

「波府先輩が気にしていたことって、それだけですか」

尋ねると、梶井刑事は手元が暗いのか手帳を間近で睨みながら、

「そのはずです、僕が調べもらしてなければ」

と答えた。そしてぽんと手帳をテーブルに投げ出

すと、

「ああ、僕本当に、刑事になってよかったですよ。本当の犯人が分かって気持ちがすっきりしました」

と、伸びをしながら言った。あまりにも長閑《のどか》な雰囲気。

「でも、ライフワークというか、朋おばさんの事件が解決して、それでも刑事ってお仕事に情熱を持ち続けられますか」

意地悪な質問をしてみた。軽い気持ちで言ったのに、梶井刑事はふっと暗い顔つきになり、

「そうなんですよね。僕、これから遭遇するはずの事件に、これ以上の熱意を持って立ち向かえるかどうか……」

深刻な口調になってしまった。

「え、そんな……」

「なんてね」

梶井刑事は急に悪戯っぽい笑みを浮かべた。

「それはそれ、これはこれです。気持ちに整理がついた分、これからは思いっきり仕事に集中できますよ」

明るい口調だった。とても溌溂《はつらつ》として見える。

「いろいろ、ありがとうございました」

私はありったけの感謝を込めて、頭を下げた。今回波府先輩たちと同じくらい、この人は重要な役割を果たしている。

人との巡り逢いは、本当に不思議で、ありがたいものだ。


とうとうここを離れる日が来た。

少しだけ残っていた衣類や小物は既に宅配便で東京に送ってある。洋服箪笥とベッドしかないがらんとした部屋は、十歳でこの家に来てからの私の想いをそこはかとなく漂わせている。

寂しさと懐かしさ、そして虚ろな空気。

窓際に寄ってカーテンの隙間から庭を見下ろすと、すぐそこにはいつかのように、月の光を浴びな

がら、梶井刑事が見張りをしてくれているような気さえしてくる。

　踵を返して部屋を出る最後の最後で、思い切って洋服箪笥の一番下の引き出しを開けてみた。

　微かに銀色の模様が描かれたごわごわする感触の畳紙《たとうがみ》に、あの着物が包まれている。

　あの夜纏った着物の、碧の中の碧。

　そっと指先を触れると、着物から滲み出て全身に染み透ってしまいそうな、底抜けの碧。

　深い深い湖の色、哀しみを秘めた湖の色。

　これから先、この色だけは身に着けることはできそうにない。

　そっと引き出しを閉めると、部屋を出た。階段を下り、見慣れた廊下に立つと玄関を見る。

　この家に引き取られる時、引き戸を開けたお祖父様の腕越しに見えた、瑛ちゃんの驚いた顔。その玄関から、私は出ていく。新しい人生のために。

　小さなボストンバッグを提げてショルダーバッグを肩に掛け、統吾おじさまと笙子おばさまに挨拶をした。

「籍が入ってなくてもお前は私たちの娘なんだから、いつでも帰ってきていいんだよ」

　統吾おじさまは優しく言ってくれた。その横から笙子おばさまも、

「いろいろとごめんなさいね。沙季ちゃんも辛かったろうに……私、自分のことしか考えてなくて……」

　言いながらまた涙が混じっている。おばさまの肩をおじさまがそっと抱いている。

　笙子おばさまの誤解がとけて、本当によかった。

　事件の後はすぐに家を離れようと思っていたけれど、誰よりも熱心に引き留めてくれたのは笙子おばさまだった。瑛ちゃんのいない寂しさと、昔の事件と今回の事件との後味の悪い因果関係、それらを何とか振り切ることができたのは、そしてどこへ行っても何をしていてもそれと分かると周囲の視線が無

遠慮に突き刺さる、そんな居心地の悪い日々を今まで我慢できたのは、二人のお陰だ。

「おばさま、そんな……私こそお世話になりました。向こうの生活が落ち着いたら、また帰ってきます。大丈夫です、私にはいつも瑛ちゃんが付いていてくれますから」

思ったより自然に笑顔になれた。統吾おじさまも私の表情を見て安心したようだった。

「郡山まで送ろうか」

「ううん、大丈夫。まだ時間があるし、加地先生のところにも寄っていきたいから」

二人に頭を下げると踵を返し、有塔の門をくぐった。

十歳の頃から住み始めた大きな屋敷。

堂々たる瓦屋根をもつ平屋の和風建築に、クリーム色の壁をもつ直方体の洋館がくっついた、不思議な和洋折衷様式の家。

私を守っていると見せて、実は監視していた有塔家。

でももう、罪のある人は誰もいない。

お祖父様は先月、風邪をこじらせて肺炎を併発し、亡くなった。呼吸するだけでも苦しそうで痴呆も進んでいたらしいのに、家族に囲まれて最期を迎えようとしていた時、寝床から一瞬宙に視線を留め、遠い眼差しで何か呟いたように見えたのが印象に残っている。

なぜか、憎むことはできなかった。

瑛ちゃんの命が奪われた原因は、おそらく十六年前のお祖父様の行動にあると思えるけれど、それでもなぜか、最期まで憎むことはできなかった。

白菊にこんもりと埋もれた棺。

骨張ってすっかり血の気を失ったその表情に、子供時代の優しかったお祖父様の姿が重なる。

あたたかい声と、優しい手。

私を抱き上げてくれた、あの優しい手。

葬儀が終わってちょうど一ヶ月、桜の花が美しい季節を迎えている。

この近くに桜で有名な町がある。日本三大桜の一つ、三春の滝桜は樹齢千年を誇る伝統ある古樹だ。一度観に行ったことがあるけれど、千年の重みを感じさせる枝ぶりに圧倒された。びっしりと濃いピンクの花々が傾れ落ちるように咲いている様は、本当に滝のようだった。あれに比べればこの町の桜はささやかで、可愛らしい。でも私は、この町の桜並木がとても好きだった。だから、加地先生たちにもご挨拶をしておきたかったのは本当だけれど、それ以上に、加地医院へ向かう桜並木の下を、もう一度、歩いてみたかった。

半年前、波府先輩の容体を心配しながら重い気持ちで足を進めたこの道は、今はすっかり満開の桜で美しく彩られている。爽やかな春風に乗って、時折はらはらと薄紅色の花びらが舞い降りる。

あの時とはまるで違う、晴れ晴れとした気分で入り口を通り抜け、先生の部屋へお邪魔する。いつも大人気の加地医院は、お昼休みの時間になっても廊下にまだ人の列が続いている。あまりゆっくりするのは気が引けた。

「東京にも、わしみたいないい医者がおればいいんだがね」

加地先生が豪快に笑う。

「体調を崩したらまたここに来ますから、ちゃんと診てくださいね。先生は私にとっては日本一の名医ですから」

六歳の私を気遣い、警察の無神経な質問攻めから守ってくれた加地先生。第二の父親のような、頼りがいのある先生から離れて東京へ行くのは、正直言ってちょっと迷うところもあった。

こっちに帰ってきた時には必ず顔を見せますね、と約束して部屋を出ると、廊下に三宮さんが待っていてくれた。

「とうとう行っちゃうのね」

がっしりした腕がぐっと私の背中に廻される。

「寂しくなるわ。向こうに行っても、ちゃんとバランスのいい食事を心がけないと駄目よ。特に沙季ちゃんは貧血気味だから、鉄分の摂取を忘れないようにね」

いつもの白衣から漂う慣れ親しんだはずの薬の匂いが、今日はやけに目に染みる。

「あの自分でひっくり返ったっていう先輩、波府さんだったかしら？　あの人にもくれぐれも宜しくね」

先輩のことが、三宮さんには相当印象に残っているようだった。

「あの人、勝手に病院を抜け出したり、いろいろ聞き廻ったり、頭を怪我した割にはちっとも落ち着いて寝ててくれなかったのよ。まったく参ったわ」

それでも話題の豊富な先輩は、ナースステーションでも人気者だったらしい。先輩が退院した後も、しばらくの間は先輩の噂話で盛り上がることが多かったという。事件を解決に導いたのも先輩だという話が伝わっていて、ここではすっかり名探偵扱いになっていた。

三宮さんと別れて桜並木を下る。

はらはらと、薄紅色の欠片が踊るように舞い上がり、ステップを踏み、短いダンスを終えると密やかに地面へと落ちていく。

いつの間にか、私の足は止まっていた。

薄紅色の欠片がひとひら、またひとひら、私の身体に纏い付く。

優しい嘘というのは、きっと、こんな感じなんだろう。

静かな夜だった。

母屋から離れへと向かう渡り廊下が、永遠に続くような気がした。

彼は初めてなのに、私はここを通るのは初めてではない。

そのことが、きりきりと胸の奥で、痛い。

離れには、お酒が用意してあった。二人とも疲れ切ったようにぺたりと座り込むと、ぎこちなく視線を合わせる。緊張しているのか、彼も今夜は口数が少ない。あまり強くないお酒を無理して飲んでいたんだろう、そこにあった日本酒を見て、やり切れないという表情になった。でも口に出しては、

「いちおう、儀式だからね。形ばかりでいいよ」

と、止める間もなく封を開け、切り子細工のお猪口になみなみと注いだ。仕方なく私も手に取り、二人してかちゃん、と硝子を触れ合わせる。

静かな夜に、澄み切った余韻がするすると薄まっていく。

こんな夜には、どんなことを話したらいいんだろう。言葉が見つからない。せっかくの婚礼の晩というのに、こんな雰囲気でいいのだろうか。

私のせいだ。

私の心が、ここにないから。

テーブルの上のランプがゆらゆらと光を操り、陰を映す。

彼は自棄《やけ》を起こしたように、目をつぶってお酒を一息に飲み干した。つられて私も、口に含む。飲み慣れないお酒がぴりりと喉に染みる。

酔ってしまった方がいい。そうでなければ、留音さんとのことを何もかも話してしまいそうだから。

彼の様子がおかしいことに気がついたのは、硝子とテーブルが乱暴にぶつかり合う音がきっかけだった。はっとして顔を上げると、見知った彼の顔が別人のように歪んでいた。

言葉をかける間もなかった。素早く横に来ると乱暴に私を立たせ、片手で腰のあたりを掴み、空いている手で一気に白いカーテンのような幕を引き開けた。

自分の心臓の音しか聞こえない。

真新しい布団の上に投げ出されたときも、彼が着ている物を脱ぎ捨てるときも、そして彼が覆い被さ

ってきたときも、声を出せなかった。

何か、違う。これは、私の知っている彼ではない。

もしかしたら、私のしたことを既に知っているのでは。

声も上げられないほど混乱しているのに、一方で冷静に考えている私がいる。彼の身体の重みを感じながら、その体温をあたたかく思えない私がいる。

そんな私をどう思っているのか、彼はただがむしゃらに腕に力を込め、抱き締めてくる。

留音さんとは、なんと違う感触だろう。

ただほわりと腕を廻してくれただけで、胸がいっぱいになって息もできないくらい切なくなるのと。

骨が折れそうなくらい力を込めて抱き締められているのに、心が遠くへ飛び去るような虚しさがあるのと。

彼は荒い息遣いをしながら、それでもじっと私を抱きすくめたままで、顔を私の肩に埋めている。彼の髪の毛を透かして、スタンドの明かりに踊る天井の木目が見える。

重すぎる沈黙。

しばらくして、ため息と共に彼の腕が緩むのが分かった。それをきっかけに、私の身体からも力が抜ける。思わず大きく息をつく。

そして、信じられない物を見た。

開け放たれたカーテンの向こう、観音開きの扉の上半分を閉める障子のすぐ外側に、誰かがいる。

ぼんやりとしたシルエットが一つ。廊下のランプに照らされ、その輪郭を障子越しにこちらの方へ投げ掛けている。風でランプが揺れているのか、シルエットもゆらゆらと、仄かに揺らいでいる。

彼の肩越しに、信じられない思いでそれを見ていた。

私の気配を察したのか、彼も大きく息をしながら身体を起こし、振り返った。そして、弾かれたように立ち上がる。

「誰だ」

震える声の問い掛けに、返事はない。ただ、そのシルエットがゆっくりと動きを見せ、右の方に廻って死角に入った。時間差で炎が自動的に消えていくという廊下のランプは、すでに南側の幾つかが消えてしまっているのだろう。入り口の方の障子と比べると右の観音扉の障子は格段に暗く、その影がどう移動しているのか伺い知ることはできない。

その影が、なんの目的でそこにいるのかも分からない。

彼は脱ぎ捨ててあった着物を拾い上げると肩に羽織り、入り口から廊下へと出ていった。

私の方をちらりとも見ずに。

何か、変だ。なぜ、何も言葉を掛けてくれないんだろう。

ますます激しくなる鼓動を必死に落ち着かせようとしながら、ふと疑問に思う。しばらく待った後、着物を整えると彼の後を追いかけて部屋から出た。

渡り廊下の方を見たけれど誰もいない。反対側にいるらしい。

この婚礼の晩に、ここへ忍んでくるということは何を意味しているのか分かっているのだろうか。なのに、どうしてそんな逃げ場のない方向に行ったのだろう。

まさか。

留音さんの微笑が浮かんだ。

耳を澄ませてみたけれど、人の声はない。虫の声が岸辺の方から、ふるるる、ふるるる、と流れてくるだけ。

彼はどうしたんだろう。まさか……。

震える足を何とか動かして渡り廊下の前を横切り、角を廻って、一歩、一歩、廊下を奥へと進む。南側を廻りきり、湖側の角の手前までは来たけれど、そこで足が止まってしまった。

ずいぶん時間が経ったようなのに、彼の声もしないし、侵入者の声もしない。争うような物音も聞こえない。

どうして？

思い切って、建物の角からそっと覗き込んでみた。

そしてまた、信じられない物を見た。


久し振りの母校だった。

掲示板の張り紙は、内容こそ違うものの私の学生時代と変わらない風情を醸し出している。薄汚れた硝子の向こうに見える画鋲の錆び具合も角の折れ具合もそっくりだ。キャンパスを歩いている学生たちは、それでも明らかに私のいた頃とは変わっている。服装がお洒落になっているし、言葉遣いはずいぶん軽くなっているようだった。

記憶とほとんど変わらない建物を探し出し、階段を昇り、五条院先生の部屋へ辿り着く。ノックをすると、どうぞ、という声とともに、どさどさどさ、と書類が滑り落ちる音がした。

思わず口元が緩む。先生はまったく変わっていないらしい。

ドアを開けると、屈み込んで床から書類を拾い上げている先生の背中が見えた。

「五条院先生、ご無沙汰してました」

声を掛けて中へ入ると、先生は驚いた顔で振り向き、ついで嬉しそうな表情を浮かべてくれた。書類を掻き集めると腰を伸ばす。

お久し振りです、お元気でしたか、といったありきたりの挨拶がしばらく続いた後、先生はすまなそうな顔になり、

「あの時はいろいろと、申し訳ありませんでしたね」

とおっしゃったので、慌ててしまった。迷惑をお掛けしたのはこちらなのに。

結局先生の意識が戻ったのは波府先輩たちが帰った翌日で、その後すぐ警察で事情聴取をされたけれ

ど、迎えに来たご家族とともにその日のうちに東京に戻られたのだった。

そして良枝さんにもう一つ、罪が重なった。

あの日、五条院先生は駅前で電話を掛けてからの帰り道、遠くに良枝さんの姿を見かけ、なんとなしに後をついていった。そしてあの祠まで行き着いた時、彼女の不思議な行動を見てしまったのだ。

「私がもう少し早く意識を取り戻していれば、事件はもっと早く解決したんでしょうにね」

研究室のコーヒーメーカーをセットしながら、先生は背中でため息をついた。

先生が見たもの……それは、祠の奥に据えられた菩薩像の裏から、古くてぼろぼろになった本を取り出し、それを抱きしめて涙ぐむ良枝さんの姿だった。

「もう仕事先は見つかったんですか」

と尋ねてくださったので、現状を説明する。先生は、大学に働き口がないかどうか聞いてくれると約束してくれた。

思わずほっとする。

いくら好景気とはいえ、たいした資格も持たない私が中途採用してもらえるような会社がすぐに見つかるかどうか、心配だった。統吾おじさまたちは、就職口が見つかるまで仕送りすると言ってくれていたけれど、いつまでものんびりと甘えてはいられない。

昔と変わらない先生の優しそうな笑顔にもほっとして、やっと落ち着いた気分で研究室を見廻す余裕ができた。見た感じでは、私の学生時代とほとんど変わっていない。山積みされた本の標高がやや高くなっているような気がするだけだ。

それでも、明らかに昔と違っている部分があった。

窓際に飾られている花束だ。一抱えもありそうな霞草の、白いふわふわした小さな花の塊。こんなお洒落な物は学生時代、一度も見たことはなかった。

思わず釘付けになってしまった私の視線を追った先生が、苦笑している気配がした。

「波府君ですよ」

「え?」

「昨日、突然持ってきてくれたんです。何でも波府君の部屋の下に入っているお花屋さんが、残り物を分けてくれたとか。置いておける場所がないからと持ってきたようなんですが、この部屋だって、花瓶もないでしょう?　大変でしたよ」

結局、波府先輩が、ちょっと待っててください、と言い残して大学中を放浪した結果、化学部から借りてきた巨大ビーカーが花瓶代わりになったという。よく見ると、確かに大ぶりの硝子瓶には水平方向に赤い目盛りが何本も入っていた。

先生の部屋を出て、キャンパス内をしばらく歩いてみる。

たった二、三年の間に、私の周囲はどれだけ変わっただろう。あの頃は、自分にどんな未来が待っているか、まったく見当も付かなかった。

ただはっきりしていたのは……卒業したら瑛ちゃんのお嫁さんになる、ということだけだったのに。

『私が、侑太さんの結婚式の時お手伝いに行ってたって話をしたら、あの人、目の色を変えてたわよ』

三宮さんの言葉が蘇る。

ぐるぐる、ぐるぐる、言葉の流れが渦を巻く。

歩みに加速度が加わっているのを感じる。

逢いたい、でも逢いたくない。

矛盾した思いが、ぐるぐる、ぐるぐる、心の中で渦を巻く。

いつの間にか正門の近くまで戻ってきていた。

「いやあ、いつも悪いねえ」

守衛さんの上機嫌な声が聞こえてくる。

「いえいえ、いただき物ですから。僕の家の隣が酒屋さんなんですよ。それで時々もらってしまうんですが、僕、飲めないもので」

見慣れた白衣の背中。聞き慣れた穏やかなトーンの声。

足がどうしても先へ進まない。根が生えたように立ち尽くす私に、やがて振り返って歩き出した先輩の方も気が付いて、ぱっと笑顔を浮かべると駆け寄ってきた。

「高倉さん、こちらにいらしてたんですか」

目の前にある白衣の肩に、薄紅色の小さな欠片が張り付いている。東京では、遅咲きの桜。

こんにちは、お久し振りです、そういった何気ない挨拶の言葉がどうしても出てこない。先輩の目も見られない。

「どうかしました?」

波府先輩の声が心配そうな響きを持ったけれど、どうしても顔を上げることができない。

アスファルトを見つめたまま、しばらく風に吹かれていた。

「そうか……聞いてしまったんですね」

すべてを分かっている先輩の、優しい声。

あの時一生懸命ついてくれた、優しい嘘。

優しい声が語ってくれた優しい嘘に、ずっとつつまれていたかったのに。

「高倉さん」

ぽすん、と先輩の大きな掌が頭の上に載せられるのを感じた。

「お墓まで、持っていけますか」

何も言えなかった。ただ首を縦に小さく振ると、先輩の手がぽんぽんと頭を叩いて……その後、すっと軽くなった。

目の前の風景が急に滲んでくる。振り返ると、白衣の裾を翻しながら先輩が大股に去って行く後ろ姿が見え、それもだんだんと輪郭がぼやけてきた。

三宮さんの言葉が繰り返し繰り返し、蘇る。

『お式の夜って本当に忙しくってね、大奥様も台所に立ったりしていたの。それで、もう少しで片付けが終わって寝られる、って時に大奥様が何か重たい物を持ったまま右の手首をぶつけて、捻挫してしまったのよ。かなり腫れていたのに大丈夫だからっておっしゃって、その夜は手当てもさせてもらえなかったけど、次の朝にはもう真っ赤に腫れ上がってたって後で聞いてね。私という者がいながら応急処置もしなかったなんて、先生に知られたら何て言われるかって心配でたまらなかったのを覚えてるのよ。あの頃は、私も若かったからねぇ。そう、大奥様はきっと一晩中、かなり痛かったはずよ。よく眠れなかったんじゃないかしら。おまけに、その後誘拐されかかったでしょう？　そのせいで手当てが余計遅れて……せめて、前の晩のうちに強引に湿布くらいさせてもらうべきだったわ』

有塔のばあちゃはあの夜、手首を痛めていた。ボウガンなんてとても使えそうにない、持ち運ぶのがやっと、というくらいの状態だったはずだ。

そうすると、屋上からボウガンを使えた人間は、一人しかいない。

今となっては、なぜ結婚式が最初の事件の十六年後だったのか、分かるような気がする。プロポーズされた一年前のあの日は、時効が成立した日だったのかもしれない。

彼は自覚していた、自分が有塔の家に守られていると。

これからは僕が守ってあげる。

今までは彼が有塔の家に守られていた、そしてこれからは、彼は私を守る立場になる、そう宣言したかったのか。

彼はずっと私を見守っていたと、先輩は語ってくれた。けれども真相は……彼はずっと私を見張っていたのではないだろうか。

いつか私があの朝の情景を正確に思い出し、離れの秘密に気が付いてしまう、アリバイを調べられれば、あの夜、犯行時刻に屋上に行けたのは、有塔のばあちゃの他には自分しかいないと分かってしまう、それが怖くて私と結婚することを決意した。

結婚してしまえば、夫を裏切ることもないと思って。

時効が成立してからも、彼の心は平穏を取り戻さなかった。たとえ逮捕されることがなくなっても、いつか自分が人殺しと指さされることを恐れた。

だから、私と結婚しようと思った……。

事実はもう、誰にも分からない。

何を信じるか、何を真実と考えるかは、自分で決めることだ。


暗い湖面を背景にした廊下。

一つの影が、向こう側の角に立っていた。人の形にしてはずいぶん歪《いびつ》に見える。

月が細すぎて光がほとんどない。それでもじっと目を凝らしているうちに、それが二人の人間が抱きあっている姿だということが分かった。

心臓が、止まる。


二人のうち背の低い方は彼、そして背の高い方は……留音さん。

抱きあっているだけではない、二人は唇を合わせていた。そしていつものように黒ずくめの服装の留音さんに絡みついている彼は、着物を脱ぎ捨てていた。

全身に、電流が走ったようだった。

俯きがちな姿勢で目を閉じていた留音さんは、やがて彼をしっかりと抱いたその姿勢のまま瞼を開け、私に視線を寄越した。

悪魔の視線を。

ようやく顔を離すと彼はぐったりと全身を留音さんに預けている。この二人は……。

「ようやく、僕らの人魚姫の登場のようだよ」

揶揄《やゆ》を込めた、氷の声音が私の耳を貫く。これが、あの礼儀正しく優しかった留音さんだろうか。それとも、今までのことはすべて計算しつくされた振る舞いだったのか。

「どうだった、姫様は」

留音がやわらかく尋ねると、彼は首を横に振りながら、

「まだ……」

と答えている。

「駄目じゃないか、もうすぐこの世からいなくなるんだから……最後に一度くらい抱いてあげないと」

「だって……」

今までに聞いたことのない、甘ったるい彼の声。背中しか見えないけれど、すべてを留音に預けている空気。

「僕の言うことは何でもきけるって言ったの、嘘だったのかい」

びくん、と彼の全身が震えるのが分かり、こちらに向き直ると大股に近寄ってきた。それを見てようやく、悲鳴のようなものを上げることができた。自分の声でようやく金縛りが解けたようだった。

なのに……私にどうすることができただろう。


何だか身体の調子がおかしかった。足に力が入らない。視界がくらりと歪む。踵を返して逃げようとしたけれど、廊下を半分もいかないうちに後ろから乱暴に肩を掴まれ、今度は固い廊下に引き倒された。頭をかなり強く打ちつけられ、一瞬息が止まる。さっきと同じように彼の体重がのしかかってくる。

「助けて……」

掠れ声しか出ない。さっきと違うのは、彼の目の荒々しさが持続していることだ。乱暴に着物をはぎ取られ、動けなくされる。

それを、留音はすぐ傍から眺めているのだ。

いったい何を考えているのか。これはあらかじめ仕組まれた罠だったのだろうか。

もうすぐこの世からいなくなるって……私が、それとも彼が？

「止めて……侑太さん、お願い……」

言葉が続かない。

「お願い……助けて……」

その時。

「お姉ちゃん！」

微かな声が聞こえたような気がした。

「待ってて……今助けてあげる……」

子供の叫び声。

一生懸命目を凝らすと、離れの軒下のずっと向こう、洋館の屋上に小さな影が見えた。まさか……。

「僕が、今……助けてあげるから……」

小さな影が何かを抱えている。重そうな何かを。

「瑛一……くん……」

そして鋭く響く音が流れた。

哀しい余韻のある、碧い碧い旋律《しらべ》が。

無伴奏　コーダ

ああ、これほど愛しきお方が。

時折娘は、まろやかな優しい眼差しを手元に落として、そう呟く。

その手には、上品な紙に包まれた一房の黒髪が握られている。

その手が、愛しい人からその髪を一房切り取ったときの感触を、すでに娘は覚えていない。

その手が、握った花鋏で愛しい人の身体をえぐったその感触を、すでに娘は覚えていない。

その手が、同じ花鋏で憎い憎い女の顔を切り裂いたその感触を、すでに娘は覚えていない。

それでも、娘は覚えている。

自分には、とても愛しく想える人がいたということを。

その人が、いつも自分の近くにいてくれるということを。

そして自分もいつまでも、その人を想い続けて生きていくということを。

エピローグ

微かな、ほんのりと淡い輝きを放つ薄い霧のヴェールが、湖のまわりに踊っていた。

天使が纏うようなその霧のヴェールを透かして、湖の中に浮かぶ小さな建物が見える。建物をぐるりと一周するその廊下の一端には、今、四人の人間がいる。

二人の生者と、二人の死者と。

正確には、死へと向かいつつある二人、だった。何も身に着けず、廊下に直に抱き合うような格好で重なり、倒れ込んでいる。

その二人の身体を貫いて立っているのは、細く硬い金属質の光沢を放つ、一本の矢。打ち込まれたばかりなのか、男の腰のあたりから突き出た部分が、まだ僅かにぶるぶると震えている。

上になった男の方には致命傷だったのか、彼は今や全身をびくんびくんと痙攣《けいれん》させ、うめき声を漏らし、瀕死の状態だった。

下になった女の方にはそれほど矢は深く刺さっていない、けれども精神的に大きなショックを受けているのか、それとも何か他の影響があるのか、焦点の定まらない目を見開いたまま男の体重をまともに受け、その痙攣と同化している。

その二人の頭の側に立っているのは、すらりとした長身の男。黒ずくめの服装に、身のこなしに沿って揺れる癖のない髪、彫りの深い整った顔立ちに漆黒の空を切り取ったような瞳の彼は、ポケットに両手を突っ込んで無表情に二人の死のダンスを見下ろしている。

その二人の足元の方に立っているのは、背筋の曲がりかけている年老いた男。目の前の光景があまりに衝撃的なために言葉を失い、目玉を飛び出さんばかりに丸く剥き、全身をがたがたと震わせ、硬直している。

生者である二人ともが、死者になりつつある二人から目を離せない様子だった。

ふるるる、ふるるるる。

近くの湖岸から虫の音が流れてくる。

漂う霧と沈黙の間をゆっくりと縫うようにして、碧い碧い旋律が流れている。

「……困りますね、このようなことをされては」

長身の若い男が、妙に抑揚のない口調で呟くように言った。

「まさか瑛一君を使うなんてね、フェアではありませんよ。それに、指定した時間より三十分も早い。夜中の一時にと申し上げたはず、時間は守っていただかないと」

倒れている二人に大股に歩み寄ると優雅に片膝をつき、男の頭にそっと顔を寄せた。老人に目を遣り、唇の端を僅かに上げる。

「可愛い可愛い侑太と、まだやりたいことがあったのに」

言葉は優しいのに、それを耳にした誰もが凍り付くような声音。

「……い、いったい何を企んどるんだ……」

老人が顔を歪めながら、喉の奥からようやく声を絞り出す。それを聞いて男はひどく嬉しそうな表情を浮かべた。

「聞きたいですか、そうですよね。あなたは人の気持ちなんて全く思い遣ることのできない、可哀想な人だ。

自分の息子が何を考えているのかも、分からないでしょうね」

一瞬虚を衝かれた表情になった老人は、次の瞬間息を呑んだ。

「ま、さか……お前……」

「侑太も可哀想に、こんな目に遭うなんて。苦しいかい？　今夜は薬をいつもより多めにしておいたけれどね。

　僕の可愛い侑太、さっさとこんな女は始末して、二人っきりになっていればよかったねえ」

　視線を老人に向けたまま、男は侑太と呼んだ男の髪にそっと接吻をした。

「僕らの父上はさぞ驚いただろうに、実の兄弟が愛し合っているのを見たら」

　まだ声が聞こえているのか、うつ伏せになった男が呼応するようにびくりと、ひときわ大きく痙攣した。

「そう、お前は知らなかったようだけれど、僕とお前は父親が同じ、そして僕の母親は遠山花江。

　僕らの父上はね、実の妹に手を出すような男だったんだよ」

　老人の口から嗚咽が漏れた。

「戦争中、あんたに赤紙が来たんだってね。すでに妻子もいるというのに、あんたは、自分は死ぬかもしれないと泣き言を並べ、妹に縋り付いた。

　何とか慰めてあげたいと思ったそうだよ。まだ十七で何も知らなかった妹は、何をされるのか全く予想もしていなかった。でも大好きな兄のために、何かしてあげたいと思ったそうだよ。兄が戦地へ赴くまで、何度も何度も……。

　兄がいなくなってから妊娠に気付いた妹は、両親にもお腹の子の父親が誰であるか言わなかった。そのとき既に遠山の家との見合いが成立していて、両親は何も知らないふりをして妹を嫁にやった。

　後から考えると不思議だった。離縁されたとき、戸籍上の父親は既に死亡している。僕は跡取り息子のはずだった、なのに遠山は僕を引き取ろうとはしなかった。当時はまだ長男という格が高かったはずなのに、僕は母親とともに放り出された。

　母親がずっと大切に持っていたハイネの詩集、あれはあんたがやったものだったんだってね。離縁されて生活が苦しくなっても、夜、独りでそっとあの詩集を広げては、涙ぐんでいたよ。

あの詩集がきっかけで、事実を知った。あんたが何食わぬ顔で生活の援助を申し出たとき、神経を疑ったよ。事実を知らないからだと母親は庇っていたけれど、あんたの話をするときの母親の目ときたら……見ていられなかった、完全に女の目だった。

ぞっとしたよ」

このうえなく優しく、このうえなく苦々しい響きを持った声が、遠慮がちに霧を縫い、湖面を渡っていく。

「母親の口から事実を知ったとき、僕は生きていく望みを失った。すべてを捨てて外国へ逃れたつもりだった、二度と日本へは、汚らわしいあんたのいる日本へは戻らないつもりだった。

西欧から南米へ、そして東欧へ、何年もかけて彷徨《さまよ》っているうちに少しずつ気持ちは変わっていった。許すなんてとてもできない、でもこの先二度と逢うこともないなら、この憎しみもやがて薄らぐだろう、このまま異邦の地で朽ちていけばいい、そう思うようになった。ある国の修道院に入ることを許され、ここで一生を過ごそうと思った。

誰よりも濃い有塔の血を持ちながら、跡継ぎにはなれない。それどころかこの呪われた血と共に一生を送らなければならない。そんな気持ちもいずれ忘れられるだろうと思っていた、それなのに……」

滑らかに続いていた言葉が突然、途切れた。

男の視線は老人から逸らされ、すぐ目の前で細かく痙攣を繰り返す弟に注がれている。男の瞳の色が漆黒から黒曜石へ、そして果てなき闇へと移り変わる。

憐憫から憎悪へ、そして自嘲へ。

男の脳裏に浮かび上がる、修道院の白壁。ざらざらした粗い手触り、ランプの光の妖しい揺らぎ、そしてせわしない息遣い。

硬い寝台の脇に脱ぎ捨てられた黒っぽい僧服。その襞の陰影を濃く、薄く、ランプの光が織りなしていく。

お前には悪魔が憑いている、そう言って覆い被さってきた肌の白い悪魔が、その体重と熱っぽい息を身体の隅々まで掛けてくる。

お前の悪魔を取り払ってやろう、そう言って毎晩のように白い悪魔が入れ替わり立ち替わり、やって来た。

羞恥から快感へ、そして憎悪へ。

忘れかけていた感情が、再び頭をもたげた。

この呪われた血を持つ限り、逃れようがない。

「日本に葉書を出したのが間違いだった。そのことを聞き知った侑太が僕に便りを寄越した。今年の十月に結婚することになった、と。知らなければよかった、でもそれを知ってしまった時、僕の中に徐々に計画が芽生えた。

あんたが昔やったことを、あんたの目の前で再現してやろう。いったいどんな顔をするだろうか、それを考えると楽しくてどうしようもなくなった。

ここへ戻ってきてからの一ヶ月は本当に忙しくて、楽しかったよ」

男はゆっくりと立ち上がった。気圧されたかのように老人が二、三歩下がる。

「あんたはなんにも感じないのか。ほら、侑太がこんなに苦しんでいる。この女も、試しに軽く誘ってみたら簡単に引っ掛かってくれたけれど、ここで一緒に死んでくれるんだから、これ以上は言わないことにしよう。

恋愛ごっこは楽しかったですか」

最後の言葉を口にするとき、男の視線は倒れている女の目へと初めて注がれた。唇が小刻みに震えているが、言葉になっていない。女のその焦点の定まらない、大きく見開かれた瞳には何が映っているのだろう。

優しく礼儀正しかった、今は憎悪の化身となった悪魔。

「残念だな、薬が効きすぎたのか……。侑太にあなたを殺させて、僕が父の目の前で侑太を、と考えていたのに、まったく計画が台無しだ。最期に侑太ともう一度ゆっくり過ごしたかったのに……。可哀想な侑太、せめて僕が楽にしてあげようね」

言うなり男は表情を強張らせ、突き出た矢の上部を両手で握りしめるとぐっと体重を掛けた。

ゆっくりと、細い金属の矢が身体の中に沈んでいく。

上になった男の痙攣が激しくなり、ふっと力を失った。

下になった女の痙攣が激しくなり、更に更に大きくなる。口は開いているけれど、喉の奥からごろごろという音が聞こえるだけ。

言葉にならない叫びが紡ぎ出され、霧散していく。

糸のように細い月の光が、絶え間なく降り注いでいる。

その透明な闇の一角に、突然人工的な光が小さく灯された。

そして、がちゃりという重々しい金属質の響き、慌ただしい足音が続いた。

屋上の手摺り越しに、背を丸めて屈み込んだ小柄な女のシルエットが浮かび上がる。胸の前に華奢な体格の誰かを抱きかかえながら、女は離れを見下ろしている。

その瞳に映っているのは……絶望。

年老いた男は、呆然と自分の足元を見た。

黒ずくめの服装の男が倒れている。

男が矢を二人に押し込んでいる間、老人は金縛りにあったように身動きができなかった。矢が床面に当たったらしく、やがて男はそれ以上体重を掛けるのをやめ、両手を矢から放して背筋を伸ばすと老人を振り返った。

細い月明かりに浮かぶ男の微笑みは、老人の目に、勝ち誇っているようにも、老人を哀れんでいるようにも映った。

それを見た瞬間、老人の呪縛が解けた。

気配を察してか後ずさった若い男を追って廊下の角まで歩み寄る。しかし手には何もない、力では完全に負けそうだった。

咄嗟に、すぐ近くに下がっているランプの鎖に手が伸びた。

自分でも驚くほどの素早さでぐるっと相手の首に廻し、そのまま思いきり全身を傾け、体重を掛けていく。ぎりぎりと、鎖の軋む音がする。ひやりと、鎖の冷たさが掌に食い込む。

「これであんたは……息子殺しだ……僕は弟殺し……あんたはずっと……生きていく……これで」

男の呟きが老人の喘ぎに消され、金属質の音に呑み込まれる。

そして、男の全身から力が抜けた。

肩を激しく上下させながら、老人はふと我に返る。

俺は、息子を殺したのか。こいつは、抵抗しなかったのか。

こいつは、死にたがっていたのか。

こいつは、俺に殺されたがっていたのか。

倒れている男の喉にくっきりと残る、鎖の痕。はっと見ると、すぐ横で、廊下の手摺りから空中へと伸びた支柱に下がるランプが、激しく左右に揺れている。

両手を見る。

青みがかった汚れが付いている。微かに金属質の匂いを伴う、粉っぽい汚れ。

緑青。

このランプは、湖の向こうへ移築した神社に古くから伝わる希少品だ。龍の装飾も、ランプを引き寄せるために下に伸びているあの鎖も、独特の細工が施されている。この首に残る緑青の痕がこの鎖の物だと分かったら、現場も特定されてしまう。

今夜ここにいるはずの二人が、犯人にされてしまう。そして、その二人をボウガンで射殺したのは誰かという話になってしまう。

先程見た、屋上の小さな人影が脳裏に蘇る。

守らなければ。


ちゃぷん、とぽん。

さざ波がボートの横腹に繰り返し、繰り返し、ぶつかっている。

一人の死者と、一人の生者が、狭い空間を占めている。

死者は片手に白い着物の端を握りしめている。何のためか、何を言いたかったのか、それは誰にも分からない。その白い着物ごと大きな布でくるまれ、麻縄でぐるぐる巻きに縛られている。

すべての秘密を内包して、巨大な繭が作られた。

生者はゆっくりとボートを漕ぎ、湖の中心あたりまでやってくると、オールを立て掛けてそっと周囲を窺った。

夜明けが近い。

漆黒から菫色のグラデーションに彩られた東の空に、細く白っぽい輝きを放つ光の筋が幾本か、放射線状に現れている。

生者は繭を抱きかかえると、苦労してボートの縁に片端を載せ、反対側の端を持ち上げてそうっと水の中へ滑り込ませた。

どぷりと重たげな飛沫《しぶき》を上げて、ゆらゆらと繭が湖底へと沈んでいく。

ゆらゆら、ゆらゆら。

すべての憎悪を抱えて、すべての殺意を抱えて。

永遠に碧き旋律が流れる世界へ。

《終》

碧《あお》き旋《しら》律《べ》の流《なが》れし夜《よる》に

2005年 7月11日 1刷

著 者 羽純 未雪

発行者 南雲 一範

発行所 株式会社 南雲堂
〒162-0801 東京都新宿区山吹町361
TEL 03-3268-2384 FAX 03-3260-5425
振替口座00160-0-46863
印刷所 図書印刷株式会社

乱丁・落丁本はご面倒ですが小社通販係宛にご送付下さい。
送料小社負担にてお取り替えいたします。
Printed in Japan 〈1-451〉
ISBN4-523-26451-1 C0093 〈検印省略〉

E-mail nanundo@post.email.ne.jp
U R L http://www.nanun-do.co.jp

カバーデザイン 渡邊和宏